GRöLS Verlage

„Bücher sind wie Fallschirme. Sie nützen uns nichts, wenn wir sie nicht öffnen."

Gröls Verlag

Redaktionelle Hinweise und Impressum

Das vorliegende Werk wurde zugunsten der Authentizität sehr zurückhaltend bearbeitet. So wurden etwa ursprüngliche Rechtschreibfehler *nicht* systematisch behoben, denn kleine Unvollkommenheiten machen das Buch – wie im Übrigen den Menschen – erst authentisch. Mitunter wurden jedoch zum Beispiel Absätze behutsam neu getrennt, um den Lesefluss zu erleichtern.

Um die Texte zu rekonstruieren, werden antiquarische Bücher von Lesegeräten gescannt und dann durch eine Software lesbar gemacht. Der so entstandene Text wird von Menschen gegengelesen und korrigiert – hierbei treten auch Fehler auf. Wenn Sie ebenfalls antiquarische Texte einreichen möchten, finden Sie weitere Informationen auf www.groels.de

Viel Freude bei der Lektüre wünscht Ihnen das Team des Gröls-Verlags.

Adressen

Verleger: Sophia Gröls, Im Borngrund 26, 61440 Oberursel

Externer Dienstleister für Distribution & Herstellung: BoD, In de Tarpen 42, 22848 Norderstedt

Unsere „Edition | Werke der Weltliteratur“ hat den Anspruch, eine der größten und vollständigsten Sammlungen klassischer Literatur in deutscher Sprache zu sein. Nach und nach versammeln wir hier nicht nur die „üblichen Verdächtigen“ von Goethe bis Schiller, sondern auch Kleinode der vergangenen Jahrhunderte, die – zu Unrecht – drohen, in Vergessenheit zu geraten. Wir kultivieren und kuratieren damit einen der wertvollsten Bereiche der abendländischen Kultur. Kleine Auswahl:

Francis Bacon • Neues Organon • **Balzac** • Glanz und Elend der Kurtisanen • **Joachim H. Campe** • Robinson der Jüngere • **Dante Alighieri** • Die Göttliche Komödie • **Daniel Defoe** • Robinson Crusoe • **Charles Dickens** • Oliver Twist • **Denis Diderot** • Jacques der Fatalist • **Fjodor Dostojewski** • Schuld und Sühne • **Arthur Conan Doyle** • Der Hund von Baskerville • **Marie von Ebner-Eschenbach** • Das Gemeindekind • **Elisabeth von Österreich** • Das Poetische Tagebuch • **Friedrich Engels** • Die Lage der arbeitenden Klasse • **Ludwig Feuerbach** • Das Wesen des Christentums • **Johann G. Fichte** • Reden an die deutsche Nation • **Fitzgerald** • Zärtlich ist die Nacht • **Flaubert** • Madame Bovary • **Gorch Fock** • Seefahrt ist not! • **Theodor Fontane** • Effi Briest • **Robert Musil** • Über die Dummheit • **Edgar Wallace** • Der Frosch mit der Maske • **Jakob Wassermann** • Der Fall Maurizius • **Oscar Wilde** • Das Bildnis des Dorian Grey • **Émile Zola** • Germinal • **Stefan Zweig** • Schachnovelle • **Hugo von Hofmannsthal** • Der Tor und der Tod • **Anton Tschechow** • Ein Heiratsantrag • **Arthur Schnitzler** • Reigen • **Friedrich Schiller** • Kabale und Liebe • **Nicolo Machiavelli** • Der Fürst • **Gotthold E. Lessing** • Nathan der Weise • **Augustinus** • Die Bekenntnisse des heiligen Augustinus • **Marcus Aurelius** • Selbstbetrachtungen • **Charles Baudelaire** • Die Blumen des Bösen • **Harriett Stowe** • Onkel Toms Hütte • **Walter Benjamin** • Deutsche Menschen • **Hugo Bettauer** • Die Stadt ohne Juden • **Lewis Caroll** • *und viele mehr….*

Robert Louis Stevenson

Der Junker Ballantrae

Inhalt

An Sir Percy Florence und Lady Shelley.

Dies ist eine Geschichte, die sich über viele Jahre erstreckt und in vielen Ländern spielt. Durch besondere Gunst der Umstände hat der Verfasser sie begonnen, fortgeführt und abgeschlossen in weit voneinander entfernten und ganz verschiedenen Landschaften. Vor allem war er viel auf der See. Der Charakter und das Schicksal der feindlichen Brüder, die Halle und das Gehölz von Durrisdeer, das Problem der trockenen Vortragsweise Mackellars und wie man seine Sprache auf höhere Gedankengänge zuschneiden könnte: alles das beschäftigte mich auf Deck in vielen sternfunkelnden Häfen, verfolgte meinen Geist auf See beim Lärm schlagender Segel und wurde oft sehr plötzlich beiseitegedrängt, wenn Böen hereinbrachen. Ich hoffe, daß diese Umgebung bei der Abfassung meiner Geschichte ihr in gewissem Grade die Gunst der Seefahrer und meerliebender Leute verschaffen wird.

Und zumindest kommt hier eine Zueignung von weither. Sie wurde geschrieben an den hallenden Küsten einer subtropischen Insel, ungefähr zehntausend Meilen von Boscombe Chine and Manor: Gegenden, die sich vor mir erheben mit den Gesichtern und Stimmen meiner Freunde.

Nun wohl, ich gehöre wieder der See und ohne Zweifel auch Sir Percy. Laßt uns das Signal geben: B.R.D.!

R.L.S.

Waikiki, 17. Mai 1889.

Erstes Kapitel

Die Ereignisse während der Irrfahrten des Junkers

Die volle Wahrheit über diese sonderbaren Ereignisse hat die Welt lange erwartet, und die öffentliche Neugier wird sie sicher willkommen heißen. Es fügte sich, daß ich auf das innigste mit den letzten Jahren und mit der Geschichte des Hauses verknüpft war, und es lebt kein Mensch, der gleich mir imstande wäre, diese Dinge klarzustellen, und gleichzeitig so begierig, sie wahrheitsgemäß zu erzählen. Ich kannte den Junker; über viele Einzelheiten seines Lebenslaufes habe ich authentische Berichte zur Hand; ich segelte mit ihm fast allein auf seiner letzten Reise; ich machte jene Winterfahrt mit, von der so manche Gerüchte ins Ausland gelangten, und ich war anwesend beim Tode des Mannes. Was meinen verstorbenen Lord Durrisdeer anlangt, so diente ich ihm ungefähr zwanzig Jahre und liebte ihn. Ich schätzte ihn um so mehr, je genauer ich ihn kennenlernte. Alles in allem glaube ich, daß es nicht richtig wäre, wenn so viele persönliche Zeugnisse verlorengingen; die Wahrheit ist eine Schuld, die ich dem Andenken meines Lords abzutragen habe, und ich glaube, meine alten Tage werden ruhiger dahinfließen und mein weißes Haar wird leichter auf den Kissen ruhen, wenn diese Dankespflicht erfüllt ist.

Die Duries von Durrisdeer und Ballantrae waren eine angesehene Familie im Südwesten seit den Tagen Davids I. Ein Vers, der noch jetzt in dem Lande bekannt ist:

Die Duries waren ein tapfres Geschlecht,
Sie ritten mit Speeren in manches Gefecht!

trägt das Kennzeichen des Alters. Und der Name erscheint auch in einer anderen Strophe, die man allgemein Thomas von Ercildoune selbst zuschreibt. Ich weiß nicht, wie weit das stimmt und mit welchem Recht manche diese Verse auf die Ereignisse meiner Erzählung beziehen:

Zwei Duries von Durrisdeer –
Der eine ins Feld, der andre getraut:
Ein böser Tag für den Freiersmann,
Ein grausiger für die Braut.

Auch ist die amtliche Geschichtsschreibung voll von ihren Taten, die nach unserer heutigen Denkungsweise nicht sehr lobenswert erscheinen. Die Familie hatte ihren vollen Anteil an den Glücks- und Unglücksfällen, denen die berühmten Häuser Schottlands von jeher unterworfen waren. Aber alles das überschlage ich, um zu jenem bemerkenswerten Jahre 1745 zu gelangen, in dem der Grund zu dieser Tragödie gelegt wurde.

Zu jener Zeit lebte im Hause von Durrisdeer nahe St. Bride am Ufer des Solway eine Familie von vier Personen. Das Haus war der Hauptsitz des Geschlechtes seit der Reformation. Mein alter Lord, der achte seines Namens, war noch nicht hochbetagt, aber er litt frühzeitig unter den Unzuträglichkeiten des Alters. Sein Platz war an der Seite des Kamins, wo er in einem gefütterten Hausrock lesend saß. Er richtete wenige Worte an die Menschen und niemals ein verletzendes an irgend jemand, er war das Vorbild eines alten zurückhaltenden Hausherrn. Und doch war sein Geist wohlgenährt mit Studien, und man schätzte ihn in dem ganzen Gebiet für klüger ein, als er sich den Anschein gab. Der Erbe oder Junker von Ballantrae, in der Taufe James genannt, erbte von seinem Vater die Liebe zu ernsthaften Büchern und daneben auch einiges von seinem Taktgefühl; aber was beim Vater wirkliche Klugheit war, wurde beim Sohn schwarze Heuchelei. Sein Benehmen nach außen kann man nur als gemein und wüst bezeichnen: er saß bis in die späte Nacht bei Wein und Karten und hatte in der ganzen Gegend den Ruf eines Mannes, der jungen Mädchen gefährlich sei. Bei allen Zusammenstößen war er an erster Stelle, aber wenn er auch immer in der vordersten Front war, zog er sich doch immer vorteilhaft aus der Affäre, und seine Genossen bei losen Streichen mußten gewöhnlich die ganze Zeche bezahlen. Dies Glück oder vielmehr diese Verschlagenheit trug ihm manches Übelwollen ein, aber bei dem Rest der Bevölkerung erhöhte es sein Ansehen, so daß man große Dinge von ihm erwartete in der Zukunft, wenn er reifer geworden wäre. Er hatte einen recht schwarzen Fleck auf seinem Namen, aber die Sache wurde damals vertuscht und durch Legendenbildung so entstellt, bevor ich dorthin kam, daß ich mich scheue, sie hier zu erzählen. Es ist wahr, für einen so jungen Menschen war es eine verabscheuungswürdige Tat, und wenn die Gerüchte falsch sind, war es eine niedrige Verleumdung. Ich betrachte es als bemerkenswert, daß er sich stets brüstete, er sei unversöhnlich. Man nahm ihn beim Wort, so daß er zu allem Überfluß unter seinen Nachbarn bekannt war als ein Mann, mit dem schlecht Kirschen essen sei. Ein junger Edelmann also, der im Jahre 1745 noch nicht vierundzwanzig Lenze zählte und doch bereits weit über seine Jahre hinaus im weiten Umkreis berüchtigt war.

Um so weniger war es zu verwundern, daß man von dem zweiten Sohn, Mr. Henry, meinem verstorbenen Lord Durrisdeer, bisher wenig gehört hatte. Er war weder sehr schlecht noch sehr begabt, sondern ein ehrenhafter und anständiger junger Mann wie viele seiner Nachbarn. Ich sagte, man hatte wenig von ihm gehört, aber man kann es besser so ausdrücken: es wurde wenig von ihm gesprochen. Unter den Lachsfischern im Firth war er gut bekannt, denn er liebte den Fischsport außerordentlich. Dann war er auch ein ausgezeichneter Pferdearzt und bekümmerte sich fast von Jugend auf lebhaft um die

Bewirtschaftung der Ländereien. Wie schwer das war angesichts der Umstände, in denen sich die Familie befand, weiß niemand besser als ich. Mit allzu wenig Berechtigung kann ein solcher Mann in den Ruf eines Tyrannen und Geizhalses geraten. Die vierte Person im Hause war Miß Alison Graeme, eine nahe Verwandte, eine Waise, die Erbin eines großen Vermögens, das ihr Vater durch Handelsgeschäfte erworben hatte. Dies Geld wurde dringend benötigt zur Aufbesserung der Finanzen meines Lords. Der Besitz war mit Hypotheken hoch belastet, und infolgedessen wurde Miß Alison bestimmt zur Gattin des Junkers, worüber sie sehr froh war. Eine andere Frage ist es, wie er sich dazu stellte. Sie war ein hübsches Mädchen und für jene Zeit sehr beherzt und eigenwillig, denn der alte Lord hatte selbst keine Tochter, und da die Lady schon lange tot war, wurde sie aufgezogen, so gut es eben ging.

Zu diesen vier Menschen gelangte eines Tages die Nachricht von der Landung des Prinzen Charlie, und sie gerieten sofort heftig aneinander. Mein Lord als alter Ofenhocker war durchaus fürs Abwarten. Miß Alison war gegenteiliger Ansicht, weil ihr alles romantisch erschien, und der Junker, der, wie ich hörte, nicht oft mit ihr übereinstimmte, war diesmal ganz ihrer Meinung. Das Abenteuer reizte ihn, soweit ich verstehe, er sah allerlei Möglichkeiten, das Vermögen seines Hauses zu vergrößern, und trug sich mit der Hoffnung, seine persönlichen Schulden auszugleichen, die weit größer waren, als man vermutete. Was Mr. Henry anbelangte, so sagte er anscheinend zunächst sehr wenig, seine Rolle begann erst später. Die drei stritten sich einen ganzen Tag lang, bevor sie sich entschlossen, einen mittleren Kurs zu steuern. Der eine Sohn sollte ausreiten, um König Jakob beizustehen, der alte Lord und der zweite Sohn sollten zu Hause bleiben, um die Partei König Georgs zu ergreifen. Das war ohne Zweifel der Entschluß des alten Lords und, wie man weiß, die Rolle, die viele angesehene Familien damals spielten.

Aber nachdem der erste Streit beigelegt war, erhob sich sofort ein zweiter. Der Lord, Miß Alison und Mr. Henry waren alle der Meinung, daß es Aufgabe des jüngeren Sohnes sei, hinauszuziehen, aber der Junker, ruhelos und eitel, war unter keinen Umständen bereit, zu Hause zu bleiben. Der Lord flehte ihn an, Miß Alison weinte, und Mr. Henry brauchte sehr deutliche Worte: alles vergeblich.

„Der direkte Erbe von Durrisdeer muß mit dem König reiten!" sagte der Junker.

„Wenn wir ein männliches Spiel trieben", antwortete Mr. Henry, „hätte es Sinn, so zu sprechen. Aber was tun wir? Wir spielen mit falschen Karten!"

„Wir retten das Haus von Durrisdeer, Henry", sagte der Vater.

„Und siehe", sagte Mr. Henry, „wenn ich gehe, und der Prinz gewinnt die Oberhand, kannst du leicht mit König Jakob Frieden schließen. Aber wenn du gehst, und die Expedition erleidet einen Fehlschlag, reißen wir Besitz und Titel auseinander. Und was wird dann aus mir?"

„Du wirst Lord Durrisdeer sein", sagte der Junker, „ich setze alles auf eine Karte."

„Ich liebe ein solches Spiel nicht!" rief Mr. Henry. „Ich werde in einer Lage sein, die kein Mann von Vernunft und Ehre ertragen kann. Ich werde weder Fisch noch Fleisch sein!" rief er aus. Und etwas später drückte er sich noch deutlicher aus, als er vielleicht beabsichtigte. „Es ist deine Pflicht, hier bei deinem Vater zu bleiben", sagte er. „Du weißt sehr wohl, daß du der Lieblingssohn bist."

„Wie?" sagte der Junker. „So spricht der Neid! Willst du in meine Fußtapfen treten, Jakob?" fragte er und legte einen häßlichen Nachdruck auf dies Wort.

Mr. Henry ging ohne Antwort zu geben am unteren Ende der Halle auf und ab, denn er wußte ausgezeichnet zu schweigen. Plötzlich kam er zurück.

„Ich bin der Jüngere, und ich muß gehen", sagte er. „Mein Lord hier ist der Herr, und er sagt, daß ich gehen muß. Was sagst du dazu, mein Bruder?"

„Ich sage dies, Harry", antwortete der Junker, „daß es nur zwei Wege gibt, wenn hartnäckige Leute aneinandergeraten: Zweikampf – ich denke, daß keiner von uns Lust hat, so weit zu gehen – oder Entscheidung durch den Zufall. Hier ist ein Goldstück. Wollen wir es entscheiden lassen?"

„Ich will dadurch stehen und fallen", sagte Mr. Henry. „Kopf: ich gehe; Wappen: ich bleibe."

Die Münze wurde hochgeworfen. Die Münze fiel und zeigte die Wappenseite.

„Das ist eine Lehre für Jakob", sagte der Junker.

„Wir alle werden das bereuen", antwortete Mr. Henry und stürzte aus der Halle.

Miß Alison ergriff das Goldstück, das soeben ihren Geliebten ins Feld gesandt hatte, und schleuderte es durch das Familienwappen in dem großen bemalten Fenster.

„Wenn du mich so liebtest, wie ich dich liebe, wärst du geblieben!“ rief sie aus.

„Ich könnte dich, Liebste, nicht lieben so sehr, liebt' ich Kampf und Ehre nicht mehr!“ sang der Junker.

„Ach!“ rief sie. „Du hast kein Herz, ich hoffe, du wirst getötet!“

Sie eilte aus dem Raum und lief weinend auf ihr Zimmer.

Es scheint, daß der Junker sich in heiterster Haltung zum Lord wandte und sagte: „Sie muß ein Teufel von einem Weib sein!“

„Ich glaube, du bist ein Teufel von einem Sohn“, rief der Vater aus. „Du, der du immer mein Lieblingssohn gewesen bist, zu meiner Schande sei es gestanden! Niemals habe ich eine gute Stunde mit dir erlebt, seit du geboren bist, nein, niemals eine gute Stunde“, und er wiederholte es zum dritten Male. Ob es die Leichtsinnigkeit des Junkers oder sein Ungehorsam oder Mr. Henrys Wort vom Lieblingssohn war, was den alten Lord so aufbrachte, weiß ich nicht, aber ich neige zu der Ansicht, daß es das letztere war, denn nach allen Berichten, die mir zur Verfügung stehen, begann er von dieser Stunde an, Mr. Henry mehr zu beachten.

Alles in allem ritt der Junker in ziemlich böser Stimmung gegen seine Familie nordwärts, woran sich die anderen mit großem Kummer erinnerten, als es zu spät schien. Durch Drohungen und Begünstigungen hatte er ungefähr ein Dutzend Leute um sich versammelt, zumeist Söhne von Pächtern. Sie waren alle ziemlich betrunken, als sie aufbrachen und den Hügel bei der alten Abtei lärmend und singend hinaufritten, die weiße Kokarde am Hut. Es war ein verzweifeltes Abenteuer für eine so kleine Schar, fast ganz Schottland ohne Unterstützung zu durchqueren. Man glaubte das um so mehr, als gerade damals, da dies Dutzend Leutchen den Hügel hinaufkletterte, ein großes Schiff aus der Flotte des Königs mit flatterndem Wimpel in der Bucht lag und sie durch die Mannschaft eines einzigen Bootes hätte aufreiben können. Am nächsten Nachmittag mußte Mr. Henry abreisen, nachdem der Junker einen genügenden Vorsprung gewonnen hatte. Ganz allein ritt er von dannen, um der Regierung König Georgs sein Schwert zur Verfügung zu stellen und ein Handschreiben seines Vaters zu überreichen. Miß Alison wurde in ihrem Zimmer eingeschlossen, bis beide fortgezogen waren. Sie weinte fast ununterbrochen, nur nähte sie die Kokarde an des Junkers Hut, die (wie John Paul mir erzählte) von Tränen durchtränkt war, als er sie ihm hinuntertrug.

In der ganzen nächsten Zeit blieben Mr. Henry und der alte Lord ihrem Plan treu. Daß sie jemals etwas unternommen hätten, ist mehr, als ich weiß, und ich glaube auch nicht, daß sie sich sehr energisch um die Sache des Königs bemühten. Sie hielten sich an ihren Treuschwur, wechselten Briefe mit dem Lord-Präsidenten, weilten ruhig zu Hause und hatten wenig oder keine Verbindung mit dem Junker, solange die Zwistigkeiten dauerten. Auch war er seinerseits nicht sehr mitteilsam. Miß Alison sandte ihm zwar stets Stafetten, aber ich weiß nicht, ob sie jemals eine Antwort erhielt. Einst ritt Macconochie für sie hin und fand die Hochländer vor Carlisle, wo der Junker in hoher Gunst stand beim Prinzen. Er nahm den Brief, wie Macconochie erzählte, öffnete ihn, überflog ihn, den Mund gespitzt wie ein Mann der flötet, und steckte ihn in seinen Gürtel. Als das Pferd aufbäumte, fiel er unbeachtet zur Erde. Macconochie hob ihn auf und nahm ihn an sich, und ich selbst habe ihn in seinen Händen gesehen. Selbstverständlich kamen Nachrichten nach Durrisdeer, wie sich eben Gerüchte im Lande verbreiten, eine Sache, die mir immer wunderbar vorkam. Auf diese Weise erfuhr die Familie allerlei von der Gunst, in der der Junker beim Prinzen stand. Man behauptete, das habe seinen Grund in einer höchst sonderbaren Kriecherei eines so stolzen Mannes, der allerdings noch mehr Ehrgeiz besaß. Er soll sich zu seiner hohen Stellung hinaufgearbeitet haben, indem er den Irländern schmeichelte. Sir Thomas Sullivan, Oberst Burke und alle andern waren sein täglicher Umgang, wodurch er seinen eigenen Landsleuten entfremdet wurde. Bei allen kleinen Intrigen hatte er seine Hand im Spiel, stellte Lord Georg tausendmal Fallen, fügte sich immer den Ansichten des Prinzen, ob sie nun gut oder schlecht waren, und scheint wie ein Spieler, der er sein ganzes Leben lang war, weniger bedacht gewesen zu sein auf die Durchführung der Kämpfe, als auf die Gunst, die er bei glücklichem Ausgang erlangen konnte. Im übrigen benahm er sich im Felde sehr tapfer, was niemand anzweifelte, denn er war kein Feigling.

Die nächste Nachricht kam von Culloden und wurde von einem der Pächtersöhne nach Durrisdeer gebracht, dem einzig Überlebenden, wie er erklärte, von allen denen, die damals singend den Hügel erklommen hatten.

Durch einen unglückseligen Zufall hatten gerade an jenem Morgen John Paul und Macconochie das Goldstück gefunden, das die Ursache alles Übels war, und das in einem Gebüsch versteckt lag. Sie waren vor der Tür gewesen, wie die Leute von Durrisdeer es nennen, nämlich in der Schenke, und so war wenig von dem Goldstück übriggeblieben und noch weniger von ihrem Verstand. Was konnte John Paul also anderes tun, als in die Halle zu stürzen, wo die Familie bei Tisch saß, und die Nachricht herauszubrüllen, daß Tam Macmorland soeben an der Pforte erschienen sei, und wehe! niemand mit ihm?

Sie hörten das Wort wie Menschen, die zum Tode verurteilt werden. Nur Mr. Henry führte die Hand zum Gesicht, und Miß Alison legte den Kopf auf die Hände. Der alte Lord war grau wie Asche.

„Ich habe noch einen Sohn", sagte er. „Und, Henry, ich will dir Gerechtigkeit widerfahren lassen – der bessere ist mir geblieben."

Eine sonderbare Sache, das in einem solchen Augenblick zu sagen, aber mein Lord hatte Mr. Henrys Rede niemals vergessen, und er trug Jahre der Ungerechtigkeit auf seinem Gewissen. Trotzdem war es eine sonderbare Sache, und mehr, als Miß Alison hingehen lassen konnte. Sie wurde heftig und tadelte den Lord wegen seiner unnatürlichen Worte und Mr. Henry, weil er hier in Sicherheit säße, während sein Bruder erschlagen läge, sich selbst aber, weil sie ihrem Geliebten beim Abschied böse Worte gegeben hatte. Sie nannte ihn den Besten von allen, rang die Hände, bekannte laut ihre Liebe und rief seinen Namen aus, so daß die Dienerschaft erstaunt dreinblickte.

Mr. Henry stand auf und hielt sich am Stuhl fest. Nun war er grau wie Asche.

„Oh", schrie er plötzlich, „ich weiß, du hast ihn geliebt!"

„Die Welt weiß es, so wahr mir Gott helfe!" rief sie, und dann sagte sie zu Mr. Henry:

„Aber ich allein weiß, daß du ihn in deinem Herzen verraten hast!"

„Gott weiß", murmelte er, „es war verlorene Liebesmühe auf beiden Seiten."

Die Zeit floß nun in diesem Hause dahin ohne viel Ereignisse, nur waren jetzt drei statt vier, was immer wieder an den Verlust erinnerte. Das Geld Miß Alisons war, wie man vor Augen halten muß, für das Besitztum dringend erforderlich, und da der eine Bruder tot war, wurde es bald zu einer Herzensangelegenheit des alten Lords, den anderen Sohn mit ihr verheiratet zu sehen. Tagein, tagaus versuchte er auf sie einzuwirken. Er saß zur Seite des Kamins, den Finger in seinem lateinischen Buch, die Augen mit einer Art liebenswürdigen Eindringlichkeit auf ihr Gesicht gerichtet, wie es dem alten Herrn so gut stand.

Wenn sie weinte, tröstete er sie wie ein bejahrter Mann, der schlimmere Zeiten erlebt hat, und nun auch über Kümmernisse ruhiger denkt. Geriet sie in Zorn, begann er wieder in seinem lateinischen Buch zu lesen, aber immer mit einer höflichen Ausrede. Bot sie ihm, wie es öfter geschah, ihr Geld zum Geschenk an, bewies er ihr, wie wenig das mit seiner Ehre zu vereinen sei, und gab ihr zu bedenken, wenn sie darauf beharrte, daß Mr. Henry dies ohne Zweifel ablehnen würde. Sein Lieblingswort war: *non vi sed saepe cadendo*, und seine ruhige Beharrlichkeit verringerte ohne Zweifel allmählich ihren Widerstand. Gewiß hatte er großen Einfluß auf das junge Mädchen, da er beide Eltern bei ihr vertreten hatte, weshalb sie auch mit dem Geist der Duries erfüllt war und große Zugeständnisse an das Wohlergehen von Durrisdeer machen wollte, wenn sie sich auch nicht dazu verstanden hätte, glaube ich, meinen armen Herrn zu heiraten. Aber sonderbarerweise kam ihm der Umstand zu Hilfe, daß er außerordentlich unbeliebt war.

Das war das Werk Tam Macmorlands. Tam war ein harmloser Bursche, aber er hatte eine große Schwäche: eine lose Zunge, und da er der einzige Mensch in der Gegend war, der mit draußen gewesen oder vielmehr wiedergekommen war, fand er leicht Gehör. Wer im Kampf unterlegen ist, will mir scheinen, ist immer geneigt, andern zu erzählen, daß er verraten wurde. Nach Tams Bericht waren die Rebellen bei jeder Gelegenheit und von jedem ihrer Offiziere betrogen worden, sie waren verraten worden bei Derby, sie waren verraten worden bei Falkirk. Der Nachtmarsch war ein Verräterstück von Lord Georg, und die Schlacht von Culloden ging verloren durch den Verrat der Macdonalds. Die Gewohnheit, stets von Verrat zu reden, bemächtigte sich dieses Narren so sehr, daß er schließlich Mr. Henry auch nicht mehr schonte. Nach seiner Ansicht hatte Mr. Henry die Burschen von Durrisdeer verraten, er hatte versprochen, mit mehr Leuten zu folgen, und statt dessen war er zum König Georg geritten.

„Ach, und am nächsten Tage!“ pflegte Tam auszurufen. „Der arme gute Junker und die armen feinen Kerle, die mit ihm ritten, waren kaum jenseits der Klippe, als er sie im Stich ließ, der Judas! Nun, er hat seinen Weg gemacht, er ist Lord, trotz allem, aber unter der Hochlandheide liegt mancher kalte Leichnam!“

Bei diesen Worten pflegte Tam, falls er betrunken war, in Tränen auszubrechen.

Wenn einer lange genug redet, findet er Glauben. Die schlechte Meinung vom Benehmen Mr. Henrys verbreitete sich allmählich in der ganzen Gegend. Leute, die das Gegenteil wußten, aber keine genauen Einzelheiten kannten, sprachen darüber, und man hörte und glaubte es. Unwissende und Übelwollende verbreiteten es als Evangelium. Mr. Henry wurde allmählich gemieden. Kurze Zeit darauf begann das gemeine Volk zu murren, wenn er vorüberging, und die Frauen, die immer am kühnsten sind, weil sie sich am sichersten fühlen, begannen ihm Vorwürfe ins Gesicht zu schleudern.

Der Junker wurde zum Heiligen erklärt. Man entsann sich, daß er die Pächter niemals bedrückt hatte, was er tatsächlich auch nie tat, es sei denn, daß er viel Geld ausgab. Er war vielleicht ein wenig wüst, sagte das Volk, aber wieviel besser war ein natürlicher und wilder Kerl, der bald ruhiger geworden wäre, als ein dürrer Geizhals, der seine Nase in die Abrechnungsbücher steckte, um die armen Pächter zu bedrücken. Eine Dirne, die ein Kind vom Junker hatte und nach allen vorliegenden Berichten sehr schlimm von ihm behandelt worden war, machte sich sogar zur Vorkämpferin seiner Ehre. Eines Tages schleuderte sie einen Stein gegen Mr. Henry.

„Wo ist mein guter Junge, der dir vertraute?“ schrie sie.

Mr. Henry hielt sein Pferd an und sah sie mit weißen Lippen an. „Nun, Jeß“, sagte er, „auch du? Du solltest mich besser kennen!“ Denn er hatte ihr mit seinem Gelde ausgeholfen.

Das Weib ergriff einen zweiten Stein, als wollte sie ihn werfen, und er riß die Hand, die die Reitpeitsche hielt, nach oben, um sein Gesicht zu schützen.

„Was? Du willst ein Mädel schlagen, du dreckiger ...?“ schrie sie und lief heulend von dannen, als ob er sie gezüchtigt hätte.

Am nächsten Tage breitete sich das Gerücht wie Lauffeuer in der Gegend aus, Mr. Henry habe Jessie Broun fast zu Tode geprügelt. Ich erzähle das, um klarzumachen, wie die Lawine wuchs, und wie eine Verleumdung die andere hervorbrachte, bis mein armer Herr so verschrien war, daß er das Haus zu hüten begann gleich dem alten Lord. In der ganzen Zeit beklagte er sich selbstverständlich daheim niemals. Der Urgrund des Skandals war eine zu heikle Angelegenheit, und Mr. Henry war sehr stolz und ein außergewöhnlich hartnäckiger Schweiger. Der alte Lord muß schließlich durch John Paul, falls durch niemand sonst, davon gehört oder wenigstens die Änderung in der Lebensweise seines Sohnes beobachtet haben. Wahrscheinlich aber war auch er nicht unterrichtet, wie stark die Feindschaft war, und was Miß Alison betrifft, so kümmerte sie sich überhaupt nicht um Gerüchte und brachte ihnen keinerlei Interesse entgegen, wenn man sie ihr zutrug.

Als die Empörung ihren Höhepunkt erreicht hatte (später verringerte sie sich, und niemand wußte warum), fand eine Wahl statt in der Stadt St. Bride, die ganz nahe bei Durrisdeer liegt, am Swiftsee. Irgendeine Unruhe machte sich unter den Leuten bemerkbar, aber ich vergaß, was es war, wenn ich es jemals gewußt habe. Man erzählte allgemein, es würde vor Anbruch der Nacht blutige Köpfe geben, der Sheriff habe sogar Soldaten angefordert von Dumfries. Der alte Lord war dafür, daß Mr. Henry anwesend sein solle, er stellte ihm vor, es sei notwendig für das Ansehen des Hauses, sich einmal wieder zu zeigen. „Man wird bald behaupten", sagte er, „daß wir die Führung in unserem Gebiete verlieren."

„Eine merkwürdige Führung, die ich übernehmen soll", sagte Mr. Henry, und als sie ihn um eine Erklärung baten, fügte er hinzu: „Ich will euch die volle Wahrheit sagen, ich darf mein Gesicht draußen nicht blicken lassen."

„Du bist der erste dieses Hauses, der das sagt", rief Miß Alison.

„Wir wollen alle drei gehen", sagte der alte Lord, und tatsächlich zog er seine Stiefel an, das erstemal seit vier Jahren, und ein schwieriges Geschäft für John Paul. Miß Alison erschien im Reitkleid, und alle drei machten sich auf den Weg nach St. Bride.

Die Straßen waren voll vom Pöbel aus der ganzen Gegend. Kaum hatten die Leute Mr. Henry erblickt, als sie zu zischen begannen. Dann fingen sie an zu brüllen, und man hörte Schreie wie Judas! und „Wo ist der Junker?" und „Wo sind die armen Kerle, die mit ihm hinausritten?" Selbst ein Stein wurde geschleudert, aber die meisten verurteilten das, zum Glück für den alten Lord und Miß Alison. Nach zehn Minuten wußte der Lord, daß Mr. Henry recht gehabt hatte. Er sagte kein Wort, warf sein Pferd herum und ritt heim, das Kinn auf der Brust. Auch Miß Alison sprach nicht. Ohne Zweifel dachte sie aber um so mehr nach, und ohne Zweifel war ihr Stolz verletzt, denn sie war eine gebürtige Durie, und ebenso gewiß rührte es an ihr Herz, ihren Vetter so unwürdig behandelt zu sehen. In jener Nacht legte sie sich nicht schlafen. Ich habe meine Lady oft getadelt. Aber wenn ich mich jener Nacht erinnere, verzeihe ich ihr gern alles. Am nächsten Morgen kam sie in aller Frühe zum alten Lord, der an seinem gewohnten Platz saß.

„Wenn Henry mich noch will“, sagte sie, „kann er mich jetzt haben.“ Zu Henry selbst redete sie anders: “Ich bringe dir keine Liebe entgegen, Henry, aber, Gott weiß es, alles Mitleid der Welt.“

Der erste Juni 1748 war der Tag ihrer Hochzeit. Im Dezember desselben Jahres langte ich an den Toren des großen Hauses zum erstenmal an, und von diesem Zeitpunkt an berichte ich über die Ereignisse, die unter meinen eigenen Augen geschahen, wie ein Zeuge vor Gericht.

Zweites Kapitel

Die Ereignisse während der Irrfahrten des Junkers (Fortsetzung)

Ich vollendete meine Reise gegen Ende eines kalten Dezembermonats. Es war harter, trockener Frost, und wer sollte mein Führer sein, wenn nicht Patey Macmorland, der Bruder Tams! Er war ein strohköpfiger, barfüßiger Bursche von zehn Jahren und schwätzte mehr üble Dinge, als ich sonst jemals gehört habe, weil er schon beizeiten aus dem Faß seines Bruders geschöpft hatte. Ich war selbst noch nicht sehr alt, der Stolz hatte noch nicht die Überhand gewonnen über die Neugier, und wahrscheinlich hätte jedermann interessiert gelauscht, wenn er an jenem kalten Morgen das ganze Geklatsch der Gegend gehört hätte und ihm alle Plätze gezeigt worden wären, an denen sonderbare Dinge geschehen waren. Als wir durch die Moore gingen, hörte ich Erzählungen von Claverhouse, und als wir auf der Höhe der Klippen waren, Geschichten vom Teufel. Bei der Abtei vernahm ich manches von den alten Mönchen und mehr noch von den Schmugglern, die die Ruinen als Lagerplatz benutzen und deshalb in Schußweite von Durrisdeer an Land gehen. Die Duries und der arme Mr. Henry wurden bei jeder Verleumdung an erster Stelle genannt. So war mein Geist mit Vorurteilen beladen gegen die Familie, in deren Dienst ich treten sollte, und ich war fast überrascht, als ich Durrisdeer selbst sah, das an einer schönen, geschützten Bucht liegt, zu Füßen des Abteihügels. Das Haus ist geräumig nach französischer oder vielleicht italienischer Art gebaut, ich verstehe nichts von dieser Kunst. Das Besitztum ist von Gärten, Wiesen, Gebüsch und Bäumen so schön umgeben, wie ich es sonst nie gesehen habe. Das Geld, das hier unnützerweise verbaut war, hätte die Familie allein wieder auf einen grünen Zweig bringen können, aber so kostete es ein Vermögen, um alles in Ordnung zu halten.

Mr. Henry kam selbst zur Pforte, um mich willkommen zu heißen: ein großer, dunkelhaariger junger Herr (die Duries sind alle schwarzhaarig) von unbedeutendem und nicht sehr liebenswürdigem Gesichtsausdruck, von starkem Körperbau, aber keiner ebenso starken Gesundheit. Er nahm mich ohne Stolz bei der Hand und führte mich mit einfachen und freundlichen Reden ins Haus. Er leitete mich zur Halle in meinen Wanderstiefeln, um mich dem alten Lord vorzustellen. Es war noch hell, und das erste, was ich sah, war ein Stück durchsichtiges Glas inmitten des Familienwappens in dem bunten Fenster. Ich empfand das als eine Verunstaltung des Raumes, der sonst so hübsch war, mit seinen Familienbildern, der getäfelten Decke, den Leuchtern und dem geschnitzten Kamin, an dessen einer Ecke der alte Lord saß und in seinem Livius blätterte. Er war wie Mr. Henry, von demselben einfachen Benehmen, nur feiner und liebenswürdiger, und auch sein Gespräch war tausendmal unterhaltender. Er stellte mir, wie ich mich entsinne, viele Fragen, über das Kolleg in Edinburgh, wo ich gerade mein Examen bestanden hatte, und über die verschiedenen Professoren, die er mitsamt ihren Leistungen eingehend zu kennen schien. Da wir also über Dinge sprachen, von denen ich genau Bescheid wußte, vermochte ich in meiner neuen Umgebung bald frei zu reden.

Mitten im Gespräch trat Mrs. Henry ein. Ihr Zustand war weit vorgeschritten, da die kleine Katharine in ungefähr sechs Wochen erwartet wurde, so daß ich von ihrer Schönheit auf den ersten Blick keinen starken Eindruck erhielt. Sie behandelte mich auch mit mehr Herablassung als die anderen, und so stellte ich sie an den dritten Platz in meiner Hochschätzung.

Nicht lange dauerte es, bis alle Geschichten Patey Macmorlands mir unglaubwürdig erschienen und ich ein ergebener Diener des Hauses Durrisdeer wurde, was ich seither immer blieb. Vor allen liebte ich Mr. Henry. Mit ihm arbeitete ich und fand in ihm einen anspruchsvollen Herrn, der alle Freundlichkeit aufsparte für jene Stunden, in denen wir unbeschäftigt waren. Im Büro des Verwalters belud er mich nicht nur mit Arbeit, sondern beobachtete mich auch mit sonderbarem Mißtrauen. Schließlich blickte er eines Tages mit einer gewissen Scheu von seinen Papieren auf und sagte: „Mr. Mackellar, ich glaube, ich muß Ihnen sagen, daß ich mit Ihnen sehr zufrieden bin." Das war das erste Wort der Anerkennung. Von diesem Tage an war sein Mißtrauen gegenüber meiner Arbeit vermindert, und bald hieß es Mr. Mackellar hier und Mr. Mackellar dort bei der ganzen Familie. Ich habe auf Durrisdeer nun fast meine ganze Arbeit nach eigener Zeiteinteilung und nach eigenem Belieben erledigt ohne jemals wegen eines einzigen Pfennigs Differenzen zu bekommen. Selbst damals, als Mr. Henry mich noch antrieb, schlug mein Herz schon für ihn, allerdings teilweise aus Mitleid, denn er war ein unaussprechlich unglücklicher Mensch. Manchmal geriet er über den Ziffern in tiefes Nachdenken und starrte ins Buch oder aus dem Fenster, und der Ausdruck seines Gesichtes und die Seufzer, die er ausstieß, erregten in mir starke Neugier und Mitgefühl. Eines Tages waren wir im Verwaltungsbüro noch spätabends bei der Arbeit, wie ich mich entsinne. Dieser Raum liegt ganz oben im Hause und bietet einen Ausblick über die Bucht und eine kleine bewaldete Landzunge auf der langen Sandbank. In der untergehenden Sonne sahen wir die Schmuggler in großer Zahl mit ihren Pferden, wie sie am Strande hin und her eilten. Mr. Henry starrte nach Westen, und ich wunderte mich, daß er nicht von der Sonne geblendet wurde. Plötzlich runzelte er die Stirn, rieb sich die Brauen mit der Hand und wandte sich lächelnd mir zu.

„Sie erraten nicht, woran ich dachte", sagte er. „Ich dachte, wieviel glücklicher ich wäre, wenn ich mit diesen Verbrechern reiten und mein Leben aufs Spiel setzen könnte."

Ich antwortete ihm, daß ich schon bemerkt hätte, er sei in schlechter Laune; man habe ja die Gewohnheit, andere zu beneiden und sich einzubilden, ein Wechsel in der Lebensführung biete Vorteile. Dabei zitierte ich Horaz, wie ein junger Mann, der frisch von der Universität kommt.

„Ja, so ist es", sagte er, „und nun wollen wir wieder zu unseren Abrechnungen zurückkehren."

Erst kurze Zeit vorher hatte ich Wind bekommen von den Dingen, die ihn so schwer bedrückten. Tatsächlich konnte ein Blinder sehen, daß ein Schatten über dem Hause lag, der Schatten des Junkers von Ballantrae. Tot oder lebendig (und man glaubte damals, er sei tot) war dieser Mann der Rivale seines Bruders: sein Rivale draußen, wo kein gutes Wort über Mr. Henry gesprochen wurde und man nichts hörte als Mitleid mit dem Junker und Loblieder auf ihn; und sein Rivale zu Hause, nicht nur beim Vater und bei seiner Frau, sondern sogar bei den Dienstboten.

Zwei alte Bedienstete waren die Anstifter: John Paul, ein kleiner, glatzköpfiger, feierlicher und dickbäuchiger Mensch, der immer von Frömmigkeit redete und alles in allem ein ganz zuverlässiger Diener war. Er war der Führer unter den Anhängern des Junkers. Niemand durfte sich so weit vorwagen wie John. Es machte ihm Vergnügen, Mr. Henry öffentlich verächtlich zu machen, wobei er oft üble Vergleiche brauchte. Der alte Lord und Mrs. Henry tadelten ihn zwar, aber nie so scharf, wie sie gemußt hätten, und er brauchte nur sein tränenüberströmtes Gesicht zu erheben und seine Klagen über den Junker – „seinen Jungen", wie er ihn nannte – auszustoßen, um alle zu versöhnen. Was Mr. Henry betrifft, so ließ er alles stillschweigend hingehen, indem er manchmal traurig und manchmal auch böse dreinblickte. Er wußte, daß er mit einem Toten nicht in Wettbewerb treten konnte, und einen alten Diener wegen übergroßer Anhänglichkeit zu tadeln war ihm unmöglich. Dafür fehlte ihm jede Ausdrucksmöglichkeit.

Macconochie war der Anführer der anderen Partei, ein alter, übelbeleumdeter, fluchender, zänkischer und trunksüchtiger Hund. Ich habe oft darüber nachgedacht, wie sonderbar die menschliche Natur ist, und warum diese beiden Diener zu Lobrednern von Männern wurden, die das gerade Gegenteil von ihnen selbst darstellten. Sie schwärzten ihre eigenen Fehler an und machten sich lustig über ihre eigenen Tugenden, soweit sie sie bei ihren Herren sahen. Macconochie hatte alsbald meine stille Zuneigung ausgekundschaftet, zog mich ins Vertrauen und schimpfte stundenlang über den Junker, so daß selbst meine Arbeit darunter litt.

„Sie sind alle verrückt hier", pflegte er auszurufen, „und der Teufel soll sie holen! Der Herr Junker – wer ihn so nennt, soll verrecken! Mr. Henry ist jetzt unser Herr! Sie waren alle nicht begeistert für den Junker, als er sie noch in seinen Klauen hatte, das kann ich Ihnen sagen! Verflucht sei sein Name! Niemals habe ich ein gutes Wort von seinen Lippen gehört noch sonst jemand, immer nur Schimpfen und Poltern und freches Fluchen – der Teufel hole ihn! Seine Bosheit war ohnegleichen, und das soll ein Gentleman gewesen sein! Haben Sie von Wully White dem Weber gehört, Mr. Mackellar? Nein? Nun, Wully war ein eigenartiger Heiliger, ein trockener Kerl, keiner von meiner Sorte, ich konnte ihn nicht ansehen. Aber er war in seiner Art sehr tüchtig, und eines Tages machte er dem Junker Vorwürfe wegen seiner Missetaten. Gewiß eine edle Angelegenheit für den Junker von Ballantrae, sich mit einem Weber herumzuschlagen, nicht wahr?"

Macconochie lächelte spöttisch und sprach den vollen Namen des Junkers nie aus, ohne seinen Haß fühlen zu lassen.

„Aber so war's, eine feine Sache: er polterte vor der Tür des Mannes, erschreckte ihn durch Schreie und warf Schießpulver auf seinen Herd und Feuerwerk durch sein Fenster, bis der alte Mann glaubte, der Teufel wolle ihn holen. Um die Sache kurz zu machen: Wully wurde verrückt. Schließlich konnten sie ihn nicht mehr von den Knien bringen, er jammerte und betete und trieb es so fort, bis er erlöst wurde. Es war glatter Mord, das sagte jeder. Fragt nur John Paul, er war tief beschämt über dies Spiel, denn er ist ja ein so frommer Christ! Eine große Tat für den Junker von Ballantrae!"

Ich fragte ihn, wie der Junker selbst darüber gedacht habe. „Wie soll ich das wissen?" antwortete er. „Er hat nie darüber gesprochen."

Und dann begann er wieder zu schimpfen und fluchen und ab und zu ein „Junker von Ballantrae" näselnd herauszustoßen. In einer solchen vertraulichen Stunde zeigte er mir auch den Brief von Carlisle, auf dem noch der Huftritt des Pferdes zu sehen war. Das war unsere letzte geheime Unterredung, denn er sprach sich damals so mißliebig über Mrs. Henry aus, daß ich ihn scharf zurechtwies und von Stund an fernhielt.

Der alte Lord war gleichmäßig liebenswürdig gegen Mr. Henry. Er zeigte sich sogar manchmal recht dankbar, klopfte ihm auf die Schulter und sagte, als ob er es allen Menschen mitteilen wollte: „Ein guter Sohn ist dies!" Und er war ohne Zweifel dankbar, denn er besaß Vernunft und Gerechtigkeitsgefühl. Aber ich glaube, das war alles, und ich bin sicher, daß Mr. Henry ebenso dachte. Die Liebe gehörte ganz und gar dem verstorbenen Sohn. Allerdings kam das selten zum Ausdruck und in meiner Gegenwart nur einmal. Der alte Lord fragte mich eines Tages, wie ich mit Mr. Henry fertig würde, und ich berichtete ihm die Wahrheit.

„Nun wohl", sagte er und blickte seitwärts in das brennende Feuer; „Henry ist ein guter Junge, ein sehr guter Junge. Haben Sie gehört, Mr. Mackellar, daß ich noch einen Sohn hatte? Ich fürchte, er war nicht so tugendhaft wie Mr. Henry, aber bedenken Sie, er ist tot! Zu seinen Lebzeiten waren wir alle sehr stolz auf ihn, sehr stolz. Wenn er auch manchmal nicht so war, wie wir es gewünscht hätten – nun, vielleicht haben wir ihn mehr geliebt!" Dabei blickte er sinnend ins Feuer, und dann sagte er sehr lebhaft zu mir: „Aber ich bin erfreut, daß Sie so gut mit Mr. Henry auskommen, er wird Ihnen ein gütiger Herr sein." Dann öffnete er sein Buch – immer ein Zeichen, daß ich entlassen war. Aber er las wohl nur wenig und verstand noch weniger, das Schlachtfeld von Culloden und der Junker beherrschten seine Gedanken, und die meinen waren belastet mit einer unnatürlichen Eifersucht auf den toten Mann zugunsten von Mr. Henry, die schon damals in mir wuchs.

Von Mrs. Henry werde ich zuletzt sprechen, so daß solche Ausdrücke für mein Gefühl zunächst noch unbegründet herb erscheinen mögen. Der Leser soll selbst urteilen, wenn ich von ihr erzählt habe. Aber zunächst muß ich über ein anderes Geschehnis berichten, das mich vertrauter machte mit den Verhältnissen. Ich war noch nicht sechs Monate auf Durrisdeer, als John Paul krank wurde und das Bett hüten mußte. Nach meiner Ansicht war Trunksucht die Ursache seines Leidens, aber man pflegte ihn wie einen kranken Heiligen, und er benahm sich auch so. Selbst der Geistliche, der ihn besuchte, bekannte, daß er erbaut sei von ihm. Am dritten Tage der Krankheit kam Mr. Henry zu mir mit Leichenbittermiene.

„Mackellar", sagte er, „ich möchte Sie um einen kleinen Gefallen bitten. Wir bezahlen eine kleine Rente, die John abzuliefern pflegt, und da er krank ist, weiß ich niemand, den ich damit beauftragen könnte, als Sie. Die Sache ist recht unangenehm, ich selbst könnte das Geld aus verschiedenen Gründen nicht eigenhändig hintragen. Macconochie, der ein Schwätzer ist, darf ich nicht schicken, und – ich möchte, daß Mrs. Henry von der Sache nichts erfährt." Er wurde rot bis über die Ohren, als er das sagte.

Um die Wahrheit zu gestehen, glaubte ich, es handle sich um einen Fehltritt Mr. Henrys selbst, als ich feststellte, daß ich einer gewissen Jessie Broun das Geld hintragen sollte. Um so tiefer war der Eindruck, als ich die Wahrheit erfuhr.

Jessie wohnte in einer üblen Seitengasse von St. Bride. Der Bezirk war von Pöbel bewohnt, größtenteils von Schmugglern. Zuerst begegnete ich einem Mann mit verbeultem Schädel, und dann auf halbem Wege hörte ich in einer Kneipe radaulustige und singende Burschen, obgleich es noch nicht neun Uhr war in der Frühe. Ich hatte nie schlimmeres Pack gesehen, selbst nicht in der großen Stadt Edinburgh, und hatte große Lust umzukehren. Jessies Zimmer paßte ganz zu ihrer Umgebung, und sie selbst war auch nicht besser. Sie wollte mir keine Quittung geben, die Mr. Henry mich beauftragt hatte zu verlangen – denn er war sehr pedantisch –, bis sie Schnaps geholt und ich ein Glas mit ihr getrunken hätte. Die ganze Zeit benahm sie sich leichtfertig und kindisch, indem sie zeitweilig die Manieren einer Lady nachäffte und dann wieder allerlei unsinnige Redensarten gebrauchte, bis sie mir Liebesanträge machte, die mich anwiderten. Von dem Gelde sprach sie in tragischen Worten.

„Blutgeld ist es!“ sagte sie. „Das ist meine Ansicht, Blutgeld für einen Verrat! Sehen Sie nicht, wie ich heruntergekommen bin? Ach, wenn mein guter Junge wieder hier wäre, dann wäre alles anders. Aber er ist tot, er liegt im Hochland begraben! Der gute Junge, der gute Junge!“

Sie hatte eine verrückte Art, von ihrem guten Jungen zu sprechen, sie rang die Hände und verdrehte die Augen, als ob sie bei wandernden Schauspielern in die Lehre gegangen wäre. Ich hatte die Empfindung, daß ihr ganzer Kummer nur vorgetäuscht war, und daß sie das Geschäft betrieb, weil ihre Schande jetzt alles war, auf das sie stolz sein konnte. Ich will nicht behaupten, daß sie mir nicht leid tat, aber mein Mitleid war mit Verachtung gepaart, und schließlich hörte es ganz auf. Das geschah, als sie mich als Zuhörer satt hatte und schließlich ihren Namen unter die Quittung setzte. „Hier!“ sagte sie, stieß höchst unweibliche Flüche aus und forderte mich auf zu gehen und die Quittung dem Judas hinzutragen, der mich gesandt hätte. Zum ersten Male hörte ich damals diese Bezeichnung auf Mr. Henry angewandt, ich war verdutzt über die plötzliche Heftigkeit ihrer Ausdrücke und verließ den Raum wie ein getretener Hund unter dem Hagel ihrer Verwünschungen. Aber selbst dann war ich noch nicht frei, denn die Hexe riß das Fenster auf, lehnte sich heraus und fuhr fort mich zu lästern, während ich die Gasse hinunterschritt. Die Schmuggler kamen aus der Wirtshaustür, begannen ebenfalls zu spötteln, und einer besaß die Unmenschlichkeit, einen wütigen kleinen Hund auf mich zu hetzen, der mich in die Wade biß. Das war eine üble Lehre, wenn ich noch einer bedurft hätte, um solch wüste Gesellschaft zu meiden. Ich ritt nach Hause mit Schmerzen vom Biß und sehr verstimmt in meinem Herzen. Mr. Henry war im Verwaltungszimmer und tat so, als ob er arbeitete, aber ich merkte, daß er ungeduldig auf den Bericht über meinen Gang wartete.

„Nun?“ fragte er, sobald ich eintrat, und als ich ihm erzählt hatte, was geschehen war, und daß Jessie die Unterstützung nicht verdiente und sehr undankbar sei, sagte er: „Sie ist mit mir nicht befreundet, aber, Mackellar, ich darf mich nur weniger Freunde rühmen, und Jessie hat Ursache ungerecht zu sein. Ich will nicht verschweigen, was die ganze Gegend weiß: sie wurde von einem Mitglied unserer Familie sehr schlecht behandelt.“ Es war das erstemal, daß er andeutungsweise von dem Junker sprach, und ich glaube, auch das war ihm noch zuviel, denn gleich darauf fügte er hinzu: „Ich hätte lieber nichts sagen sollen, es könnte Mrs. Henry und meinem Vater weh tun“, und wieder wurde er rot.

„Mr. Henry“, sagte ich, „wenn ich mir erlauben darf, Ihnen einen Rat zu geben, so würde ich diese Frau laufen lassen. Was nützt einer solchen Person Ihr Geld? Sie ist weder nüchtern noch sparsam, und was ihre Dankbarkeit betrifft, so könnten Sie eher Wein aus Granit zapfen, und wenn Sie Ihre Freigebigkeit beschränkten, hätte das keine anderen Folgen, als daß die Waden Ihrer Boten geschont würden.“

Mr. Henry lächelte. „Ihre Wade tut mir wirklich leid“, sagte er mit angemessenem Ernst.

„Erwägen Sie bitte“, fuhr ich fort, „daß ich Ihnen diesen Rat nach reiflicher Überlegung gebe, obgleich mein Herz anfangs für die Frau eingenommen war.“

„Das ist es, sehen Sie!“ antwortete Mr. Henry. „Und denken Sie daran, daß ich sie einst als sehr niedliches Mädel kannte. Übrigens habe ich Rücksicht zu nehmen auf den Ruf meiner Familie, wenn ich auch wenig davon spreche.“

Dann brach er die Unterredung ab, die erste, die wir in solcher Vertraulichkeit führten. Aber am Nachmittag schon bekam ich Gewißheit, daß sein Vater über die ganze Sache vollständig unterrichtet war, und daß Mr. Henry das Geheimnis nur seiner Frau gegenüber wahren wollte.

„Ich fürchte, Sie hatten heute ein unangenehmes Geschäft zu erledigen?“ sagte der Lord zu mir. „Und da es in keiner Weise zu Ihren Pflichten gehört, wünsche ich Ihnen meinen Dank auszusprechen und gleichzeitig ans Herz zu legen, falls Mr. Henry es nicht getan hat, daß es sehr wünschenswert wäre, wenn meine Tochter nichts davon erführe. Gedanken über Tote, Mr. Mackellar, sind doppelt peinlich.“

Zorn brannte in meinem Herzen, und ich hätte dem Lord ins Gesicht sagen können, wie wenig angebracht es sei, das Bild des Toten im Herzen von Mrs. Henry zu hegen, und wieviel besser es wäre, das falsche Götzenbild zu zerstören. Schon damals sah ich ziemlich genau, wie es mit meinem Herrn und seiner Frau stand.

Meine Feder ist wohl imstande, eine einfache Geschichte klar niederzuschreiben, aber ich zweifle, ob es mir gelingt, die Wirkung von unendlich vielen kleinen Einzelheiten wiederzugeben, deren jede für sich nicht wert ist berichtet zu werden, und die Geschichte von Blicken und die Bedeutung von Worten, die an sich nicht viel sagen, klarzumachen. Auf einer halben Seite soll ich das Wesentliche aus achtzehn Monaten berichten.

Der Fehler, um es geradeheraus zu sagen, lag ganz bei Mrs. Henry. Sie hielt es für ein Verdienst, ihre Einwilligung zur Ehe gegeben zu haben und sah sie wie ein Märtyrertum an, worin der alte Lord sie bestärkte, mit oder ohne Wissen. Auch ihre Treue gegenüber dem Toten hielt sie für ein Verdienst, obgleich diese Treue einem zarteren Gewissen eher als Untreue gegenüber dem Lebenden erschienen wäre, aber auch hier fand sie Unterstützung bei dem Lord. Ich glaube, er war glücklich, über seinen Verlust sprechen zu können, und schämte sich vor Mr. Henry, dabei zu verweilen. Ohne Zweifel veranlaßte er zumindest eine Art Gruppenbildung in dieser Familie von drei Köpfen, und ausgeschlossen wurde dabei der Ehemann. Es scheint eine alte Sitte gewesen zu sein, daß der Lord seinen Wein beim Kamin einnahm, wenn die Familie allein in Durrisdeer war, und anstatt sich zurückzuziehen, pflegte Mrs. Allison einen Stuhl heranzuziehen und sich mit ihm allein zu unterhalten. Auch als sie die Frau meines Herrn geworden war, wurde diese Gepflogenheit beibehalten. Die innige Vertrautheit des alten Herrn mit seiner Tochter wäre an sich sehr schön gewesen, aber ich war ein zu überzeugter Parteigänger Mr. Henrys, um nicht über seinen Ausschluß erbost zu sein. Häufig genug sah ich, wie er offensichtlich einen Entschluß faßte, den Tisch verließ und zu seiner Frau und Lord Durrisdeer ging, die ihn ihrerseits stets herzlich willkommen hießen, sich ihm wie einem aufdringlichen Kind zuwandten und ihn mit so schlecht verborgenem Eifer ins Gespräch zogen, daß er bald wieder bei mir am Tisch war, wo man nur das leise Gemurmel der Stimmen am Kamin hören konnte – so groß ist die Halle von Durrisdeer. Dort pflegte er nun zu sitzen und die anderen zu beobachten, und ich mit ihm. Manchmal, wenn das Haupt des alten Herrn sorgenvoll nickte, wenn seine Hand den Scheitel Mrs. Henrys berührte oder die ihre wie zum Trost seine Knie streichelte; und wenn sie tränennasse Blicke wechselten, zogen wir die Schlußfolgerung, daß das Gespräch wieder einmal den alten Gegenstand streifte und der Schatten des Toten in der Halle war.

Es gibt Stunden, in denen ich Mr. Henry den Vorwurf mache, daß er alles zu geduldig ertrug, aber man muß sich erinnern, daß er aus Mitleid geheiratet wurde, und daß er sein Weib unter solchen Bedingungen hinnahm. Er fand in der Tat auch wenig Ermutigung, Widerstand zu leisten. Einst bemerkte er, er habe einen Mann ausfindig gemacht, der in der Lage sei, das bunte Fenster auszubessern, eine Angelegenheit, die ohne Zweifel zu seinen Obliegenheiten gehörte, da er alle geschäftlichen Angelegenheiten erledigte. Aber für des

Junkers Freunde war das Glas wie eine Reliquie, und beim ersten Wort über eine Ausbesserung stieg Mrs. Henry das Blut ins Gesicht.

„Ich bin erstaunt über dich!" rief sie aus.

„Ich bin erstaunt über mich selbst!" sagte Mr. Henry mit größerer Bitterkeit, als ich sie jemals bei ihm bemerkt hatte.

Nun mischte sich der alte Lord mit weicher Rede ins Gespräch, so daß vor Abschluß der Mahlzeit alles vergessen schien, aber als sich das Paar nach dem Essen wie gewöhnlich zum Kamin zurückgezogen hatte, sahen wir, wie Mrs. Henry ihren Kopf weinend auf seine Knie legte. Mr. Henry setzte sein Gespräch mit mir über irgendeine Wirtschaftsangelegenheit fort. Er konnte kaum über andere Dinge sprechen als geschäftliche und war nie ein guter Gesellschafter, aber an diesem Tage hielt er hartnäckig aus, während sein Blick immer wieder zum Kamin wanderte und seine Stimme eine andere Tonlage annahm, ohne daß er seinen Vortrag abbrach. Die Scheibe jedoch wurde nicht ersetzt, und ich glaube, er betrachtete das als schwere Niederlage.

Ob er nun energisch genug war oder nicht – gütig genug war er, weiß Gott. Mrs. Henry bekundete ihm gegenüber eine Art der Herablassung, die bei einem Weibe meine Eitelkeit aufs höchste verletzt hätte, er aber sah alles wie eine Gunstbezeugung an. Sie hielt ihn immer in einer gewissen Entfernung, vergaß ihn, erinnerte sich dann plötzlich seiner und wandte sich ihm zu, wie man es bei Kindern zu tun pflegt. Sie überhäufte ihn mit kühler Liebenswürdigkeit und tadelte ihn, indem sie die Farbe wechselte, mit zusammengebissenen Lippen wie jemand, der unter einer Schande leidet, jagte ihn umher mit einem Blick ihrer Augen, wenn sie sich nicht beherrschte, und wenn sie sich zusammennahm, dankte sie ihm für die natürlichsten Aufmerksamkeiten, als ob es sich um unerhörte Gunstbezeugungen handelte. Alldem begegnete er mit unermüdlicher Dienstbeflissenheit, er verehrte, wie man im Volk sagt, gewissermaßen den Boden, auf dem sie wandelte, und seine Liebe leuchtete aus seinen Augen wie helles Feuer. Als die kleine Katharine geboren wurde, hielt er sich für verpflichtet, in ihrem Zimmer am Kopfende des Bettes zu verweilen. Dort saß er, wie man mir erzählte, weiß wie ein Bettlaken, Schweiß tropfte von seiner Stirn, und das Taschentuch in seiner Hand war zusammengeknäult zu einer kleinen Kugel. Viele Tage lang konnte er den Anblick des Kindes nicht ertragen, und ich bezweifle, ob er sich der jungen Dame gegenüber jemals so benahm, wie er gemußt hätte. Wegen dieses Mangels natürlicher Gefühle wurde er heftig getadelt.

Das war der Zustand dieser Familie bis zum 7. April 1749, als das erste jener Ereignisse geschah, die so viele Herzen brechen und so viele Leben vernichten sollten.

An jenem Tage saß ich kurz vor dem Abendessen in meinem Zimmer, als John Paul die Tür aufriß, ohne anzuklopfen, und mir erzählte, es sei ein Mann unten, der mit dem Verwalter sprechen wolle. Er lächelte höhnisch, als er meine Amtsbezeichnung erwähnte.

Ich fragte, was das für ein Mann sei und wie sein Name laute, und hierbei stellte sich der Grund für die Mißstimmung Johns heraus, denn offenbar weigerte sich der Besucher, irgend jemand außer mir seinen Namen zu nennen, eine verletzende Haltung gegenüber der Würde des Hausmeisters.

„Nun gut", sagte ich, leise lächelnd, „ich werde sehen, was er wünscht."

In der Vorhalle fand ich einen großen, sehr einfach gekleideten Mann, der einen Seemannsmantel trug wie einer, der soeben an Land gekommen ist, was bei ihm wirklich der Fall war. Nicht weit von ihm stand Macconochie, die Zunge aus dem Halse und die Hand am Kinn, wie ein Trottel, der hart nachdenkt, und der Fremde, der den Mantel über den Kopf geschlagen hatte, schien ungemütlich zu werden. Kaum hatte er mich gesehen, als er in höflichster Weise auf mich zukam, um mich zu begrüßen.

„Verehrter Herr", sagte er, „ich bitte tausendmal um Entschuldigung, wenn ich Sie gestört habe, aber ich bin in peinlichster Verlegenheit. Dort steht dieser Sohn einer Bohnenstange, den ich kennen sollte und der obendrein auch mich kennen müßte. Da Sie bei dieser Familie leben, und zwar in verantwortlicher Stellung, weshalb ich mir die Freiheit nahm, nach Ihnen zu fragen, gehören Sie ohne Zweifel zur Partei der ehrbaren Leute?" "Sie mögen auf alle Fälle versichert sein", sagte ich, „daß alle, die dieser Partei angehören, sich auf Durrisdeer in voller Sicherheit befinden."

„Verehrter Herr, das ist auch meine Meinung", sagte er. „Sehen Sie, ich wurde soeben an Land gebracht durch einen sehr ehrenhaften Mann, dessen Name mir entfallen ist, und der bis zum Morgen auf mich warten soll, was immerhin gefährlich ist für ihn, und, um ganz offen zu Ihnen zu sein, ich bin etwas besorgt, daß auch für mich Gefahr besteht. Ich habe mein Leben so oft gerettet, Herr ...

ich habe Ihren Namen vergessen, aber er ist sehr gut – daß es mir, wie Sie glauben können, sehr unangenehm wäre, es schließlich doch zu verlieren. Und dieser Sohn einer Bohnenstange, den ich, wie ich glaube, bei Carlisle sah ..."

„Mein Herr", sagte ich, „Sie können sich auf Macconochie bis morgen verlassen."

„Nun, das höre ich mit Freuden", sagte der Fremde. „Um die Wahrheit zu gestehen, so ist mein Name hier im Lande Schottland nicht sehr beliebt. Einem Gentleman wie Ihnen, verehrter Herr, will ich ihn natürlich nicht verheimlichen und ihn mit Ihrer Erlaubnis in Ihr Ohr flüstern. Man nennt mich Francis Burke – Oberst Francis Burke, und ich bin hier unter verfluchten Gefahren für mich selbst, um Ihre Herrschaften zu sprechen.

Entschuldigen Sie, verehrter Herr, wenn ich diesen Ausdruck gebrauche, denn aus Ihrer Erscheinung hätte ich niemals auf Ihre Stellung schließen können. Und wenn Sie so außerordentlich liebenswürdig sein wollten, ihnen meinen Namen zu nennen, mögen Sie hinzufügen, daß ich Briefe bei mir trage, die sie ohne Zweifel mit Freuden lesen werden."

Oberst Francis Burke gehörte zu den Irländern des Prinzen, die seiner Sache unberechenbaren Schaden zufügten, und die zur Zeit der Empörung von den Schotten gehaßt wurden. Es fiel mir sofort ein, wie der Junker von Ballantrae alle Welt in Erstaunen versetzt hatte, als er sich dieser Partei anschloß. Im selben Augenblick überfiel meine Seele eine heftige Vorahnung der Wahrheit.

„Wenn Sie hier eintreten wollen", sagte ich und öffnete eine Zimmertür, „will ich meinen Lord unterrichten."

„Das ist sehr liebenswürdig von Ihnen, Herr Soundso", antwortete der Oberst.

Ich ging schleppenden Fußes zur Halle. Dort waren sie alle drei, der alte Lord hockte auf seinem Platz, Mrs. Henry saß arbeitend am Fenster, und Mr. Henry ging am anderen Ende der Halle auf und ab, wie es seine Gewohnheit war. In der Mitte stand der Tisch, das Abendessen war gedeckt. Ich erzählte kurz, was ich zu sagen hatte. Der alte Lord lehnte sich in den Sessel zurück, Mrs. Henry sprang in unwillkürlicher Bewegung auf, und sie und ihr Gemahl starrten einander in die Augen über den Raum hinweg. Es war ein höchst sonderbarer, herausfordernder Blick, den die beiden wechselten, und während sie sich anschauten, verloren ihre Gesichter die Farbe. Dann wandte sich Mr. Henry mir zu, nicht, um zu sprechen, sondern um mir ein Zeichen mit dem Finger zu geben, aber das genügte, und ich ging wieder zu dem Oberst hinunter.

Als wir zurückkehrten, waren die drei fast in der gleichen Stellung, wie ich sie verließ. Ich glaube, sie hatten kein Wort gewechselt.

„Lord Durrisdeer, nicht wahr?“ sagte der Oberst. Er verbeugte sich, und der Lord tat das gleiche. „Und hier“, fuhr der Oberst fort, „sicher der Erbe von Ballantrae.“

„Ich habe mich nie so genannt“, sagte Mr. Henry, „ich bin Henry Durie, ich stehe zu Ihren Diensten.“

Dann wandte sich der Oberst an Mrs. Henry, verbeugte sich mit dem Hut auf dem Herzen und mit einer bezaubernden Liebenswürdigkeit. „Es ist kein Irrtum möglich über eine so vornehme Dame“, sagte er, „ich spreche zu der entzückenden Miß Alison, von der ich so oft gehört habe?“

Wieder wechselten Mann und Weib einen Blick.

„Ich bin Mrs. Henry Durie“, sagte sie, „aber vor meiner Ehe war mein Name Alison Graeme.“

Dann begann der Lord zu reden. „Ich bin ein alter Mann, Oberst Burke“, sagte er, „und gebrechlich. Es wäre gnädig von Ihnen, wenn Sie rasch sprechen wollten. Bringen Sie mir Nachrichten von ...“ Er zögerte, und dann brachen die Worte aus ihm heraus in einem sonderbaren Wechsel des Tones: „... von meinem Sohn?“

„Mein verehrter Lord, ich will offen mit Ihnen sein wie ein Soldat“, antwortete der Oberst. „So ist es.“

Der Lord streckte zitternd die Hand aus. Es schien, als wolle er ein Zeichen geben, aber ob er um Frist bat oder ihn aufforderte weiterzusprechen, konnten wir nicht erraten. Schließlich stieß er das eine Wort hervor: „Gute?“

„Gewiß, die besten Nachrichten der Welt!“ rief der Oberst. „Denn mein lieber Freund und verehrter Kamerad befindet sich zur Stunde in der schönen Stadt Paris und sitzt, wenn ich seine Gewohnheiten richtig kenne, augenblicklich im Sessel, um zu speisen. Hallo, ich glaube, die Lady wird ohnmächtig!“

Mrs. Henry war in der Tat leichenblaß und sank gegen den Fensterrahmen, aber als Mr. Henry eine Bewegung machte, als wolle er zu ihr eilen, richtete sie sich zitternd auf. „Ich fühle mich wohl“, sagte sie mit weißen Lippen.

Mr. Henry hielt sich zurück, und sein Gesicht sah stark verärgert aus. Gleich darauf wandte er sich an den Oberst. „Machen Sie sich keine Vorwürfe“, sagte er, „wegen dieser Wirkung Ihrer Worte auf meine Frau. Es ist ganz natürlich, wir wurden alle geschwisterlich erzogen.“

Mrs. Henry blickte mit einer Art Erleichterung oder sogar Dankbarkeit auf ihren Gatten. Nach meiner Ansicht war das der erste Auftakt ihrer Zuneigung zu ihm.

„Versuchen Sie mir zu verzeihen, Mrs. Durie, ich bin wirklich ein ungeschliffener Irländer“, sagte der Oberst, „und ich verdiente erschossen zu werden, weil ich einer Dame die Nachricht nicht zarter überbracht habe. Aber hier sind die eigenhändigen Briefe des Junkers, je einer für jeden von Ihnen, und ich bin überzeugt, wenn ich überhaupt etwas von der feinen Art meines Freundes weiß, er wird Ihnen seine eigene Geschichte in angenehmerer Weise erzählen.“

Er nahm die drei Briefe, ordnete sie nach ihren Anschriften, reichte den ersten meinem Lord, der ihn gierig in Empfang nahm, und schritt auf Mrs. Henry zu, indem er den zweiten hinhielt.

Aber die Lady lehnte ihn ab. „Meinem Gemahl, bitte“, sagte sie mit zitternder Stimme.

Der Oberst war ein heller Kopf, aber diesmal war er doch etwas bestürzt. „Aber natürlich“, sagte er, „wie dumm von mir, selbstverständlich!“

Aber er hielt den Brief immer noch hin.

Schließlich streckte Mr. Henry seine Hand aus, und es blieb ihm nichts anderes übrig, als ihm den Brief zu überreichen. Mr. Henry nahm die Briefe, den ihren und den seinen, und blickte auf den Umschlag, mit stark gerunzelter Stirn, als ob er nachdenke. Er hatte mich durch sein ausgezeichnetes Benehmen während der ganzen Zeit überrascht, aber jetzt sollte er sich selbst übertreffen.

„Gestatte mir, daß ich dich zu deinem Zimmer geleite“, sagte er zu seiner Frau.

„Alles das hat uns aufs äußerste überrascht, und jedenfalls willst du deinen Brief allein lesen.“

Wieder blickte sie ihn an, als ob sie ihn bewunderte, aber er ließ ihr keine Zeit, sondern schritt geradeswegs auf sie zu. „Es ist besser so, glaube mir“, sagte er,

„und Oberst Burke wird dich ohne Zweifel entschuldigen.“ Dann nahm er ihre Fingerspitzen und führte sie aus der Halle.

Mrs. Henry kam an diesem Abend nicht mehr zurück, und als Mr. Henry sie am nächsten Morgen aufsuchte, übergab sie ihm den noch ungeöffneten Brief, wie ich lange nachher hörte.

„Lies ihn doch und damit basta!“ soll er ausgerufen haben.

„Erspare es mir!“ antwortete sie.

Durch diese Worte vernichteten beide nach meiner Ansicht sehr viel von dem, was sie vorher gutgemacht hatten. Aber der Brief kam tatsächlich in meine Hände und wurde von mir uneröffnet verbrannt.

*

Um die Abenteuer des Junkers nach der Schlacht von Culloden getreu zu berichten, schrieb ich vor nicht langer Zeit an Oberst Burke, jetzt Ritter des Ordens vom Heiligen Ludwig, und bat ihn um einige schriftliche Unterlagen, da ich mich nach so langer Zeit nicht mehr auf mein Gedächtnis verlassen könne. Um die Wahrheit zu gestehen, war ich über seine Antwort einigermaßen bestürzt, denn er sandte mir die vollständigen Erinnerungen seines Lebens, die sich nur teilweise auf den Junker bezogen. Sie waren viel umfangreicher als meine ganze Geschichte und nicht überall, wie mir scheinen will, zur Erbauung geeignet. Er bat mich in dem Begleitschreiben, das aus Ettenheim datiert war, ich möchte einen Verleger ausfindig machen für die ganze Niederschrift, wenn ich sie nach meinem Belieben verwandt hätte, und ich denke, daß ich meinen eigenen Zwecken am besten diene, und seine Wünsche gleichzeitig erfülle, wenn ich bestimmte Stellen vollständig abdrucke. Auf diese Weise erhalten meine Leser einen ins einzelne gehenden und, wie ich glaube, sehr lichtvollen Bericht über manche wesentlichen Dinge. Wenn irgendein Verleger Interesse nimmt an der Erzählungsweise des Ritters, weiß er, an wen er sich wegen der Niederschrift zu wenden hat, von der noch viel zu seiner Verfügung stünde. Ich füge hier meinen ersten Auszug ein und setze ihn an die Stelle des Berichtes, den uns der Ritter beim Wein in der Halle von Durrisdeer erstattete, aber man hat recht, wenn man vermutet, daß er meinem Lord nicht die grausamen Tatsachen erzählte, sondern eine stark gefärbte Darstellung gab.

Drittes Kapitel

Die Irrfahrten des Junkers (Aus den Memoiren des Chevalier de Burke)

Ich verließ Ruthven, wie ich kaum zu bemerken brauche, mit weit größerer Genugtuung, als wie ich gekommen war, aber ob ich nun meinen Weg in den Einöden verlor, oder ob meine Kameraden mich verließen: bald fand ich mich allein. Das war eine sehr unangenehme Lage, denn ich habe dies wüste Land und unkultivierte Volk nie begriffen, und der letzte Streich, den uns der Prinz mit seinem Rückzug spielte, hatte uns bei den Irländern noch unbeliebter als zuvor gemacht. Ich dachte über meine schlechten Aussichten nach, als ich einen zweiten Reiter oben auf dem Hügel sah, den ich zuerst für ein Gespenst hielt, da ganz allgemein in der Armee angenommen wurde, er sei in vorderster Front bei Culloden gefallen. Es war der Junker von Ballantrae, Sohn des Lord Durrisdeer, ein junger Edelmann von außergewöhnlicher Tapferkeit und Begabung, der von Natur aus berufen war, bei Hof zu glänzen und soldatische Lorbeeren zu ernten. Unsere Begegnung war um so angenehmer für uns beide, als er einer der wenigen Schotten war, der die Irländer anständig behandelt hatte, und der mir nun sehr große Dienste leisten konnte auf meiner Flucht. Was jedoch unsere Freundschaft im besonderen begründete, war ein Geschehnis, das an sich so romantisch war wie irgendeine Legende über König Arthur.

Es war am zweiten Tage unserer Flucht, nachdem wir eine Nacht im Regen am Abhang eines Berges geschlafen hatten. Wir trafen dort einen Mann aus Appin, Alan Black Steward (oder ein ähnlicher Name, aber ich habe ihn später in Frankreich wiedergesehen), der zufällig desselben Weges kam und auf meinen Kameraden eifersüchtig war. Es wurden grobe Bemerkungen gewechselt, und Steward forderte den Junker auf, abzusteigen und die Sache auszufechten.

„Nun, Mr. Steward“, sagte der Junker, „ich halte es gegenwärtig für besser, ein Rennen mit Ihnen zu veranstalten.“ Und bei diesen Worten gab er seinem Pferde die Sporen.

Steward lief hinter uns her, und zwar mehr als eine Meile, was sehr kindisch war, so daß ich lachen mußte, als ich mich schließlich umsah und ihn auf dem Hügel erblickte, wie er die Hand in die Seite stemmte und vom Laufen fast platzte.

„Aber trotz allem“, sagte ich zu meinem Kameraden, „würde ich keinen Menschen hinter mir herlaufen lassen aus einem solchen Grunde, ohne ihm zu Willen zu sein. Es war ein guter Scherz, aber es riecht etwas nach Feigheit.“

Er runzelte die Stirn. „Ich tue genug“, sagte er, „wenn ich mich mit dem unbeliebtesten Mann in Schottland verbinde, das beweist genug Mut.“

„Nun, verteufelt“, sagte ich, „ich könnte Ihnen ohne Fernrohr einen noch unbeliebteren zeigen. Und wenn Sie meine Gesellschaft nicht wünschen, will ich mich mit einem anderen zusammentun.“

„Oberst Burke“, sagte er, „wir wollen nicht streiten, seien Sie sicher, daß ich der ungeduldigste Mann von der Welt bin.“

„Ich bin ebensowenig geduldig wie Sie“, sagte ich, „und jeder soll es wissen.“

„Unter diesen Umständen“, antwortete er und hielt sein Pferd an, „wollen wir nicht weiterziehen. Ich schlage vor, daß wir uns entscheiden: entweder kämpfen wir, und die Sache ist erledigt, oder wir einigen uns dahin, daß wir gegenseitig alles voneinander ertragen wollen.“

„Wie zwei Brüder?“ fragte ich.

„Solchen Unsinn habe ich nicht gesagt“, antwortete er. „Ich habe selbst einen Bruder und schätze ihn nicht höher als einen Kohlkopf. Wenn wir aber auf unserer Flucht gemeinsame Sache machen wollen, sollten wir uns wie Wilde benehmen und uns zuschwören, daß keiner den anderen verachten oder verraten wird. Ich bin im Grunde ein verteufelt schlechter Kerl und finde es langweilig, Tugenden vorzuschützen.“

„Oh, ich bin so schlecht wie Sie“, sagte ich, „Francis Burke hat keine Milch in den Adern. Aber was ist? Kämpfen wir oder schließen wir Freundschaft?“

„Nun“, sagte er, „es wird am besten sein, wir werfen eine Münze.“

Dieser Vorschlag war so ritterlich, daß er mich gefangennahm, und so sonderbar das bei zwei hochgeborenen Edelleuten heutzutage erscheinen mag, warfen wir eine halbe Krone hoch wie alte Paladine, um ausfindig zu machen, ob wir uns einander die Gurgel abschneiden oder Freunde sein sollten. Romantischer kann ein Geschehnis kaum sein, und es gehört zu jenen meiner Erinnerungen, aus denen man entnehmen kann, daß die alten Erzählungen Homers und anderer Dichter heute ebensoviel Wahrheit haben wie in Vorzeiten, wenigstens bei adligen und vornehmen Leuten. Die Münze entschied für

Frieden, und wir reichten uns die Hände zum Zeichen des Paktes. Und dann erklärte mir mein Kamerad, warum er vor Mr. Steward davongerannt sei, und sein Gedankengang war ohne Zweifel seiner Schlauheit würdig. Der Bericht von seinem Tode, sagte er, sei für ihn ein großer Schutz, und da Mr. Steward ihn erkannt habe, sei er für ihn eine Gefahr. Er habe deshalb das beste Mittel gewählt, um diesen Gentleman zum Schweigen zu veranlassen. „Denn“, fuhr er fort, „Alan Black ist zu eitel, um eine solche Geschichte von sich selbst zu erzählen.“

Gegen Nachmittag gelangten wir zum Ufer jener Bucht, die wir erreichen wollten, und dort lag das Schiff, das soeben vor Anker gegangen war. Es war die „Sainte-Marie-des-Anges“, beheimatet in Havre de Grace. Der Junker gab ein Zeichen, daß man ein Boot herausschicke, und fragte mich, ob ich den Kapitän kenne. Ich erzählte ihm, er sei ein Landsmann von mir, von untadeligem Charakter, aber, wie ich fürchtete, ziemlich furchtsam.

„Das macht nichts“, sagte er, „auf alle Fälle soll er die Wahrheit hören.“

Ich fragte ihn, ob er damit die Schlacht meine, denn wenn der Kapitän erführe, daß unsere Sache erledigt sei, würde er sofort in See stechen.

„Wennschon!“ sagte er. „Waffen nützen jetzt nichts mehr.“

„Lieber Mann“, sagte ich, „wer denkt an Waffen? Aber wir müssen doch auf unsere Freunde Rücksicht nehmen! Sie sind uns dicht auf den Fersen, und mit ihnen vielleicht der Prinz selbst, und wenn das Schiff abfährt, werden sehr viele wertvolle Leben in Gefahr kommen.“

„Der Kapitän und seine Mannschaft wollen auch leben, wenn es sich darum handelt“, sagte Ballantrae.

Ich erklärte, das sei fauler Zauber, und ich wünsche nicht, daß der Kapitän die Wahrheit erfahre. Aber dann gab Ballantrae mir eine so witzige Antwort, daß ich um ihretwillen und auch, weil man mir selbst Vorwürfe gemacht hat wegen dieser Sache mit der „Sainte-Marie-des-Anges“, die ganze Unterhaltung wiedergebe, wie sie sich zugetragen hat.

„Frank“, sagte er, „erinnere dich an unseren Pakt. Ich darf nicht widersprechen, wenn du deinen Mund hältst, wozu ich dich sogar hierdurch auffordere, aber nach denselben Bedingungen darfst du nicht widersprechen, wenn ich alles erzähle.“

Ich konnte nicht umhin, über diese Rede zu lachen, obgleich ich ihn nochmals warnte vor den Folgen.

„Der Teufel soll die Folgen holen!" sagte der kühne Bursche, „ich habe immer getan, was ich wollte."

Es ist bekannt, daß meine Voraussage eintraf. Kaum hatte der Kapitän die Wahrheit erfahren, als er die Taue durchhieb und in See stach. Noch vor Anbruch des Morgens waren wir im großen Kanal.

Das Schiff war sehr alt, und der Kapitän war einer der unfähigsten Leute, obgleich er sehr ehrenhaft und außerdem Ire war. Der Wind blies stürmisch, und die See stand hoch. Den ganzen Tag spürten wir keine Lust zu essen oder zu trinken und gingen etwas besorgt zu Bett, und in der Nacht schlug der Wind plötzlich nach Nordosten um, als ob er uns eine Lektion erteilen wollte, und wurde zum Orkan. Wir wachten auf durch das furchtbare Getöse des Sturmes und das Getrampel der Mannschaft an Deck, so daß ich vermutete, unsere letzte Stunde sei gekommen. Das Grauen in meiner Seele wurde grenzenlos verstärkt durch Ballantrae, der sich über meine Gebete lustig machte. In solchen Stunden erscheint der Mensch, der noch einige Frömmigkeit besitzt, in seinem wahren Licht, und man findet bestätigt, was uns als Kinder gelehrt wurde, daß man sich auf weltlich gesinnte Freunde nicht verlassen kann. Ich wäre meiner Religion unwürdig, wenn ich das nicht besonders bemerkte. Drei Tage lang lagen wir im Dunkel der Kajüte und hatten nur einen Schiffszwieback zu knabbern.

Am vierten Tage flaute der Wind ab, aber das Schiff hatte die Masten verloren und trieb auf hohen Wellenbergen. Der Kapitän hatte keine Ahnung, wohin wir verschlagen waren, er kannte sein Gewerbe sehr schlecht und rief immer nur die Heilige Jungfrau an: sicher sehr lobenswert, aber mit der Seemannskunst hat es wenig zu tun. Allem Anscheine nach war unsere einzige Hoffnung, von einem anderen Schiff gerettet zu werden, und wenn es zufällig ein englisches war, dann gnade Gott dem Junker und mir.

Den fünften und sechsten Tag wurden wir hilflos hin und her geworfen. Am siebenten setzten wir einige Segel, aber das Schiff war sehr schwerfällig, und wir konnten nur ein wenig vor dem Winde segeln. Die ganze Zeit waren wir tatsächlich nach Südwesten getrieben, und während des Sturmes sogar mit unerhörter Gewalt. Der neunte Tag war kalt und dunkel, die See ging turmhoch, und alles deutete auf schlimmstes Wetter.

In dieser Lage waren wir heilfroh, als wir am Horizont ein kleines Schiff sichteten und wahrnahmen, daß es die „Sainte-Marie“ ansteuerte. Aber unsere Freude dauerte nicht lange. Denn als es beigedreht und ein Boot ausgesetzt hatte, stellte sich heraus, daß es mit wilden Gesellen bemannt war, die sangen und schrien, während sie zu uns herüberruderten, und laut fluchend mit nackten Dolchen unser Verdeck überschwärmten. Der Anführer war ein furchtbarer Strolch, der sein Gesicht geschwärzt und seinen Schnurrbart gekräuselt hatte. Sein Name war Teach, ein weithin bekannter Pirat. Er trottete über unser Deck, brüllte und schrie, sein Name sei Satan und sein Schiff heiße die Hölle. Er sah ungefähr aus wie ein bösartiges Kind oder wie ein Halbidiot, so daß er mich über alle Maßen anwiderte. Ich flüsterte Ballantrae ins Ohr, daß es das klügste sei, wenn wir uns ihm zur Verfügung stellten, und flehte zu Gott, daß man uns gebrauchen könnte. Ballantrae stimmte mir kopfnickend zu.

„Verflucht“, sagte ich zu Meister Teach, „wenn Sie der Satan sind, bin ich ein Teufel für Sie.“

Das Wort gefiel ihm, und, um nicht lange bei diesen üblen Dingen zu verweilen, Ballantrae und ich sowie zwei andere Leute wurden sofort angeworben, während der Kapitän und die ganze andere Mannschaft ins Meer geworfen wurden, indem man sie über eine Planke laufen ließ. Ich sah das zum ersten Male, und mein Herz erstarrte in der Brust. Meister Teach oder einer seiner Spießgesellen (denn mein Kopf war zu verwirrt, um klare Gedanken zu haben) machte über die Blässe meines Gesichts eine sehr verdächtige Bemerkung. Ich hatte die Geistesgegenwart, ein oder zwei Tanzschritte zu machen und irgendeine Zote herauszuschreien, was mich rettete, aber meine Beine waren wie Wasser, als ich mit diesen Kreaturen ins Boot steigen mußte, und um mein Entsetzen über die Fahrtgenossen und meine Angst vor den ungeheuren Wellen zu verbergen, konnte ich nur irisch fluchen und ein paar Witze reißen, als wir an Bord gebracht wurden. Gott fügte es in seiner Gnade, daß auf dem Piratenschiff eine Geige war, die ich sofort an mich riß, und da ich ein guter Fiedler bin, hatte ich das himmlische Glück, in ihren Augen Gefallen zu finden. Sie gaben mir den Spitznamen „Fiedelfritze“, aber das war mir gleichgültig, solange meine Haut heil blieb.

Was für ein Tollhaus das Schiff war, kann ich nicht beschreiben, aber es wurde von einem Irrsinnigen befehligt, und man konnte es eine Verrücktenanstalt nennen. Man trank, brüllte, sang, stritt und tanzte den ganzen Tag, keiner war nüchtern, und es gab Tage, an denen uns ein aufkommender Sturm in die Tiefe versenkt hätte. Wäre ein Kriegsschiff gekommen, so hätten wir an Verteidigung nicht denken können. Einige Male sichteten wir ein Segelschiff und raubten es aus – Gott vergebe uns! – wenn wir nüchtern genug waren. Es entkam nur, wenn wir alle zu betrunken waren, und ich flehte stets zu allen Heiligen. Teach herrschte durch den Schrecken, den er verursachte, wenn man das Herrschen nennen konnte, was keine Ordnung schuf. Ich stellte fest, daß der Mann sehr eitel war auf seine Stellung. Ich habe Marschälle von Frankreich und sogar schottische Hochländerhäuptlinge kennengelernt, die sich weniger offensichtlich aufblähten, was ein sonderbares Licht wirft auf die Bedeutung von Ehre und Ruhm. Je länger wir leben, desto mehr begreifen wir in der Tat die Weisheit des Aristoteles und anderer alter Philosophen, und obgleich ich während meines ganzen Lebens immer nach rechtmäßigen Auszeichnungen strebte, kann ich die Hand aufs Herz legen und am Ende meiner Karriere erklären, daß keine Ehre, ja, daß das Leben selbst nicht wert ist, erstrebt und erhalten zu werden, wenn man dafür mit seiner Würde bezahlen muß.

Es dauerte lange, bevor ich mit Ballantrae vertraulich sprechen konnte, aber schließlich krochen wir eines Nachts auf den Bugspriet, als die andern sich vergnügten, und jammerten über unsere Lage.

„Niemand kann uns retten als die Heiligen“, sagte ich.

„Ich bin ganz anderer Ansicht“, antwortete Ballantrae, „denn ich werde mich selber retten. Dieser Teach ist eine höchst jämmerliche Kreatur, wir erlangen keinen Vorteil durch ihn und laufen immer Gefahr, gefangengenommen zu werden. Aber ich“, sagte er, „habe nicht die Absicht, um nichts ein lumpiger Pirat zu bleiben oder in Ketten zu geraten, wenn ich es vermeiden kann.“ Dann erzählte er mir, daß er die Absicht habe, die Disziplin auf dem Schiff zu verbessern, was uns in unserer gegenwärtigen Lage helfen werde und uns größere Hoffnung auf Befreiung gebe für den Zeitpunkt, wo diese Leute genug zusammengeraubt hätten und auseinander gehen wollten.

Ich bekannte offen, daß meine Nerven durch die entsetzliche Umgebung ganz zerrüttet seien, und daß er kaum auf mich rechnen könne.

„Ich lasse mich nicht sehr leicht erschrecken“, antwortete er, „und bin nicht leicht zu schlagen.“

Einige Tage später ereignete sich etwas, was uns alle nahezu an den Galgen gebracht hätte und die Narretei deutlich macht, die unter uns herrschte. Wir waren alle ziemlich betrunken, als einer der Irrsinnigen ein Segelschiff erblickte.

Teach machte sich sofort an die Verfolgung, ohne näher hinzublicken, und wir rasselten mit den Waffen und rühmten uns der Schreckenstaten, die bald folgen sollten. Ich beobachtete, wie Ballantrae am Bug stand und die Hand vor Augen hielt, um hinauszuschauen, aber ich selbst, treu meinem Gehabe inmitten dieser Wilden, benahm mich mit am tollsten und riß irische Witze, um sie zu erheitern.

„Die Flagge hoch!" schrie Teach, „zeigt diesen Gaunern den lustigen Wimpel von Irland!"

Das war die tolle Verrücktheit eines Trunkenboldes in solchem Augenblick und konnte uns eine wertvolle Beute rauben, aber ich hielt es nicht für meine Pflicht, nachzudenken und riß mit eigener Hand die schwarze Flagge hoch.

Ballantrae kam plötzlich nach hinten, ein Lächeln auf dem Gesicht.

„Du weißt vielleicht nicht, daß du ein Kriegsschiff verfolgst, du betrunkener Hund!" sagte er.

Teach brüllte ihn an, er lüge, aber rannte doch sofort zur Reling, und alle folgten ihm. Nie habe ich so viele Menschen plötzlich nüchtern werden sehen. Der Kreuzer hatte beigedreht, als er unsere unverschämte Herausforderung wahrnahm, und war gerade dabei, einen neuen Kurs zu steuern. Seine Flagge flog im Winde, und als wir eben hinüberstarrten, erhob sich eine Rauchwolke, dann folgte ein Krachen, und ein Schuß sauste in die Wogen ziemlich weit vor uns. Einige stürzten zu den Segeltauen und rissen die „Sarah" mit unglaublicher Schnelligkeit herum. Einer der Burschen griff nach dem Rumfaß, das angezapft auf Deck stand, und rollte es sofort über Bord. Ich selbst sprang zur Flagge, riß sie herunter und schleuderte sie ins Meer. Ich hätte mich selbst hinterher stürzen können, so zornig war ich über unsere Torheit. Teach wurde bleich wie der Tod und ging unverzüglich in seine Kajüte. Nur zweimal kam er an diesem Nachmittag wieder an Deck, ging zum Heck, warf einen langen Blick auf das Kriegsschiff, das uns immer noch verfolgte, und stieg wieder in die Kajüte, ohne ein Wort zu sprechen. Man darf behaupten, daß er uns im Stich ließ, und wenn wir nicht einen sehr begabten Seemann an Bord gehabt hätten und der Wind nicht so günstig gewesen wäre, wären wir ohne Zweifel dem Arm der Gerechtigkeit nicht entgangen.

Es war zu vermuten, daß Teach sich gedemütigt fühlte und um seine Stellung bangte. Jedenfalls ist die Art, wie er seine Einbuße wieder aufholen wollte, sehr bezeichnend für den Mann. Am nächsten Tage in aller Frühe rochen wir, wie er in seiner Kajüte Schwefel verbrannte und ausrief: „Hölle, Hölle!", was die

Mannschaft sofort verstand und ihre Herzen beklommen machte. Bald darauf kam er an Deck, wie ein Harlekin anzuschauen, das Gesicht geschwärzt, Haar und Schnurrbart gekräuselt, den Gurt voller Pistolen. Er kaute auf kleinen Glassplittern, so daß das Blut über sein Kinn lief, und schwang einen Dolch. Ich weiß nicht, ob er diese Methode von den Indianern in Amerika gelernt hatte, woher er stammte, aber er benahm sich immer so, wenn er Schreckenstaten ankündigen wollte. Der erste, der ihm zu nahe kam, war der Bursche, der tags zuvor das Rumfaß über Bord gerollt hatte. Er jagte ihm den Dolch ins Herz und fluchte, er sei ein Meuterer, und dann hüpfte er um den Leichnam herum, tobte und brüllte und forderte uns auf, heranzukommen. Ein höchst lächerliches Benehmen und doch gefährlich, denn der feige Kerl machte sich offenbar Mut zu einem zweiten Mord.

Plötzlich ging Ballantrae auf ihn zu. „Laßt diesen Unfug!" sagte er. „wollt Ihr uns bange machen mit solchen Verrücktheiten? Gestern wart Ihr nicht zu sehen, als wir Euch brauchten, und wir sind gut ohne Euch ausgekommen, das laßt Euch gesagt sein."

Eine Bewegung und ein Murmeln der Freude und Aufregung ging durch die Mannschaft, und ich glaube, beides war gleich stark. Teach stieß ein indianerhaftes Geheul aus und schwang seinen Dolch, um ihn zu schleudern, eine Kunst, in der er wie viele Seeleute sehr erfahren war.

„Schlagt ihm das Ding aus der Hand!" rief Ballantrae so plötzlich und scharf, daß mein Arm ihm gehorchte, bevor mein Verstand alles begriffen hatte.

Teach stand da wie ein Idiot und dachte nicht an seine Pistolen.

„Geht in Eure Kajüte!" rief Ballantrae, „und kommt nicht wieder an Deck, bevor Ihr nüchtern seid. Glaubt Ihr, daß wir um Euretwillen hängen wollen, Ihr dreckiger, verrückter, trunkener Halunke und Schlächter? Hinunter!" Und er stampfte so heftig mit dem Fuß auf, daß Teach fast im Laufschritt zu seiner Kabine eilte.

„Und nun, Kameraden", sagte Ballantrae, „ein Wort für euch. Ich weiß nicht, ob ihr nur aus Vergnügen Glücksritter seid, aber ich bin es nicht. Ich will Geld machen und dann an Land gehen und es als Mensch ausgeben. Zu einem bin ich entschlossen: ich will nicht gehängt werden, wenn ich es vermeiden kann. Kommt, helft mir, ich bin ja nur ein Anfänger. Ist denn keine Möglichkeit, etwas Disziplin und Vernunft in dies Unternehmen zu bringen?"

Einer der Leute begann zu reden, er sagte, sie müßten von Rechts wegen einen Quartiermeister haben, und kaum war das Wort aus seinem Munde, als sie alle derselben Meinung waren. Durch Zuruf wurde Ballantrae zum Quartiermeister gewählt, der Rum wurde ihm anvertraut, man stimmte ab über Gesetze, ähnlich denen auf einem Piratenschiff, das von einem gewissen Roberts geführt wurde, und schließlich wurde der Vorschlag gemacht, Teach abzusetzen. Aber Ballantrae fürchtete sich vor einem fähigeren Kapitän, der ihm die Waage halten könnte, und widersprach sehr energisch. Teach, sagte er, sei gut genug, um Schiffe zu entern und mit geschwärztem Gesicht und Flüchen Trottel zu erschrecken. Wir würden kaum einen besseren Mann für diese Zwecke finden als Teach, und außerdem sei er jetzt mißachtet und so gut wie abgesetzt, so daß wir seinen Anteil am Raub vermindern könnten. Das gab den Ausschlag, der Anteil von Teach wurde auf eine lächerliche Summe herabgedrückt, so daß er tatsächlich kleiner war als der meine, und es blieben nur noch zwei Punkte zu erledigen: erstens, ob er sich damit einverstanden erklären würde, und zweitens, wer ihm die Beschlüsse mitteilen sollte.

„Macht euch keine Sorge“, sagte Ballantrae, „ich werde es tun.“

Er ging zur Kajüte und trat dem betrunkenen Raufbold ganz allein entgegen.

„Das ist der richtige Mann für uns!“ rief einer von den Leuten. „Drei Hurras für den Quartiermeister!“ Sie wurden kräftig ausgebracht, meine eigene Stimme war die lauteste, und ich glaube, daß diese Hochrufe einen tiefen Eindruck machten auf Teach in seiner Kabine, wie wir denn in unseren Tagen ja gesehen haben, daß lautes Schreien auf den Straßen selbst die Gemüter von Gesetzgebern beunruhigen kann.

Was sich wirklich zutrug, wurde niemals bekannt, obgleich einige der Hauptpunkte später ruchbar wurden. Wir waren alle sehr aufgeregt und gleichzeitig auch sehr beruhigt, als Ballantrae mit Teach am Arm auf Deck erschien und verkündete, alles sei erledigt.

Ich überfliege rasch jene zwölf oder fünfzehn Monate, die wir noch im nördlichen Atlantik auf See blieben, indem wir Nahrung und Wasser von den Schiffen nahmen, die wir beraubten. Alles in allem machten wir sehr gute Geschäfte. Niemand wird gern so unerfreuliche Dinge lesen wie die Memoiren eines Piraten, und sei es auch eines unfreiwilligen wie ich. Unsere Pläne verwirklichten sich unendlich viel besser als früher, und Ballantrae behauptete seine Führerkraft von diesem Tage an zu meiner Verwunderung. Ich hatte gedacht, daß ein Gentleman überall an der Spitze stehen müsse, selbst an Bord eines Raubschiffes, aber von Geburt aus bin ich ebensoviel wie jeder andere schottische Lord und schäme mich nicht zu bekennen, daß ich bis zum Schluß der Fiedelfritze blieb und nicht viel mehr als ein Spaßmacher für die Besatzung war. Es war keine Umgebung, meine Tugenden ans Licht zu bringen. Meine Gesundheit litt aus den verschiedensten Ursachen, ich bin im Sattel durchaus mehr zu Hause als an Bord eines Schiffes, und um ehrlich zu sein, die Angst vor dem Meere lastete immerfort auf meiner Seele und war nur zu vergleichen mit der Furcht vor meinen Kameraden. Ich brauche mich meines Mutes nicht laut zu rühmen, ich habe mich auf vielen Schlachtfeldern unter den Augen berühmter Generale bewährt und meine letzte Auszeichnung durch eine Tat größter Tapferkeit vor vielen Zeugen gewonnen. Aber wenn wir ein fremdes Schiff entern mußten, fiel das Herz Francis Burkes in die Schuhe. Die kleine Nußschale, auf der wir fuhren, das entsetzliche Auftürmen der hohen Wogen, die Steilheit des Schiffes, das wir erklettern mußten, der Gedanke an große Besatzungen, die sich mit Recht verteidigten, der finstere Himmel, der in jenen Gegenden so oft dunkel auf unsere Abenteuer herunterblickte, und das Stöhnen des Windes in meinen Ohren: alles das waren Eindrücke, die meiner Tapferkeit zuwiderliefen. Außerdem, da ich immer ein Geschöpf von höchster Empfindsamkeit war, regten mich die Szenen, die einem erfolgreichen Angriff folgten, ebensosehr auf wie eine etwaige Niederlage. Zweimal fanden wir Frauen an Bord vor, und obgleich ich ganze Städte niederbrennen sah und noch kürzlich in Frankreich furchtbare öffentliche Tumulte miterlebte, hatten diese Piratenstücke wegen der geringen Anzahl der Kämpfenden inmitten der Meereswüste etwas höchst Aufregendes an sich. Ich gestehe offen, daß ich nicht mitmachen konnte, wenn ich nicht dreiviertel betrunken war, und der Mannschaft ging es ebenso. Teach selbst war unbrauchbar, bis er voll Rum war, und es war eine der schwierigsten Aufgaben Ballantraes, uns unser genaues Maß von Alkohol zu verabreichen. Selbst das tat er bewunderungswert; er war alles in allem der fähigste Mensch und der von der Natur begabteste, den ich je angetroffen habe. Er riß sich nicht einmal um die Gunst der Mannschaft, wie ich es durch fortwährenden Ulk wegen meiner Herzensangst tat, sondern bewahrte unter den meisten Umständen viel Würde und Distanz, so daß er wie ein Vater unter einer Familie von unerwachsenen Kindern oder wie ein Schulmeister unter seinen Zöglingen erschien. Seine Aufgaben waren um so schwerer zu erfüllen, als die Leute eingefleischte Nörgler waren; so gelinde Ballantraes Zucht war, widerstand sie doch ihrer Freiheitsliebe, und was noch schlimmer war: wenn sie nüchtern waren, hatten sie Zeit nachzudenken. Einige verfielen deshalb darauf, ihre verabscheuungswürdigen Verbrechen zu bereuen, und besonders einer, ein guter Katholik, mit dem ich mich manchmal beiseitestahl, um zu beten, vorzugsweise bei schlechtem Wetter, Nebel und strömendem Regen, wenn man uns weniger scharf beobachtete. Ich bin sicher, daß nie zwei Verbrecher im Zuchthaus ihre Andacht mit ernsterer Aufrichtigkeit verrichteten. Die anderen, die solche Hoffnungen nicht hegten, verfielen auf einen anderen Zeitvertreib, sie begannen die Beute nachzurechnen. Den ganzen Tag lang konnten sie ihre Anteile zählen und sich über das Resultat entrüsten. Ich habe gesagt, daß wir ziemlich gute Erfolge hatten, aber man bemerkt immer wieder, daß auf dieser Erde die Gewinne niemals den Erwartungen entsprechen. Wir fanden viele Schiffe und raubten sie aus, aber wenige nur enthielten viel Geld, ihre Ladung war gewöhnlich für uns wertlos, denn was sollten wir mit Pflügen oder gar mit Tabak machen, und es ist ein sehr qualvoller Gedanke, daß wir viele Besatzungen über das Brett ins Meer sandten, nur um etwas Schiffszwieback oder ein oder zwei Fässer Schnaps zu bekommen.

Inzwischen wurde unser Schiff sehr morsch, und es war hohe Zeit, unseren Zufluchtshafen anzusteuern, der in einer Flußmündung mitten in Sümpfen lag. Es war stillschweigend vereinbart, daß wir alsdann auseinander gehen und jeder seinen Beuteanteil fortschaffen sollte, und das machte jeden habgierig in Kleinigkeiten, so daß der Entschluß von Tag zu Tag hinausgezögert wurde. Schließlich führte ein nichtssagender Umstand, der dem Uneingeweihten lächerlich erscheinen mag, zur Entscheidung. Aber hier muß ich eine Erklärung einfügen. Von allen Schiffen, die wir ausraubten, bot nur eines ernsthaften Widerstand, nämlich das erste, auf dem sich Frauen befanden. Bei dieser Gelegenheit wurden zwei unserer Leute getötet und mehrere verletzt, und wenn Ballantrae nicht so tapfer gewesen wäre, hätte man uns schließlich ohne Zweifel zurückgeschlagen. Überall sonst war die Verteidigung, wenn sie überhaupt aufgenommen wurde, so schwach, daß die schlechtesten europäischen Truppen darüber gelacht hätten. Das Erklimmen der Bordseite war also unsere gefährlichste Aufgabe, und ich habe sogar gesehen, wie die armen Seelen an Bord uns Taue zuwarfen, so eifrig waren sie bemüht, uns zu helfen, dem Tode des Ertrinkens zu entgehen. Diese ständige Gefahrlosigkeit hatte unsere Leute verweichlicht, so daß ich verstehen konnte, warum Teach einen so tiefen Eindruck auf ihre Gemüter machte, denn die Anwesenheit dieses Irrsinnigen war unsere größte Lebensgefahr. Das Ereignis, das ich erwähnen will, war folgendes:

Wir hatten ein kleines Vollschiff nahe vor uns im Nebel gesichtet. Es segelte ebenso gut wie wir oder, um der Wahrheit näher zu kommen, ebenso schlecht, und wir machten ein Wurfgeschoß klar, um den Leuten ein paar Speere um die Ohren sausen zu lassen. Die See ging außerordentlich hoch, das Schiff schaukelte über alle Maßen, und es war nicht zu verwundern, daß unsere Schützen dreimal feuerten und immer noch weit vom Ziele landeten. Aber in der Zwischenzeit hatte das Segelschiff eine Kanone am Heck klargemacht, was durch den dichten Nebel verborgen blieb, und da sie besser schossen, traf die erste Kugel unsern Bugspriet und zerfetzte unsere Kanoniere zu Brei, so daß wir alle mit Blut bespritzt wurden. Der Schuß drang durch das Deck ins Vorderschiff, wo unsere Schlafstätten waren. Ballantrae hätte ausgehalten, und kein echter Soldat hätte sich durch den Gegenangriff abschrecken lassen. Aber der Junker hatte die Wünsche unserer Mannschaft rasch erkannt, und es war klar, daß dieser glückliche Schuß sie ihres Gewerbes überdrüssig machte. Alle waren plötzlich einer Meinung, das andere Schiff zog von uns fort, die Verfolgung war zwecklos, die „Sarah" war zu morsch, um auch nur eine leere Flasche einzuholen, und es wäre höchste Torheit gewesen, mit ihr auf hoher See zu bleiben. Aus diesen Gründen, die vorgeschützt wurden, machten wir sofort kehrt und nahmen Kurs auf den Fluß zu. Es war eigenartig zu sehen, welche Fröhlichkeit unter der Mannschaft ausbrach und wie sie das Deck stampften vor Freude, wobei jeder sich ausrechnete, welchen Beutezuwachs er durch den Tod der beiden Kanoniere erhalten habe.

Die Reise zum Hafen dauerte neun Tage, so schwach war der Wind und so morsch der Schiffsrumpf, aber in der Frühe des zehnten Tages passierten wir die Landzunge im Nebel, der sich langsam hob. Etwas später senkte er sich wieder, wobei wir einen Kreuzer ziemlich nahebei erblickten. Das war ein unangenehmer Schlag, der uns so dicht vor unserem Zufluchtsort traf. Es erhob sich eine lebhafte Debatte, ob er uns gesichtet habe, und ob er, wenn das der Fall wäre, die „Sarah" erkannt hätte. Wir waren vorsichtig genug, alle Leute zu töten von den Schiffen, die wir ausgeraubt hatten, um keine Augenzeugen zu hinterlassen, die uns wiedererkennen konnten, aber das Erscheinen der „Sarah" selbst konnten wir nicht verheimlichen. Obendrein hatten wir in der letzten Zeit, seit sie morsch geworden war, manches Schiff erfolglos verfolgt, und öfter war eine Beschreibung unseres Fahrzeuges veröffentlicht worden. Ich vermutete deshalb, daß dies Zusammentreffen Veranlassung sein würde, uns sofort voneinander zu trennen, aber auch hier überraschte mich wieder die natürliche

Begabung Ballantraes. Er und Teach – und das war einer seiner größten Erfolge – hatten Hand in Hand gearbeitet seit dem Tage seiner Ernennung zum Quartiermeister. Ich befragte ihn oft über diese Tatsache, konnte aber nie eine Antwort erhalten außer einmal, als er mir erzählte, er und Teach hätten eine Vereinbarung getroffen, „die die Mannschaft sehr überraschen würde, wenn sie davon hören sollte, und ihn selbst werde es am meisten überraschen, wenn sie zur Ausführung gelangte". Kurz, auch hier waren Teach und er einer Meinung, und durch ihre gemeinsamen Bemühungen geriet die ganze Mannschaft in einen Zustand unbeschreiblicher Betrunkenheit, als der Anker eben ausgeworfen war. Gegen Nachmittag befanden sich auf unserem Schiff nur noch Verrückte, die Sachen über Bord warfen, hundert Lieder zu gleicher Zeit hinausbrüllten und sich stritten und kämpften, um sofort ihre Zwistigkeiten wieder zu vergessen und sich zu umarmen. Ballantrae hatte mich aufgefordert, nichts zu trinken und Betrunkenheit vorzutäuschen, wenn mir mein Leben lieb sei. Ich habe nie einen langweiligeren Tag erlebt, ich lag die meiste Zeit auf dem Vorderdeck und betrachtete die Sümpfe und das Dickicht, von denen unsere kleine Bucht überall umgeben war, so weit das Auge reichte. Kaum war es dunkel geworden, als Ballantrae dicht an mich heranstolperte, so tat, als ob er fiele, trunken auflachte und mir, bevor er wieder auf die Beine kam, zuflüsterte, ich solle in die Kajüte hinunterschwanken und mich zum Scheine auf einem Kasten schlafen legen, bald werde man mich brauchen. Ich tat, wie mir befohlen war, und als ich in die Kajüte kam, wo es stockfinster war, ließ ich mich auf den ersten besten Kasten niederfallen. Dort war bereits ein Mann, und die Art, wie er mich anpackte und fortstieß, ließ mich vermuten, daß er nicht viel Alkohol genossen habe, aber als ich einen anderen Platz gefunden hatte, schien er wieder einzuschlafen. Mein Herz schlug heftig, denn ich sah voraus, daß irgendeine Verzweiflungstat in Vorbereitung war. Bald darauf kam Ballantrae herunter, machte Licht, blickte sich um, nickte, als ob er zufrieden sei, und ging, ohne ein Wort zu sagen, wieder an Deck.

Ich sah durch meine Finger hindurch zwei Leute schlafen oder so tun, als ob sie schliefen: außer mir einen gewissen Dutton und einen Mann namens Grady, beides entschlossene Kerle. Auf Deck hatten die andern inzwischen einen Zustand der Trunkenheit erreicht, der nicht mehr menschlich genannt werden konnte, so daß man die Laute, die sie von sich gaben, anständigerweise nicht beschreiben kann. Ich habe im Laufe meines Lebens manchen Trunkenbold gehört und manche tolle Szene an Bord der „Sarah" mitgemacht, aber alles das war nichts im Vergleich zu dieser Orgie, so daß ich damals schon vermutete, man habe etwas unter den Schnaps gemischt. Es dauerte lange, bevor das Schreien und Heulen zu einer Art jämmerlichen Grunzens abstarb. Schließlich war alles ruhig, und es kam mir sehr lange vor, bis Ballantrae wieder herunterkam, diesmal gefolgt von Teach, der anfing zu fluchen, als er uns drei auf den Kästen schlafen sah.

„Pah!“ sagte Ballantrae. „Ihr könnt eine Pistole vor ihren Ohren abfeuern. Ihr wißt, was sie verschluckt haben.“

Im Kajütenboden war eine Luke, unter der der größte Teil der Beute bis zum Tage der Teilung versteckt lag. Sie war mit einem Riemen und drei Schlössern gesichert, deren Schlüssel der größeren Sicherheit wegen verteilt waren; einen besaß Teach, den zweiten Ballantrae und den dritten der Steuermann, ein Mann namens Hammond. Aber ich staunte, als ich alle drei in einer Hand sah, und noch mehr wunderte ich mich – ich sah immer noch durch meine Finger –, als Ballantrae und Teach mehrere Pakete heraufbrachten, alles in allem vier Stück, die sorgfältig verpackt waren und eine Schleife zum Tragen hatten.

„Und nun“, sagte Teach, „wollen wir gehen.“

„Ein Wort“, sagte Ballantrae, „ich habe festgestellt, daß noch ein Mann außer Ihnen einen Schleichweg durch den Sumpf weiß, und es scheint, als ob er kürzer ist als der Ihre.“

Teach schrie, in diesem Falle seien sie verloren.

„Das weiß ich nicht“, sagte Ballantrae. „Ich muß Sie im übrigen noch mit einigen anderen Dingen vertraut machen. Zunächst ist keine Kugel in Ihren Pistolen, die ich, wie Sie sich erinnern werden, heute morgen für uns beide freundlicherweise geladen habe. Zweitens können Sie sich vorstellen, daß ich mich wahrscheinlich nicht mit einem Idioten wie Sie belasten werde, da es einen anderen Menschen gibt, der einen Weg kennt. Drittens gehören diese Herren, die sich nicht länger schlafend zu stellen brauchen, zu meiner Partei. Sie werden Sie ergreifen und an den Mast binden, und wenn Ihre Leute aufwachen, falls das geschehen sollte trotz des Giftes, das wir unter den Schnaps gemischt haben, werden sie Sie ohne Zweifel von Herzen gern ausliefern. Die Sache mit den Schlüsseln werden Sie dann, wie ich annehme, leicht erklären können.“

Teach sprach kein Wort, sondern blickte uns wie ein erschrockenes Kind an, als wir ihn knebelten und banden.

„Nun wissen Sie, Sie Mondkalb", sagte Ballantrae, „warum wir vier Pakete gemacht haben. Bisher hat man Sie Kapitän Teach genannt, aber ich glaube, jetzt sind Sie eher ein Kapitän Learn."

Das war unser letztes Wort an Bord der „Sarah". Wir vier mit unseren vier Paketen ließen uns vorsichtig in ein Boot hinunter, und hinter uns blieb das Schiff schweigend wie ein Grab zurück, abgesehen von dem Stöhnen einiger Betrunkener. Auf dem Wasser lag Nebel bis ungefähr zur Brusthöhe, so daß Dutton, der den Weg kannte, aufstehen mußte, um unsere Ruder zu lenken. Das war der Grund, weshalb die Flucht gelang, denn wir waren gezwungen, langsam zu rudern. Erst eine kurze Strecke waren wir vom Schiff entfernt, als der Morgen zu grauen begann und die Vögel über das Wasser strichen. Plötzlich sackte Dutton auf den Sitz nieder und flüsterte uns zu, um des Himmels willen ruhig zu sein und zu lauschen. Wir hörten deutlich das leise Quietschen von Riemen auf der einen Seite, und dann wieder etwas weiter weg ein ähnliches Geräusch auf der andern Seite. Es wurde uns klar, daß wir gestern früh gesichtet worden waren, die Boote des Kreuzers sollten uns vom Meere abschneiden, und wir lagen hilflos zwischen ihnen. Niemals drohte uns armen Teufeln größere Gefahr, und während wir auf unsere Ruder gebückt lagen, flehten wir zu Gott, der Nebel möge dicht bleiben, und Schweiß tropfte von unseren Stirnen. Bald darauf hörten wir eins der Boote so nahe, daß wir einen Schiffszwieback hätten hinüberwerfen können. „Vorsichtig, Leute", hörten wir einen Offizier flüstern, und ich fragte mich, ob sie nicht das Hämmern meines Herzens vernehmen könnten.

„Es kommt jetzt nicht auf den Richtweg an", sagte Ballantrae, „wir müssen irgendwo Deckung finden, laßt uns direkt auf die Ufer der Bucht zuhalten."

Mit größter Vorsicht ruderten wir weiter, und zwar mit den Händen, so gut es ging. Auf gut Glück steuerten wir durch den Nebel, der unsere einzige Rettung war. Aber der Himmel schützte uns, wir liefen in einem Dickicht auf Grund, krochen mit unserem Schatz an Land, und da wir das Boot nicht verstecken konnten und der Nebel sich bereits lichtete, drückten wir es nieder und ließen es absacken. Kaum waren wir in Deckung, als die Sonne aufging, und im selben Augenblick erscholl in der Mitte der Bucht ein Geschrei von Matrosen, und nun wußten wir, daß die „Sarah" gestürmt wurde. Ich hörte später, daß der Offizier, der sie einnahm, zu großen Ehren gelangte, und die Annäherung wurde tatsächlich klug durchgeführt, obgleich er meines Erachtens wenig Schwierigkeiten hatte, als er einmal an Bord war.

Noch war ich allen Heiligen dankbar für unser glückliches Entkommen, als ich bemerkte, daß uns andere Gefahren bevorstanden. Wir waren hier auf gut Glück in einem großen und drohenden Sumpf gelandet, und es war schwierig, anstrengend und gefährlich, den Richtweg zu erreichen. Dutton war der Ansicht, wir sollten warten, bis das Schiff abgefahren sei, um dann das Boot wieder herauszufischen, denn ein gewisses Zögern sei klüger, als blindlings durch den Morast zu waten. Einer von uns ging deshalb zum Ufer der Bucht zurück, blickte durch das Gestrüpp und sah den Nebel schon ganz verflüchtigt und die englische Flagge auf der „Sarah", aber kein Anzeichen dafür, daß sie sich in Bewegung setzte. Unsere Lage war sehr ungewiß. Im Sumpf zu verharren war ungesund. Wir waren so gierig gewesen, unsere Schätze in Sicherheit zu bringen, daß wir nur wenig Nahrungsmittel mitführten, und es war höchst wünschenswert, aus dieser Gegend herauszukommen und zu menschlichen Wohnungen zu gelangen, bevor die Nachricht von der Eroberung des Schiffes bekannt wurde. Diesen Befürchtungen entgegen stand nur die eine Gefahr, durch die Sümpfe zu gelangen. Ich glaube, es ist nicht verwunderlich, daß wir uns zum Handeln entschlossen.

Die Sonne brannte schon heiß, als wir uns aufmachten, um den Morast zu durchqueren oder vielmehr an der Hand eines Kompasses den Pfad ausfindig zu machen. Dutton nahm den Kompaß, und abwechselnd trugen wir seinen Anteil an der Beute. Man kann mir glauben, daß er sich scharf umblickte, denn was er uns anvertraute, war ihm so wertvoll wie seine Seele. Das Gestrüpp war dicht wie Buschwerk, der Boden sehr trügerisch, so daß wir oft entsetzlich tief einsanken und Umwege machen mußten. Außerdem war die Hitze erstickend, die Luft sonderbar schwer, und stechende Insekten umschwirrten uns in so dichten Schwärmen, daß jeder von uns wie unter einer Wolke ging. Man hat oft behauptet, daß Edelleute von hoher Geburt Strapazen besser ertragen als Leute aus dem Volke, so daß Offiziere, die neben ihren Mannschaften im Schmutz marschieren müssen, durch ihre Ausdauer die Soldaten beschämen. Das war auch hier leicht festzustellen, denn hier waren Ballantrae und ich, zwei Edelleute vornehmster Herkunft, und andererseits Grady, ein Matrose, ein Mann von nahezu riesenhafter Körperkraft. Der Fall Duttons kommt hier nicht in Frage, denn ich muß gestehen, daß er sich ebenso tapfer wie einer von uns benahm.

Was Grady betrifft, so begann er bald sein Geschick zu beklagen. Er fiel zurück, weigerte sich, Duttons Paket zu tragen, wenn die Reihe an ihm war, verlangte ständig Rum, wovon wir nur wenig besaßen, und bedrohte uns schließlich sogar von hinten mit gespannter Pistole, wenn wir ihm nicht gestatteten, auszuruhen. Ballantrae wollte es ausfechten, wie ich glaube, aber ich bewog ihn zu einer anderen Maßnahme, und so machten wir halt und aßen etwas. Grady schien sich nur wenig zu erholen und stürzte schließlich aus Unachtsamkeit, und weil er nicht sorgfältig unserer Spur folgte, in ein tiefes Loch, das hauptsächlich mit Wasser gefüllt war. Er schrie ein paarmal grauenhaft auf, und bevor wir ihm zur Hilfe kommen konnten, war er mit seiner Beute versunken.

Sein Schicksal und vor allem seine Schreie erschütterten uns, aber letzten Endes war es doch ein Glückszufall, der zu unserer Rettung beitrug, denn Dutton fühlte sich veranlaßt, einen Baum zu besteigen, von wo er eine Erhöhung des Waldes wahrnehmen konnte, ein Wahrzeichen des Fußweges, das er mir zeigte, da ich ihm nachgeklettert war. Er ging nun etwas sorgloser vorwärts, wie ich annehme, denn bald darauf sahen wir ihn etwas einsinken. Er zog die Füße heraus und sank wieder ein, und so zweimal hintereinander. Dann wandte er uns sein Gesicht zu, das sehr weiß geworden war.

„Helft mir“, sagte er, „ich bin in Gefahr.“

„Das scheint mir nicht so“, sagte Ballantrae und blieb stehen.

Dutton stieß entsetzliche Flüche aus, sank wieder etwas tiefer ein, so daß der Morast ihm fast bis zum Gürtel reichte, und riß eine Pistole heraus. „Helft mir“, schrie er, „oder sterbt und fahrt zur Hölle!“

„Nun“, sagte Ballantrae, „ich scherzte nur. Ich komme.“ Er legte sein eigenes und Duttons Paket nieder, das er gerade trug. „Kommen Sie mir nicht nach, bevor ich sehe, daß ich Sie brauche“, sagte er zu mir, und ging allein vorwärts zu dem Platz, wo der Mann steckengeblieben war. Dutton war jetzt still, hielt die Pistole aber noch in der Hand, und die Anzeichen des Grauens konnte man nur mit tiefer Bewegung wahrnehmen.

„Um des Himmels willen“, sagte er, „gebt scharf acht.“

Ballantrae war nun ganz nahe bei ihm. „Haltet Euch ruhig“, sagte er und schien zu überlegen. Dann fuhr er fort: „Gebt mir beide Hände!“

Dutton legte seine Pistole nieder, und so wäßrig war die Oberfläche des Bodens, daß sie sofort ganz verschwand. Mit einem Fluch bückte er sich, um nach ihr zu greifen, und in diesem Augenblick lehnte Ballantrae sich vor und stieß ihm einen Dolch zwischen die Schultern. Hoch über den Kopf warf er seine

Hände, ich weiß nicht, ob aus Schmerz oder um sich zu wehren, und im nächsten Augenblick stürzte er nach vorn in den Morast.

Ballantrae war bereits bis über die Knöchel eingesunken, aber er riß sich heraus und kam zurück zu mir, der ich mit zitternden Knien dastand. „Der Teufel hole Euch, Francis!“ sagte er. „Ich glaube, Ihr seid doch ein Hasenfuß. Ich habe nur Gericht gehalten über einen Piraten, und jetzt sind wir alle Verbindungen mit der „Sarah“ los! Wer will nun behaupten, daß wir unsere Hände in unredlichen Dingen gehabt haben?“

Ich versicherte ihn, daß er mir Unrecht tue, aber mein Gefühl für Menschlichkeit war durch die grauenhafte Tat so verletzt, daß ich kaum eine Antwort stammeln konnte.

„Kommt“, sagte er, „Ihr müßt entschlossener sein. Wir brauchten diesen Burschen nicht mehr, als er Euch gezeigt hatte, wo der Fußpfad ist, und Ihr könnt nicht leugnen, daß ich ein Tor gewesen wäre, wenn ich eine so günstige Gelegenheit verpaßt hätte.“

Ich konnte in der Tat nicht leugnen, daß er grundsätzlich recht hatte, aber trotzdem konnte ich mich der Tränen kaum erwehren, deren sich kein tapferer Mann zu schämen braucht, und ich mußte erst einen Schluck Rum nehmen, bevor ich weitergehen konnte. Ich wiederhole, daß ich keineswegs beschämt war über mein Mitgefühl, denn Mitleid ehrt den Krieger, und doch konnte ich Ballantrae nicht scharf tadeln. Er hatte wirklich Erfolg, denn wir erreichten den Pfad ohne weitere Zwischenfälle und kamen gegen Sonnenuntergang desselben Abends an den Rand des Sumpfes.

Wir waren zu erschöpft, die Gegend auszukundschaften, legten uns auf den trockenen Sand, der noch warm war von der Tagessonne, dicht bei einem Kiefernwald, und fielen sogleich in Schlaf.

Am nächsten Morgen erwachten wir sehr früh und begannen sofort verdrießlich eine Unterhaltung, die beinahe mit Schlägen geendet hätte. Wir waren nun in den südlichen Provinzen gestrandet, tausende Meilen entfernt von einer französischen Niederlassung, eine furchtbare Reise und zahllose Gefahren lagen vor uns, und wenn je Freundschaft wertvoll war, so war sie es unter solchen Umständen. Ich kann nur vermuten, daß Ballantrae den Begriff wahrer Höflichkeit verloren hatte, und tatsächlich ist diese Vorstellung durchaus nicht sonderbar, nachdem wir solange mit Seeräubern zusammengelebt hatten. Er behandelte mich so schroff, daß jeder Mann von Ehre ein solches Benehmen zurückweisen mußte. Ich sagte ihm, in welchem Lichte ich sein Betragen sähe. Er entfernte sich etwas, und ich folgte ihm, um ihm Vorhaltungen zu machen, bis er mich mit der Hand zurückhielt.

„Frank“, sagte er, „Ihr wißt, was wir uns geschworen haben, und doch würde kein Eid mich veranlassen können, solche Redensarten hinunterzuschlucken, wenn ich Euch nicht mit aufrichtiger Zuneigung betrachtete. Daran könnt Ihr unmöglich zweifeln, ich habe genug Beweise gegeben. Dutton mußte ich mitnehmen, weil er den Pfad kannte, und Grady, weil Dutton ohne ihn nicht mitkommen wollte. Aber welche Veranlassung lag vor, Euch mitzunehmen? Ihr bedeutet für mich eine ständige Gefahr wegen Eures verfluchten irischen Dialektes. Von Rechts wegen müßtet Ihr jetzt auf dem Kreuzer in Eisen liegen. Und Ihr streitet Euch mit mir herum wegen einiger Lächerlichkeiten!“

Ich empfand diese Rederei als höchst unfein und kann sie bis auf den heutigen Tag nicht in Einklang bringen mit meiner Vorstellung von einem Gentleman, der mein Freund war. Ich warf ihm seinen schottischen Dialekt vor, der zwar nicht sehr ausgeprägt war, aber hinreichte, um unvornehm und gemein zu wirken, wie ich ihm offen sagte. Die Angelegenheit hätte sich noch ausgewirkt, wenn nicht ein höchst beunruhigender Zwischenfall eingetreten wäre.

Wir waren eine Strecke den Sand entlang gegangen. Der Platz, wo wir geschlafen hatten und wo die Pakete geöffnet lagen, das Geld ringsumher verstreut, lag zwischen uns und den Kiefern, und der Fremde muß aus dem Walde herausgetreten sein. Jedenfalls stand er plötzlich da, ein großer, ungeschlachter Geselle dieses Landes, eine breite Axt auf der Schulter, und blickte mit offenem Munde bald auf den Schatz, der zu seinen Füßen lag, bald auf uns, die wir in unserem Streit bereits zu den Waffen gegriffen hatten. Kaum hatten wir ihn bemerkt, als er seine Beine wiederfand und zum Walde zurücklief.

Diese Szene konnte zu unserer Beruhigung nicht beitragen: ein paar bewaffnete Leute in Seemannskleidung, die sich wegen eines Schatzes stritten, nur einige Meilen entfernt von der Stelle, wo man ein Piratenschiff erobert hatte – das mußte genügen, um alle Bewohner des Landes auf uns zu hetzen. Die Streitigkeiten wurden nicht einmal richtig ausgeglichen, sondern waren im Nu in unseren Herzen ausgelöscht. In einer Sekunde rafften wir unsere Pakete zusammen und rannten aus Leibeskräften davon. Aber das Unglück war, daß wir die Richtung nicht kannten und fortwährend wieder umkehren mußten. Ballantrae hatte zwar alles aus Dutton herausgeholt, soweit es möglich war, aber es ist schwierig, nach solchen Angaben zu wandern, und die Flußmündung, die einen großen, unregelmäßigen Hafen einschließt, hemmte unseren Weg auf allen Seiten durch Wasserläufe.

Wir waren nahezu verzweifelt und vom Laufen beinahe erschöpft, als wir von der Höhe einer Düne feststellten, daß wir durch eine weitere Verzweigung der Bucht wieder abgeschnitten waren. Dieser Einschnitt unterschied sich jedoch erheblich von den andern, die uns bisher aufgehalten hatten, er lag zwischen Felsen und fiel jäh ab zu solcher Tiefe, daß ein kleines Schiff, das mit einer Trosse befestigt war, am Ufer liegen konnte. Die Leute hatten ein Brett zur Küste hinübergelegt, wo sie ein Feuer angezündet hatten und beim Mahle saßen. Das Schiff war eins von denen, wie man sie auf den Bermudasinseln baut.

Die Liebe zum Gold und der große Haß, den jeder gegen Piraten hegt, waren zu gefährlich und würden ohne Zweifel das ganze Land auf unsere Spur gesetzt haben. Außerdem war es uns nun klar, daß wir uns auf einer Halbinsel befanden, die sich wie die Finger einer Hand spaltete, und das Handgelenk, nämlich der Übergang zum eigentlichen Festland, dem wir uns sofort hätten zuwenden sollen, war jetzt wahrscheinlich schon versperrt. Diese Überlegungen trieben uns zu einem kühnen Entschluß. Wir legten uns, solange wir es wagen durften, auf der Höhe der Düne nieder und horchten aufmerksam auf Geräusche von Verfolgern. Als wir auf diese Weise wieder etwas zu Atem gekommen waren und unsere Kleider geordnet hatten, schlenderten wir auf die Leute am Feuer zu und gaben uns den Anschein größter Sorglosigkeit.

Es war ein Händler und seine Negersklaven aus Albany in der Provinz New York, der auf dem Heimwege war von Indien mit seiner Ladung. Seinen Namen habe ich vergessen. Wir hörten erschrocken, daß er aus Furcht vor der „Sarah“ hier Zuflucht gesucht hatte. Daß unsere Taten so allgemein bekannt waren, hatten wir nicht gedacht. Kaum hatte der Kapitän vernommen, daß das Schiff gestern gekapert worden sei, als er auf die Füße sprang, uns ein Glas Schnaps reichte zum Dank für die guten Nachrichten und seinen Negern befahl, die Segel zu hissen. Wir selbst gewannen durch den Schluck aus der Flasche mehr Zutrauen und boten uns schließlich als Passagiere an. Er blickte mißtrauisch auf unsere teerigen Kleider und die Pistolen und erwiderte höflich, er könne uns schlecht unterbringen. Auch unsere Bitten und Geldangebote, die wir hoch hinaufschraubten, konnten ihn nicht rühren.

„Ich sehe“, sagte Ballantrae, „daß Ihr schlecht von uns denkt, aber ich will Euch beweisen, wie gut wir von Euch denken, indem ich Euch die Wahrheit sage. Wir sind flüchtige Jakobiten, und auf unsere Köpfe ist ein Preis ausgesetzt.“

Der Mann aus Albany war durch diese Bemerkung offenbar etwas bewegt. Er stellte uns viele Fragen über den schottischen Krieg, die Ballantrae ausführlich beantwortete. Und dann sagte er mit einer Handbewegung ziemlich grob: „Ich denke, ihr und euer Prinz Charlie habt mehr abbekommen, als euch lieb ist.“

„Zum Teufel, ja, das haben wir!“ sagte ich. „Und Ihr, verehrter Herr, solltet ein besseres Beispiel geben und uns entsprechend gut behandeln.“

Ich sagte das in der irischen Art, die, wie allgemein zugestanden wird, etwas sehr Verlockendes an sich hat. Es ist bemerkenswert und ein Beweis für die Liebe, die man für unsere Nation hegt, daß ein irisches Wort bei einem anständigen Menschen fast nie seine Wirkung verfehlt. Ich weiß nicht, wie oft ich es erlebt habe, daß ein gemeiner Soldat den Spießruten entging oder ein Bettler reiche Gaben erhielt, weil sie sich der irischen Sprache bedienten. Und als der Mann mir zulachte, war ich sehr beruhigt. Allerdings stellte er auch dann noch viele Bedingungen und nahm uns vor allen Dingen unsere Waffen ab, bevor er uns an Bord gehen ließ. Das war das Zeichen zur Abfahrt, und wenige Augenblicke später fuhren wir bei guter Brise die Bucht hinunter und dankten Gott für unsere Rettung. Ungefähr auf der Höhe der Flußmündung kamen wir an dem Kreuzer vorbei und etwas später an der armen „Sarah“ mit der gefesselten Mannschaft, beides Anblicke, die uns zittern machten. Das bermudische Schiff schien ein sehr sicherer Aufenthaltsort zu sein und unsere Kühnheit sich zu lohnen, als wir auf diese Weise an das Schicksal unserer früheren Kameraden erinnert wurden. Alles in allem waren wir allerdings noch keineswegs sicher, wir waren aus der Bratpfanne ins Feuer gehüpft, rannten vom Gefängnis zum Galgen und waren der offenen Feindschaft des Kriegsschiffes entronnen, um der zweifelhaften Ehrbarkeit des Händlers aus Albany ausgeliefert zu sein.

Verschiedene Umstände brachten es jedoch mit sich, daß wir sicherer waren, als wir zu hoffen gewagt hatten. Die Stadt Albany befaßte sich damals viel mit dem Schmuggel zwischen Indianern und Franzosen in den Wüstengebieten. Da dieser Handel im höchsten Grade ungesetzlich war und die Leute andererseits in Berührung brachte mit dem höflichsten Volk der Erde, waren ihre Sympathien geteilt. Sie glichen allen Schmugglern, Spionen und Zwischenhändlern der ganzen Welt und waren beiden Parteien gleich geneigt. Unser Kapitän war außerdem ein sehr ehrenhafter Mensch und sehr habgierig, und nebenbei gefiel ihm unsere Gesellschaft vorzüglich, was unser Glück krönte. Bevor wir die Stadt New York erreicht hatten, hatten wir uns in jeder Beziehung verständigt. Er sollte uns ganz bis Albany führen und uns dort helfen, die Grenze zu überschreiten, um zu den Franzosen zu stoßen. Wir mußten dafür hoch bezahlen, aber Bettler haben keine Wahl, und Verbrecher dürfen sich nicht beklagen.

Wir segelten also den Hudson hinauf, ein sehr stolzer Strom, wie ich ausdrücklich bemerken will, und schlugen unser Quartier in den „Kings Arms" zu Albany auf. Die Stadt war voll von Soldaten aus der Provinz, die Rache brüteten gegen die Franzosen. Der Gouverneur Clinton war selbst anwesend, ein sehr geschäftiger Mann und, soviel ich feststellen konnte, durch die Parteizwistigkeiten des Parlaments nahezu wahnsinnig. Die Indianer auf beiden Seiten waren auf dem Kriegspfad, wir sahen sie in Gruppen Gefangene einbringen, und was viel schlimmer ist, auch männliche und weibliche Skalpe, für die sie nach einem festen Satz bezahlt wurden. Ich brauche nicht zu versichern, daß uns der Anblick nicht sehr ermutigte. Wir konnten kaum zu einem ungeeigneteren Zeitpunkt kommen, um unsere Pläne durchzuführen. Der Aufenthalt in dem ersten Hotel der Stadt richtete alle Blicke furchterregend auf uns, der Kaufmann aus Albany fand tausend Ausflüchte, um die Abreise zu verzögern, und schien sich aus seinen Verpflichtungen lösen zu wollen. Nichts als Gefahr schien uns arme Flüchtlinge zu umgeben, und eine Zeitlang suchten wir unsere Sorgen durch einen sehr unregelmäßigen Lebenswandel zu vergessen.

Aber auch das war uns günstig, und man kann über unsere ganze Flucht nur sagen, daß alle unsere Schritte bis zum Schluß von der Vorsehung gelenkt wurden: welche Demütigung für die Würde des Menschengeschlechts! Meine Philosophie, die außerordentliche Begabung Ballantraes und unsere Tapferkeit, in der wir uns, wie ich zugebe, gleichstanden: alles das mochte unzureichend sein ohne den göttlichen Segen, der unsere Bemühungen begleitete. Und wie richtig ist es, wenn die Kirche uns lehrt, daß die Wahrheiten der Religion letzten Endes auch auf alltägliche Dinge durchaus anwendbar sind. Im Laufe unserer Ausschweifungen machten wir nämlich schließlich die Bekanntschaft eines mutigen jungen Mannes namens Chew. Cr war einer der kühnsten Händler unter den Indianern, wohlvertraut mit den geheimen Pfaden durch die Wildnis, bedürftig, liederlich und, ein weiterer guter Zufall, von seiner Familie ziemlich verachtet. Ihn überredeten wir, uns beizustehen. Er beschaffte heimlich alles, was wir zur Flucht brauchten, und eines Tages machten wir uns stillschweigend fort aus Albany, ohne uns von unserem früheren Freund zu verabschieden, und bestiegen etwas höher hinauf ein Kanu.

Um die Mühseligkeiten und Gefahren dieser Reise richtig zu beschreiben, bedürfte es einer geübteren Feder. Der Leser selbst muß sich die furchtbare Wildnis vorstellen, die wir nun zu durchqueren hatten, mit ihren Dickichten, Sümpfen, steilen Felsen, reißenden Strömen und tosenden Wasserfällen. Inmitten dieser wilden Szenerie mußten wir den ganzen Tag schuften, indem wir bald paddelten, bald unser Kanu auf den Schultern trugen. Nachts schliefen wir bei einem Feuer, umlauert von heulenden Wölfen und anderen wilden Tieren. Unser Plan war, gegen die Strömung des Hudson bis in die Nähe von Crown Point vorzudringen, wo die Franzosen in den Wäldern am Champlain-See einen befestigten Platz hatten. Aber der direkte Weg war zu gefährlich, und wir benutzten deshalb ein solches Labyrinth von Flüssen, Seen und Stromschnellen, daß mein Gehirn sich verwirrt, wenn ich daran denke. Diese Wege waren gewöhnlich ganz einsam, aber jetzt war das Land in Aufruhr, die Stämme auf dem Kriegspfad, die Wälder voll von Indianerspionen. Immer wieder trafen wir auf solche Gruppen, wenn wir es am wenigsten erwarteten, und eines Tages fanden wir uns, was ich nie vergessen werde, in der Abenddämmerung plötzlich umzingelt von fünf oder sechs dieser bemalten Teufel, die wüste Schreie ausstießen und ihre Beile schwangen. Aber alles verlief friedlich wie unsere sämtlichen Abenteuer, denn Chew war bei den verschiedenen Stämmen gut bekannt und hoch geschätzt. Er war wirklich ein sehr tapferer, anständiger, kluger Mensch, aber selbst in seiner Begleitung waren diese Zusammenkünfte durchaus nicht ungefährlich. Um unsere Freundschaft kundzutun, mußten wir Rum verteilen, wie es denn die eigentliche Aufgabe der Indianerhändler ist, in den Wäldern in irgendeiner Weise eine wandernde Schänke bei sich zu behalten. Hatten die Tapferen ihre Flasche „Scaura“, wie sie den widerlichen Schnaps nennen, einmal erhalten, so konnten wir weiterwandern und unsere Skalpe retten. Waren sie erst etwas betrunken, so war Vernunft und Anstand vergessen, sie hatten nur noch den einen Gedanken, mehr „Scaura“ zu bekommen. Es hätte ihnen dann leicht einfallen können, uns zu verfolgen, und wenn sie uns eingeholt hätten, so hätte ich dies Tagebuch nie geschrieben.

Wir waren zum kritischen Punkt unserer Reise gelangt, wo wir sowohl in die Hände der Franzosen als auch in die der Engländer geraten konnten, als uns ein entsetzliches Unglück zustieß. Chew wurde plötzlich krank, zeigte alle Symptome der Vergiftung und verschied nach wenigen Stunden auf dem Boden des Kanus. Wir verloren so zugleich unseren Führer, unseren Dolmetscher, unseren Bootsmann und unseren Paß, was er alles in einer Person war, und sahen uns mit einem Schlage einer verzweifelten Hilflosigkeit gegenüber. Chew, der sehr stolz war auf seine Kenntnisse, hatte uns allerdings oft Unterricht gegeben in der Geographie, und Ballantrae hatte, wie ich glaube, gut zugehört. Aber ich fand solche Belehrungen immer sehr langweilig und wußte nur, daß wir im Lande der Adirondackindianer und nicht sehr weit von unserem Ziel waren, wenn wir nur den Weg ausfindig machen konnten. Die Weisheit meines Benehmens wurde bald offenbar, denn Ballantrae wußte trotz seiner großen Anstrengungen nicht mehr als ich. Er war sich klar, daß wir einen Fluß verfolgen und dann über eine Stromschnelle hinweg einen zweiten hinunterfahren mußten, um schließlich einen dritten wieder hinaufzupaddeln. Man muß aber bedenken, daß in einem so gebirgigen Lande von allen Zeiten zahlreiche Ströme herbeiflossen. Wie kann also ein Mann, der diese Teile der Welt durchaus nicht kennt, den einen vom anderen unterscheiden? Auch war das nicht unsere einzige Sorge. Wir waren noch Anfänger in der Handhabung eines Kanus, die Stromschnellen gingen beinahe über unsere Kraft, so daß wir manchmal eine halbe Stunde stumm in Verzweiflung dasaßen, und das Auftauchen eines einzigen Indianers würde wahrscheinlich unser Verderben bedeutet haben, da wir uns ja nicht mit ihm verständigen konnten. Es ist also wohl zu entschuldigen, daß Ballantrae manchmal ziemlich niedergeschlagen war. Seine Gewohnheit, den anderen, die ebenso tüchtig waren wie er, alle Schuld zuzuschieben, war immer schwerer zu ertragen, und seine Ausdrücke waren nicht leicht zu verzeihen. Er hatte sich an Bord des Piratenschiffes eine Sprache angewöhnt, die zwischen Edelleuten höchst ungewöhnlich ist, und jetzt, wo er gewissermaßen im Fieber war, wurde er um so anmaßender.

Am dritten Tage unserer Wanderung fiel das Kanu, als wir es über eine felsige Stromschnelle trugen, nieder und zerschellte vollständig. Die Stromschnelle lag zwischen zwei Seen, die beide sehr groß waren; der Pfad, soweit von ihm die Rede sein konnte, führte an beiden Enden ins Wasser und war an beiden Leiten von undurchdringlichen Wäldern eingeschlossen. Die Ufer der Seen waren sumpfig und ungangbar, so daß wir nicht nur gezwungen waren, unser Boot und den größten Teil des Proviantes im Stich zu lassen, sondern sofort einen Weg durch undurchdringliches Dickicht bahnen und unsere einzige Richtschnur, den Flußlauf, verlassen mußten. Wir steckten beide unsere Pistolen in den Gürtel, schulterten eine Axt und nahmen unseren Schatz und so viel Vorrat, wie wir schleppen konnten, auf den Rücken. Den Rest unseres Eigentums ließen wir liegen, darunter sogar unsere Schwerter, die uns im Walde sehr behindert hätten, und stürzten uns in dies beklagenswerte Abenteuer. Die Arbeiten des Herkules, die Homer so schön beschreibt, waren lächerlich gegen das, was uns bevorstand. Manche Teile des Waldes waren bis zum Boden vollkommen dicht, so daß wir uns unseren Weg wie Maden im Käse suchen mußten. In anderen Teilen war der Boden tief, sumpfig, und alles Holz vollständig morsch. Einmal sprang ich auf einen großen niedergestürzten Baumstamm und sank bis zu den Knien in faules Holz, und während ich fiel, versuchte ich mich an einem, wie es schien festen Stamm zu halten, aber das ganze Ding sank bei der bloßen Berührung wie ein Blatt Papier in sich zusammen. Wir taumelten, fielen, rutschten auf den Knien, hieben unseren Weg vorwärts, Zweige und Äste schlugen uns beinahe die Augen aus, die Kleider wurden uns vom Leibe gerissen, wir mühten uns den ganzen Tag ab, und es blieb fraglich, ob wir zwei Meilen vorwärts kamen. Was aber schlimmer war: da wir keinen freien Ausblick hatten und ständig durch Hindernisse vom Wege vertrieben wurden, war es unmöglich, auch nur ungefähr eine Ahnung von der Richtung zu haben, in der wir uns bewegten.

Etwas vor Sonnenuntergang warf Ballantrae auf einem freien Platz an einem Fluß, ringsumher von schroffen Bergen umgeben, sein Gepäck nieder. „Ich gehe nicht mehr weiter“, sagte er und forderte mich auf, Feuer zu machen, indem er mich bis aufs Blut kränkte durch Ausdrücke, wie sie sich kaum für einen Kutscher geziemen.

Ich sagte ihm, er möge doch vergessen, daß er einmal ein Seeräuber gewesen sei und sich erinnern, daß er zuvor ein Edelmann war.

„Seid Ihr verrückt?“ schrie er. „Widersprecht mir hier nicht!“ Und dann schüttelte er die Faust gegen die Berge und rief: „In dieser elenden Wildnis soll ich meine Gebeine lassen! Wollte Gott, ich wäre wie ein Edelmann auf dem Schafott gestorben!“ Er sagte das, indem er wie ein Schauspieler schwülstig deklamierte, und dann saß er da, biß auf seine Finger und starrte auf den Boden, ein höchst unchristlicher Anblick.

Mich überkam ein wenig Verachtung vor dem Mann, denn ich sagte mir, daß ein Soldat und ein Edelmann sein Ende philosophischer hinnehmen müsse. Ich gab ihm deshalb keine Antwort, und bald darauf nahte die Nacht so kühl, daß ich froh war, aus eigenem Interesse ein Feuer entzünden zu können. Und doch grenzte diese Handlung weiß Gott an Irrsinn, da der Platz offen lag und das Land von Wilden überrannt war. Ballantrae schien mich nicht mehr zu sehen, aber schließlich, als ich dabei war, etwas Korn zu rösten, blickte er auf.

„Habt Ihr jemals einen Bruder gehabt?" fragte er.

„Dem Himmel sei Dank", antwortete ich, „nicht weniger als fünf."

„Ich habe nur den einen", sagte er mit eigenartiger Stimme, und gleich darauf: „Er soll mich für all dies bezahlen!" Und als ich ihn fragte, was sein Bruder mit unserem Mißgeschick zu tun habe, schrie er: „Wie? Er sitzt an meinem Platz, er trägt meinen Namen, er liebt mein Weib, und ich bin hier allein mit einem verfluchten Irländer in dieser Wüste, daß mir die Zähne klappern! Oh, welch ein elender Tor bin ich gewesen!"

Dieser Ausbruch widersprach so vollkommen der Natur meines Freundes, daß alle gerechte Empfindsamkeit in mir erstarb. Gewiß erscheint ein beleidigender Ausdruck, auch wenn er heftig hervorgestoßen wird, unter so verzweifelten Umständen als äußerst geringfügige Angelegenheit, aber hier machte sich eine sonderbare Sache bemerkbar. Er hatte bisher nur einmal die Dame erwähnt, zu der er in Beziehungen gestanden hatte. Das war damals, als wir in die Nähe von New York kamen und er mir erzählte, daß er jetzt sein eigenes Besitztum sehen könnte, wenn alles mit rechten Dingen zugegangen wäre, denn Miß Graeme verfügte über große Güter in dieser Provinz. Das war ohne Zweifel ein natürlicher Anlaß gewesen, aber jetzt erwähnte er sie ein zweites Mal, und es ist sicher angebracht, zu berichten, daß gerade in diesem Monat, nämlich im November 1747, und ich glaube, gerade an jenem Tage, als wir zwischen diesen wilden Gebirgen saßen, sein Bruder und Miß Graeme heirateten. Ich bin durchaus nicht abergläubisch, aber die Hand der Vorsehung zeigte sich hier zu deutlich, um unbeachtet zu bleiben.

Der nächste und übernächste Tag wurde unter ähnlichen Anstrengungen verbracht, und Ballantrae entschied oft über die Richtung, indem er eine Münze hochwarf. Als ich diesem kindischen Benehmen einmal widersprach, machte er eine sonderbare Bemerkung, die ich niemals vergessen habe. „Ich weiß keinen besseren Weg“, sagte er, „um meiner Verachtung der menschlichen Vernunft Ausdruck zu verleihen.“

Ich glaube, es war der dritte Tag, als wir den Leichnam eines Christen fanden, der skalpiert und höchst unwürdig verstümmelt war. Er lag in der Lache seines Blutes, und die Vögel der Wildnis schrien um ihn herum wie Fliegenschwärme. Ich vermag nicht zu beschreiben, wie entsetzlich dieser Anblick für uns war, aber er raubte mir alle Kraft und alle Hoffnung dieser Welt. Am gleichen Tage, und nur ein wenig später, stolperten wir durch einen Teil des Waldes, der niedergebrannt worden war, und plötzlich bückte sich Ballantrae, der ein wenig voraus war, hinter einen niedergestürzten Stamm. Auch ich benutzte die Deckung, und wir konnten rundum blicken, ohne selbst gesehen zu werden, und bemerkten im Grunde des nächsten Tales einen großen Kriegszug von Wilden, der unsere Richtung kreuzte. Sie mochten ungefähr ein kleines Bataillon stark sein, alle nackt bis zum Gürtel, geschwärzt mit Fett und Ruß und bemalt mit weißer und roter Farbe, wie es ihre viehische Sitte war. Sie gingen hintereinander wie eine Gänseherde, mit raschen Schritten, so daß sie nach kurzer Zeit vorbeigetrottet und in den Wäldern verschwunden waren. Aber ich glaube, wir erduldeten in diesen wenigen Minuten größere Todesangst der Verzagtheit und Hilflosigkeit, als ein Mensch gewöhnlich während seines ganzen Lebens erleidet. Ob es französische oder englische Indianer waren, ob sie Skalpe oder Gefangene wollten, ob wir uns auf gut Glück zeigen oder ruhig verhalten und unsere herzzerbrechende Mühsal wieder auf uns nehmen sollten: alle diese Fragen hätten, glaube ich, selbst den Verstand eines Aristoteles lebhaft beschäftigt. Ballantrae wandte mir sein Gesicht zu, das ganz in Falten gezogen war, seine Zähne traten aus den Lippen hervor wie bei Leuten, die verhungern – nach Berichten, die ich gelesen habe. Er sprach kein Wort, aber seine ganze Erscheinung war eine Art furchtbarer Frage.

„Vielleicht gehören sie zur Partei der Engländer“, flüsterte ich, „und bedenkt, das beste, was wir dann erhoffen könnten, wäre neue Flucht unter denselben Umständen.“

„Ich weiß – ich weiß“, sagte er, „aber schließlich muß die Entscheidung fallen.“ Und er riß plötzlich seine Münze heraus, schüttelte sie mit geschlossenen Händen, sah sie an und legte sich nieder, das Gesicht in den Staub gedrückt.

*

Bemerkung Mr. Mackellars: Hier unterbreche ich die Erzählung des Chevaliers, weil die beiden sich am selben Tage erzürnten und trennten, und der Bericht des Chevaliers über den Streit scheint mir, wie ich bemerken muß, ganz unvereinbar mit der Natur dieser Gegner. Von jetzt ab wanderten sie allein und erlitten außerordentliche Qualen, bis zuerst der eine und dann auch der andere von Truppen des Fort St. Frederick aufgegriffen wurde. Nur zweierlei ist bemerkenswert. Erstens, und das ist das wichtigste für meine Erzählung, vergrub der Junker im Laufe seiner Irrfahrten seinen Schatz an einer Stelle, die bisher noch nicht wieder entdeckt worden ist, von der er aber eine Zeichnung mit seinem eigenen Blut auf dem Futter seines Hutes entwarf. Und zweitens wurde er, als er völlig mittellos im Fort ankam, von dem Chevalier wie ein Bruder willkommen geheißen, der dann auch seine Überfahrt nach Frankreich bezahlte. Die Einfalt seines Charakters veranlaßt Burke bei dieser Gelegenheit, den Junker außerordentlich zu loben. Einem klügeren Menschen muß es scheinen, als ob allein der Chevalier zu preisen wäre. Es bereitet mir um so größeres Vergnügen, diesen außerordentlich edlen Zug meines hochgeschätzten Mitarbeiters zu erwähnen, als ich, wie ich fürchten muß, ihm soeben noch unrecht getan habe. Ich habe es vermieden, seine ungewöhnlichen und in meinen Augen unmoralischen Ansichten zu kritisieren, denn ich weiß, daß er Achtung verdient. Aber seine Darstellung des Zwistes ist wirklich mehr, als ich wiedergeben kann, denn ich kannte den Junker selbst, und man kann sich keinen Mann vorstellen, der der Furcht weniger zugängig war als er. Ich bedaure, daß der Chevalier das nicht klar erkannt hat, um so mehr, als der Wortlaut seiner Erzählung mir als höchst geistreich erscheint, abgesehen von einigen schnörkelhaften Redensarten.

Viertes Kapitel

Die Verfolgungen, die Mr. Henry erdulden mußte

Man kann sich vorstellen, bei welchen seiner Abenteuer der Oberst besonders lange verweilte. In der Tat, wenn wir damals alles erfahren hätten, wäre der Lauf des Geschickes wahrscheinlich ein ganz anderer geworden. Das Piratenschiff wurde nur nebenbei erwähnt, und ich hörte den Oberst nicht einmal das zu Ende berichten, was er bereit war mitzuteilen, denn schließlich erhob sich Mr. Henry, der eine Zeitlang in tiefem Nachdenken dagesessen hatte, von seinem Stuhl, entschuldigte sich bei dem Oberst, daß er Geschäfte habe, und bat mich, ihm zur Amtsstube zu folgen.

Als wir dort anlangten, versuchte er nicht länger, seine Bestürzung zu verbergen, ging mit verzerrtem Gesicht in dem Zimmer auf und ab und legte seine Hand wiederholt auf die Stirn.

„Wir müssen handeln", begann er schließlich, und dann unterbrach er sich und erklärte, wir müßten Wein haben und ließ einen Liter vom besten heraufholen. Das widersprach völlig seiner sonstigen Gewohnheit, um so mehr, als er, sobald der Wein gebracht wurde, ein Glas nach dem anderen hinunterstürzte wie jemand, der keine Erziehung genossen hat. Aber durch das Trinken gewann er seine Haltung zurück.

„Sie werden kaum überrascht sein, Mackellar", sagte er, „wenn ich Ihnen mitteile, daß mein Bruder, über dessen Wohlbefinden wir uns alle freuen, einiges Geld braucht."

Ich antwortete, daß ich das bereits geargwöhnt habe, aber die Zeit sei wenig günstig, da Börsenwerte niedrig notierten.

„Die meinen nicht", sagte er. „Und da ist doch das Geld zur Ablösung der Hypothek."

Ich erinnerte ihn daran, daß es Mrs. Henry gehöre.

„Ich werde meiner Frau dafür bürgen", rief er heftig aus.

„Aber dann", sagte ich, „bleibt die Hypothek bestehen."

„Ich weiß es", antwortete er, „darüber wollte ich mit Ihnen zu Rate gehen."

Ich wies ihm nach, wie ungünstig der Zeitpunkt sei, dies Geld seiner Bestimmung zu entziehen, und daß wir alle Vorteile unserer Sparsamkeit auf diese Weise einbüßen und die Besitzungen ihrem früheren schlechten Zustande wieder ausliefern müßten. Ich nahm mir sogar die Freiheit, mit ihm zu streiten, und als er mir immer noch kopfschüttelnd und mit bitterer, verbissener Miene widersprach, ließ mich der Eifer meine Stellung ganz vergessen. „Das ist eine Hundstagsverrücktheit!" rief ich aus, „ich will jedenfalls nichts damit zu tun haben."

„Sie reden, als ob es für mich ein Vergnügen sei", sagte er, „aber ich besitze jetzt ein Kind, und außerdem liebe ich die Ordnung. Um die Wahrheit ehrlich zu gestehen, Mackellar, war ich sehr stolz auf die Güter." Er sann einen

Augenblick nach. „Aber was wollen Sie?“ fuhr er fort, „nichts gehört mir, nichts. Die Nachrichten, die uns heute zugingen, haben meiner Existenz den Boden entzogen. Ich besitze wohl den Namen und schattenhafte Dinge – nur Schatten –, aber meine Rechtsansprüche haben keine Geltung.“

„Vor Gericht werden sie genug Geltung haben“, sagte ich.

Er sah mich mit brennenden Augen an und schien die Worte im Munde zurückzuhalten. Ich bereute, was ich gesagt hatte, denn ich sah, daß er, als er von dem Besitz sprach, im Innern auch an seine Ehe dachte; und dann riß er plötzlich den Brief aus seiner Tasche, der ganz zerknittert war, glättete ihn mit heftiger Bewegung auf dem Tisch und las mir mit zitternder Stimme folgende Worte vor:

„Mein teurer Jakob“, so begann er, „mein teurer Jakob, einst nannte ich dich so, wie du dich erinnern wirst, und jetzt hast du das Geschäft gemacht und meine Fersen hoch in den Himmel geschleudert.“

„Was denken Sie davon, Mackellar“, sagte er, „das von dem einzigen Bruder? Ich schwöre bei Gott, daß ich ihn sehr gern hatte, ich war immer ehrlich gegen ihn, und nun schreibt er mir so! Aber ich will mich unter dieser Verleumdung nicht beugen“ – er ging auf und ab –, „ich bin so gut wie er, ich bin besser als er, ich bitte zu Gott, es offenbar zu machen! Ich kann ihm die ganze ungeheure Summe nicht geben, die er verlangt, er weiß, daß die Güter das nicht tragen, aber ich werde ihm das geben, was ich habe, und es ist mehr, als er erwartet. Ich habe alles dies zu lange ertragen. Sehen Sie, was er weiter schreibt, lesen Sie es selbst: ›Ich weiß, Du bist ein geiziger Hund.‹ Ein geiziger Hund! Ich geizig? Ist das wahr, Mackellar? Glauben Sie das auch?“

Ich vermutete wirklich, er wollte mich in diesem Augenblick schlagen. „Oh, ihr denkt alle so! Nun, ihr werdet sehen, und er wird sehen, und Gott wird sehen. Wenn ich den Besitz ruiniere und barfuß gehen soll, ich werde diesem Blutsauger den Mund stopfen. Soll er alles verlangen, alles, er soll es bekommen! Er ist in seinem Recht. Ah!“ schrie er, „ich sah das alles voraus und schlimmeres, als er mich damals nicht ziehen lassen wollte.“

Er schenkte sich wieder ein Glas Wein ein und wollte es an die Lippen führen, als ich kühn genug war, ihm die Finger auf den Arm zu legen. Er hielt einen Augenblick inne. „Sie haben recht“, sagte er und schleuderte das Glas mit dem Wein in den Kamin. „Kommen Sie, wir wollen das Geld abzählen.“

Ich wagte nicht länger zu widersprechen und war aufs höchste erschüttert angesichts der Fassungslosigkeit eines Mannes, der sich gewöhnlich so in der Gewalt hatte. Wir setzten uns zusammen nieder, zählten das Geld und machten Päckchen, damit Oberst Burke, der es überbringen sollte, bequemer zu tragen hätte. Darauf kehrte Mr. Henry zur Halle zurück, wo er und der alte Lord die ganze Nacht mit ihrem Gast verweilten.

Kurz vor der Morgendämmerung rief man mich, und ich machte mich mit dem Oberst auf den Weg. Er würde sich schwerlich mit einem weniger verantwortungsvollen Begleiter begnügt haben, denn er war ein Mann, der Achtung verlangte. Andererseits konnten wir ihm auch keinen würdigeren Begleiter mitgeben, weil Mr. Henry nicht mit den Schmugglern zusammen gesehen werden durfte. Es war bitter kalt und windig an diesem Morgen, und als wir durch das langgestreckte Gehölz gingen, wickelte sich der Oberst in seinen Mantel.

„Mein Herr“, sagte ich, „Ihr Freund verlangt eine sehr große Summe Geldes. Ich muß annehmen, daß seine Bedürfnisse sehr groß sind.“

„Wir müssen es annehmen“, sagte er trocken, wie mir schien, aber vielleicht hörte es sich nur so an, weil er den Mantel über den Mund geschlagen hatte.

„Ich bin nur ein Diener der Familie“, sagte ich, „Sie können offen zu mir sprechen. Ich fürchte, wir haben wenig Gutes von ihm zu erwarten!“

„Verehrter Herr“, sagte der Oberst, „Ballantrae ist ein Edelmann von höchst bedeutsamen, natürlichen Gaben, ein Mann, den ich bewundere und den ich verehre, ich ehre sogar den Boden, auf dem er steht.“ Und dann schwieg er eine Weile, als ob er verlegen sei.

„Aber trotzdem“, sagte ich, „werden wir wahrscheinlich wenig Gutes von ihm erfahren!“

„Gewiß“, antwortete der Oberst, „aber machen Sie Ihren eigenen Vers darauf, verehrter Herr.“

Wir waren inzwischen bei der Bucht angelangt, an deren Ufer das Boot auf ihn wartete. „Nun“, sagte er, „ich bin Ihnen ohne Zweifel sehr verpflichtet für Ihre große Liebenswürdigkeit, Herr Soundso, und zu guter Letzt will ich Ihnen gegenüber, der Sie mir soviel wohlwollendes Interesse entgegengebracht haben, einen kleinen Umstand erwähnen, der Ihrer Familie von Nutzen sein kann. Denn ich glaube, mein Freund vergaß zu erwähnen, daß er die höchste Pension bezieht aus dem schottischen Flüchtlingsfonds in Paris, und das ist um so schändlicher, mein Herr", rief der Oberst bewegter aus, „weil für mich kein lausiger Pfennig vorhanden ist."

Er schwang seinen Hut gegen mich, als ob ich schuld sei an dieser Parteilichkeit, aber dann wurde er wieder bezaubernd höflich, schüttelte mir die Hand und ging hinunter zum Boot, das Geld unter dem Arm. Er pfiff dabei das pathetische Lied aus Shule Aron. Ich hörte die Melodie damals zum ersten Male, aber später hörte ich sie wieder mitsamt den Worten, wie man erfahren wird. Ich erinnere mich deutlich, wie die kurze Strophe in meinem Gehirn haften blieb, als die Schmuggler ihm zugerufen hatten: „Rasch, in des Teufels Namen!" und das Klatschen der Ruder das Lied unterbrach. Ich stand da und beobachtete, wie die Morgendämmerung über dem Meere heraufkroch, das Boot sich langsam entfernte und drüben der Kutter mit gerefften Focksegeln dalag, der es erwartete.

Das Loch, das in unsern Geldbeutel gerissen war, war schwer zu stopfen und hatte unter anderem die Folge, daß ich nach Edinburgh reiten und unter sehr ungünstigen Bedingungen eine neue Anleihe aufnehmen mußte, um den Verpflichtungen aus der alten nachkommen zu können, und so war ich nahezu drei Wochen von Durrisdeer abwesend.

Was in der Zwischenzeit geschehen war, erzählte mir niemand. Aber ich stellte bei meiner Rückkehr fest, daß Mrs. Henry ihr Verhalten sehr geändert hatte. Die früheren Unterhaltungen mit dem Lord unterblieben meistens, es machte sich deutlich bemerkbar, daß sie ihrem Gatten etwas abbitten wollte, und nach meiner Beobachtung richtete sie jetzt öfter das Wort an ihn. Auf alle Fälle war sie nun gegen die kleine Katharine sehr zärtlich. Man möchte denken, daß dieser Wechsel Mr. Henry angenehm war, aber das war keineswegs der Fall. Im Gegenteil, jede Änderung in ihrem Verhalten war ein Dolchstoß für ihn, er erblickte in allem ein Zugeständnis trügerischer Launen. Die Treue gegen den Junker, auf die sie stolz war, solange sie ihn tot glaubte, machte sie jetzt erröten, da sie wußte, daß er noch lebte. Und diese Beschämung war der Grund für den Umschwung ihres Benehmens, den er verachtete. Ich will die Wahrheit nicht bemänteln und offen gestehen, daß die Haltung Mr. Henrys in dieser Zeit mir als sehr unwürdig vorkam. Nach außen beherrschte er sich allerdings, aber unter der Oberfläche konnte man eine tiefe Verstimmung wahrnehmen. Mir gegenüber, auf den er weniger Rücksicht nahm, war er oft höchst ungerecht. Und selbst seine Frau wies er manchmal scharf zurecht, wenn sie ihn vielleicht durch Liebenswürdigkeiten reizte, die er nicht wünschte; aber auch ohne sichtbaren Grund kam seine dauernd schlechte Laune unwillkürlich zum Durchbruch. Vergaß er sich auf diese Weise, was durchaus in Widerspruch stand zu ihrem sonstigen gegenseitigen Verhältnis, so ging ein Erschrecken durch die ganze Gesellschaft, und die Augen des Paares begegneten sich in peinvollem Erstaunen.

Während er sich selbst in dieser Zeit unrecht tat durch Mangel an Beherrschung, untergrub er seine wirtschaftlichen Verhältnisse durch hartnäckiges Schweigen, von dem ich nicht weiß, ob ich es als Folge seiner Freigebigkeit oder seines Stolzes bezeichnen soll. Immer wieder kamen die Schmuggler, brachten Briefe vom Junker, und keiner ging mit leeren Händen fort. Ich durfte nie mit Mr. Henry darüber rechten, er gab mit einer Art vornehmen Zorns, was man von ihm verlangte. Vielleicht weil er von Natur dazu neigte, Sparsamkeit zu üben, bereitete ihm die Rücksichtslosigkeit gegen sich selbst, mit der er die Verschwendungssucht seines Bruders befriedigte, einen aufpeitschenden Genuß. Die Fragwürdigkeit seiner Lage würde vielleicht auch einen weniger bedeutenden Menschen zu solchen Exzessen getrieben haben, Aber die Güter (wenn ich mich so ausdrücken darf) seufzten darunter, unsere täglichen Ausgaben wurden immer mehr beschnitten, die Ställe leerten sich bis auf vier Gebrauchspferde, Bedienstete wurden entlassen, was entsetzlichen Unwillen im Lande erregte und die alte Mißgunst gegen Mr. Henry wieder aufflammen ließ, und schließlich mußte der Besuch, den man Edinburgh jährlich abstattete, unterbleiben.

Das war im Jahre 1756. Man muß bedenken, daß jener Blutsauger sieben Jahre hindurch das Herzblut von Durrisdeer getrunken hatte, und daß mein Herr die ganze Zeit hindurch seine Ruhe bewahrte. Teuflische Bosheit veranlagte den Junker, sich mit seinen Bitten stets allein an Mr. Henry zu wenden und nie an den Lord heranzutreten. Die Familie hatte verwundert unsere Einschränkungen wahrgenommen. Ich bezweifle nicht, daß sie sich beklagt hatte, mein Brotgeber sei ein großer Geizhals geworden, ein Übel, das immer verächtlich, bei einem so jungen Menschen aber abschreckend wirkt, und Mr. Henry war damals noch nicht dreißig Jahre alt. Jedoch hatte er die geschäftlichen Angelegenheiten von Durrisdeer beinahe von Kindesbeinen an geführt, und alle ertrugen den Wandel der Dinge mit einem Stillschweigen, das ebenso stolz und bitter wie das seine war, bis der Stein des Anstoßes kam, die Reise nach Edinburgh.

Zu jener Zeit war mein Herr mit seiner Gemahlin selten zusammen, außer bei den Mahlzeiten. Gleich nach den Eröffnungen von Oberst Burke machte Mrs. Henry deutlich wahrnehmbare Annäherungsversuche. Man könnte sagen, daß sie ihren Gatten ein wenig hofierte und sich ganz anders benahm als früher in ihrer Gleichgültigkeit und Kälte. Ich fand niemals den Mut, Mr. Henry zu tadeln, weil er diese Annäherungen abwies, noch auch seine Frau, weil sie durch diese Zurückweisung tief verletzt wurde. Der Erfolg war jedoch eine völlige Entfremdung, so daß sie, wie ich schon sagte, selten zusammen sprachen, ausgenommen bei den Mahlzeiten. Selbst die Angelegenheit der Reise nach Edinburgh wurde zuerst bei Tisch beredet, und der Zufall wollte, daß Mrs. Henry an jenem Tage leidend und zänkisch war. Kaum begriff sie die Weigerung ihres Gemahls, als ihr Röte ins Gesicht stieg.

„Das ist zuviel!" rief sie aus, „der Himmel weiß, wie wenig Vergnügen ich in meinem Leben habe, und jetzt soll mir mein einziger Trost verweigert werden. Diese schmachvollen Neigungen müssen unterdrückt werden, schon jetzt weist man in der Nachbarschaft mit Fingern auf uns. Ich werde diese neue Unsinnigkeit nicht hinnehmen."

„Ich kann die Reise nicht erschwingen", sagte Mr. Henry.

„Erschwingen?" rief sie aus. „Eine Schande! Aber ich besitze selbst Geld."

„Alles gehört mir, gnädige Frau, durch den Heiratskontrakt", knurrte er und verließ sofort den Raum.

Der alte Lord warf die Hände zum Himmel, und er und seine Tochter zogen sich zum Kamin zurück und gaben mir deutlich zu verstehen, daß ich gehen möge. Ich fand Mr. Henry in seinem gewöhnlichen Zufluchtsort, dem Verwalterzimmer, er hockte am Ende des Tisches und stieß sein Taschenmesser in sehr übler Laune in die Platte.

„Mr. Henry", sagte ich, „Sie tun sich selbst unrecht, und es ist Zeit, daß das aufhört."

„Ach", rief er, „niemand kümmert sich hier darum, sie halten das alle für natürlich. Ich habe schändliche Neigungen, ich bin ein geiziger Hund", und er stieß das Messer bis zum Heft in den Tisch, „aber ich werde diesem Burschen zeigen", rief er unter Flüchen aus, „ich werde ihm zeigen, wer großherziger ist!"

„Das ist keine Großherzigkeit", sagte ich, „das ist nur Stolz."

„Meinen Sie, daß ich moralische Belehrungen wünsche?" fragte er.

Ich glaubte, daß er Hilfe brauche, und die wollte ich ihm verschaffen, auch gegen seinen Willen, und kaum hatte Mrs. Henry ihr Zimmer aufgesucht, als ich zur Tür ging und um Einlaß bat.

Sie war sichtlich erstaunt. „Was wollen Sie von mir, Mr. Mackellar?“ fragte sie.

„Gott weiß, gnädige Frau“, sagte ich, „daß ich mir niemals eine Freiheit Ihnen gegenüber herausgenommen habe, aber diese Angelegenheit lastet schwer auf meinem Gewissen und muß heraus. Ist es möglich, daß zwei Menschen so blind sind wie Sie und der alte Lord? Sie haben alle diese Jahre mit einem so edlen Menschen wie Mr. Henry zusammengelebt und verstehen doch seine Natur so wenig?“

„Was soll das heißen?“ rief sie aus.

„Wissen Sie nicht, wohin das Geld geht, sein und Ihr Geld und selbst das Geld für den Wein, den er jetzt bei Tisch nicht mehr trinkt?“ fuhr ich fort. „Nach Paris, zu jenem Menschen! Achttausend Pfund Sterling hat er in sieben Jahren aus uns herausgeholt, und mein Herr ist töricht genug, es zu verschweigen!“

„Achttausend Pfund Sterling!“ wiederholte sie, „das ist unmöglich, der ganze Besitz gibt das nicht her.“

„Gott weiß, wie wir jeden Pfennig zusammengekratzt haben, um die Summe aufzubringen“, sagte ich, „aber sie beträgt achttausendundsechzig Pfund, abgesehen von einigen Schillingen. Und wenn Sie meinen Herrn jetzt noch für geizig halten, so will ich mich zum letzten Male eingemischt haben.“

„Sie brauchen mir nichts mehr zu sagen, Mr. Mackellar“, antwortete sie. „Was Sie Einmischung nennen in allzu bescheidener Weise, ist durchaus richtig gewesen. Ich verdiene scharfen Tadel, Sie müssen mich für eine sehr unachtsame Frau halten“, und sie lächelte mich sonderbar an, „aber ich werde das sofort in Ordnung bringen. Der Junker war immer unbedachtsam, aber sein Herz ist ausgezeichnet, er ist eine Seele von Edelherzigkeit. Ich werde ihm selbst schreiben. Sie können sich nicht vorstellen, wie sehr mich Ihre Mitteilung schmerzt.“

„Ich hatte allerdings gehofft, gnädige Frau, Ihnen Freude zu bereiten“, sagte ich, denn ich war zornig darüber, daß sie immer noch an den Junker dachte.

„Auch Freude“, sagte sie, „selbstverständlich auch Freude.“

Am gleichen Tage – ich will nur erzählen, was ich selbst beobachtete – hatte ich die Genugtuung, Mr. Henry ganz verwandelt aus dem Zimmer seiner Frau kommen zu sehen. Sein Gesicht war vom Weinen geschwollen, und doch schien er wie auf Wolken zu wandern. Ich entnahm daraus, daß seine Frau ihm volle Genugtuung gegeben hatte. „Aha“, dachte ich bei mir selbst, „heute habe ich einen guten Streich gemacht.“

Am andern Morgen saß ich über meinen Büchern, als Mr. Henry leise von hinten auf mich zutrat, meine Schultern ergriff und mich in heiterer Laune schüttelte. „Ich stelle fest, daß Sie letzten Endes doch ein treuloser Geselle sind“, sagte er. Es war die einzige Erwähnung meiner Tat mir gegenüber, doch der Ton, in dem er das sagte, war mehr für mich als eine lange Dankesrede. Aber das war nicht alles, was ich vollbracht hatte, denn als der nächste Bote kam, was nicht viel später geschah, nahm er nur einen Brief für den Junker wieder mit. In der letzten Zeit hatte ich die Schreibereien selbst erledigt, Mr. Henry setzte die Feder nicht aufs Papier, und ich schrieb nur trockene und formale Worte. Aber diesen Brief bekam ich nicht einmal zu lesen. Er war kaum sehr erfreulich, denn Mr. Henry fühlte, daß er jetzt seine Frau hinter sich hatte, und ich konnte beobachten, daß er an dem Absendetage sehr heiter dreinblickte.

Alles verlief nun glatter in der Familie, obgleich man kaum behaupten kann, daß es gut ging. Jedenfalls herrschte jetzt kein Mißverständnis mehr, alle waren liebenswürdig gegeneinander, und ich glaube, mein Herr und seine Frau hätten sich wieder ganz finden können, wenn er seinen Stolz überwunden und sie die Gedanken an den anderen Mann aufgegeben hätte, der Hauptgrund alles Übels. Es ist sonderbar, wie geheime Gedanken sich bemerkbar machen, und es erscheint mir jetzt wie ein Wunder, daß wir alle das Spiel ihrer Gefühle verfolgen konnten. Obgleich sie sich sehr ruhig benahm und keine Launen zeigte, konnten wir doch feststellen, wann ihre Gedanken in Paris weilten. Und sollte man nicht annehmen, daß meine Eröffnungen dies Götzenbild zu Fall gebracht hätten? Ich glaube, die Frauen haben den Teufel im Leibe. Viele Jahre waren verflossen, der Mann hatte sich nicht blicken lassen, sie konnte sich an wenig Zärtlichkeiten erinnern aus der Zeit, da sie ihn noch besaß. Dann kam die Nachricht von seinem Tode, und jetzt war ihr seine herzlose Habgier bekannt. Aber alles das änderte nichts, auch jetzt noch mußte sie den ersten Platz in ihrem Herzen für diesen verfluchten Burschen frei halten, eine Tatsache, die einen einfachen Mann in Wut versetzen konnte. Ich besaß nie große natürliche Sympathie für die Leidenschaft der Liebe, aber diese Unvernunft des Weibes meines Herrn verleidete mir die ganze Sache aufs äußerste. Ich erinnere mich, daß ich eine Magd ausschalt, weil sie ein kindisches Liebesgeplärr sang, während mein Geist über diese Dinge nachdachte, und meine Grobheit trug mir die Feindseligkeit aller Unterröcke unseres Hauses ein. Das kränkte mich wenig, aber es belustigte Mr. Henry, der mich mit unserer gemeinsamen Unbeliebtheit aufzog. Es ist sonderbar genug: meine eigene Mutter gehörte sicher zum Salz der Erde, und meine Tante Dickson, die meine Universitätsstudien bezahlte, war eine sehr achtenswerte Dame, aber ich habe für das weibliche Geschlecht nie viel übrig und möglicherweise auch wenig Verständnis gehabt, und da ich alles andere als ein kühner Mann bin, habe ich ihre Gesellschaft immer gemieden. Nicht nur, daß ich keine Ursache sehe, diese Zurückhaltung meinerseits zu bedauern, ich habe auch stets die unglücklichsten Folgen bei denen bemerkt, die weniger weise waren. Soviel glaubte ich sagen zu müssen, um Mrs. Henry gegenüber nicht ungerecht zu erscheinen. Und außerdem ergab sich diese Bemerkung ganz natürlich beim Wiederlesen des Briefes, der die nächste Entwicklung in diesen Angelegenheiten darstellt und der mich zu meinem aufrichtigen Erstaunen etwa einige Wochen nach der Abreise des letzten Boten durch private Vermittlung erreichte.

Brief von Oberst Burke (nachmals Chevalier) an Mr. Mackellar.

Troyes in der Champagne, 12. Juli 1756

Sehr geehrter Herr!

Sie werden zweifellos erstaunt sein, von jemand ein Schreiben zu erhalten, den Sie so wenig kennen, aber als ich das Glück hatte, Ihnen auf Durrisdeer zu begegnen, bemerkte ich, daß Sie ein junger Mann von ernsthaftem Charakter sind, eine Eigenschaft, die ich offen gestanden fast ebenso hoch schätze wie angeborenes Genie oder den tapferen oder ritterlichen Geist der Soldaten. Außerdem nahm ich Interesse an der edlen Familie, der zu dienen Sie die Ehre haben oder, um es gelehrter auszudrücken, deren ergebener und hochgeschätzter Freund Sie sind. Noch heute erinnere ich mich lebhaft an ein Gespräch, das ich in der Frühe des Morgens mit Ihnen zu führen das Vergnügen hatte.

Als ich neulich in Paris war, auf Besuch von dieser berühmten Stadt aus, wo ich in Garnison liege, nahm ich Gelegenheit, Ihren Namen, den ich, wie ich bekenne, vergessen hatte, von meinem Freunde, dem Junker von B., in Erfahrung zu bringen, und ich benutze eine günstige Gelegenheit, Ihnen Neuigkeiten mitzuteilen.

Der Junker von B. erhielt, als wir zuletzt über ihn sprachen, eine höchst ansehnliche Rente aus dem Schottenfonds, wie ich Ihnen wohl erzählte. Bald darauf erhielt er eine Kompanie und nicht lange danach ein eigenes Regiment. Verehrter Herr, ich gebe mir nicht die Mühe, diese Tatsachen zu erklären, ebensowenig, warum ich selbst, der ich zur rechten Hand vom Prinzen geritten bin, mit einigen Orden abgespeist und in ein Provinznest verschickt wurde, um dort zu verkommen. Ich kenne die Höfe und fühle deutlich, daß sie keine Atmosphäre sind für einen einfachen Soldaten. Ich konnte nie hoffen, auf ähnlichem Wege emporzukommen und vermochte mich nie zu einem Versuch dieser Art zu entschließen. Aber unser Freund hat eine besondere Begabung, durch Vermittlung von Damen Erfolge zu erzielen, und wenn alles wahr ist, was ich vernommen habe, so erfreute er sich besonderer Protektion. Wahrscheinlich schlug dieser Umstand zu seinen Ungunsten aus, denn als ich die Ehre hatte, ihm die Hand zu drücken, war er soeben aus der Festung befreit worden, wohin man ihn auf Grund eines Geheimbefehls gebracht hatte, und obgleich er jetzt frei ist, hat er doch sein Regiment und seine Rente verloren. Verehrter Herr, die Treue eines ehrlichen Irländers wird schließlich über alle Ränke siegen, wie ohne Zweifel ein Gentleman von Ihrer Unantastbarkeit zugeben muß.

Nun, mein Herr, ist der Junker ein Mann, dessen Genie ich über alle Maßen bewundere, und außerdem ist er mein Freund. Deshalb dachte ich, ein paar Zeilen über den Umsturz seiner Verhältnisse könnten willkommen sein, denn nach meiner Meinung ist der Mann in Verzweiflung. Er sprach, als ich ihn besuchte, von einer Reise nach Indien, wohin auch ich die Hoffnung habe, meinen berühmten Landsmann Mr. Lally begleiten zu dürfen, aber zu diesem Zweck braucht er, soweit ich unterrichtet bin, mehr Geld, als ihm augenblicklich zur Verfügung steht. Sie kennen vielleicht das militärische Sprichwort, daß man dem fliehenden Feinde goldene Brücken bauen soll. Ich nehme an, daß Sie mich verstehen und zeichne mit ergebenen Empfehlungen an Lord Durrisdeer, seinen Sohn und die schöne Mrs. Durie

als Ihr ergebener Diener

Francis Burke.

*

Diesen Brief trug ich sofort zu Mr. Henry, und ich glaube, wir hatten beide denselben Gedanken, daß der Brief eine Woche zu spät gekommen sei. Ich sandte eiligst eine Antwort an Oberst Burke und bat ihn, den Junker zu versichern, wenn er ihn träfe, daß sein nächster Bote gut aufgenommen werden würde. Aber trotz aller Eile konnte ich die Geschehnisse, die herannahten, nicht abwenden. Der Pfeil war abgeschossen, er mußte jetzt fliegen. Fast möchte man die Macht der Vorsehung und den Willen des Höchsten, das Rad des Schicksals aufzuhalten, anzweifeln, und es ist ein sonderbarer Gedanke, daß die meisten von uns die Katastrophe lange Zeit hindurch selbst vorbereitet hatten, in blinder Unkenntnis dessen, was wir taten.

Seit der Brief des Oberst Burke eingetroffen war, hatte ich ein Fernrohr auf meinem Zimmer. Ich begann die Pächter auszuforschen, und da man kein großes Geheimnis daraus machte und der Schmuggel in unserer Gegend nicht nur heimlich, sondern auch mit Waffengewalt betrieben wurde, hatte ich bald eine genaue Kenntnis der Signale und wußte ziemlich sicher, wann ein Bote erwartet wurde. Ich sagte, daß ich die Pächter befragte, denn ich konnte mich nie entschließen, mich mit den Schmugglern selbst, diesen verwegenen Haudegen, die stets bewaffnet gingen, freiwillig einzulassen. Ich war sogar, was sich in der Zukunft als recht ungünstig erwies, ein Gegenstand der Verachtung für manche dieser Messerhelden, die mich nicht nur mit einem Spitznamen versahen, sondern mich eines Nachts auf einem Feldweg erwischten und mich zu ihrer Erheiterung tanzen ließen, da sie, wie sie es ausdrückten, guter Laune waren. Die Methode, die sie dabei anwandten, war grausam genug; sie warfen mit blanken Messern nach meinen Zehen und schrien dabei: „Plattfuß!“, und obgleich sie mir kein Leid antaten, ging mir die Sache doch sehr nahe, und ich war gezwungen, mehrere Tage das Bett zu hüten: ein Skandal auf schottischem Boden, für den jeder Kommentar überflüssig ist.

Am Nachmittag des siebenten November dieses unglücklichen Jahres erspähte ich während eines Spazierganges den Hauch eines Leuchtfeuers auf dem Muckle Roß. Es war eigentlich höchste Zeit für mich zurückzukehren, aber die Unruhe meines Geistes war an jenem Tage so groß, daß ich mich durch das Dickicht hindurchzwängen mußte, bis zur Ecke von Craig Head, wie man ein Riff nennt. Die Sonne war schon untergegangen, aber im Westen war noch ein breiter Lichtstreif, der mir einige Schmuggler zeigte, wie sie das Signalfeuer auf dem Roß austraten. In der Bucht lag der Kutter mit gerefften Segeln. Er war offenbar gerade vor Anker gegangen, und doch war das Boot schon ausgesetzt und strebte dem Landungsplatz am Ende des langen Gehölzes zu. Das konnte nur eins bedeuten: die Ankunft eines Boten für Durrisdeer.

Ich überwand den Rest meiner Furchtsamkeit, kletterte den Felsen hinunter, wohin ich mich nie getraut hatte, und verbarg mich im Gestrüpp am Strande, um das Boot auflaufen zu sehen. Kapitän Crail saß selbst am Steuer, was höchst ungewöhnlich war. Ihm zur Seite saß ein Passagier, und die Mannschaft kam nur langsam vorwärts, weil sie durch nahezu ein halbes Dutzend großer und kleiner Koffer behindert wurde. Aber das Landungsmanöver wurde glatt durchgeführt, und bald war alles Gepäck an Land geworfen, das Boot kehrte zum Kutter zurück, und der Passagier stand allein auf einem Felsblock, die schlanke Gestalt eines Edelmannes, schwarz gekleidet, ein Schwert an der Seite und einen Spazierstock in der Hand. Als er so dastand, winkte er Kapitän Crail mit dem Stock zu, und es war eine Geste von Grazie und Spott zugleich, die sich meinem Gemüt tief einprägte.

Kaum war das Boot mit meinen geschworenen Feinden fort, als ich allen Mut zusammennahm, zum Rande des Dickichts schritt und dort wieder stillstand. Mein Geist schwankte ständig hin und her zwischen verständlichem Mißtrauen und lebhafter Vorahnung der Wahrheit. Ich hätte dort wirklich die ganze Nacht zweifelnd stehen können, hätte sich nicht der Fremde umgedreht, mich im Nebel, der allmählich niedersank, erblickt und mir rufend zugewinkt, näher zu kommen. Ich tat es, mit einem Herzen wie Blei.

„Hier, guter Mann“, sagte er mit englischem Akzent, „hier sind einige Sachen für Durrisdeer.“

Ich war inzwischen nahe genug herangekommen, um ihn sehen zu können: Figur und Haltung sehr ansprechend, schlank, gereckt, das Gesicht braun, das Auge lebhaft, bewegt, dunkel wie das eines Kämpfers und eines Mannes, der gewöhnt ist zu befehlen. Auf einer Backe hatte er eine Narbe, die ihm nicht schlecht stand; ein großer Diamant funkelte an seiner Hand, sein Gewand, obwohl einfarbig, war mit französischer Eleganz zugeschnitten, die Manschetten, länger als gewöhnlich, bestanden aus herrlichen Spitzen, und ich bewunderte seine Erscheinung um so mehr, als er soeben ein schmutziges Schmugglerschiff verlassen hatte. Inzwischen hatte er mich näher betrachtet, musterte mich ein zweites Mal scharf und lächelte dann.

„Ich wette, mein Freund", sagte er, „daß ich Euren Namen und Euren Spitznamen kenne. Ich schloß sogar auf Eure Kleidung aus Eurer Handschrift, Mr. Mackellar."

Bei diesen Worten begann ich zu zittern. „Oh", sagte er, „Sie brauchen sich vor mir nicht zu fürchten, ich nehme Ihnen Ihre häßlichen Briefe nicht übel und habe die Absicht, Sie stark für mich zu beschäftigen. Sie können mich Mr. Bally nennen, das ist der Name, den ich angenommen habe, oder vielmehr – da ich mit jemand spreche, der alles sehr genau nimmt –, wie ich meinen eigenen zurechtgestutzt habe. Kommen Sie jetzt, nehmen Sie das und das" – er zeigte auf zwei der Koffer –, „mehr werden Sie nicht tragen können, und das übrige kann warten. Kommen Sie, verlieren Sie keine Zeit mehr, wenn ich bitten darf."

Sein Ton war so herausfordernd, daß ich alles tat, was er verlangte, und zwar wie aus einem Instinkt heraus, da mein Geist die ganze Zeit völlig verwirrt war. Kaum hatte ich die Koffer aufgenommen, als er mir den Rücken zudrehte und durch das lange Gehölz davonschritt, wo es schon dunkel zu werden begann, denn der Busch ist dicht und immergrün. Ich folgte ihm, unter meiner Last bis zum Boden gedrückt, obgleich ich, wie ich bekenne, mir meiner Bürde nicht bewußt war. Das Ungeheuerliche dieser Heimkehr hatte mich vollkommen überrumpelt, und mein Geist flog hin und her wie ein Weberschiffchen.

Plötzlich setzte ich die Koffer auf den Boden und stand still. Er drehte sich um und sah mich an.

„Nun?" fragte er.

„Sind Sie der Junker von Ballantrae?"

„Sie werden gerecht genug sein festzustellen", sagte er, „daß ich vor dem schlauen Mackellar daraus kein Geheimnis gemacht habe."

„Aber im Namen Gottes", rief ich aus, „was bringt Sie hierher? Kehren Sie um, solange es noch Zeit ist."

„Ich danke Ihnen", sagte er. „Ihr Herr hat es gewollt, nicht ich, aber da er seine Wahl getroffen hat, müssen er und auch Sie die Folgen tragen. Und nun nehmen Sie meine Sachen auf, die Sie an einem sehr schmutzigen Platz niedergesetzt haben, und tun Sie, was ich Ihnen aufgetragen habe."

Aber ich dachte jetzt nicht an Gehorsam, sondern trat ganz nahe an ihn heran. „Wenn nichts Sie bewegen kann umzukehren", sagte ich, „obgleich jeder Christ und sogar jeder Edelmann unter den bestehenden Verhältnissen Bedenken tragen würde, weiter zu gehen..."

„Das sind entzückende Bemerkungen!" warf er ein.

„Wenn nichts Sie bewegen kann umzukehren", fuhr ich fort, „so sind auf alle Fälle doch gewisse Anstandsregeln zu beachten. Warten Sie hier mit Ihrem Gepäck, während ich vorangehe und Ihre Familie vorbereite. Ihr Vater ist ein alter Mann, und ..." ich stotterte ... „es gibt Anstandsregeln, die man beachten muß."

„Dieser Mackellar", sagte er, „gewinnt wahrhaftig bei näherer Bekanntschaft. Aber verstehen Sie mich recht, Mann, und behalten Sie es ein für allemal: Sie verschwenden Ihre Worte an mich, ich gehe meine eigenen Wege unbeirrbar weiter."

„Aha!" sagte ich. „Ist das der Fall, dann werden wir sehen!"

Und ich drehte mich um und rannte auf Durrisdeer zu. Er griff nach mir und schrie ärgerlich auf, und dann glaubte ich ihn lachen zu hören, und ohne Zweifel folgte er mir ein oder zwei Schritte, um alsdann, wie ich vermute, zurückzubleiben. Eins jedenfalls ist sicher: daß ich wenige Minuten später an der Tür des großen Hauses anlangte, nahezu erstickt vor Atemnot, und daß ich in die Halle stürzte und der Familie gegenüberstand, ohne sprechen zu können. Mein Bericht mußte aber in meinen Augen geschrieben stehen, denn sie standen von ihren Sitzen auf und starrten mich entgeistert an.

„Er ist da!" stieß ich schließlich heraus.

„Er?" sagte Mr. Henry.

„Er selbst", sagte ich.

„Mein Sohn?" rief der alte Lord. „Törichter, törichter Knabe! Ach, konnte er nicht bleiben, wo er in Sicherheit war?"

Kein Wort sprach Mrs. Henry, und auch ich blickte sie nicht an, ich weiß nicht, warum.

„Nun", sagte Mr. Henry und holte sehr tief Atem, „wo ist er?"

„Ich ließ ihn in dem langen Gehölz zurück", sagte ich.

„Führt mich zu ihm", antwortete er.

So gingen wir beide, er und ich, hinaus, ohne daß sonst jemand noch ein Wort sprach, und in der Mitte eines mit Sand bedeckten Platzes trafen wir den Junker, der heranschlenderte, pfeifend und mit dem Handstock durch die Luft schlagend. Es war noch hell genug, um Mienen zu erkennen, wenn auch nicht, um sie zu lesen. "Aha, Jakob", sagte der Junker, „hier ist Esau wieder."

„James", antwortete Mr. Henry, „um Gottes willen, nenne mich bei meinem Namen. Ich will nicht behaupten, daß ich über deine Rückkehr froh bin, aber soweit ich vermag, will ich dich im Hause unserer Väter willkommen heißen."

„In meinem Hause oder in deinem?" fragte der Junker. „Was wolltest du sagen? Aber das ist eine alte Wunde, die wir nicht öffnen wollen. Wenn du mit mir auch nicht teilen wolltest, als ich in Paris war, hoffe ich doch, du wirst deinem Bruder nicht ein Plätzchen am Herdfeuer von Durrisdeer verweigern."

„Das sind überflüssige Redensarten", erwiderte Mr. Henry, „du kennst die Macht deiner Stellung ausgezeichnet!"

„Nun, ich glaube es", sagte der andere mit leisem Lächeln.

Und das war, wie man sagen könnte, das Ende dieser Begegnung der beiden Brüder, obgleich sie sich noch nicht die Hand gereicht hatten, denn jetzt wandte sich der Junker an mich und forderte mich auf, sein Gepäck zu holen.

Ich meinerseits blickte Mr. Henry an, um seine Zustimmung zu erfahren, und zwar vielleicht etwas trotzig.

„Solange der Junker hier ist, Mr. Mackellar, würden Sie mich sehr verpflichten, wenn Sie seine Wünsche als die meinigen betrachten wollten", sagte Mr. Henry. „Wir bemühen Sie fortwährend: wollen Sie so liebenswürdig sein, einen der Dienstboten herauszuschicken?" Er betonte das Wort Dienstboten.

Wenn diese Bemerkung überhaupt etwas zu bedeuten hatte, so war sie sicher eine verdiente Zurechtweisung des Eindringlings, aber seine Unverschämtheit war so teuflisch, daß er den Sinn der Worte verdrehte.

„Sollen wir uns nicht gleich einen Bruderkuß geben?" fragte er mit sanfter Stimme und blickte mich von der Seite an.

Wenn der Besitz eines Königreiches davon abgehangen hätte, wäre ich jetzt meiner Selbstbeherrschung in Worten nicht sicher gewesen. Einen Diener zu rufen, war mir unmöglich, ich wollte diesem Menschen eher selbst dienen, als jetzt sprechen, und ich wandte mich schweigend ab und schritt zum Gehölz,

Zorn und Verzweiflung im Herzen. Es war dunkel unter den Bäumen, und ich ging stumpfsinnig dahin und vergaß, weshalb ich gekommen war, bis ich mir beinahe das Schienbein an den Koffern zerbrach. Dann bemerkte ich eine sonderbare Erscheinung, denn während ich vorher beide Koffer getragen hatte, fast ohne es zu spüren, konnte ich jetzt kaum einen heben, und so blieb ich längere Zeit von der Halle fern, da ich gezwungen war, den Weg doppelt zu machen.

Als ich anlangte, war die Begrüßung längst vorbei, die Gesellschaft saß bereits beim Abendessen, und durch ein Versehen, das mich tief verletzte, hatte man mein Gedeck vergessen. Ich hatte den Junker bei seiner Rückkehr von der einen Seite kennengelernt: jetzt sollte ich auch die andere sehen. Er zuerst bemerkte mein Kommen und sah, wie ich etwas mißmutig beiseitetrat. Er sprang von seinem Stuhl auf.

„Ich habe wohl den Platz des guten Mackellar eingenommen!“ rief er. „John, ein neues Gedeck für Mr. Bally, ich will durchaus niemand stören, und euer Tisch ist groß genug für uns alle.“

Ich traute meinen Augen und Ohren nicht, als er mich bei den Schultern nahm und mich lachend auf meinen Platz drängte, soviel heitere Liebenswürdigkeit war in seiner Stimme. Und während John ein neues Gedeck für ihn auflegte, worauf er bestand, lehnte er an seines Vaters Sessel und blickte auf ihn nieder, und der alte Herr drehte sich um und blickte hinauf zu seinem Sohn, wobei eine so große gegenseitige Zärtlichkeit zum Ausdruck kam, daß ich staunend die Hände zum Kopf hätte erheben können.

Doch so war alles in allem. Kein rauhes Wort kam von seinen Lippen, keine höhnische Bemerkung. Er hatte seinen scharfen englischen Akzent abgelegt und sprach den liebenswürdigen schottischen Dialekt, der Wert legt auf verbindliche Worte, und obgleich seine Geste eine graziöse Eleganz besaß, die uns auf Durrisdeer fremd war, benahm er sich doch mit einer vertraulichen Höflichkeit, die uns nicht beschämte, sondern uns schmeichelte. Das setzte er während der ganzen Mahlzeit fort, trank mir mit betonter Hochachtung zu, wandte sich an John mit einer freundlichen Bemerkung, streichelte die Hand seines Vaters, erzählte heitere kleine Anekdoten von seinen Abenteuern, ließ die Vergangenheit fröhlich auferstehen, kurz, alles was er tat, war so gewinnend und er selbst so liebenswürdig, daß ich mich kaum darüber wundern konnte, daß der alte Lord und Mrs. Henry mit strahlenden Gesichtern am Tisch saßen und John mit tränenden Augen servierte.

Kaum war das Abendessen beendet, als Mrs. Henry sich erhob, um sich zurückzuziehen.

„Das war doch sonst nicht deine Gewohnheit, Alison“, sagte er.

„Sie ist es jetzt“, antwortete sie, was völlig falsch war, „und ich will dir gute Nacht sagen, James, und dich willkommen heißen – von den Toten!“ sagte sie, und ihre Stimme wurde leiser und zitterte.

Der arme Mr. Henry, der während der Mahlzeit ziemlich steif dagesessen hatte, war verwirrter als je zuvor. Es gefiel ihm, daß seine Frau sich zurückzog, aber mit Mißfallen dachte er an den Grund, und im nächsten Augenblick schien er von der Warmherzigkeit ihrer Worte ganz niedergeschmettert zu sein.

Ich meinerseits glaubte, daß ich jetzt überflüssig sei und wollte Mrs. Henry folgen, als der Junker es bemerkte.

„Nun, Mr. Mackellar“, sagte er, „ich muß das beinahe als unfreundlich bezeichnen. Ich will nicht, daß Sie gehen, das hieße doch, aus dem verlorenen Sohn einen Fremdling machen, und zwar, daran darf ich Sie erinnern, in seines eigenen Vaters Haus! Kommt, setzt Euch, und trinkt noch ein Gläschen mit Mr. Bally.“

„Ja, ja, Mr. Mackellar“, sagte der Lord, „wir dürfen weder ihn noch Euch als Fremdling betrachten. Ich habe meinem Sohn erzählt“, fügte er hinzu, und seine Stimme wurde wieder warm, als er das Wort aussprach, „wie hoch wir alle Ihre freundlichen Dienste schätzen.“

So saß ich schweigend da bis zu meiner gewöhnlichen Stunde und hätte mich beinahe über die wahre Natur dieses Mannes täuschen lassen, wenn nicht durch einen Ausspruch seine Verruchtheit allzu offen zum Ausdruck gekommen wäre. Ich gebe hier diesen Teil der Unterhaltung wieder, und der Leser, der das Zusammentreffen der Brüder kennt, soll seine eigene Schlußfolgerung ziehen. Mr. Henry saß ziemlich stumm da, obgleich er sich alle Mühe gab, vor dem alten Lord Haltung zu bewahren, als der Junker plötzlich aufsprang, um den Tisch herumging und seinem Bruder die Hände auf die Schultern legte.

„Nun, nun, mein lieber Heinz“, sagte er in dem breiten Dialekt, den sie als Knaben miteinander gesprochen haben müssen, „du mußt nicht niedergeschlagen sein, weil dein Bruder eingekehrt ist. Alles gehört dir, daran ist kein Zweifel, und ich mißgönne es dir nicht. Und nun mußt du mir auch meinen Platz bei meines Vaters Feuer nicht mißgönnen."

„Das ist nur allzu wahr, Henry", sagte der alte Lord mit leisem Vorwurf, was selten bei ihm geschah. „Du bist der ältere Bruder der Parabel im guten Sinne gewesen und mußt nun das Gegenteil vermeiden."

„Es ist nicht schwer, mich ins Unrecht zu setzen", antwortete Mr. Henry.

„Wer will dich ins Unrecht setzen?" rief der Lord aus, und zwar ziemlich heftig im Vergleich zu seiner sonstigen Milde. „Du hast meinen und deines Bruders Dank tausendmal verdient, du kannst stets auf unsere Dankbarkeit rechnen, und das muß dir genügen."

„Ja, Heinz, darauf kannst du dich verlassen", sagte der Junker, und es schien mir, als ob Mr. Henry ihn mit fast zornigen Blicken ansah.

Vier Fragen habe ich mir bei all den elenden Angelegenheiten, die nun folgten, oft vorgelegt und stelle sie mir heute noch: Wurde dieser Mensch getrieben von einer besonderen Mißgunst gegen Mr. Henry? Oder von seinem vermeintlichen eigenen Interesse? Oder von einem bloßen Wohlgefallen an der Grausamkeit, wie Katzen und nach Ansicht der Theologen die Teufel sie zeigen? Oder aber von der Liebe, wie er sie auffaßte? Nach meiner Meinung von den ersten drei Momenten, aber vielleicht lag seinem Benehmen alles zusammen zugrunde. Ich sage mir: seine Abneigung gegen Mr. Henry mag seine haßerfüllten Äußerungen erklären, die er ausstieß, wenn sie allein waren. Die Zwecke, die er verfolgte, können seine völlig anders geartete Haltung in Gegenwart des Lords erklären, und dies sowie die Absicht, die Würze der Galanterie nicht zu vergessen, veranlagte ihn, sich mit Mrs. Henry gut zu stellen. Die Freude an der Bosheit aber trieb ihn dazu, sein Benehmen fortgesetzt zu ändern und völlig gegensätzlich erscheinen zu lassen.

Weil ich ein sehr offenherziger Freund meines Herrn war und in meine Briefe nach Paris oft freimütige Vorwürfe eingefügt hatte, mußte auch ich seinem teuflischen Vergnügen dienen. Wenn ich allein mit ihm war, verfolgte er mich mit höhnischen Bemerkungen, aber in Gegenwart der Familie behandelte er mich äußerst liebenswürdig und herablassend. Das war nicht nur an sich qualvoll und setzte mich nicht nur fortgesetzt ins Unrecht, sondern es lag ein Element unbeschreiblicher Beleidigung darin. Daß er sich vor mir nicht verstellte und so offenbarte, daß selbst meine Zeugenschaft ihm zu verächtlich war, um Rücksicht darauf zu nehmen, erbitterte mich bis ins Blut hinein. Aber was ich dabei empfand, ist nicht wert, niedergeschrieben zu werden. Ich will es hier nur erwähnen, und besonders aus dem Grunde, weil es eine gute Wirkung hatte: es verschaffte mir ein besseres Verständnis für das Martyrium Mr. Henrys.

Auf ihn fiel die ganze Last. Wie sollte er sich den öffentlichen Schmeicheleien seines Bruders gegenüber verhalten, der nie versäumte, ihn unter vier Augen zu verspotten? Wie sollte er das Lächeln des Betrügers und Beleidigers erwidern? Er war dazu verurteilt, unliebenswürdig zu erscheinen, er war verurteilt zum Schweigen. Wäre er weniger stolz gewesen und hätte er gesprochen, wer hätte ihm geglaubt? Die Tatsachen sprachen gegen ihn, der alte Lord und Mrs. Henry waren täglich Zeugen der Vorgänge, sie hätten vor Gericht schwören können, daß der Junker das Vorbild langmütiger Gutherzigkeit und Mr. Henry ein abschreckendes Beispiel von Neid und Undank sei; und so häßlich solche Fehler immer sind, sie erschienen zehnmal häßlicher bei Mr. Henry, denn wer konnte vergessen, daß der Junker in ständiger Lebensgefahr schwebte, und daß er bereits seine Geliebte, seinen Titel und sein Vermögen verloren hatte?

„Henry, willst du mit mir ausreiten?“ fragte der Junker eines Tages.

Mr. Henry, der den ganzen Vormittag von diesem Menschen beleidigt worden war, antwortete rauh: „Nein!“

„Ich möchte, du wärst etwas liebenswürdiger“, antwortete der andere schwermütig.

Ich führe das als Beispiel an, und solche Auftritte ereigneten sich ständig. Man kann sich nicht wundern, daß Mr. Henry getadelt wurde, und daß mir beinahe vor Wut die Galle überlief. Noch jetzt spüre ich bei der bloßen Erinnerung Bitterkeit auf der Zunge.

Nie hat die Welt solch teuflisches Doppelspiel gesehen, so gemein und doch so einfach und unmöglich zu bekämpfen. Trotzdem denke ich immer wieder, daß Mrs. Henry zwischen den Zeilen hätte lesen sollen. Sie hätte den Charakter ihres Gemahls besser kennen und nach so viel Jahren der Ehe sein Vertrauen besitzen oder erobern müssen. Und was meinen alten Lord betrifft, diesen äußerst aufmerksamen Edelmann – wo blieb seine ganze Beobachtungsgabe? Allerdings wurde der Betrug von Meisterhand ausgeführt und hätte auch einen Engel täuschen können. Und was Mrs. Henry anbelangt, so habe ich immer festgestellt, daß Menschen nie so weit voneinander entfernt leben wie Eheleute, die sich nicht verstehen, wobei es oft den Anschein hat, als ob sie taub seien oder keine gemeinsame Sprache redeten. Und schließlich, wenn man beide

Zuschauer in Betracht zieht, so waren sie beide geblendet durch eingewurzelte Vorliebe. Es kommt aber viertens noch hinzu, daß alle Welt glaubte – ich sage glaubte, und man wird bald hören, warum –, der Junker schwebe ständig in Lebensgefahr, weshalb es um so unedler sei, ihn zu kritisieren. Er hielt alle in ständiger zärtlicher Sorge um sein Leben und machte sie völlig blind gegenüber seinen Mängeln.

In jener Zeit begriff ich deutlich den Wert guter Manieren und beklagte lebhaft meine eigene Unbeholfenheit. Mr. Henry besaß das Wesen eines Edelmanns. Wenn ihn etwas bewegte und die Umstände es erforderten, vermochte er seine Rolle würdig und klug zu spielen, aber im täglichen Leben – es hat keinen Sinn, das abzustreiten – fehlte ihm die Grazie. Der Junker andererseits konnte keine Bewegung machen, ohne angenehm aufzufallen. Erschien also der eine höflich und der andere unhöflich, so schien jede kleinste Bewegung ihrer Körper die Echtheit ihrer Empfindungen zu bestätigen. Aber nicht allein das: je heftiger Mr. Henry im Netz seines Bruders zappelte, desto unbeholfener wurde er, und je mehr der Junker dies widerwärtige Vergnügen genoß, desto liebenswürdiger und verbindlicher erschien er. Auf diese Weise gewann diese Intrige an Wuchs und Ausmaß, je länger sie fortgesetzt und betrieben wurde.

Es gehörte zu den Künsten dieses Menschen, die Gefahr, in der er, wie ich sagte, scheinbar schwebte, sich zunutze zu machen. Er sprach davon zu jenen, die ihn liebten, in heiterem Scherz, wodurch sie um so mehr gerührt wurden. Gegenüber Mr. Henry brauchte er sie als grausam beleidigende Waffe. Ich erinnere mich, daß er eines Tages den Finger auf die durchsichtige Scheibe in dem bemalten Fenster legte, als wir drei allein in der Halle waren. „Hier hindurch flog Euer glückhaftes Geldstück, Jakob", sagte er. Und als Mr. Henry ihn finster anschaute, fügte er hinzu: „Oh, du brauchst mich nicht in ohnmächtiger Wut anzusehen, arme Mücke. Du kannst die Spinne loswerden, wenn's dir paßt. Wie lange noch, o Herr? Wann wirst du dich zum Verrat aufraffen, gewissenloser Bruder? Das gehört zu den spannenden Momenten dieser elenden Lüge, solche Experimente habe ich immer geliebt."

Mr. Henry starrte ihn noch immer finsteren Blickes an, und ich wechselte die Farbe. Schließlich brach der Junker in Gelächter aus, schlug ihm auf die Schulter und hieß ihn einen grämlichen Hund. Da trat mein Herr zurück mit einer drohenden Geste, die ich für sehr gefährlich hielt, und ich muß annehmen, daß der Junker ähnlich dachte, denn er blickte drein, als sei er doch ein ganz klein wenig aus der Fassung gebracht, und ich entsinne mich nicht, daß er jemals wieder Hand anlegte an Mr. Henry.

Obgleich er nun seine Lebensgefahr immer im Munde führte, hielt ich sein Benehmen doch für höchst unvorsichtig und glaubte, die Regierung, die einen Preis auf seinen Kopf ausgesetzt hatte, sei ganz und gar eingeschlafen. Ich will nicht leugnen, daß mir manchmal der Wunsch aufstieg, ihn zu verraten, aber zwei Überlegungen hielten mich zurück: erstens würden der Vater und die Frau meines Herrn ihn für ewige Zeiten heiliggesprochen haben, wenn er sein Leben auf dem Schafott ehrbar geendet hätte; und zweitens wäre es kaum zu vermeiden gewesen, daß ein gewisser Verdacht sich gegen Mr. Henry geregt hätte, wenn ich irgendwie mit der Angelegenheit zu tun hatte. In der Zwischenzeit ging unser Feind mehr ein und aus, als ich für möglich gehalten hätte, die Tatsache seiner Heimkehr wurde überall im Lande ausposaunt, und doch wurde er überhaupt nicht gestört. Von all den vielen Leuten, die von seiner Anwesenheit Kenntnis hatten, besaß offenbar niemand die geringste Geldgier, wie ich in meinem Verdruß zu sagen pflegte, noch die geringste Königstreue, und der Mensch ritt überall hin und war viel willkommener als Mr. Henry, wenn man seine frühere Unbeliebtheit bedenkt, und viel sicherer als ich, wenn man sich der Schmuggler entsinnt.

Allerdings hatte auch er seine Sorgen, und davon muß ich nun erzählen, da sich die schwersten Folgen daraus ergaben. Der Leser wird sich sicher an Jessie Broun erinnern. Sie lebte meistens zusammen mit den Schmugglern, auch Kapitän Crail gehörte zu ihren Freunden, und sie erfuhr sehr bald, daß Mr. Bally wieder daheim sei. Nach meiner Meinung hatte sie längst aufgehört, sich für des Junkers Person einen Deut zu interessieren, aber sie hatte sich daran gewöhnt, sich beständig mit des Junkers Namen in Verbindung zu bringen, und das war der Grund für ihr ganzes Getue. Als er nun zurückgekehrt war, hielt sie sich für verpflichtet, in der Nachbarschaft von Durrisdeer herumzuspuken. Der Junker konnte sich kaum draußen zeigen, ohne daß sie ihm auflauerte: ein skandalöses Weib, die nicht oft nüchtern war. Sie schrie ihm laut zu: „Mein lieber Junge!“, sang Zigeunerlieder und versuchte sogar, wie man mir erzählte, sich an seiner Brust auszuweinen. Ich gestehe, daß ich mir die Hände rieb vor Freude über diese Nachstellungen, aber der Junker, der andern so viel zumutete, war selbst der ungeduldigste aller Menschen. Im Laufe der Zeit trugen sich allerlei sonderbare Dinge zu. Manche erzählen, er habe seinen Stock gegen sie erhoben, und Jessie soll ihre früheren Waffen wieder benutzt haben, nämlich die Steine.

Auf alle Fälle legte er endlich Kapitän Crail nahe, er solle dem Weib den Schädel einschlagen lassen, aber der Kapitän wies die Zumutung mit ungewöhnlicher Heftigkeit zurück. Und schließlich errang Jessie den Sieg. Geld wurde zusammengebracht, eine Unterredung fand statt, während der mein stolzer Gentleman sich küssen und unter Tränen umarmen lassen mußte, und man richtete der Frau eine eigene Kneipe ein, irgendwo an der Küste am Ufer des Solway, ich weiß nicht genau wo, die von äußerst übelbeleumdeten Personen besucht wurde. Das ist alles, was ich darüber erfuhr.

Aber ich greife der Entwicklung vor. Als Jessie ihm eine Zeitlang nachgestellt hatte, kam der Junker eines Tages zu mir ins Verwalterzimmer und sagte höflicher als sonst: „Mackellar, es treibt sich hier ein verdammtes Frauenzimmer herum. Ich selbst kann in der Sache nichts unternehmen, und deshalb komme ich zu Ihnen. Seien Sie doch so gut und bemühen Sie sich in dieser Angelegenheit, die Leute müssen strengen Befehl erhalten, mir die Hexe vom Leibe zu halten."

„Mein Herr", sagte ich und zitterte etwas, „waschen Sie Ihre schmutzige Wäsche bitte selbst!"

Er antwortete kein Wort und verließ das Zimmer.

Bald erschien Mr. Henry. „Was ist denn das?" rief er aus. „Es scheint immer noch nicht genug zu sein, und Sie müssen meine Schlechtigkeit noch übertrumpfen. Scheinbar haben Sie Mr. Bally beleidigt!"

„Mit Ihrer gütigen Erlaubnis darf ich sagen, Mr. Henry", antwortete ich, „daß er mich beleidigt hat, und zwar meines Erachtens gröblich. Aber ich habe Ihre Lage nicht bedacht, als ich redete, und wenn Sie anders entscheiden, nachdem Sie alles gehört haben, mein hochverehrter Herr, so brauchen Sie nur ein Wort zu sagen. Ihnen würde ich unter allen Umständen gehorchen, auch wenn ich eine Sünde begehen müßte, Gott verzeih mir!"

Und dann erzählte ich ihm, was sich zugetragen hatte.

Mr. Henry lächelte in sich hinein, ein grimmigeres Lächeln, als ich je an ihm wahrnahm.

„Das haben Sie vorzüglich gemacht", sagte er, „er soll seine Jessie Broun bis zur Neige genießen."

Dann sah er den Junker draußen, öffnete das Fenster, rief ihn bei dem Namen Mr. Bally und bat ihn, auf ein Wort heraufzukommen.

„James", sagte er, als unser Feind hereingekommen und die Tür hinter sich geschlossen hatte, wobei er mich mit einem Lächeln ansah, als ob er glaubte, ich würde jetzt vor ihm gedemütigt, „du hast dich über Mr. Mackellar beschwert, und ich habe die Angelegenheit untersucht. Ich brauche dir nicht zu sagen, daß ich sein Wort immer dem deinen vorziehen werde, denn wir sind hier allein, und ich will ebenso frei sprechen, wie du es sonst zu tun pflegst. Mr. Mackellar ist ein Ehrenmann, den ich hochschätze, und du mußt bemüht sein, solange du unter diesem Dach lebst, in Zukunft keine Reibereien mit jemand zu verursachen, den ich mit allen mir zu Gebote stehenden Mitteln unterstützen werde. Was den Botendienst anbelangt, den du ihm auftrugst, so mußt du hinfort die Folgen deiner eigenen Grausamkeit selbst auf dich nehmen, keiner meiner Angestellten soll in irgendeiner Weise bemüht werden in dieser Angelegenheit."

„Die Angestellten meines Vaters, denke ich!" warf der Junker ein.

„Geh zu ihm mit deinem Anliegen", antwortete Mr. Henry.

Der Junker wurde sehr bleich. Er wies mit seinem Finger auf mich und sagte: „Ich verlange, daß dieser Mann entlassen wird!"

„Das wird nicht geschehen", sagte Mr. Henry.

„Du wirst mir das teuer bezahlen", antwortete der Junker.

„Ich habe bereits so viel bezahlt für einen verruchten Bruder", sagte Mr. Henry, „daß ich selbst die Furcht nicht mehr kenne. Es gibt keine Stelle an mir, die du noch treffen könntest."

„Ich werde dir das beweisen", antwortete der Junker und zog sich langsam zurück.

„Was wird er jetzt unternehmen, Mr. Mackellar?" rief Mr. Henry aus.

„Lassen Sie mich fortgehen", sagte ich, „mein verehrter Gönner, lassen Sie mich fortgehen, ich bin nur die Ursache neuer Leiden."

„Wollen Sie mich ganz allein lassen?" fragte er.

Wir sollten nicht lange im ungewissen bleiben über die Natur des neuen Angriffs. Bis zu dieser Stunde hatte der Junker ein durchaus geheimnisvolles Spiel getrieben, soweit Mrs. Henry in Betracht kam. Er hatte sorgfältig vermieden, mit ihr allein zu sein, was ich damals für eine Anwandlung von Anstand hielt, aber jetzt glaube ich, daß es eine höchst listige Verschlagenheit war. Er traf sie sozusagen nur bei den Mahlzeiten und benahm sich dabei wie ein liebevoller Bruder. Bis heute hatte er, so kann man behaupten, kaum irgendwie das Verhältnis von Mr. Henry zu seiner Frau angetastet, außer daß er die beiden hinderte, sich einander liebenswürdig zu begegnen. Jetzt sollte das alles anders werden, aber ob er aus Rache handelte, oder weil er sich auf Durrisdeer langweilte und nach Abwechslung Umschau hielt, vermag nur der Teufel zu entscheiden.

Jedenfalls begann von dieser Stunde an eine Belagerung von Mrs. Henry, eine Sache, die so gewandt ausgeführt wurde, daß ich kaum weiß, ob sie selbst es bemerkte, und daß ihr Gemahl nur schweigend zuschauen konnte. Der erste Angriff wurde durch einen Zufall eröffnet, wie es den Anschein erweckte. Das Gespräch kam, wie es öfter der Fall war, auf die Verbannten in Frankreich und glitt hinüber zu ihren Liedern.

„Da gibt es ein Lied“, sagte der Junker, „wenn ihr euch dafür interessiert, das mir stets sehr ergreifend schien. Es ist rauhe Poesie, und trotzdem hat sie, vielleicht wegen meiner Lage, immer den Weg zu meinem Herzen gefunden. Es soll, wie ich hinzufügen will, von der Geliebten eines Verbannten gesungen werden und gibt vielleicht nicht so sehr das wieder, was sie in Wirklichkeit denkt, sondern die Gefühle, die er, der arme Teufel, in jenen fremden Landen von ihr erhofft.“

Hier seufzte der Junker. „Ich muß sagen, es ist ein bewegender Anblick, wenn ein Haufe rauher Irländer, alle gemeine Landsknechte, dies Lied anstimmen, und man kann aus den Tränen, die sie vergießen, vermuten, wie es sie rührt. Es geht so, Vater“, sagte er und wandte sich ganz absichtlich an den alten Lord als Zuhörer, „und wenn ich nicht ganz damit zu Ende komme, so mußt du bedenken, daß das bei uns Verbannten allgemein so ist.“

Und nun begann er dieselbe Melodie anzustimmen, die ich den Oberst pfeifen hörte, aber er sang nun die in der Tat rauhen, aber höchst pathetischen Worte dazu, die die Sehnsucht eines armen Mädchens nach ihrem verbannten Geliebten zum Ausdruck bringen. Ein Vers, oder wenigstens der ungefähre Wortlaut, haftet noch in meinem Gedächtnis:

Ach, will färben mein Röcklein rot,
Mit meinem Liebsten betteln mein Brot,
Und wenn mir alle wünschen den Tod:
Dir gehör' ich, mein Willi am fernen Strand. Oh!

Er sang gut, wenn es auch nur ein Volkslied war, aber noch besser schauspielerte er. Ich habe berühmte Schauspieler gesehen, und kein Auge war trocken im Theater von Edinburgh. Gewiß ein großes Wunder, aber nicht wundervoller, als wenn der Junker diese kleine Ballade vortrug und auf denen, die ihm zuhörten, wie auf einem Instrument spielte. Bald schien er vor Rührung abbrechen zu müssen, bald besiegte er seinen Kummer, so daß Worte und Musik aus seinem eigenen Herzen und seinem eigenen Schicksal zu strömen und sich direkt an Mrs. Henry zu wenden schienen. Doch seine Kunst ging noch weiter, denn alles wurde so zart gehandhabt, daß es unmöglich schien, ihm irgendeine Absicht vorzuwerfen. Er machte so wenig Wesens aus seiner Bewegung, daß jeder geschworen hätte, er bemühe sich, ruhig zu erscheinen. Als er geendet hatte, saßen wir alle eine Zeitlang schweigend da; er hatte die Dämmerung des Nachmittags gewählt, so daß keiner das Gesicht seines Nachbarn sehen konnte, aber es schien, als ob wir alle den Atem anhielten; nur der alte Lord räusperte sich. Der Sänger selbst rührte sich zuerst wieder, er stand plötzlich und leise auf und ging langsam im unteren Teil der Halle auf und ab, wo sonst Mr. Henry seinen Platz hatte.

Wir mußten vermuten, daß er dort den Rest seiner Bewegtheit niederkämpfte, denn bald darauf kam er zurück und begann eine Unterredung über die Natur des irischen Volkes, das stets so sehr verkannt werde, und das er verteidigte, und zwar mit seiner natürlichen Stimme, so daß wir, bevor die Lampen hereingebracht wurden, mitten in einem gewöhnlichen Gespräch waren. Aber selbst dann noch schien mir das Gesicht von Mrs. Henry einen Schatten bleicher zu sein, und sie zog sich auffälligerweise fast sofort zurück.

Das nächste Anzeichen des Angriffs war eine Freundschaft, die dieser listige Teufel mit der unschuldigen kleinen Katharine begann. Man sah sie stets zusammen, Hand in Hand, oder sie kletterte auf sein Knie, und sie waren wie ein Paar Kinder. Diese Annäherung wirkte, wie alle seine teuflischen Taten, in doppelter Weise. Für Mr. Henry war es der ärgste Streich, als er sein eigenes Kind gegen sich aufgehetzt sah. Er wurde gegen das arme unschuldige Wesen grob, was ihn in der Achtung seines Weibes noch etwas tiefer sinken ließ, und schließlich war es ein Band der Einigkeit zwischen der Dame des Hauses und dem Junker. Unter diesem Einfluß schmolz die frühere Kälte zwischen den beiden täglich mehr und mehr dahin. Bald machten sie gemeinsame Spaziergänge in dem langen Gehölz, unterhielten sich im Belvedere, und es kam zu ich weiß nicht welcher zarten Vertrautheit. Ich bin sicher, daß Mrs. Henry mancher guten Frau glich: sie hatte ein normales Gewissen, aber es neigte dazu, manchmal ein Auge zuzudrücken. Denn selbst für einen so schwerfälligen Beobachter wie mich war es klar, daß ihre Liebenswürdigkeit über die Natur schwesterlicher Zuneigung hinausging.

Die Bewegung ihrer Stimme schien klangreicher, ihr Auge zeigte Licht und Sanftmut, sie war gegen uns alle, selbst gegen Mr. Henry und sogar gegen mich, freundlicher, und mir schien, als ob sie ein stilles, schwermütiges Glücksgefühl ausströme.

Welch eine Qual für Mr. Henry war es, dem zuzuschauen! Und doch brachte es uns endgültige Erlösung, wie ich in Kürze erzählen werde.

Die Absicht, die der Junker mit seiner Anwesenheit verfolgte, war keine edlere, als Geld herauszupressen, wenn er sie auch versteckte. Er hatte den Plan, in Französisch-Indien sein Glück zu machen, wie der Chevalier mir schrieb, und die Summe, die er dazu gebrauchte, suchte er hier zu erlangen. Für die übrige Familie bedeutete das den Ruin, aber der alte Lord in seiner unglaublichen Parteilichkeit drängte auf Gewährung. Die Familie war jetzt so klein – sie bestand ja nur noch aus dem Vater und den beiden Söhnen –, daß es möglich war, das Erblehen anzutasten und ein Stück Land zu veräußern. Und Mr. Henry wurde zunächst durch Andeutungen und dann durch offenkundigen Druck dazu getrieben, seine Zustimmung zu geben. Ich weiß sehr genau, daß er es nie getan hätte, wenn die Wucht der Leiden, unter denen er seufzte, nicht so schwer gewesen wäre. Hätte er nicht den leidenschaftlichen Wunsch gehabt, seinen Bruder fortziehen zu sehen, würde er niemals gegen sein eigenes Gefühl und die Überlieferungen seines Hauses so verstoßen haben. Und selbst jetzt verkaufte er ihnen seine Zustimmung sehr teuer, und zum ersten Male redete er offen heraus und stellte den Handel in seinen schmachvollen Farben rücksichtslos dar.

„Ihr müßt gestehen“, sagte er, „daß es eine Ungerechtigkeit ist gegen meinen Sohn, wenn ich jemals einen bekomme.“

„Aber es besteht kaum eine Wahrscheinlichkeit, daß du einen bekommst“, sagte der Lord.

„Das weiß Gott!“ sagte Mr. Henry. „Und angesichts der grausamen Verfälschung meiner Lage meinem Bruder gegenüber und der Tatsache, daß du, mein Lord, mein Vater bist und das Recht hast mir zu befehlen, setze ich meine Unterschrift unter dies Papier. Aber eins will ich vorher noch sagen: man hat mich unbarmherzig dazu getrieben, und wenn du in Zukunft Vergleiche anstellst zwischen deinen Söhnen, bitte ich dich zu überlegen, was ich getan habe und was er getan hat. Taten sind der gerechte Prüfstein.“

Der alte Lord war so unwillig, wie ich ihn nie zuvor gesehen hatte, in sein altes Gesicht stieg das Blut auf, und er sagte: „Ich glaube, der Augenblick ist nicht sehr gut gewählt, Henry, dich zu beklagen, das nimmt dir das Verdienst deiner Edelmütigkeit.“

„Täusche dich nicht, mein Lord“, sagte Mr. Henry, „dies Unrecht geschieht nicht aus Edelmut gegen meinen Bruder, sondern aus Gehorsam gegen dich.“

„Vor fremden Ohren ...“ begann der Lord mit noch unglücklicherer Miene.

„Hier ist niemand anwesend außer Mackellar“, antwortete Mr. Henry, „und er ist mein Freund. Da du deine häufigen Tadel nicht vor ihm verheimlichst, wäre es ungerecht, wenn er bei einer so seltenen Sache wie meiner Rechtfertigung nicht anwesend wäre.“

Es schien mir beinah, als ob der Lord seinen Entschluß bedaure, aber der Junker war auf der Hut.

„Ach, Henry, Henry!“ sagte er. „Du bist doch der Beste von uns. Rauh, aber wahrhaftig! Ach, Mensch, ich wollte, ich wäre so gut wie du!“

Angesichts dieses Beweises von der Großmut seines Lieblingssohnes gab der alte Lord sein Zögern auf, und der Vertrag wurde unterzeichnet.

Sobald es möglich war, wurde das Land von Ochterhall weit unter Preis verkauft, das Geld wurde dem Blutsauger ausgehändigt und auf geheimem Wege nach Frankreich geschickt. So wenigstens behauptete er, aber ich hatte den Verdacht, daß es nicht sehr weit fortgeschafft wurde. Und obgleich nun der Vorsatz dieses Mannes zu einem erfolgreichen Abschluß gebracht war und seine Taschen wieder einmal strotzten von unserem Golde, erreichten wir doch nicht das Ziel, um dessentwillen wir dies Opfer gebracht hatten, und der Besucher trieb sich immer noch auf Durrisdeer umher. Sei es nun aus Bosheit oder weil die Zeit noch nicht gekommen war für das Abenteuer in Indien, sei es, daß er noch Hoffnungen hatte, bei Mrs. Henry weiterzukommen, oder Befehle der Regierung vorlagen: wer vermag das zu sagen? Jedenfalls trieb er sich immer noch dort herum, und zwar wochenlang.

Man beachte, daß ich sage: Befehle der Regierung, denn um diese Zeit sickerte das schmachvolle Geheimnis des Menschen durch.

Die erste Andeutung erhielt ich von einem Pächter, der sich über den Aufenthalt des Junkers und über seine Sicherheit ausließ. Denn dieser Pächter war ein Anhänger der Jakobiten und hatte einen Sohn bei Culloden verloren, was ihn hellsichtiger machte. „Eine Sache", sagte er, „kommt mir sonderbar vor, und zwar, wie er nach Cockermouth kam."

„Nach Cockermouth?" fragte ich und erinnerte mich plötzlich an mein erstes Erstaunen, als ich sah, wie der Mensch nach einer so langen Reise in tadelloser Kleidung ans Land stieg.

„Nun ja", sagte der Pächter, „dort wurde er von Kapitän Crail an Bord genommen. Sie dachten, er sei direkt zur See von Frankreich gekommen? Das glaubten wir damals alle."

Ich überlegte mir die Dinge eine Zeitlang und trug sie dann Mr. Henry vor.

„Das ist eine sonderbare Angelegenheit", sagte ich und erzählte ihm alles.

„Was tut es, wie er herüberkam, Mackellar, solange er hier ist?" grollte Mr. Henry.

„Nein, Herr", sagte ich, „denken Sie doch darüber nach! Riecht das nicht nach Einverständnis mit der Regierung? Sie wissen, wie sehr wir uns bereits über sein Gefühl der Sicherheit gewundert haben."

„Halt!" rief Mr. Henry. „Laßt mich darüber nachdenken." Und als er nachdachte, kam jenes grimmige Lächeln in sein Gesicht, das ein wenig erinnerte an das des Junkers. „Geben Sie mir ein Blatt Papier", sagte er. Und er setzte sich ohne weitere Erklärungen nieder und schrieb an einen Edelmann seiner Bekanntschaft – ich will keine unnötigen Namen nennen, aber er war in einer sehr gehobenen Stellung. Diesen Brief ließ ich durch den einzigsten Menschen befördern, auf den ich mich in solchen Fällen verlassen konnte, Macconochie, und der alte Mann ritt scharf, denn er war mit der Antwort zurück, bevor selbst mein Übereifer gehofft hatte, ihn erwarten zu dürfen. Wieder hatte Mr. Henry dasselbe grimmige Lächeln auf seinem Gesicht, als er sie las.

„Das ist das beste, was Sie bisher für mich geleistet haben, Mackellar", sagte er, „mit diesem Brief in meiner Hand werde ich ihm einen Hieb versetzen. Beobachten Sie uns beim Mittagessen."

Beim Essen schlug Mr. Henry seinem Plane entsprechend vor, der Junker solle sich in aller Öffentlichkeit zeigen, und, wie er hoffte, widersprach der alte Lord wegen der damit verbundenen Gefahren.

„Ach“, sagte Mr. Henry leichthin, „du brauchst mir das nicht mehr vorzuspielen, ich kenne dein Geheimnis so gut wie du selbst.“

„Ein Geheimnis?“ fragte der Lord. „Was willst du damit sagen, Henry? Ich gebe dir mein Wort, daß ich kein Geheimnis kenne, das dir verborgen ist.“

Der Junker hatte die Farbe gewechselt, und ich bemerkte, daß der Hieb gesessen hatte.

„Wie?“ sagte Mr. Henry und wandte sich ihm mit anscheinend großem Erstaunen zu. „Ich sehe, daß du deinem Lord ein sehr treuer Diener bist, aber ich hätte geglaubt, du besäßest genug Menschlichkeit, deinen alten Vater zu beruhigen.“

„Wovon sprichst du? Ich will nicht, daß meine Angelegenheiten öffentlich diskutiert werden. Ich befehle, daß du Schluß machst!“ rief der Junker mit törichter Leidenschaft aus, mehr wie ein Kind denn als Mann.

„So viel Verschwiegenheit erwartete man nicht von dir, des kann ich dich versichern“, fuhr Mr. Henry fort. „Sieh hier, was man mir schreibt“, und er entfaltete den Brief: „Es liegt selbstverständlich sowohl im Interesse der Regierung, als auch des Herrn, den wir vielleicht am besten auch weiterhin Mr. Bally nennen, diesen Vertrag geheimzuhalten, aber man hat nie verlangt, daß seine eigene Familie andauernd in jener Ungewißheit gehalten werden sollte, die Sie mir so lebendig schildern, und ich wäre erfreut, wenn mein Schreiben die Veranlassung wäre, diese Befürchtungen aus der Welt zu schaffen. Mr. Bally ist in Großbritannien ebenso sicher wie Sie selbst.“

„Ist das möglich?“ rief der alte Lord aus, indem er seinen Sohn mit höchst verwunderter Miene und mit noch größerem Mißtrauen anschaute.

„Mein teurer Vater“, sagte der Junker, der bereits seine Fassung wiedergewonnen hatte, „ich bin außerordentlich erfreut, daß alles jetzt offenbar geworden ist. Meine eigenen Instruktionen, die ich direkt von London erhielt, lauteten völlig entgegengesetzt, und ich war verpflichtet, die Vergünstigung, die man mir gewährte, vor jedermann geheimzuhalten, auch vor dir, und sogar ganz besonders vor dir, wie ich schwarz auf weiß beweisen kann, wenn ich das Schreiben nicht vernichtet habe. Sie müssen ihre Ansicht sehr rasch gewechselt haben, denn der Befehl liegt nicht sehr lange zurück, oder der Herr, mit dem Henry sich in Verbindung gesetzt hat, muß diesen Teil der Vereinbarung mißverstanden haben, wie er anscheinend auch alles andere mißverstanden hat.

Um dir die Wahrheit zu gestehen, mein Lord“, fuhr er fort und wurde sichtlich ruhiger, „ich lebte in der Vermutung, daß dies unerklärliche Wohlwollen einem Rebellen gegenüber zurückzuführen sei auf ein Gnadengesuch von deiner Seite, und ich erklärte mir den Befehl, auch meiner Familie gegenüber das Geheimnis zu bewahren, damit, daß du selbst den Wunsch ausgesprochen hättest, diese Gnade solle verborgen bleiben. Deshalb war ich um so mehr bemüht, die Weisungen zu befolgen. Nun ist man darauf angewiesen zu erraten, durch welche anderen Kanäle so viel Nachsicht einem so offenkundigen Verbrecher wie mir zugeflossen ist. Ich glaube nicht, daß dein Sohn sich verteidigen muß gegen das, was in Henrys Brief angedeutet zu sein scheint. Noch nie hörte ich von einem Durrisdeer, der ein Überläufer oder ein Spion war!“ sagte er stolz.

Und so schien es, als ob er unbehelligt aus der Gefahrenzone herausgeschwommen sei, aber er hatte einen Fehler nicht berechnet, den er gemacht hatte, und die Hartnäckigkeit nicht berücksichtigt, die Mr. Henry bewies, der nun zeigte, daß er etwas von seines Bruders Geist besaß.

„Du sagst, daß die Weisung aus neuerer Zeit stammt“, sagte Mr. Henry. – „Ja, aus neuerer Zeit“, antwortete der Junker, als ob er seiner Sache ganz sicher sei, aber doch nicht ohne leises Zögern.

„Aus so neuer Zeit, wie hier steht?“ fragte Mr. Henry wie jemand, der vor einem Rätsel steht, und breitete den Brief noch einmal aus. In dem ganzen Schreiben stand kein Wort über das Datum, aber wie sollte der Junker das wissen?

„Für mich war es spät genug“, sagte er lachend, und beim Klang dieses Lachens, das gebrochen herauskam wie der Ton einer geborstenen Glocke, blickte der alte Lord ihn über den Tisch hinweg wieder an, und ich sah, wie seine alten Lippen sich scharf aufeinanderpreßten.

„Ich entsinne mich doch“, warf Mr. Henry ein, und schaute immer noch auf den Brief, „daß du sagtest, die Weisung stamme aus der allerletzten Zeit.“

Und nun sahen wir, daß wir gesiegt hatten, aber erhielten gleichzeitig auch den stärksten Beweis für die unglaubliche Nachsicht des Lords, denn er sah sich sofort veranlagt, seinen Lieblingssohn vor einer Bloßstellung zu retten!

„Ich denke, Henry“, sagte er mit einer Art mitleidvollen Eifers, „ich denke, wir brauchen nicht mehr darüber zu reden. Wir sind alle erfreut, daß wir deinen Bruder endlich in Sicherheit wissen, wir sind alle einig darüber, und als dankbare

Untertanen müssen wir auf die Gesundheit und das Wohlwollen des Königs trinken.“

Auf diese Weise entschlüpfte der Junker aus der Schlinge, aber letzten Endes war er doch in die Verteidigungsstellung getrieben worden. Er hatte sich lahm aus der Affäre gezogen, und der Zauber, der ihn umgeben hatte wegen der Lebensgefahr, in der er zu schweben schien, war ihm nun in aller Öffentlichkeit geraubt worden. Der alte Lord wußte jetzt in seinem Innersten, daß sein Lieblingssohn ein Spion der Regierung war, und Mrs. Henry – wie immer sie sich die Geschichte erklären mochte – war sichtbar kalt in ihrem Benehmen gegen den entlarvten Helden der Romantik. So besitzt jedes Gewebe der Doppelzüngigkeit einen schwachen Punkt, und wenn man ihn erwischt, löst es sich gänzlich auf. Hätten wir durch diesen glücklichen Vorstoß das Idol des alten Lords nicht erschüttert: wer kann sagen, wie es uns bei der kommenden Katastrophe ergangen wäre?

Und doch schienen wir im Augenblick nichts erreicht zu haben. Nach ein oder zwei Tagen hatte der Junker den schlechten Eindruck seiner Lügereien verwischt und stand allem Anschein nach so hoch wie immer. Was den alten Lord Durrisdeer betraf, so war er in väterlicher Parteilichkeit befangen; es war nicht so sehr Liebe, die ja eine aktive Eigenschaft sein sollte, als vielmehr Teilnahmlosigkeit und Unterdrückung seiner anderen Fähigkeiten, und Verzeihung, um das edle Wort hier trotz allem anzuwenden, strömte aus reiner Weichmütigkeit aus ihm heraus wie Tränen der Greisenhaftigkeit. Der Fall lag bei Mrs. Henry anders, und der Himmel allein weiß, was er ihr zu sagen wußte oder wie er sie abbrachte von der Verachtung für ihn. Es ist eine der schlimmsten Eigenarten des Gefühls, daß die Stimme wichtiger werden kann als die Worte und der Sprecher als das, was geredet wird. Aber irgendeine Entschuldigung muß der Junker gefunden haben, ja, vielleicht hatte er sogar einen Kunstgriff angewandt, um diese Bloßstellung zu seinem eigenen Vorteil auszuschlachten, denn nach einiger Zeit der Kälte schien es, als ob die Dinge zwischen ihm und Mrs. Henry schlimmer stünden als zuvor. Sie waren damals ständig zusammen. Man darf mich nicht in Verdacht haben, daß ich einen Schatten des Tadels auf diese unglückselige Frau werfen will, ich rüge nur ihre halb willkürliche Blindheit und glaube, daß sie in diesen letzten Tagen mit dem Feuer spielte. Ob ich nun recht oder unrecht habe, eins ist sicher und völlig genügend: Mr. Henry dachte so. Der arme Edelmann saß tagelang in meinem Zimmer und bot ein so trauriges Bild der Niedergeschlagenheit, daß ich nie wagte ihn anzureden, aber man darf annehmen, daß schon meine Gegenwart und das Bewußtsein meiner Teilnahme ihm einigen Trost bereiteten. Es gab auch Zeiten, wo er sprach, und es war eine sonderbare Art des Sprechens. Niemals wurde eine Person genannt oder auf irgendeinen besonderen Umstand Bezug genommen, aber wir hatten dieselben Dinge in unserem Geiste vor uns und wußten es beide. Es ist eine eigenartige Art der Unterhaltung, die man auf diese Weise ausüben kann: stundenlang über eine Sache zu sprechen, ohne sie zu nennen oder auch nur anzudeuten. Und ich erinnere mich, daß ich darüber nachdachte, ob es vielleicht auf eine natürliche Begabung dieser Art zurückzuführen sei, wenn der Junker den ganzen Tag lang Mrs. Henry seine Liebe offenbarte, wie er es ohne Zweifel tat, ohne sie jemals zur Zurechtweisung zu zwingen.

Um zu zeigen, wie weit die Dinge mit Mr. Henry gekommen waren, will ich einige seiner Worte wiedergeben, die er, wie ich nie vergessen werde, am 26. Februar 1757 äußerte. Es war unverhältnismäßig schlechtes Wetter, eine Art Wiederkehr des Winters: windstill, bitterkalt, die Welt weiß von Reif, die Wolken niedrig und grau, das Meer schwarz und schweigend wie ein toter Steinbruch. Mr. Henry saß dicht beim Kamin und debattierte darüber, wie es damals seine Gewohnheit war, ob „ein Mensch" handeln müsse, ob „Dazwischentreten klug sei" und ähnliche Möglichkeiten, die uns besonders nahelagen. Ich stand am Fenster und schaute hinaus, als unten der Junker, Mrs. Henry und Miß Katharine, dies ständige Trio, vorübergingen. Das Kind lief hin und her, erfreut über die Kälte; der Junker sprach dicht zum Ohr der Lady mit einer teuflischen Liebenswürdigkeit der Überredung, wie es selbst auf diese Entfernung erschien, und sie ihrerseits blickte zu Boden wie jemand, der ganz im Zuhören verloren ist. Ich durchbrach meine Zurückhaltung.

„Wenn ich Sie wäre, Mr. Henry", sagte ich, „würde ich mit dem alten Lord offen sprechen."

„Mackellar, Mackellar", sagte er, „Sie sehen nicht die Unsicherheit des Bodens, auf dem ich stehe. Ich kann solch niedrige Gedanken niemandem vortragen, am wenigsten meinem Vater, das würde mir seine tiefste Verachtung eintragen. Die Schwäche meiner Position", fuhr er fort, „beruht auf mir selbst, denn ich gehöre nicht zu denen, die Liebe erzwingen können. Ich besitze ihre Dankbarkeit, sie alle sagen mir das, ich habe einen reichen Vorrat davon. Aber ich bin nicht gegenwärtig in ihren Gemütern, sie fühlen sich nicht bewegt, mit mir oder für mich zu denken. Das ist mein Schicksal!"

Er erhob sich und trat das Feuer aus. „Aber irgendein Ausweg muß gefunden werden, Mackellar", sagte er und blickte mich plötzlich über die Schulter an, „irgendein Mittel muß ausfindig gemacht werden. Ich bin ein Mensch von sehr großer Geduld, von allzu großer, allzu großer Geduld. Ich beginne mich selbst zu verachten. Niemals war ein Mensch so in Netze verstrickt!" Er fiel in sein Brüten zurück.

„Nur Mut!" sagte ich, „das Netz wird von selbst zerreißen."

„Ich habe den Zorn längst hinter mir", antwortete er, was so wenig Beziehung zu meiner Bemerkung hatte, daß ich die Unterhaltung abbrach.

Fünftes Kapitel

Bericht über alle Ereignisse, die sich in der Nacht des 27. Februar 1757 zutrugen

Am Abend des Tages, an dem das erwähnte Gespräch stattfand, ging der Junker fort. Er blieb einen großen Teil des nächsten Tages, jenes verhängnisvollen 27. Februar, auswärts, aber wohin er ging und was er tat, darüber nachzuforschen hatten wir keine Veranlassung vor dem nächsten Tage. Hätten wir es getan und zufällig herausgefunden, wo er sich aufhielt, so hätte sich vielleicht alles geändert. Da aber alles, was wir taten, in Unkenntnis der Dinge geschah und auch so beurteilt werden muß, werde ich die Ereignisse so beschreiben, wie sie uns im Augenblick des Geschehens erschienen, und alles das, was ich seither entdeckt habe, zur Zeit der Entdeckung mitteilen. Denn ich bin nun zu einem der finsteren Teile meiner Erzählung gekommen und muß die Nachsicht des Lesers für meinen Gönner beanspruchen.

Den ganzen 27. Februar dauerte das strenge Wetter an: es war bitter kalt, die Leute gingen vorüber wie rauchende Schornsteine, der große Feuerplatz in der Halle war hochgetürmt voll mit Brennstoff, einige Frühlingsvögel, die sich schon nördlich in unsere Nachbarschaft gewagt hatten, belagerten die Fenster des Hauses oder hüpften auf dem gefrorenen Rasen wie wahnsinnige Wesen. Gegen Mittag gab es einige Sonnenstrahlen, die eine sehr schöne, frostige Winterlandschaft von weißen Hügeln und Wäldern zeigten, im Hintergrund der Kutter Crails bei Craig Head auf Wind wartend, während der Rauch aus jedem Bauernhof und jedem Haus senkrecht in die Höhe stieg. Als der Abend kam, verdichtete sich der Nebel von oben her, die Nacht brach dunkel, still und sternenlos herein, es war außerordentlich kalt, eine Nacht, die der Jahreszeit durchaus nicht entsprach und für eigenartige Geschehnisse vorbereitet zu sein schien.

Mrs. Henry zog sich, wie sie es jetzt zu tun pflegte, sehr zeitig zurück. Wir hatten uns in der letzten Zeit immer zu einem Spiel Karten niedergesetzt, um die Abende zu verbringen, ein weiteres Anzeichen dafür, daß unserem Besuch das Leben auf Durrisdeer mächtig langweilig war. Noch nicht lange waren wir beim Spiel, als der alte Lord sich von seinem Platz am Kamin erhob und ohne ein Wort verschwand, um die Wärme des Bettes aufzusuchen. Die Drei, die so zurückgeblieben waren, hatten sich nichts Liebes oder Zuvorkommendes zu sagen, keiner von uns würde auch nur einen Augenblick ausgeharrt haben, um den andern zu verpflichten, aber durch die Macht der Gewohnheit und da die Karten gerade verteilt waren, machten wir uns daran, die Partie zu Ende zu spielen. Ich muß bemerken, daß wir immer spät aufsaßen, und obgleich der alte Lord früher fortgegangen war, als es sonst seine Gewohnheit war, war Mitternacht bereits einige Zeit vorüber, und die Dienerschaft lag schon lange in den Betten. Auch das muß ich bemerken, daß der Junker, den ich niemals unter dem Einfluß des Alkohols gesehen, ziemlich viel getrunken hatte und vielleicht ein wenig angeregt war, obgleich er es nicht merken ließ.

Auf alle Fälle zeigte er jetzt einen seiner jähen Übergänge, und kaum hatte sich die Tür hinter dem Lord geschlossen, verließ er ohne die geringste Veränderung seiner Stimme den Faden der gewöhnlichen höflichen Unterhaltung und ging über zu einem Sturm der Beleidigungen.

„Mein lieber Henry, du mußt ausspielen“, hatte er gesagt, und nun fuhr er fort: „Es ist höchst sonderbar, daß du selbst bei einer so unbedeutenden Sache wie dem Kartenspiel deine Ungeschliffenheit zeigst. Du spielst, Jakob, wie ein Kohlbaron oder ein Seemann in einer Kneipe. Immer die gleiche Stumpfsinnigkeit, dieselbe kleinliche Habgier, *cette lenteur d'hébété qui me fait rager*; es ist sonderbar, daß ich einen solchen Bruder habe. Selbst Plattfuß besitzt eine gewisse Lebendigkeit, wenn sein Einsatz in Gefahr ist, aber die Langweiligkeit eines Spieles mit dir kann ich mit Worten wirklich nicht ausdrücken.“

Mr. Henry fuhr fort auf seine Karten zu blicken, als ob er das Spiel sehr ernsthaft überlege, aber seine Gedanken waren anderswo.

„Herrgott, kommst du nie zu Rande?“ rief der Junker, „ *Quel lourdeau*! Aber warum bemühe ich dich mit französischen Ausdrücken, die bei einem solchen Ignoranten in den Wind gesprochen sind? Ein *lourdeau*, mein lieber Bruder, ist, was wir einen Trottel, einen Hanswurst, einen Tölpel nennen würden, ein Bursche ohne Form, Geschliffenheit und Beweglichkeit, ohne jede Gabe zu gefallen, ohne jeden natürlichen Glanz, ein Kerl, den du dir ansehen kannst, falls es dir gefällt, wenn du in den Spiegel schaust. Ich sage dir diese Dinge zu deinem Nutzen, sei versichert, und außerdem, Plattfuß“ – er sah mich an und unterdrückte ein Gähnen –, „gehört es zu meiner Unterhaltung in diesem langweiligen Loch, Sie und Ihren Herrn im Feuer zu rösten wie Kastanien. Ihr Fall amüsiert mich, denn ich sehe, daß der Spitzname, so grob er ist, die Macht hat, daß Sie bei seiner Erwähnung sich wie ein Wurm krümmen.

Aber mit diesem werten Burschen hier habe ich manchmal mehr Last, denn er scheint über seinen Karten eingeschlafen zu sein. Siehst du nicht ein, wie gut die Namen, die ich dir gegeben habe, zu dir passen, teurer Henry? Ich will es dir beweisen. Zum Beispiel habe ich trotz aller guten Eigenschaften, die ich mit Freuden bei dir feststelle, niemals eine Frau gekannt, die nicht mich vorzog – und die, wie ich glaube“, fuhr er fort, und zwar mit verschlagenster Bedachtsamkeit, „wie ich glaube – nicht fortfuhr, mich vorzuziehen.“

Mr. Henry legte die Karten nieder. Er erhob sich sehr langsam und kam mir vor wie jemand, der in tiefen Gedanken ist.

„Du Feigling!“ sagte er leise wie zu sich selbst. Und dann schlug er den Junker gegen den Mund, ohne Hast und ohne besondere Heftigkeit.

Der Junker sprang wie verwandelt hoch, ich habe den Mann niemals so schön gesehen. „Ein Schlag!“ schrie er. „Selbst von Gott dem Allmächtigen lasse ich mich nicht schlagen!“

„Mäßige deine Stimme“, sagte Mr. Henry. „Oder willst du, daß mein Vater wieder für dich einspringt?“

„Meine Herren, meine Herren!“ rief ich und versuchte zwischen sie zu treten.

Der Junker faßte mich an der Schulter, hielt mich auf Armlänge fern und sprach weiter zu seinem Bruder: „Weißt du, was das heißt?“

„Es war die bewußteste Handlung meines Lebens“, sagte Mr. Henry.

„Dafür will ich Blut, ich will Blut dafür!“ rief der Junker.

„So wahr Gott will, es soll dir werden“, sagte Mr. Henry. Er schritt zur Wand und nahm ein Paar Säbel herunter, die dort blinkend mit anderen zusammen hingen. Er reichte sie dem Junker zur Auswahl, indem er sie bei den Spitzen hielt. „Mackellar soll Schiedsrichter sein“, sagte Mr. Henry, „ich halte das für sehr gut.“

„Du brauchst mich nicht mehr zu beleidigen“, sagte der Junker und nahm, ohne hinzusehen, einen der Säbel, „ich habe dich mein ganzes Leben lang gehaßt.“

„Mein Vater ist soeben erst schlafen gegangen“, sagte Mr. Henry, „wir müssen das Haus verlassen.“

„In dem langen Gehölz ist ein ausgezeichneter Platz“, sagte der Junker.

„Meine Herren“, warf ich ein, „es ist eine Schande für Sie beide: Söhne der gleichen Mutter, wollen Sie das Leben verletzen, das sie Ihnen gab?“

„So ist es, Mackellar“, sagte Mr. Henry mit der gleichen vollkommenen Ruhe seiner Haltung, die er während der ganzen Zeit bewiesen hatte.

„Ich werde es verhüten!“ antwortete ich.

Und hier nun ist ein Makel auf meinem Leben. Bei diesen Worten richtete der Junker sein Schwert gegen meine Brust, ich sah das Licht über den Stahl laufen, und ich warf beide Arme hoch und fiel vor ihm auf die Knie nieder. „Nein, nein!“ schrie ich wie ein kleines Kind.

„Wir werden weiter keine Mühe mit ihm haben“, sagte der Junker, „es ist gut, wenn man einen Feigling im Hause hat.“

„Wir müssen Licht haben“, sagte Mr. Henry, als ob es keine Unterbrechung gegeben hätte.

„Dieser Hasenfuß kann ein paar Kerzen holen“, sagte der Junker.

Zu meiner Schande sei es gestanden: ich war vom Blitzen des blanken Schwertes noch so geblendet, daß ich mich bereit fand, eine Laterne zu holen.

„Wir brauchen keine L-L-L-aterne“, sagte der Junker, indem er meiner spottete, „draußen ist kein Luftzug, kommt, vorwärts, nehmt ein paar Kerzen und geht voran, ich bin dicht hinterdrein mit diesem –“ und er ließ die Klinge blitzen, während er sprach.

Ich ergriff die Leuchter und ging vor ihm her, Schritte, die ich ungeschehen machen möchte durch Hergabe einer Hand. Aber ein Feigling ist im besten Falle ein Sklave, und selbst als ich ging, schlugen meine Zähne im Munde aufeinander. Es war, wie er gesagt hatte, kein Lufthauch regte sich, windfreier Frost hatte die Luft gefesselt, und als wir im Schein der Kerzen dahinschritten, lag die Finsternis wie ein Dach über unseren Köpfen. Kein Wort wurde gesprochen. Man hörte keinen Laut außer dem Knirschen der Fußtapfen auf dem hartgefrorenen Pfad. Die Kälte der Nacht stürzte über mich wie ein Eimer Wasser, ich zitterte vor Grauen, als ich weiterging, aber meine Begleiter, barhäuptig gleich mir, und soeben noch in der warmen Halle, schienen den Unterschied nicht einmal zu bemerken.

„Hier ist der Platz“, sagte der Junker, „setz die Kerzen nieder.“

Ich tat, wie er befahl, und sogleich richteten sich die Flammen auf und brannten gleichmäßig wie in einem Zimmer inmitten der froststarrenden Bäume, und ich sah, wie diese beiden Brüder ihre Stellung einnahmen.

„Das Licht blendet mich etwas“, sagte der Junker.

„Ich will dir jeden Vorteil geben“, antwortete Mr. Henry und wechselte seinen Stand, „denn ich glaube, du mußt bald sterben.“

*

Er sprach traurig, wie es schien, aber seine Stimme klang fest.

„Henry Durie“, sagte der Junker, „zwei Worte, bevor ich beginne. Du bist ein Fechter, du kannst ein Rapier führen, aber wie man ein Schwert hält, davon verstehst du wenig! Und deshalb weiß ich, daß du fallen wirst. Bedenke aber, wie gut meine Lage ist. Wenn du fällst, entfliehe ich aus diesem Lande dorthin, wo mein Geld jetzt schon ist. Falle ich jedoch, was willst du dann tun? Mein Vater, dein Weib – die mich liebt, wie du sehr wohl weißt –, selbst dein Kind, das mich dir vorzieht: wie werden sie alle mich rächen! Hast du dir das überlegt, teurer Henry?“ Er blickte seinen Bruder lächelnd an, und dann salutierte er wie auf dem Fechtboden.

Kein Wort sprach Mr. Henry, aber er salutierte auch, und die Säbel fielen gegeneinander.

Ich kann Fechten nicht beurteilen, und außerdem war mein Kopf benommen vor Kälte, Furcht und Schrecken, aber es schien, als ob Mr. Henry die Oberhand gewann in dem Kampf, indem er mit verhaltener und doch glühender Wut gegen den Feind eindrang. Er arbeitete sich näher und näher an den Mann heran, bis der Junker plötzlich leise stöhnend mit einem Fluch zurückwich, und ich glaube, daß diese Bewegung das Licht wieder gegen seine Augen warf. In der neuen Stellung gingen sie wieder aufeinander los, aber dichter, wie mir schien. Mr. Henry kämpfte noch wütender, der Junker verlor allmählich sein Selbstvertrauen. Denn es besteht kein Zweifel, daß er sich jetzt für verloren hielt und einen Vorgeschmack von Furcht und Todesangst empfand, sonst hätte er den faulen Hieb nie versucht. Ich will nicht behaupten, daß ich alles richtig verfolgen konnte, mein ungeübtes Auge war nie schnell genug, um Einzelheiten zu erfassen, aber es scheint mir, als habe er den Säbel seines Bruders mit der linken Hand ergriffen, eine unerlaubte Handlung. Mr. Henry rettete sich fraglos nur dadurch, daß er zur Seite sprang, und ebenso fraglos stürzte der Junker aufs Knie, als er in die Luft stieß, und bevor er sich aufrichten konnte, saß das Schwert in seinem Körper.

Ich stieß einen unterdrückten Schrei aus und rannte hinzu, aber der Körper war schon zu Boden gefallen, wo er sich eine Weile wie ein zertretener Wurm krümmte und dann regungslos liegenblieb.

„Betrachten Sie seine linke Hand“, sagte Mr. Henry.

„Sie ist ganz blutig“, sagte ich.

„Innen?“ fragte er.

„Sie ist innen zerschnitten“, antwortete ich.

„Das dachte ich mir“, sagte er und wandte mir den Rücken.

Ich öffnete den Rock des Mannes, das Herz stand ganz still, es regte sich nicht.

„Gott verzeihe uns, Mr. Henry!“ sagte ich, „er ist tot.“

„Tot?“ wiederholte er etwas blöde, und dann rief er mit erhobener Stimme: „Tot? Tot?“ Und plötzlich warf er sein blutiges Schwert zu Boden.

„Was sollen wir tun?“ fragte ich.

„Kommen Sie zu sich, es ist zu spät jetzt, Sie müssen zu sich kommen!“

Er wandte sich mir zu und starrte mich an. „Oh, Mackellar“, sagte er und vergrub sein Gesicht in die Hände.

Ich zupfte an seinem Rock. „Um Gottes willen, um unser aller willen, seien Sie mutiger!“ sagte ich. „Was sollen wir tun?“

Er zeigte mir sein Gesicht, das immer noch blöde vor sich hin starrte. „Tun?“ sagte er. Und während er die Augen voll auf den Leib des Bruders richtete, rief er: „Oh!“ und hob die Hand zu den Brauen, als ob er sich nicht erinnern könne. Dann drehte er sich um und rannte mit sonderbar taumelnden Schritten auf Durrisdeer zu.

Ich stand einen Augenblick verwirrt da, dann aber schien es mir, meine Pflicht sei ganz selbstverständlich auf seiten der Lebenden, und lief hinter ihm her, indem ich die Kerzen auf dem gefrorenen Boden zurückließ, wo der Körper in ihrem Licht unter den Bäumen lag. Aber so sehr ich auch rannte, er war zu weit voraus und schon im Haus und in der Halle, wo ich ihn vor dem Kamin stehen sah, das Gesicht wieder in den Händen, und wie er so dastand, zitterte er sichtlich.

„Mr. Henry, Mr. Henry“, sagte ich, „das wird uns alle zugrunde richten.“

„Was habe ich getan?“ rief er, und dann sagte er mit einem Ausdruck, den ich nie vergessen werde: „Wer soll es dem alten Lord sagen?“

Dies Wort traf mein Herz, aber für Weichmütigkeit war jetzt keine Zeit. Ich schenkte ihm ein Glas Brandy ein. „Trinken Sie, trinken Sie das, trinken Sie es hinunter.“ Ich zwang ihn wie ein Kind zum Trinken, und da ich von der Kälte der Nacht noch erschauerte, folgte ich seinem Beispiel.

„Es muß ihm gesagt werden, Mackellar“, sagte er, „es muß gesagt werden.“ Und er fiel plötzlich zurück in einen Sessel – in den Sessel meines alten Lords zur Seite des Kamins – und brach in heiße Tränen aus.

Verzweiflung bestürmte meine Seele, es wurde mir klar, daß ich von Mr. Henry keine Unterstützung zu erwarten hatte. „Nun gut“, sagte ich, „bleiben Sie hier sitzen und überlassen Sie alles mir.“ Ich nahm eine Kerze in die Hand und ging aus der Halle in das finstere Haus. Nichts regte sich, ich durfte vermuten, daß alles unbeachtet geblieben war, und ich überlegte mir, wie alles andere nun auch mit derselben Heimlichkeit erledigt werden müßte. Es war keine Zeit zu Bedenklichkeiten, ich öffnete die Tür der Dame des Hauses, ohne anzuklopfen, und trat kühn ein.

„Es ist ein Unglück geschehen“, schrie sie und richtete sich im Bett auf.

„Gnädige Frau“, sagte ich, „ich werde wieder auf den Gang hinaustreten, und Sie müssen sich so rasch wie möglich anziehen. Es muß viel geschehen.“

Sie stellte mir keine Fragen, noch hielt sie mich auf. Bevor ich Zeit hatte, mir meine Worte zu überlegen, stand sie auf der Schwelle und gab mir ein Zeichen, einzutreten.

„Gnädige Frau“, sagte ich, „wenn Sie nicht sehr tapfer sein können, muß ich mich anderswohin wenden, denn wenn mir heute nacht niemand hilft, bricht das Haus Durrisdeer zusammen.“

„Ich bin sehr mutig“, sagte sie, und sie sah mich mit einem Lächeln an, das sehr qualvoll war, aber auch sehr tapfer.

„Es ist zu einem Duell gekommen“, sagte ich.

„Ein Duell?“ wiederholte sie. „Ein Duell? Henry und –“

„Und der Junker“, antwortete ich. „Dinge haben sich angehäuft, Dinge, von denen Sie nichts wissen, die Sie nicht glauben würden, wenn ich sie Ihnen erzählte. Aber heute nacht ging es zu weit, und als er Sie beleidigte –“

„Halt!“ rief sie. „Er? Wer?“

„Oh! gnädige Frau“, rief ich, und meine Bitterkeit kam zum Durchbruch, „solche Frage richten Sie an mich? Dann muß ich mich wirklich anderswo nach Hilfe umsehen, hier finde ich keine!“

„Ich weiß nicht, wodurch ich Sie beleidigt habe“, sagte sie. „Verzeihen Sie mir, nehmen Sie diese Ungewißheit von mir.“

Aber ich wagte nicht, ihr jetzt schon alles zu erzählen, ich war ihrer nicht sicher, und in diesem Zweifel und im Gefühl der Ohnmacht, die er mit sich brachte, wandte ich mich dem armen Weibe fast mit Zorn zu.

„Gnädige Frau“, sagte ich, „wir reden von zwei Männern: der eine von ihnen beleidigte Sie, und Sie fragen mich, wer es war. Ich werde Ihnen helfen, die Antwort zu finden. Mit einem dieser Männer haben Sie alle Ihre Stunden verbracht: hat der andere Sie jemals getadelt? Dem einen gegenüber waren Sie immer liebenswürdig, dem andern gegenüber nicht immer, wie ich glaube, und so wahr Gott mich sieht und zwischen uns beiden richtet: hat seine Liebe Sie je verlassen? Heute nacht sagte der eine dieser beiden Männer in meiner Gegenwart – in der Gegenwart eines bezahlten Fremden – zu dem anderen, daß Sie ihn lieben. Bevor ich ein weiteres Wort sage, sollen Sie mir Ihre eigene Frage beantworten: Welcher von beiden war es? Nein, gnädige Frau, Sie sollen mir eine andere Frage beantworten: Wenn es zu diesem furchtbaren Ende gekommen ist, wessen Schuld ist es?“

Sie starrte mich verwirrt an. „Guter Gott!“ sagte sie dann, und es klang wie ein zäher Ausruf, und dann ein zweites Mal flüsternd zu sich selbst: „Großer Gott!

Im Namen der Barmherzigkeit, Mackellar, was ist geschehen?“ rief sie aus. „Ich bin gefaßt, ich kann alles hören.“

„Sie sind nicht bereit zu hören“, antwortete ich. „Was auch immer geschehen sein mag, Sie sollen zunächst sagen, daß es Ihre Schuld ist.“

„Oh!“ rief sie aus und rang die Hände. „Dieser Mann macht mich wahnsinnig! Können Sie mich nicht aus Ihren Gedanken ausschalten?“

„Ich denke durchaus nicht an Sie“, rief ich, „ich denke an niemand als an meinen teuren, unglücklichen Herrn.“

„Ah!“ schrie sie und führte die Hand ans Herz. „Ist Henry tot?“

„Sprechen Sie leiser“, sagte ich. „Der andere.“

Ich sah sie in sich zusammensinken wie einen Halm, der vom Winde niedergedrückt wird, und ich wandte mich ab und blickte zu Boden, ich weiß nicht, ob aus Feigheit oder Mitleid. „Es sind furchtbare Ereignisse“, sagte ich schließlich, als ihr Schweigen meine Furcht erregte. „Sie und ich müssen tapferer sein, wenn das Haus gerettet werden soll.“

Noch immer antwortete sie nicht. „Außerdem ist Miß Katharine noch da“, fügte ich hinzu, „und wenn wir die Angelegenheit nicht in Ordnung bringen, wird ihr Erbteil wahrscheinlich die Schande sein.“

Ich weiß nicht, ob der Gedanke an das Kind oder das nackte Wort Schande sie aus der Erstarrung befreite; jedenfalls hatte ich kaum geendet, als ein Laut über ihre Lippen kam, wie ich ihn zuvor nie gehört habe. Es war, als ob sie unter einem Hügel begraben läge und nun versuchte, die Last zu bewegen. Und im nächsten Augenblick fand sie ihre Stimme allmählich wieder.

„Es war ein Kampf?“ flüsterte sie. „Es war kein –?“ Und sie sprach das Wort nicht aus.

„Von der Seite meines Herrn war es ehrlicher Kampf“, sagte ich. „Was den andern betrifft, so wurde er erschlagen, als er gerade einen verächtlichen Streich versuchte.“

„Jetzt nicht!“ rief sie.

„Gnädige Frau“, sagte ich, „Haß gegen diesen Menschen glüht in meinem Herzen wie brennendes Feuer, auch jetzt noch, da er tot ist. Gott weiß, ich hätte den Kampf verhindert, wenn ich es gewagt hätte. Es ist meine Schande, daß ich es nicht tat. Aber als ich ihn fallen sah, hätte ich neben dem Mitleid für meinen Herrn nur einen Gedanken haben können: Freude über die Befreiung von diesem Menschen."

Ich weiß nicht, ob sie das verstand, aber ihre nächsten Worte waren: „Der alte Lord?"

„Das soll meine Aufgabe sein", sagte ich.

„Sie werden zu ihm nicht so reden wie zu mir?" fragte sie.

„Gnädige Frau", sagte ich, „gibt es sonst niemand, an den Sie denken müssen? Überlassen Sie den alten Lord mir."

„Sonst niemand?" wiederholte sie.

„Ihren Gatten", sagte ich. Sie blickte mich mit unenträtselbarer Miene an. „Wollen Sie ihn im Stich lassen?" fragte ich.

Noch immer schaute sie mich an, dann legte sie die Hand wieder aufs Herz. „Nein", sagte sie.

„Gott segne Sie für dies Wort", sagte ich. „Gehen Sie zu ihm, er sitzt in der Halle. Sprechen Sie zu ihm, es ist ganz gleich, was Sie sagen, geben Sie ihm die Hand, sagen Sie: ich weiß alles – und wenn Gott Ihnen genug Gnade gibt, sprechen Sie: verzeih mir!"

„Gott gebe Ihnen Kraft und mache Sie barmherzig", sagte sie. „Ich werde zu meinem Gatten gehen."

„Lassen Sie mich Ihnen leuchten", sagte ich und nahm die Kerze.

„Ich werde meinen Weg im Dunkeln finden", sagte sie mit einem Schauer, und ich glaube, sie erschauerte vor mir.

So trennten wir uns, sie ging nach unten, wo hinter der Tür der Halle ein kleines Licht glomm, und ich den Korridor entlang zum Zimmer des alten Lords. Es ist schwer zu erklären, aber ich konnte den alten Herrn nicht so überfallen wie die junge Frau, und ich mußte anklopfen, obgleich ich mich dagegen sträubte. Aber der Schlummer seiner alten Tage war leicht, oder vielleicht schlief er nicht. Beim ersten Klopfen rief er mich hinein.

Auch er richtete sich auf im Bett und sah sehr alt und blutlos aus. Besaß er, wenn er tagsüber angekleidet war, einen gewissen Adel der Erscheinung, so erschien er jetzt hinfällig und klein, und sein Gesicht war nicht größer als das eines Kindes, da er seine Perücke abgelegt hatte. Das schmerzte mich und nicht weniger der verstörte Blick seines Auges, als wenn er Unheil ahnte. Trotzdem war seine Stimme friedvoll, als er mich nach meinem Begehren fragte. Ich setzte meine Kerze auf einen Stuhl, lehnte mich an einen Bettpfosten und blickte ihn an.

„Lord Durrisdeer“, sagte ich, „es ist Ihnen hinreichend bekannt, daß ich Partei bin in Ihrer Familie.“

„Ich hoffe, keiner von uns ist parteilich“, sagte er. „Daß Sie meinen Sohn aufrichtig lieben, habe ich stets freudig wahrgenommen.“

„Oh, mein Lord, die Stunde solcher Höflichkeiten ist vorüber“, antwortete ich. „Wenn wir aus diesem Feuer etwas retten wollen, müssen wir den Tatsachen ins Auge schauen. Ich bin Partei, parteilich sind wir alle gewesen, und in meiner Parteilichkeit stehe ich mitten in der Nacht vor Ihnen, um Sie anzuflehen. Hören Sie mich an, bevor ich gehe, werde ich Ihnen sagen, warum.“

„Ich würde Sie stets anhören, Mr. Mackellar“, sagte er, „und zwar zu jeder Stunde, Tag und Nacht, denn ich wüßte stets, daß Sie einen Grund hätten. Einmal haben Sie sehr zweckdienlich gesprochen, ich habe das nicht vergessen.“

„Ich bin hier, um die Sache meines Gönners zu vertreten“, sagte ich. „Ich brauche Ihnen nicht zu sagen, wie er zu handeln pflegt. Sie wissen, wie seine Lage war. Sie wissen, mit welcher Großzügigkeit er stets Ihren andern – Ihren Wünschen begegnete“, verbesserte ich mich, da ich über das Wort „Sohn“ stolperte. „Sie wissen – Sie müssen es wissen, was er litt – was er wegen seiner Frau litt.“

„Mr. Mackellar!“ rief der Lord und richtete sich in seinem Bett wie ein Löwe mit gesträubter Mähne auf.

„Sie haben gesagt, daß Sie mich anhören wollen“, fuhr ich fort. „Was Sie nicht wissen, aber wissen sollen, eines der Dinge, von denen ich sprechen will, ist die Verfolgung, die er im geheimen ertragen mußte. Sie hatten Ihren Rücken kaum gewandt, als jemand, dessen Namen ich nicht zu nennen wage, mit rücksichtslosesten Beleidigungen über ihn herfiel. Er warf ihm – verzeihen Sie mir, mein Lord –, er warf ihm Ihre Parteilichkeit vor, nannte ihn Jakob, nannte ihn Trottel, verfolgte ihn mit beißendem Spott, den kein Mann ertragen hätte. Und sobald jemand erschien, wandelte er sich sofort, und mein Herr mußte dem Menschen zulächeln und höflich gegen ihn sein, der ihn soeben mit Beleidigungen überhäuft hatte. Ich weiß es, denn ich habe vieles gehört, und ich erkläre, daß dies Leben unerträglich war. Die ganzen Monate hat es angehalten, es begann mit der Landung dieses Menschen, mit dem Namen Jakob wurde mein Herr am ersten Abend begrüßt."

Der alte Lord machte eine Bewegung, als wolle er die Decken abwerfen und aufstehen. „Wenn das wahr wäre –", sagte er.

„Sehe ich aus wie ein Lügner?" unterbrach ich ihn und hielt ihn mit meiner Hand zurück.

„Sie hätten es mir sofort sagen sollen", sagte er.

„Ach, mein Lord, ja, ich hätte es tun sollen, und nun mögen Sie das Gesicht dieses ungetreuen Dieners hassen!" rief ich aus.

„Ich werde sofort Ordnung schaffen", sagte er, und wieder machte er eine Bewegung, als wolle er aufstehen.

Wieder hielt ich ihn zurück. „Ich habe es nicht getan", sagte ich. „Wollte Gott, ich hätte gesprochen! Alles das hat mein teurer, unglücklicher Gönner ohne Hilfe und Unterstützung ertragen. Ihre eigenen Worte, mein Lord, waren im besten Falle solche der Dankbarkeit. Ach, auch er war Ihr Sohn! Er hatte keinen anderen Vater. Draußen im Lande war er verhaßt, und Gott weiß, mit wieviel Ungerechtigkeit. Er führte eine lieblose Ehe. Nirgendwo fand er Liebe oder Hilfe – dies große, edelmütige, unglückliche, adlige Herz!"

„Ihre Tränen ehren Sie und beschämen mich", sagte der Lord, und er zitterte in seiner Gichtbrüchigkeit. „Aber Sie tun mir doch unrecht. Henry ist mir immer lieb gewesen, sehr lieb. James – ich leugne es nicht, Mr. Mackellar – James ist mir vielleicht lieber. Sie haben meinen James nicht in ganz günstigem Licht gesehen, er hat unter seinen Schicksalsschlägen gelitten, und wir wollen uns stets daran erinnern, wie heftig und unverdient sie waren. Und selbst jetzt ist er die liebenswürdigere Natur. Aber ich will nicht von ihm sprechen. Alles, was Sie von Henry sagen, ist durchaus richtig. Ich wundere mich nicht darüber, ich weiß, daß er sehr hochherzig ist, aber Sie werden sagen, daß ich seinen Charakter mißbrauchen ließ. Es ist möglich, es gibt gefährliche Tugenden, Tugenden, die den Gegner reizen. Mr. Mackellar, ich werde alles wieder gutmachen, ich werde alles das in Ordnung bringen. Ich bin nachsichtig gewesen, und, was schlimmer ist, ich bin unaufmerksam gewesen."

„Mein Lord, ich will nicht hören, daß Sie sich selbst Vorwürfe machen, denn ich habe noch vieles auf dem Herzen, was ich Ihnen sagen muß“, erwiderte ich. „Sie sind nicht nachsichtig gewesen, Sie sind von einem satanischen Heuchler hinters Licht geführt worden. Sie haben selbst festgestellt, wie er Sie mit der Vorspiegelung der Lebensgefahr täuschte. Er hat Sie während seines ganzen Lebens hintergangen. Ich möchte ihn aus ihrem Herzen reißen, ich möchte Ihnen die Augen öffnen über Ihren anderen Sohn, ach, dort haben Sie wirklich einen Sohn!“

„Nein, nein“, sagte er, „zwei Söhne, ich habe zwei Söhne.“

Ich machte eine Gebärde der Verzweiflung, die ihn überraschte. Er sah mich mit verändertem Gesicht an. „Ist mir noch viel Schlimmes verborgen?“ fragte er, und seine Stimme starb ab, wie sie sich zu Beginn der Frage gehoben hatte.

„Viel Schlimmes“, antwortete ich. „Heute nacht sprach er zu Mr. Henry diese Worte: ›Ich habe nie ein Weib gekannt, das mich nicht dir vorgezogen hätte und, so glaube ich, das nicht fortgefahren hätte mich vorzuziehen.‹“

„Ich wünsche nichts gegen meine Tochter zu hören“, rief der Lord, und aus der Raschheit, mit der er mich in dieser Beziehung unterbrach, schließe ich, daß sein Blick nicht so unachtsam war, wie ich geglaubt hatte, und daß er nicht ohne Sorge die Bedrängung von Mrs. Henry beobachtet hatte.

„Ich denke nicht daran, Sie zu tadeln“, rief ich aus. „Das ist es nicht. Diese Worte wurden in meiner Gegenwart zu Mr. Henry gesprochen, und wenn Sie sie noch nicht deutlich genug finden, hören Sie die anderen, die bald danach gesprochen wurden: ›Dein Weib, das in mich verliebt ist.‹“

„Sie haben sich gestritten?“ fragte er.

Ich nickte.

„Ich muß zu ihnen eilen“, sagte er und versuchte von neuem, das Bett zu verlassen.

„Nein, nein!“ rief ich und streckte meine Hände aus.

„Sie verstehen das nicht“, sagte er, „das sind gefährliche Worte.“

„Können Sie denn nicht verstehen, mein Lord?“ sagte ich. Seine Augen flehten mich um Wahrheit an.

Ich warf mich neben dem Bett auf die Knie nieder. „Oh, mein Lord“, rief ich, „denken Sie an ihn, der Ihnen geblieben ist, denken Sie an diesen armen Sünder, den Sie zeugten, den Ihr Weib Ihnen gebar, den wir alle nicht so unterstützt haben, wie wir sollten! Denken Sie an ihn, nicht an sich selbst, denken Sie an seine Qualen, an ihn! Das Tor des Leidens ist das Tor Christi, Gottes Tor: ach! es steht offen. Denken Sie an ihn, wie er an Sie gedacht hat. Seine Worte waren: Wer soll es dem alten Herrn sagen? Deshalb bin ich zu Ihnen gekommen, deshalb liege ich zu Ihren Füßen und flehe Sie an.“

„Ich will aufstehen!“ rief er, drängte mich zur Seite und war vor mir auf den Beinen. Seine Stimme flatterte wie ein Segel im Winde, aber er sprach deutlich und laut; sein Gesicht war weiß wie Schnee, aber seine Augen waren ruhig und trocken. „Hier wird zuviel geredet“, sagte er. „Wo ist es geschehen?“

„Im Gehölz“, sagte ich.

„Und Mr. Henry?“ fragte er.

Als ich ihm alles erzählte, legte er sein altes Gesicht nachdenklich in Falten.

„Und Mr. James?“ sagte er.

„Ich habe ihn neben den Kerzen liegen lassen“, sagte ich.

„Kerzen?“ rief er aus. Und damit rannte er zum Fenster, öffnete es und schaute hinaus. „Man könnte alles vom Wege aus sehen.“

„Dort geht zu dieser Stunde niemand vorüber“, warf ich ein.

„Das tut nichts“, sagte er, „es könnte sein. Hören Sie!“ rief er aus. „Was ist das?“

Es war das Geräusch von Leuten, die sehr vorsichtig in der Bucht ruderten, und ich sagte es ihm.

„Die Schmuggler“, sagte der Lord. „Laufen Sie sogleich, Mackellar, und löschen Sie diese Kerzen aus. Ich will mich inzwischen anziehen, und wenn Sie zurückkommen, wollen wir überlegen, was das klügste ist.“

Ich tastete mich die Treppe hinunter und zur Tür hinaus. Von weither war ein Lichtschein sichtbar, der helle Flecke im Gehölz verbreitete. In einer so finsteren Nacht hätte man ihn meilenweit sehen können, und ich tadelte mich bitter wegen meiner Unvorsichtigkeit. Um wieviel schärfer aber, als ich den Platz erreichte! Einer der Leuchter war umgeworfen und das Licht erloschen. Das andere brannte ruhig weiter und ließ einen breiten Lichtschein auf den gefrorenen Boden fallen. In diesem Umkreis erschien alles durch die Kraft des Kontrastes und die Finsternis ringsumher heller als bei Tageslicht. In der Mitte war die Blutlache, und ein wenig weiter lag das Schwert Mr. Henrys, dessen Knauf aus Silber war; aber vom Körper keine Spur. Mein Herz hämmerte gegen die Rippen, das Haar stand mir zu Berge, so grauenhaft war die Furcht, die in mir erwachte. Ich schaute nach rechts und links, doch der Boden war so hart, daß er keine Spuren trug. Ich stand und lauschte, bis meine Ohren schmerzten, aber die Nacht ringsumher war so hohl wie eine leere Kirche. Am Strande hörte man nicht einmal ein Plätschern, es schien, als könne man eine Nadel im weiten Lande fallen hören.

Ich löschte die Kerze aus, und die Finsternis überfiel mich tiefschwarz; es war mir, als ob eine Menschenmenge mich umzingelte, und ich ging, das Kinn auf der Schulter, zum Hause Durrisdeer zurück; und während ich dahineilte, überfielen mich feige Vermutungen. Aus der Tür trat mir eine Person entgegen, und ich hätte fast vor Entsetzen aufgeschrien, bevor ich Mrs. Henry erkannte.

„Haben Sie es ihm erzählt?“ fragte sie.

„Er hat mich hingeschickt“, sagte ich. „Er ist verschwunden. Aber warum sind Sie hier?“

„Er ist verschwunden?“ wiederholte sie. „Wer ist verschwunden?“

„Der Körper“, antwortete ich. „Warum sind Sie nicht bei Ihrem Gatten?“

„Verschwunden?“ fragte sie. „Sie müssen nicht gut nachgeschaut haben. Kommen Sie mit mir zurück.“

„Es ist kein Licht mehr da“, sagte ich, „ich wage es nicht.“

„Ich kann im Dunkeln sehen. Ich habe hier so lange gestanden, so lange“, sagte sie. „Kommen Sie, geben Sie mir Ihre Hand.“

Wir kehrten zu dem Gehölz Hand in Hand zurück und suchten den Unglücksplatz.

„Achten Sie auf das Blut“, sagte ich.

„Blut?“ rief sie aus und wich plötzlich zurück.

„Ich glaube, es ist Blut“, antwortete ich. „Ich bin wie ein Blinder.“

„Nein“, sagte sie, „nichts! Haben Sie nicht geträumt?“

„Ach, wollte Gott, ich hätte geträumt!“ rief ich aus.

Sie erblickte das Schwert, hob es auf und ließ es, als sie das Blut sah, mit weit auseinander strebenden Händen wieder fallen.

„Oh!“ rief sie. Und dann nahm sie es mit neuem Mut zum zweitenmal auf und stieß es bis zum Heft in den gefrorenen Boden. „Ich will es mit zurücknehmen und gut säubern“, sagte sie, und dabei blickte sie sich nach allen Seiten um. „Ist es möglich, daß er nicht tot ist?“ fügte sie hinzu.

„Sein Herz stand still“, sagte ich, und dann erinnerte ich mich und fuhr fort: „Warum sind Sie nicht bei Ihrem Gatten?“

„Es hat keinen Zweck“, sagte sie, „er will nicht mit mir sprechen.“

„Nicht mit Ihnen sprechen?“ wiederholte ich. „Ach, Sie haben es nicht versucht.“

„Sie haben recht, wenn Sie an mir zweifeln“, antwortete sie mit sanfter Würde.

Zum ersten Male ergriff mich jetzt Mitleid mit ihr. „Gott weiß, gnädige Frau“, rief ich aus, „Gott weiß, daß ich nicht so hart bin, wie ich erscheine. Wer kann in dieser grauenhaften Nacht seine Worte abwägen? Aber ich bin der Freund aller, die nicht zu den Feinden Henry Duries gehören.“

„Es ist also hart, wenn Sie seinem Weibe gegenüber zögern“, sagte sie.

Ich sah plötzlich, als wenn ein Schleier sich höbe, wie tapfer sie dies widernatürliche Unheil getragen und wie edelmütig sie meine Vorwürfe entgegengenommen hatte.

„Wir müssen zurückgehen und alles dem alten Lord erzählen“, sagte ich.

„Ihm kann ich nicht gegenübertreten“, rief sie aus.

„Sie werden feststellen, daß er am wenigsten von uns allen erregt ist“, sagte ich.

„Und doch kann ich ihm nicht gegenübertreten“, antwortete sie.

„Nun gut“, sagte ich, „Sie können zu Mr. Henry zurückgehen, ich werde den Lord aufsuchen.“

Als wir zurückwanderten, ich mit den Leuchtern und sie das Schwert in der Hand – eine eigenartige Bürde für diese Frau –, hatte sie einen anderen Gedanken. „Sollen wir Henry alles erzählen?“ fragte sie.

„Der Lord soll darüber entscheiden“, erwiderte ich.

Der Lord war nahezu fertig angezogen, als ich sein Zimmer betrat. Er hörte mich stirnrunzelnd an. „Die Schmuggler", sagte er. „Aber lebend oder tot?"

„Ich hielt ihn für –", sagte ich und machte eine Pause, da ich mich vor dem Worte scheute.

„Ich weiß es, aber es ist sehr wohl möglich, daß Sie sich getäuscht haben. Warum sollten sie ihn fortschaffen, wenn er nicht lebte?" fragte er. „Oh! hier ist ein weites Tor der Hoffnung. Man muß die Nachricht verbreiten, daß er, genau wie er kam, ohne jede Verständigung fortgereist ist. Wir müssen allen Skandal vermeiden."

Ich bemerkte, daß er, wie wir alle, hauptsächlich an das Haus dachte. Jetzt, da alle lebenden Familienmitglieder in tiefsten Schmerz gestürzt waren, war es sonderbar, wie wir uns diesen abstrakten Vorstellungen von der Familie zuwandten und das in der Luft schwebende Nichts ihres Rufes zu stützen trachteten – nicht nur die Duries selbst, sondern auch der bezahlte Angestellte.

„Sollen wir es Mr. Henry erzählen?" fragte ich ihn.

„Ich werde sehen", sagte er, „ich werde zunächst ihn aufsuchen und dann mit Ihnen das Gehölz besichtigen, um alles zu überlegen."

Wir gingen hinunter in die Halle. Mr. Henry saß am Tisch, den Kopf auf die Hand gelegt wie ein Mann von Stein. Seine Frau stand ein wenig hinter ihm, ihre Hand am Mund. Offenbar konnte sie ihn nicht wecken. Der alte Lord ging mit festen Schritten auf seinen Sohn zu, er war sehr gefaßt, aber, wie mir schien, ein wenig kaltherzig. Als er vor ihm stand, streckte er beide Hände aus und sagte: „Mein Sohn!"

Mit einem gebrochenen, heiseren Schrei sprang Mr. Henry auf und fiel seinem Vater jammernd und weinend um den Hals, der bemitleidenswerteste Anblick, den jemals ein Mensch erlebte. „Ach, Vater!" rief er aus. „Du weißt, daß ich ihn liebte; du weißt, daß ich ihn früher liebte; ich hätte für ihn sterben können – du weißt es! Ich hätte mein Leben für ihn und dich hingeben können. Ach! sag, daß du es weißt. Ach! sag, daß du mir verzeihen kannst. Ach! Vater, Vater, was habe ich getan, was habe ich getan? Einst haben wir als Kinder miteinander gespielt!" Er weinte und seufzte, streichelte den alten Mann und umarmte seine Schultern mit der Leidenschaft eines erschrockenen Kindes.

Und dann erblickte er plötzlich sein Weib, als wäre es das erstemal, wie sie weinend dastand und ihn anhörte, und im nächsten Augenblick lag er zu ihren Füßen.

„Und du, mein Mädel", rief er aus, „auch du mußt mir verzeihen! Nicht dein Gatte bin ich gewesen, sondern nur der Ruin deines Lebens. Du kanntest mich, als ich ein Junge war, damals war Henry Durie ohne Falsch, er wollte dein Freund sein. Hier bin ich, der alte Spielkamerad, ach, ach, kannst du mir nie, nie verzeihen?"

Währenddessen schien der alte Lord wie ein kalter, liebenswürdiger Zuschauer, der alle Sinne beieinander hat.

Beim ersten Aufschrei, der in der Tat genügt hätte, das ganze Haus um uns zu versammeln, hatte er mir über die Schulter weg gesagt: „Schließen Sie die Tür!" Und jetzt nickte er vor sich hin.

„Wir können ihn nun seiner Frau überlassen", sagte er. „Bringen Sie ein Licht, Mr. Mackellar."

Als ich mit dem alten Lord nun wieder hinausschritt, bemerkte ich eine sonderbare Erscheinung, denn obgleich es ganz dunkel und die Nacht noch nicht zu Ende war, glaubte ich den Morgen zu riechen. Gleichzeitig erhob sich ein Rauschen in den Zweigen der immergrünen Sträucher, so daß sie raunten wie eine leicht bewegte See.

Die Luft wehte in Abständen gegen unser Gesicht, und die Flamme der Kerze flackerte. Ich glaube, wir beeilten uns, weil wir von diesem Geräusch umgeben waren. Wir suchten den Duellplatz auf, wo der Lord mit stoischer Ruhe das Blut betrachtete, traten dann näher an den Landungsplatz heran und entdeckten schließlich einige Anzeichen der Wahrheit. Denn erstens war das Eis dort, wo ein kleiner Graben den Weg querte, offenbar unter dem Gewicht mehrerer Männer eingebrochen; dann, ein wenig weiter, war ein junger Zweig geknickt, und unten am Landungsplatz, wo die Boote der Händler gewöhnlich an Land gezogen wurden, bezeichnete ein frischer Blutfleck den Platz, wo der Körper ohne Zweifel niedergelegt worden war, damit die Träger sich ausruhen konnten.

Wir machten uns daran, diesen Blutfleck mit Seewasser, das wir im Hut des Lords herbeitrugen, fortzuwaschen, und als wir damit beschäftigt waren, erhob sich plötzlich ein stöhnender Windstoß, der uns sofort in Finsternis hüllte.

„Es wird Schnee fallen“, sagte der Lord, „und das ist das beste, was wir erhoffen können. Lassen Sie uns jetzt zurückkehren, wir können im Dunkeln nichts weiter unternehmen.“

Als wir dem Haus zuschritten, hatte sich der Wind wieder gelegt, und wir hörten über uns in der Nacht ein starkes plätscherndes Geräusch. Sobald wir den Schutz der Bäume verließen, stellten wir fest, daß es stark regnete.

Während der ganzen Zeit hatte der Lord zu meinem Erstaunen die Klarheit seines Geistes nicht minder bewahrt als die Lebendigkeit seines Körpers. Dem allem setzte er die Krone auf während der Beratung, die wir nach unserer Rückkehr abhielten. Die Schmuggler hatten den Junker zweifellos mit sich genommen, während wir noch Vermutungen ausgeliefert waren, ob er tot oder lebendig war. Der Regen mußte lange vor Tagesanbruch alle Spuren verwischen, und daraus wollten wir Vorteil ziehen. Der Junker war unerwartet nach Einbruch der Nacht erschienen: man mußte nun verbreiten, daß er ebenso unvermittelt vor Tagesanbruch abgereist sei, und um das glaubhaft zu machen, blieb mir nichts weiter übrig, als in das Schlafzimmer des jungen Mannes hinaufzusteigen und sein Gepäck zusammenzuschnüren und zu verbergen. Allerdings waren wir angewiesen auf das Stillschweigen der Schmuggler, aber das war eine unabwendbare Schwäche unserer Situation.

Ich hörte dem Lord, wie ich schon sagte, mit Bewunderung zu, und beeilte mich zu gehorchen. Mr. und Mrs. Henry hatten die Halle verlassen, der Lord eilte um der Wärme willen zu seinem Bett zurück, unter der Dienerschaft war noch immer keine Bewegung, und als ich die Turmstufen hinaufging und das Zimmer des toten Mannes betrat, lag auf meiner Seele der Schrecken der Einsamkeit. Zu meinem höchsten Erstaunen war alles in Unordnung wie vor einer Abreise. Von den drei Koffern waren zwei bereits verschlossen; der dritte lag offen und fast voll da. Sofort tauchte in mir ein Verdacht auf. Der Mensch wollte also wirklich fortreisen, er hatte nur auf Crail gewartet, wie Crail auf Wind. Gegen Abend hatten die Seeleute einen Wetterumschlag bemerkt, das Boot war gekommen, um diese Wetteränderung zu melden und den Passagier an Bord zu rufen, und die Mannschaft des Bootes war über den Körper gestolpert, der dort in seinem Blute lag. Und noch mehr steckte dahinter. Diese wohlvorbereitete Abreise warf einiges Licht auf die sonst unbegreifliche Beleidigung, die er in der letzten Nacht ausgestoßen hatte: es war ein Abschiedsschuß, der Haß brauchte durch Überlegungen nicht mehr eingedämmt zu werden. Und was die Natur dieser Beleidigung und das

Benehmen von Mrs. Henry betraf, so deutete alles auf eine Schlußfolgerung, deren Richtigkeit ich nicht feststellen konnte und auch bis zum Jüngsten Gericht nicht feststellen kann: die Schlußfolgerung, daß er sich schließlich vergessen hatte, in seinen Annäherungen zu weit gegangen und zurückgewiesen war. Die Wahrheit dieser Vermutung kann nicht erwiesen werden, wie ich sagte, aber als ich an jenem Morgen angesichts der Gepäckstücke darüber nachdachte, war mir dieser Gedanke süß wie Honig.

In den offenen Koffer griff ich ein wenig hinein, bevor ich ihn schloß. Ich bemerkte mit sehr gemischten Gefühlen die schönsten Spitzen und Tücher, viele Anzüge aus feinen und einfachen Stoffen, in denen er zu erscheinen beliebte, einige Bücher, und zwar vorzügliche, Cäsars Denkwürdigkeiten, einen Band von Hobbes, die Henriade von Voltaire, ein Buch über Indien und eins über Mathematik, das weit über meine eigenen Kenntnisse hinausging. Aber in diesem offenen Koffer fanden sich keinerlei Schriften. Das machte mich nachdenklich. Es war möglich, daß dieser Mensch tot war, aber nicht wahrscheinlich, da die Händler ihn fortgeschafft hatten. Es war möglich, daß er noch an seiner Verwundung starb, aber es war auch denkbar, daß er weiter lebte. Und für diesen Fall war ich entschlossen, Verteidigungsmaterial zu sammeln.

Ich trug seine Koffer einen nach dem anderen in eine Dachkammer ganz oben im Hause, die wir geschlossen hielten. Dann ging ich auf mein Zimmer, um die Schlüssel zu holen, und als ich zur Dachkammer zurückkehrte, hatte ich die Genugtuung, daß zwei recht gut paßten. In einem der Koffer war eine Briefkassette aus Chagrinleder, die ich mit meinem Taschenmesser aufschnitt, und von jetzt an – soweit man es übersehen konnte – war der Mensch mir ausgeliefert. Es fanden sich hier eine große Anzahl galanter Briefe, hauptsächlich aus seinen Pariser Tagen, und, was wichtiger war, hier waren die Abschriften seiner eigenen Berichte an den englischen Staatssekretär und die Originalantworten des Staatssekretärs: eine durchaus vernichtende Sammlung, deren Veröffentlichung die Ehre des Junkers zugrunde richten und einen Preis für seinen Kopf herausfordern mußte.

Ich kicherte in mich hinein, als ich die Dokumente überflog, ich rieb mir die Hände und sang in meinem Entzücken mit lauter Stimme. Das Tageslicht fand mich noch immer bei dieser angenehmen Beschäftigung, und auch dann ließ mein Eifer nicht nach, nur trat ich einmal ans Fenster, blickte einen Augenblick hinaus und sah, daß der Frost verschwunden war. Die Welt war wieder schwarz, Wind und Regen jagten über die Bucht, und ich versicherte mich, daß der Kutter seinen Ankerplatz verlassen hatte und der Junker jetzt tot oder lebendig auf der Irischen See schaukelte.

An dieser Stelle ist es angebracht, das wenige mitzuteilen, was ich nachträglich über die Ereignisse jener Nacht noch herausgefunden habe. Es nahm eine lange Zeit in Anspruch, alles zu sammeln, denn wir fürchteten uns, öffentlich nachzufragen, und die Schmuggler betrachteten mich mit Feindseligkeit, wenn nicht mit Rachegefühlen. Erst nach sechs Monaten wußten wir genau, daß der Mensch noch lebte, und erst Jahre später erfuhr ich von einem der Leute Crails, der sich mit seinem Verbrecherlohn ein Wirtshaus gekauft hatte, einige Einzelheiten, die mir nach Wahrheit zu riechen schienen. Es scheint, daß die Schmuggler den Junker auffanden, als er sich mühsam auf einen Ellbogen aufgerichtet hatte und wie ein Irrer bald um sich starrte, bald die Kerze oder seine blutüberströmte Hand anschaute. Als sie herankamen, scheint er die Besinnung wieder erlangt zu haben. Er bat sie, ihn an Bord zu tragen und den Mund zu halten. Als der Kapitän fragte, wie er in diese mißliche Lage gekommen sei, brach er in wütende Flüche aus und fiel gleich darauf in Ohnmacht. Sie hielten eine Beratung ab, aber da sie in allernächster Zeit Wind erwarteten und hoch dafür bezahlt wurden, falls sie ihn nach Frankreich durchschmuggelten, wollten sie die Abreise nicht verzögern. Außerdem war er bei diesen verächtlichen Kreaturen ziemlich beliebt. Sie waren der Meinung, er sei zum Tode verurteilt und wußten nicht, welch unglücklichen Umständen er seine Wunde verdankte, und so hielten sie es für eine gute Tat, ihn aus der Gefahrenzone herauszuschaffen. Er wurde an Bord getragen, erholte sich auf der Überfahrt und wurde in Havre de Grace als Rekonvaleszent ans Land gesetzt. Wirklich bemerkenswert ist es, daß er zu keinem ein Wort äußerte über das Duell, und bis heute weiß keiner der Händler, in welchem Streit und durch wessen Hand er fiel. Bei jedem anderen Menschen würde ich das dem natürlichen Schamgefühl zuschreiben, bei ihm jedoch dem Stolz. Er konnte es nicht ertragen zuzugestehen, vielleicht nicht einmal sich selbst, daß er niedergeschlagen worden war von jemand, den er so schwer beleidigt und so grausam verachtet hatte.

Sechstes Kapitel

Bericht über die Ereignisse während der zweiten Abwesenheit des Junkers

Von der heftigen Erkrankung, die sich am nächsten Morgen bemerkbar machte, kann ich mit Gleichmut reden, da es der letzte ungemischte Schmerz war, der meinen Herrn befiel. Vielleicht war sie in Wirklichkeit eine Gnade, denn welche körperlichen Schmerzen konnten den Qualen seiner Seele gleichkommen? Mrs. Henry und ich wachten an seinem Bett. Der alte Lord bat von Zeit zu Zeit um Benachrichtigung, aber überschritt im allgemeinen nicht die Schwelle. Einmal, so erinnere ich mich, als alle Hoffnung beinahe geschwunden war, trat er ans Bett, blickte eine Weile in das Antlitz seines Sohnes und wandte sich ab mit einer einzigartigen Bewegung des Kopfes, die Hand nach oben geworfen, die wie etwas Tragisches in meinem Gedächtnis geblieben ist: so viel Schmerz und so viel Verachtung der Dinge dieser Erde drückte sie aus. Aber die meiste Zeit hatten Mrs. Henry und ich das Zimmer für uns allein, indem wir uns nachts abwechselten und tags einander Gesellschaft leisteten, denn die Wachen waren sehr langweilig. Mr. Henry trug den geschorenen Kopf in einem Handtuch, warf sich ununterbrochen hin und her und schlug mit den Händen auf die Bettdecke. Seine Zunge stand niemals still, seine Stimme floß ununterbrochen wie ein Strom, so daß mein Herz ihres Klanges sehr überdrüssig war. Es war bemerkenswert und für mich unbeschreiblich qualvoll, daß er immer nur von Dingen sprach, die keinerlei Wichtigkeit besaßen: von Ankunft und Abreise, von Pferden, die er stets zu satteln befahl, weil er wohl glaubte – die arme Seele –, er könne seinem Elend entwischen; von Gärtnereiangelegenheiten, von Lachsnetzen und – was anzuhören mich besonders zornig machte – fortgesetzt von seinen Geschäften, indem er Ziffern nannte und sich mit den Pächtern herumstritt. Niemals ein Wort von seinem Vater oder seinem Weib, geschweige denn von dem Junker. Nur ein oder zwei Tage weilte sein Geist ganz in der Vergangenheit, und er glaubte sich wieder Knabe bei unschuldigen Kinderspielen mit seinem Bruder. Das war um so erregender, als es schien, der Junker schwebe in Lebensgefahr, denn er schrie auf: „Oh! Jamie ertrinkt – oh, rettet Jamie!", was er mit großer Leidenschaft mehrmals wiederholte.

Das war, wie ich sagte, sowohl für Mrs. Henry als für mich erregend, aber im großen ganzen waren die Phantasien meines Herrn seinem Charakter nicht entsprechend. Es schien, als habe er die Absicht, die Verleumdungen seines Bruders zu rechtfertigen und zu beweisen, daß er ein Mann von trockener Natur sei, der darauf ausgehe, Geld zu machen. Wäre ich allein gewesen, hätte mich das nicht gerührt, aber immer, wenn ich lauschte, berechnete ich die Wirkung auf die Gattin des Mannes und sagte mir, daß er täglich in ihrer Achtung sinken müsse. Ich war der einzige Mensch auf Erden, der ihn verstand, und ich wollte es erzwingen, daß noch ein zweiter vorhanden war. Ob er nun sterben mußte und seine guten Eigenschaften mit ihm untergingen, oder ob er gerettet wurde und sein Gedächtnis, das Erbe seiner Qualen, wiedererlangte: ich wollte, daß er im ersten Fall von Herzen betrauert und im zweiten unumwunden willkommen geheißen wurde von dem Menschen, den er am meisten liebte, nämlich von seinem Weibe.

Da ich keine Gelegenheit zur freien Aussprache fand, entschloß ich mich endlich zu einer Art dokumentarischer Beweisführung. Ich benutzte einige Nächte, als ich keine Wache hatte und schlafen sollte, zur Vorbereitung dessen, was ich meine Abrechnung nennen möchte. Aber das war, wie ich herausfand, der leichteste Teil meiner Arbeit, und der Rest, nämlich die Überreichung an die Herrin des Hauses, ging beinahe über meine Kraft. Mehrere Tage ging ich umher, meine Papiere unter dem Arm, und suchte nach einer Wendung des Gesprächs, die mir als Überleitung dienen konnte. Ich will nicht leugnen, daß sich manchmal eine günstige Gelegenheit bot, aber dann klebte meine Zunge am Gaumen, und ich glaube, daß ich mein Paket bis auf den heutigen Tag tragen würde, wenn nicht ein glücklicher Umstand mich von meinem Zögern befreit hätte.

Es war eines Nachts, als ich wieder unverrichteter Sache und verzweifelt über meine eigene Feigheit das Zimmer verlassen wollte.

„Was tragen Sie dort mit sich herum, Mr. Mackellar?“ fragte sie. „Ich sehe Sie in den letzten Tagen immer mit dem gleichen Armvoll Papiere aus und ein gehen.“

Ich wandte mich ohne ein Wort um, legte die Papiere auf den Tisch vor ihr nieder und ließ sie allein, damit sie alles läse. Was es war, davon will ich nun eine knappe Vorstellung geben, und das beste wird sein, ich schreibe den Brief ab, den ich meiner Abrechnung vorausschickte, und von dem ich nach meiner ausgezeichneten Gewohnheit den Entwurf aufbewahrt habe. Er wird auch meine Mäßigung in dieser Angelegenheit beweisen, die von manchen unverantwortlicherweise in Frage gezogen wurde.

*

Durrisdeer 1757

„Sehr geehrte gnädige Frau!

Ich bin gewiß, daß ich nicht ohne besondere Veranlassung die Grenzen, die meine Stellung mir vorschreibt, überschreiten würde, aber ich sehe, daß durch den unglücklichen und nie genannten Fehler der Verschwiegenheit in der vergangenen Zeit sehr viel Unglück über alle Mitglieder Ihres edlen Hauses gekommen ist. Die Schriftstücke, die ich mir erlaube, Ihrer Beachtung zu empfehlen, sind Familiendokumente und alle im höchsten Ausmaß Ihrer Aufmerksamkeit wert.

Ich füge eine Tabelle mit einigen notwendigen Anmerkungen bei und verbleibe, sehr geehrte gnädige Frau, Ihr ergebenster und gehorsamster Diener

Ephraim Mackellar."

*

Verzeichnis der Schriftstücke:

A. Entwurf von zehn Briefen, gerichtet von Ephraim Mackellar an den hochwohlgeborenen Herrn James Durie, höflicherweise Junker von Ballantrae geheißen, während seines Aufenthaltes in Paris, nach Daten geordnet. (Es folgen die Daten.) Anmerkung: In Verbindung mit *B* und *C* zu lesen.

B. Sieben Originalbriefe des genannten Junkers von Ballantrae an den genannten E. Mackellar, nach Daten geordnet. (Es folgen die Daten.)

C. Drei Originalbriefe des genannten Junkers von Ballantrae an den hochwohlgeborenen Herrn Henry Durie, nach Daten geordnet. (Es folgen die Daten.) Anmerkung: Mir zur Beantwortung übergeben von Mr. Henry, Abschriften meiner Antworten unter *A4*, *A5* und *A9* dieser Mappe. Der Inhalt der Briefe Mr. Henrys, von denen ich keine Entwürfe finden kann, mag aus den Antworten seines unnatürlichen Bruders entnommen werden.

D. Eine Korrespondenz, im Original und in Abschriften, die sich über drei Jahre bis zum Januar des laufenden Jahres erstreckt, zwischen dem genannten Junker von Ballantrae und ..., Unterstaatssekretär. Siebenundzwanzig im ganzen. Anmerkung: Unter des Junkers Papieren aufgefunden.

*

Obgleich ich durch Nachtwachen und Seelenqualen erschöpft war, war es mir unmöglich, Schlaf zu finden. Die ganze Nacht wanderte ich in meinem Zimmer auf und ab, sann nach, was der Erfolg sein werde, und bedauerte manchmal die Verwegenheit meiner Einmischung in diese privaten Angelegenheiten. Beim ersten Morgengrauen war ich an der Tür des Krankenzimmers. Mrs. Henry hatte die Fensterläden und auch das Fenster aufgeworfen, denn die Temperatur war milde. Sie blickte unentwegt hinaus, aber es war nichts zu sehen als das Blau des Morgens, das zwischen den Bäumen herauskroch. Beim Geräusch meiner Schritte wandte sie mir nicht einmal das Gesicht zu, ein Umstand, aus dem ich viel Schlimmes schloß.

„Gnädige Frau“, begann ich, und dann wieder: „Gnädige Frau“, aber weiter gelangte ich nicht. Auch kam mir Mrs. Henry mit keinem Wort zu Hilfe. Nun begann ich die Papiere zusammenzunehmen, die auf dem Tisch verstreut lagen, und sofort bemerkte ich, daß sie zusammengeschmolzen waren. Ich überflog sie ein- und zweimal, aber nirgend war die Korrespondenz mit dem Staatssekretär, auf die ich für die Zukunft so stark gerechnet hatte, aufzufinden. Ich blickte in den Kamin: zwischen der glühenden Asche flatterten schwarze Fetzen im Luftzug, und nun verflog meine Zaghaftigkeit.

„Großer Gott, gnädige Frau!“ rief ich, mit einer Stimme, die sich für ein Krankenzimmer nicht schickte, „großer Gott, gnädige Frau, was haben Sie mit den Papieren angestellt?“

„Ich habe sie verbrannt“, sagte Mrs. Henry und wandte sich um. „Es ist genug, es ist übergenug, daß Sie und ich sie gesehen haben.“

„Eine nette Arbeit, die Sie in dieser Nacht verrichtet haben!“ rief ich aus. „Und alles, um den Ruf eines Mannes zu schützen, der sein Brot verzehrte, wenn er das Blut seiner Kameraden vergoß, wie ich esse, wenn ich Tinte vergieße.“

„Um den Ruf der Familie zu schützen, deren Diener Sie sind, Mr. Mackellar“, entgegnete sie, „und für die Sie stets so viel getan haben.“

„Eine Familie“, rief ich aus, „der ich nicht länger dienen will, denn man treibt mich zur Verzweiflung. Sie haben mir das Schwert aus den Händen geschlagen, Sie haben uns alle der Verteidigung beraubt. Diese Briefe hätte ich stets über seinem Haupte schütteln können, und nun – was soll jetzt geschehen? Unsere Lage ist so schief, daß wir nicht wagen dürfen, diesem Menschen die Tür zu weisen, das Land ringsum würde sich aufbäumen gegen uns! Diese einzige Waffe besaß ich gegen ihn, und nun ist sie verloren, nun kann er morgen zurückkehren, und wir müssen alle mit ihm bei Tisch sitzen, auf der Terrasse mit ihm spazierengehen, mit ihm Karten spielen und alles tun, um seine Langeweile zu zerstreuen! Nein, gnädige Frau! Gott verzeihe Ihnen, wenn er es in seinem Herzen vermag, ich kann es nicht."

„Ich wundere mich, daß Sie so einfältig sind, Mr. Mackellar", sagte Mrs. Henry. „Welchen Wert legt dieser Mensch auf seinen Ruf? Aber er weiß, wie hoch wir den unseren schätzen, er weiß, daß wir eher sterben würden, als diese Briefe zu veröffentlichen. Und glauben Sie, daß er sich diese Erkenntnis nicht zunutze machen würde? Was Sie Ihr Schwert nennen, Mr. Mackellar, und was zweifellos gegen jeden Mann, der einen Rest Ehrgefühl besitzt, eine Waffe gewesen wäre, würde gegen ihn nur einen Papiersäbel bedeutet haben. Er hätte Ihnen ins Gesicht gelacht bei einer solchen Drohung. Seine Würdelosigkeit ist seine Stärke, man kämpft vergeblich gegen derartige Charaktere."

Den letzten Satz rief sie ein wenig verzweifelt aus, und dann sagte sie mit mehr Ruhe: „Nein, Mr. Mackellar, ich habe die ganze Nacht über diese Angelegenheit nachgedacht, es gibt keinen Ausweg. Schriftstücke oder keine Schriftstücke, die Tür dieses Hauses steht offen für ihn, er ist in Wahrheit der rechtmäßige Erbe. Wenn wir versuchten ihn fernzuhalten, würde sich alles gegen den armen Henry auflehnen, und ich würde von neuem zusehen müssen, wie er auf offener Straße gesteinigt wird. Ach, wenn Henry stirbt, liegen die Dinge anders. Sie haben den Besitz aus eigennützigen Absichten aufgeteilt. Das Erbe geht an meine Tochter, und ich will den sehen, der einen Fuß darauf setzt. Aber wenn Mr. Henry am Leben bleibt, mein armer Mr. Mackellar, und jener Mensch kehrt zurück, müssen wir leiden: diesmal aber alle zusammen."

Im ganzen war ich mit der Seelenverfassung Mrs. Henrys wohl zufrieden, und ich konnte nicht leugnen, daß das, was sie über die Papiere vorzutragen hatte, in gewissem Sinne zwingend war.

„Wir wollen nicht mehr darüber reden", sagte ich, „ich kann nur bedauern, daß ich einer Dame die Originale anvertraute, ein Verfahren, das zumindest ungeschäftsmäßig war. Was ich gesagt habe über das Aufgeben meiner Stellung in der Familie, war nur mit der Zunge geredet, Sie können sich darüber beruhigen. Ich gehöre zu Durrisdeer, Mrs. Henry, als ob ich dort geboren wäre."

Ich muß gerecht genug sein zu bemerken, daß sie völlig beruhigt schien, so daß wir diesen Tag mit gegenseitiger Nachsicht und Hochschätzung begannen, die wir uns viele Jahre hindurch bewahrten.

An diesem Tage, der zweifellos zur Freude vorbestimmt war, bemerkten wir das erste Anzeichen der Genesung bei Mr. Henry. Ungefähr um drei Uhr nachmittags fand er die Besinnung wieder und nannte meinen Namen mit stärksten Anzeichen der Zuneigung. Mrs. Henry war ebenfalls im Zimmer und stand zu Füßen des Bettes, aber er schien sie nicht zu bemerken. Tatsächlich verschwand das Fieber, und er war so schwach, daß er nur diese eine Anstrengung machte und dann wieder in seine Lethargie zurücksank. Der Verlauf der Wiedergenesung war nun langsam, aber gleichmäßig, jeden Tag nahm der Appetit zu, jede Woche konnten wir ein Anwachsen der Kraft und des Körpergewichts feststellen, vor Ende des Monats hatte er das Bett verlassen, und man konnte ihn bereits im Liegestuhl auf die Terrasse tragen.

Ungefähr um diese Zeit waren Mrs. Henry und ich geistig am meisten bedrückt. Die Sorge um sein Leben war zu Ende, aber eine schlimmere Befürchtung machte sich nun geltend. Es war uns bewußt, daß wir uns jeden Tag der Aussprache näherten, aber die Tage flossen dahin, und nichts geschah. Mr. Henry nahm an Kräften zu, er führte mit uns lange Gespräche über alle möglichen Themen, sein Vater kam, saß bei ihm und ging wieder fort, und doch wurden die Tragödie oder die früheren Qualen, die sie heraufbeschworen hatten, nicht erwähnt. Erinnerte er sich und verbarg das furchtbare Wissen, oder war alles aus seinem Geiste ausgelöscht? Das war die Frage, die uns am Tage, wenn wir bei ihm waren, im Zustand der Beobachtung und in Furcht hielt, und uns nachts, wenn wir in unseren einsamen Betten lagen, nicht schlafen ließ. Wir wußten nicht einmal, worauf wir hoffen sollten, denn beides erschien unnatürlich und ließ auf einen verwirrten Verstand schließen. Nachdem die Befürchtung einmal aufgetaucht war, beobachtete ich seine Haltung mit emsiger Genauigkeit. Er zeigte etwas von einem Kinde: eine Heiterkeit, die seinem früheren Charakter ganz fremd war, ein Interesse, das leicht erregt wurde und dann an Dingen kleinlicher Natur zäh haftete, die er bisher verachtet hatte. Wenn er früher niedergeschlagen war, zog er nur mich ins Vertrauen, und ich kann sagen, ich war sein einziger Freund, während er mit seiner Frau in Zwiespalt lebte. Nach seiner Genesung wandelte sich alles, die Vergangenheit war vergessen, seine Frau war die Erste und sogar Einzige in seinen Gedanken. Er wandte sich an sie mit allen seinen Gefühlsäußerungen wie ein Kind an die Mutter und schien ihrer Teilnahme gewiß zu sein, er rief sie in allen seinen Nöten mit jener etwas unmutigen Vertraulichkeit, die der Gunst sicher ist, und ich muß sagen, um seiner Frau Gerechtigkeit widerfahren zu lassen: sie enttäuschte ihn nie. Für sie war sein verändertes Benehmen in der Tat unaussprechlich aufregend, und ich glaube, sie empfand es heimlich wie einen Vorwurf, so daß ich sie in den ersten Tagen manchmal aus dem Zimmer fliehen sah, um sich auszuweinen. Aber mir erschien der Wechsel nicht natürlich, und während ich ihn betrachtete, begann ich mit viel Kopfschütteln zu überlegen, ob seine Vernunft vollkommen erhalten sei.

Da dieser Zweifel viele Jahre anhielt, ja bis zum Tode meines Herrn ertragen werden mußte und alle unsere Beziehungen nunmehr überschattete, darf ich wohl ein wenig länger dabei verweilen. Als er imstande war, seine Geschäfte einigermaßen wieder aufzunehmen, fand ich manche Gelegenheit, ihn genau zu prüfen. Das Verständnis und der Wille zu gebieten waren vorhanden, aber das alte zähe Interesse ganz geschwunden. Er wurde rasch müde, begann zu gähnen und behandelte Geldangelegenheiten mit einer Leichtherzigkeit, die gewiß nicht am Platze war und an Leichtsinn grenzte. Allerdings, seit wir die Ansprüche des Junkers nicht mehr zu befriedigen hatten, war es nicht mehr so notwendig, die Einschränkung zum Prinzip zu machen und um jeden Pfennig zu kämpfen. Andererseits ging diese Nachlässigkeit auch nicht allzuweit, sonst hätte ich sie nicht mitgemacht. Aber alles das wies auf einen Wandel hin, sehr geringfügig, aber doch deutlich bemerkbar. Und obgleich niemand behaupten konnte, mein Herr habe etwa seinen Verstand eingebüßt, so konnte doch auch niemand leugnen, daß er seinen Charakter verändert hatte. Dasselbe galt von seinen Gewohnheiten und seiner äußeren Erscheinung. Etwas von der Hitze eines Fiebers war in seinen Adern geblieben, seine Bewegungen waren ein wenig hastig, die Sprache bemerkenswert wortreicher, wenn auch keineswegs wirklich verwirrt. Seine ganze Seele war offen für glückliche Eindrücke, die er willkommen hieß, und aus denen er sich viel machte, aber die geringste Andeutung von Sorge und Kummer nahm er mit sichtbarer Ungeduld entgegen und streifte alles sofort erleichtert wieder ab. Dieser Gemütsverfassung verdankte er das Glück seiner späteren Lebenslage, und doch konnte man deshalb, wenn überhaupt davon die Rede sein konnte, den Mann nicht für geistig krank erklären. Ein großer Teil unseres Lebens geht dahin mit der Betrachtung der Dinge, die wir nicht ändern können, aber Mr. Henry mußte, wenn er die Sorge nicht durch Überlegungen bannen konnte, sofort und unter allen Umständen den Ursachen zu Leibe gehen, so daß er abwechselnd die Rolle eines Straußes und eines Stieres spielte. Dieser außergewöhnlichen Furcht vor dem Leiden muß ich alle jene unglückseligen und außergewöhnlichen

Unternehmungen seines späteren Lebens zuschreiben. Ohne Zweifel war dies die Ursache, weshalb er McManus, den Kammerdiener, schlug, eine Handlung, die seiner früheren Art völlig widersprach und seinerzeit so viel Unwillen erregte.

Dies war auch der Grund, warum nahezu zweihundert Pfund verloren wurden, von denen ich mehr als die Hälfte hätte retten können, wenn seine Ungeduld es gestattet hätte. Aber er zog den Verlust oder eine verzweifelte Kraftanstrengung jeder andauernden geistigen Bedrückung vor.

Alles das hatte mich unsere unmittelbare Sorge beinahe vergessen lassen, ob er sich der entsetzlichen Tat erinnerte oder sie vergessen hatte, und wenn er sich erinnerte, in welchem Licht er sie sah. Die Wahrheit wurde uns plötzlich offenbar, und sie war tatsächlich eine der größten Überraschungen meines Lebens. Er war schon einige Male draußen gewesen und begann ein wenig umherzugehen, wenn man ihm den Arm reichte, als ich zufällig mit ihm auf der Terrasse einmal allein war. Er wandte sich mir mit einem eigenartig versteckten Lächeln zu, wie Schuljungen es an sich haben, wenn sie ertappt werden, und sagte leise flüsternd und ohne jede Überleitung: „Wo habt Ihr ihn begraben?"

Ich konnte kein Wort als Antwort herausbringen.

„Wo habt Ihr ihn begraben?" wiederholte er. „Ich will sein Grab sehen."

Ich hielt es für das beste, den Stier bei den Hörnern zu packen. „Mr. Henry", sagte ich, „ich kann Ihnen etwas mitteilen, das Sie außerordentlich erfreuen wird. Nach aller menschlichen Berechnung sind Ihre Hände rein von Blut. Ich urteile nach gewissen Anzeichen, und nach diesen scheint es sicher, daß Ihr Bruder nicht tot ist, sondern in einer Ohnmacht an Bord des Kutters getragen wurde. Heute wird er wohl völlig wieder genesen sein."

Was in seinen Zügen lag, konnte ich nicht lesen. „James?" fragte er.

„Ihr Bruder James", antwortete ich. „Ich möchte keine Hoffnung erwecken, die sich als Täuschung erweisen könnte, aber in meinem Herzen halte ich es für sehr wahrscheinlich, daß er lebt."

„Ah!" sagte Mr. Henry, und plötzlich erhob er sich mit größerer Lebhaftigkeit, als er sie bisher gezeigt hatte, aus seinem Stuhl, setzte einen Finger auf meine Brust und rief mir mit einer Art heiser krächzendem Geflüster zu: „Mackellar" – das waren seine Worte –, „nichts kann diesen Menschen töten. Er ist nicht sterblich. Er sitzt mir für alle Ewigkeit im Nacken – für Gottes ganze Ewigkeit!"

Und dann setzte er sich wieder und verfiel in hartnäckiges Schweigen.

Ein oder zwei Tage später sagte er mit demselben geheimnisvollen Lächeln, und nachdem er zuvor um sich geblickt hatte, um sich zu versichern, daß wir allein waren: „Mackellar, falls Sie irgend etwas hören, lassen Sie es mich auf alle Fälle wissen. Wir müssen ihn im Auge behalten, sonst überfällt er uns, wenn wir es am wenigsten vermuten."

„Er wird sich hier nicht wieder blicken lassen", entgegnete ich.

„O ja, bestimmt", sagte Mr. Henry, „wo immer ich bin, dort wird auch er sein." Und wieder blickte er um sich.

„Sie müssen bei solchen Gedanken nicht verweilen, Mr. Henry", sagte ich.

„Nein", sagte er, „das ist ein sehr guter Rat. Wir wollen nie daran denken, außer wenn Sie Nachrichten erhalten. Und wir wissen ja noch nicht", fügte er hinzu, „er kann ja tot sein."

Die Art, wie er das sagte, überzeugte mich durchaus davon, was ich kaum zu vermuten gewagt hatte: daß er, weit entfernt, Reue über die Tat zu zeigen, nur den Fehlschlag beklagte. Es war eine Entdeckung, die ich für mich behielt, denn ich fürchtete, sie würde ihn bei seinem Weibe mißliebig machen. Aber ich hätte mir diese Sorge sparen können, sie hatte alles selbst erraten und fand das Gefühl ganz natürlich. In der Tat, ich kann nur sagen, daß wir alle drei in derselben Stimmung waren und keine Nachricht auf Durrisdeer freudiger begrüßt hatten als die vom Tode des Junkers.

Das veranlaßt mich, von der einzigen Ausnahme zu sprechen, dem alten Lord. Sobald die Sorge für meinen eigenen Herrn etwas nachließ, bemerkte ich eine Veränderung bei dem alten Edelmann, seinem Vater, die tödliche Folgen befürchten ließ.

Sein Gesicht war bleich und geschwollen. Wenn er über seinen lateinischen Büchern am Kamin saß, pflegte er plötzlich einzuschlafen, wobei die Schriften ins Feuer fielen. An manchen Tagen schleppte er einen Fuß nach, an anderen stotterte er beim Sprechen. Die Liebenswürdigkeit seines Benehmens schien aufs äußerste getrieben, er entschuldigte sich eingehend wegen der geringsten Bemühung und hatte das Wohl aller im Auge. Mir gegenüber war er von schmeichelhafter Höflichkeit. Eines Tages, als er seinen Rechtsanwalt zu sich gebeten hatte und lange Zeit allein mit ihm geblieben war, begegnete er mir, als er mit qualvollen kleinen Schritten durch die Halle ging, und nahm mich vertraulich bei der Hand. „Mr. Mackellar", sagte er, „ich hatte oft Gelegenheit, Ihre Dienste voll zu würdigen, und heute habe ich mir die Freiheit genommen, als ich mein Testament neu aufstellte, Sie als einen meiner Testamentsvollstrecker einzusetzen. Ich glaube, daß Sie unserem Hause hinreichend Liebe entgegenbringen, um mir diesen Dienst zu erweisen." Zu jener Zeit verbrachte er den größten Teil des Tages im Schlummer, aus dem er oft nur schwer geweckt werden konnte. Er schien alle Beziehungen zur Gegenwart verloren zu haben und rief mehrmals, besonders wenn er aufwachte, nach seiner Frau und einem alten Diener, dessen Grabstein bereits mit Moos grün bewachsen war. Unter Eid hätte ich erklären müssen, daß er unfähig war, sein Testament zu machen, und doch wurde nie ein letzter Wille sorgfältiger in jeder Einzelheit aufgesetzt und zeigte ein vorzüglicheres Urteil über Menschen und Dinge.

Seine Auflösung vollzog sich, obgleich sie nicht sehr lange Zeit in Anspruch nahm, in unendlich feinen Abstufungen. Seine Fähigkeiten nahmen ständig miteinander ab, die Kraft seines Körpers war fast ganz dahingeschwunden, er war außerordentlich taub, seine Stimme war nur noch leises Flüstern, und doch brachte er es zuwege, bis zu seinem Ende etwas von seiner früheren Liebenswürdigkeit und Freundlichkeit zu bewahren. Jedem, der ihm half, drückte er die Hand, mir schenkte er eines seiner lateinischen Bücher, in das er sorgfältig meinen Namen geschrieben hatte, und auf tausenderlei Weise wurde uns die Größe des Verlustes klar, den wir beinahe schon jetzt erlitten hatten. Kurz vor dem Ende kehrte die Klarheit der Sprache blitzähnlich zurück, es schien, als habe er die Kunst des Sprechens nur vergessen, wie ein Kind seine Aufgabe vergißt, und als erinnere er sich zeitweise an Einzelheiten. In der letzten Nacht seines Daseins brach er plötzlich das Schweigen mit diesen Worten Virgils: „*Gnatique pratisque, alma, precor miserere*", die er deutlich und mit richtiger Betonung aussprach. Beim ersten klaren Laut wurden wir von unseren Beschäftigungen aufgeschreckt, aber wir wandten uns ihm vergeblich zu, er fast schweigend und allem Anscheine nach teilnahmslos da. Ein wenig später wurde er mit größeren Schwierigkeiten als je zuvor ins Bett getragen, und zu irgendeiner Zeit der Nacht entfloh sein Geist ohne jeden heftigen Todeskampf.

In viel späterer Zeit sprach ich zufällig mit einem Doktor der Medizin, einem Mann von so großem Ruf, daß ich mich scheue, seinen Namen anzuführen, über diese Besonderheiten. Nach seiner Ansicht litten Vater und Sohn beide an derselben Krankheit: der Vater durch die Last seiner unnatürlichen Sorgen, der

Sohn vielleicht durch die Hitze eines Fiebers. Jedem war ein Blutgefäß im Gehirn gesprungen, und wahrscheinlich, so fügte der Arzt hinzu, liege in der Familie eine gewisse Neigung zu Anfällen dieser Art. Der Vater starb, der Sohn gewann alle Anzeichen eines gesunden Menschen wieder, aber wahrscheinlich blieben jene zarten Gewebe etwas zerstört, in denen die Seele wohnt und ihre irdischen Geschäfte verrichtet – ihre himmlischen, so möchte ich hoffen, können durch diese körperlichen Zustände nicht beeinträchtigt werden. Jedoch, wenn man es reiflich überlegt, spielt alles das keine Rolle: er, der Gericht halten wird über die Taten unseres Daseins, hat uns selbst mit unserer Zerbrechlichkeit geschaffen.

Der Tod des alten Lords war die Ursache einer neuen Überraschung für uns, die wir das Benehmen seines Nachfolgers beobachteten. Für jeden überlegenden Menschen hatten die beiden Söhne den Vater zwischen sich erschlagen, und derjenige, der zum Schwerte griff, so könnte man sagen, hatte ihn sogar mit seiner eigenen Hand erschlagen, aber den neuen Lord schien ein solcher Gedanke nicht zu beschäftigen. Er war den Umständen entsprechend ernst, aber ich könnte kaum behaupten betrübt, oder jedenfalls war sein Kummer mit einer gewissen Befriedigung gepaart. Er sprach von dem Toten mit bedauernder Heiterkeit, erzählte Beispiele seiner Charaktereigenschaften, belächelte sie mit gutem Gewissen und erfüllte am Tage der Beerdigung seine Hausherrnpflichten in korrekter Haltung. Ich konnte überdies feststellen, daß er die Nachfolge des Titels mit großer Befriedigung antrat und ihn sorgsam zur Geltung brachte.

Und nun erschien ein neuer Schauspieler auf der Bühne, der seine Rolle in dieser Geschichte auch spielt. Ich meine den gegenwärtigen Lord, Alexander, dessen Geburt am 17. Juli 1757 den Freudenkelch meines armen Herrn bis zum Rande füllte. Nichts blieb ihm damals zu wünschen übrig, noch fand er Muße, sich etwas zu wünschen. Wohl niemals gab es einen so liebevollen und hingebenden Vater wie ihn. Er war ständig unruhig, wenn sein Sohn nicht anwesend war. War der Sohn draußen, so pflegte der Vater die Wolken zu beobachten, ob es regnen könne. In der Nacht erhob er sich von seinem Lager, um den Schlummer des Kindes zu beobachten. Seine Unterhaltung wurde für Besucher sogar langweilig, weil er fast nur von seinem Sohne sprach. In allen Dingen, die den Besitz betrafen, wurde alles unter besonderem Hinblick auf Alexander geordnet. So hieß es: „Wir wollen das sofort in Angriff nehmen, damit der Wald herangewachsen ist, wenn Alexander großjährig wird.“ Oder: „Das wird gerade bei Alexanders Hochzeit vorzüglich von Nutzen sein.“

Die Inanspruchnahme aller geistigen Fähigkeiten des Mannes in dieser Richtung wurde täglich deutlicher, und manche Einzelheiten waren rührend, manche auch sehr tadelnswert. Bald konnte das Kind mit ihm nach draußen gehen, zuerst auf die Terrasse, Hand in Hand mit ihm, und später in die Ländereien. Das wurde die Hauptbeschäftigung des Lords. Der Klang ihrer beiden Stimmen, weithin hörbar, weil sie laut sprachen, war in der ganzen Umgebung bekannt, und ich für meinen Teil fand sie angenehmer als den Gesang der Vögel. Schön war es, das Paar zurückkommen zu sehen, mit wilden Rosen bekränzt, der Vater ebenso sonnenverbrannt und manchmal auch ebenso schmutzig wie das Kind, denn sie teilten alle knabenhaften Vergnügungen miteinander, gruben im Sand der Bucht, bauten Dämme und trieben sonst allerlei. Ich habe einmal gesehen, wie sie mit derselben kindlichen Neugier das Vieh durch einen Zaun beobachteten.

Die Erwähnung dieser Streifzüge bringt mich auf eine eigenartige Szene, deren Zeuge ich war. Einen Spaziergang gab es, den ich selbst nie ohne Bewegtheit unternahm: so oft war ich dort mit beklagenswerten Aufträgen gegangen, so viel Leid hatte dort das Haus Durrisdeer befallen. Aber der Weg war von allen Punkten jenseits des Muckle Roß leicht zu erreichen, und alle zwei Monate wurde ich trotz meines Widerwillens veranlagt, ihn vielleicht einmal zu wählen. Es traf sich, daß ich, als Mr. Alexander sieben oder acht Jahre alt war, am Morgen jenseits des Hügels etwas zu erledigen hatte, und ich betrat das Gehölz auf dem Heimwege ungefähr um neun Uhr an diesem schönen Vormittag. Es war zu jener Zeit des Jahres, da die Bäume alle ihre Frühlingsfarben tragen, das Dorngestrüpp in Blüte steht und die Vögel am schönsten singen. Im Gegensatz zu dieser heiteren Umgebung war das Gehölz um so düsterer und ich durch die Erinnerungen, die es erweckte, um so mehr niedergeschlagen. In dieser Seelenverfassung überraschte es mich sehr unangenehm, etwas weiter vorn Laute zu hören und die Stimmen des Lords und Mr. Alexanders zu erkennen. Ich strebte vorwärts und wurde bald von ihnen bemerkt. Sie standen beisammen auf dem freien Platz, wo das Duell stattgefunden hatte, der Lord hatte die Hand auf die Schulter des Sohnes gelegt und sprach ziemlich ernst auf ihn ein. Jedenfalls glaubte ich beobachten zu können, daß seine Miene sich aufhellte, als er seinen Kopf hob und mir entgegenblickte.

„Ah!" sagte er, „dort kommt der gute Mackellar. Ich habe Sandie gerade die Geschichte dieses Ortes erzählt und von dem Manne gesprochen, den der Teufel in Versuchung führte, jemanden zu töten, und wie nahe er daran war, statt dessen den Teufel zu töten."

Ich hielt es für sehr sonderbar, daß er das Kind zu diesem Platz führte, aber daß er die Tat selbst erwähnte, überstieg alles Maß. Jedoch das Schlimmste kam noch, denn er wandte sich an seinen Sohn und fügte hinzu: „Du kannst Mackellar fragen, er war dabei und sah es."

„Ist das wahr, Mr. Mackellar?" fragte das Kind, „und haben Sie wirklich den Teufel gesehen?"

„Ich habe nichts von der Geschichte gehört", erwiderte ich, „und ich habe es sehr eilig."

Ich sagte das etwas bitter und kämpfte gegen die Verwirrung, in die ich geraten war. Und plötzlich überfiel meinen Geist der Schrecken der Vergangenheit und das Entsetzen jenes Ereignisses beim Kerzenlicht. Ich überlegte, daß dies Kind vor mir nie das Licht des Tages erblickt hätte, wenn die Parade damals sich um eine Sekunde verzögert hätte, und die Erregung, die stets in meinem Herzen zitterte, wenn ich dies dunkle Gehölz betrat, machte sich in Worten Luft. „So viel ist richtig", rief ich aus, „daß ich den Teufel in diesem Wald antraf und ihn unterliegen sah. Dank sei Gott, daß wir mit dem Leben davonkamen, Dank sei Gott, daß in den Mauern von Durrisdeer ein Stein noch auf dem anderen ist! Und, oh! Mr. Alexander, wenn immer Sie an diesem Ort vorüberkommen, und wenn das auch nach vielen Jahren geschieht, und wenn Sie mit den fröhlichsten und höchstgestellten Persönlichkeiten des Landes kommen, ich würde beiseitetreten und ein kleines Gebet sprechen."

Der Lord beugte ernst sein Haupt. „Ja", sagte er, „Mackellar hat immer recht. Komm, Alexander, nimm deine Mütze ab." Und damit entblößte er sein Haupt und streckte seine Hand aus. „O Herr", sagte er, „ich danke dir, und mein Sohn dankt dir für deine tausendfältige Gnade. Laß uns eine Weile Frieden haben, behüte uns vor dem bösen Menschen. Wirf ihn nieder, o Herr, auf seinen lügnerischen Mund!" Der letzte Satz brach aus ihm hervor wie ein Schrei, und damit wurde er plötzlich ganz stumm, sei es nun, daß Erinnerung und Zorn seine Lippen schlossen, oder daß er begriff, wie sonderbar ein solches Gebet sei. Nach einer Weile setzte er seinen Hut wieder auf.

„Ich glaube", sagte ich, „Sie haben etwas vergessen, mein Lord: Vergib uns unsere Schuld, wie auch wir vergeben unsern Schuldigern, denn dein ist das Reich und die Kraft und die Herrlichkeit in Ewigkeit. Amen." "Ach, das ist leicht gesagt", erwiderte der Lord, „das ist sehr leicht gesagt, Mackellar. Aber ich und verzeihen! Ich glaube, ich würde eine sehr lächerliche Figur machen, wenn ich den Mut hätte, das vorzutäuschen.

„Das Kind, mein Lord!" sagte ich ziemlich ernst, denn ich glaubte, daß diese Redewendungen sich wenig für die Ohren eines Knaben eigneten.

„Ja, sehr wahr", sagte er, „das sind traurige Dinge für ein Kind. Wir wollen zu unserem Nest zurückkehren."

Ich weiß nicht mehr, ob es am selben Tage war, jedenfalls bald nachher eröffnete mir der Lord, als er mich allein fand, einiges mehr über diese Dinge.

„Mackellar", sagte er, „ich bin jetzt ein sehr glücklicher Mensch."

„Das glaube ich auch, mein Lord", sagte ich, „und der Anblick macht mein Herz leicht."

„Glück verpflichtet – glauben Sie das nicht auch?" fuhr er nachdenklich fort.

„Auch das glaube ich", sagte ich, „und der Kummer ebenfalls. Wenn wir auf Erden nicht bemüht sind, unser Bestes zu tun, ist es für alle Teile meiner unmaßgeblichen Meinung das beste, so rasch wie möglich zu sterben."

„Ja, aber wenn Sie in meiner Haut steckten, würden sie ihm verzeihen?" fragte der Lord.

Die Plötzlichkeit dieses Überfalls verwirrte mich ein wenig. „Es ist eine Pflicht, die uns streng auferlegt ist", antwortete ich.

„Pah!" sagte er, „das sind Redensarten! Verzeihen Sie dem Menschen?"

„Nun – nein!" erwiderte ich. „Gott verzeih mir, ich nicht."

„Geben Sie mir die Hand darauf!" rief der Lord mit einer Art Heiterkeit.

„Es ist ein übles Gefühl, darauf die Hand zu geben", sagte ich, „jedenfalls für Christen. Ich will sie Ihnen lieber bei einer christlicheren Angelegenheit reichen."

Ich sagte das ein wenig lächelnd, aber was den Lord betrifft, so verließ er das Zimmer laut lachend.

Für die sklavische Zuneigung des Lords zu dem Kind kann ich keinen angemessenen Ausdruck finden. Er verlor sich ganz an diesen Gedanken; Geschäft, Freunde und Frau waren völlig vergessen, oder er erinnerte sich ihrer nur mit einer qualvollen Anstrengung, wie einer, der mit einem Gespenst kämpft. Besonders auffällig war das in bezug auf sein Weib. Seit ich Durrisdeer kannte, war sie der ständige Gegenstand seiner Gedanken und der Magnet seiner Augen gewesen, und jetzt war sie völlig ausgeschaltet. Ich habe ihn zur Tür eines Zimmers kommen sehen, er blickte rund umher und übersah die Dame des Hauses, als ob sie ein Hund vor dem Kamin wäre. Er suchte Alexander, und die gnädige Frau wußte es wohl. Ich habe gehört, wie er so rauh zu ihr sprach, daß ich mich beinahe aufraffte, dazwischen zu treten: der Grund war immer derselbe, sie hatte aus irgendeinem Grunde mit Alexander gezankt. Ohne Zweifel war das eine Art gerechte Strafe für die Lady, ohne Zweifel hatte sich das Blatt jetzt so sehr gegen sie gewandt, daß nur die Vorsehung dahinterstehen konnte. Sie, die so viele Jahre hindurch jedem Anzeichen von Zärtlichkeit gegenüber kalt geblieben war, wurde jetzt vernachlässigt. Um so lobenswerter war es, daß sie ihre Rolle gut spielte.

Eine sonderbare Situation ergab sich: wir hatten wieder zwei Parteien im Hause, und ich stand nun auf seiten der Dame. Nicht, daß ich je die Liebe verloren hätte, die ich meinem Herrn entgegenbrachte. Aber erstens bedurfte er weniger meiner Gesellschaft, und zweitens konnte ich den Fall Mr. Alexanders nicht mit dem Miß Katharines vergleichen, für die der Lord niemals die geringste Neigung aufbrachte. Und drittens verletzte mich die veränderte Haltung, die er seinem Weibe gegenüber einnahm, was mir wie Untreue vorkam. Außerdem konnte ich ihre Standhaftigkeit und Liebenswürdigkeit nur bewundern. Vielleicht war ihr Gefühl dem Lord gegenüber, das von Anfang an ja auf Mitleid beruhte, eher das einer Mutter als das einer Frau, vielleicht auch freute es sie, wenn ich so sagen darf, ihre beiden Kinder, Vater und Sohn, so glücklich miteinander zu wissen, um so mehr, als der eine früher so viel gelitten hatte. Jedenfalls mußte sie, obgleich ich nie die geringste Spur von Eifersucht bemerkte, sich jetzt Miß Katharine, die sie früher vernachlässigte, mehr widmen, und ich meinerseits gelangte dazu, meine freien Stunden mehr und mehr mit Mutter und Tochter zu verbringen. Man könnte diesen Zwiespalt leicht zu sehr betonen, denn im großen ganzen war es ein angenehmes Familienleben, wenn man alles in Betracht zieht. Und doch war er vorhanden, aber ob der Lord es wußte, bezweifle ich. Ich glaube es nicht, er war völlig mit seinem Sohn beschäftigt, doch wir andern wußten es und litten gewissermaßen darunter.

Was uns jedoch am meisten bewegte, war die große und wachsende Gefahr für das Kind. Der Lord war ganz wie sein Vater, und es war zu befürchten, daß sein

Sohn ein zweiter Junker werden würde. Die Zeit hat gelehrt, daß diese Befürchtung sehr übertrieben war. Ohne Zweifel gibt es in ganz Schottland augenblicklich keinen würdigeren Gentleman als den siebenten Lord Durrisdeer. Es ziemt mir nicht, über meinen Austritt aus seinen Diensten zu sprechen, besonders nicht in einem Schriftstück, das nur abgefaßt wurde, seinen Vater zu rechtfertigen ...

(Anmerkung des Herausgebers: Fünf Seiten von Mr. Mackellars Manuskript sind hier ausgelassen. Beim Durchfliegen habe ich den Eindruck gewonnen, daß Mr. Mackellar im vorgerückten Alter ein ziemlich anspruchsvoller Beamter war. Gegen den siebenten Lord Durrisdeer, mit dem wir auf alle Fälle nichts zu tun haben, wird nichts Bemerkenswertes ins Treffen geführt. R. L. S.)

... Wir fürchteten damals, er würde in der Person seines Sohnes eine zweite Ausgabe seines Bruders heranzüchten. Die Lady hatte versucht, einige wohltuende Strenge walten zu lassen, aber sie war froh, das bald wieder aufgeben zu können, und blickte jetzt mit heimlicher Enttäuschung allem zu. Manchmal sprach sie andeutungsweise darüber zu mir, und manchmal, wenn sie Kenntnis erhielt von einer ungeheuerlichen Nachsichtigkeit des Lords, verriet sie sich durch eine Geste oder einen Ausruf. Ich selbst wurde von dem Gedanken Tag und Nacht verfolgt, nicht so sehr im Interesse des Kindes, als vielmehr in dem des Vaters. Der Mann war in Schlaf verfallen, er träumte einen Traum, und ein rauhes Erwachen mußte unweigerlich tödlich wirken. Daß er eine Enttäuschung überleben würde, war unmöglich, und ich bedeckte mein Antlitz aus Furcht vor einer Entehrung seiner Liebe.

Diese ständige Sorge peinigte mich so, daß ich schließlich den Mut fand zu widersprechen, ein Ereignis, das wert ist, genau berichtet zu werden. Eines Tages saßen der Lord und ich an einem Tisch bei einer langweiligen Geschäftsangelegenheit. Ich sagte schon, daß er das frühere Interesse an solchen Dingen verloren hatte, er war offenbar verärgert und wollte gehen, er sah mißmutig, gelangweilt und, wie mir schien, auch älter aus, als ich je zuvor festgestellt hatte. Ich glaube, sein unglückliches Gesicht veranlaßte mich plötzlich zu meinem Vorstoß.

„Mein Lord“, sagte ich, während ich den Kopf senkte und so tat, als ob ich mit meiner Beschäftigung fortführe, „oder gestatten Sie mir lieber, Sie wieder Mr. Henry anzureden, denn ich fürchte Ihren Zorn und möchte, daß Sie sich der alten Zeiten erinnerten –“

„Mein guter Mackellar“, sagte er, und zwar in einem Ton, der so liebenswürdig war, daß ich mein Vorhaben beinahe aufgegeben hätte. Aber ich erinnerte mich, daß ich zu seinem Besten sprechen wollte, und fuhr hartnäckig fort.

„Haben Sie sich jemals überlegt, was Sie tun?“

„Was ich tue?“ wiederholte er, „ich habe Rätsel nie gut lösen können.“

„Was Sie mit Ihrem Sohn tun!“ sagte ich.

„Nun“, rief er etwas mißtrauisch aus, „was tue ich denn mit meinem Sohn?“

„Ihr Vater war ein sehr guter Mensch“, sagte ich und wich vom direkten Wege ab, „aber glauben Sie, daß er ein weiser Vater war?“

Er schwieg eine Weile, bevor er antwortete, und dann sagte er: „Ich sage nichts gegen ihn. Ich hätte vielleicht viel Grund dazu, aber ich sage nichts.“

„Sehen Sie, das ist es“, entgegnete ich, „Grund hätten Sie also auf alle Fälle. Und doch war Ihr Vater ein guter Mann, ich habe nie einen besseren kennengelernt, bis auf den einen Punkt, und nie einen klügeren. Wo er stolperte, kann ein anderer leicht fallen. Er besaß zwei Söhne –“

Der Lord schlug plötzlich heftig auf den Tisch.

„Was soll das?“ schrie er. „Sprechen Sie!“

„Gut, ich will es“, sagte ich, aber meine Stimme wurde vom Hämmern meines Herzens beinahe erstickt. „Wenn Sie fortfahren, Mr. Alexander zu verziehen, werden Sie in die Fußtapfen Ihres Vaters treten. Hüten Sie sich, mein Lord, daß Ihr Sohn, wenn er aufwächst, nicht in die des Junkers tritt!“

Ich hatte nie die Absicht gehabt, die Sache so weit zu treiben, aber im Zustand der äußersten Furcht besitzt man eine Art grausamen Mutes, den grausamsten überhaupt, und ich verbrannte meine Schiffe, als ich diese Worte sprach. Eine Antwort habe ich nicht bekommen. Als ich meinen Kopf hob, war der Lord aufgestanden, und im nächsten Augenblick schlug er heftig zu Boden. Der Anfall dauerte nicht sehr lange, er kam halbwegs zu sich, legte die Hand auf den Kopf, den ich stützte, und sagte mit gebrochener Stimme: „Ich bin krank“, und etwas später: „Helfen Sie mir.“ Ich richtete ihn auf, und er hielt sich ziemlich gut, obgleich er sich am Tisch festklammerte. „Es ging mir schlecht, Mackellar“, sagte er. „Etwas zerbrach, Mackellar, oder ich selbst zerbrach, und dann verschwamm alles. Ich glaube, ich war sehr zornig. Nehmen Sie es nicht übel, Mackellar, nehmen Sie es nicht übel, guter Freund. Kein Haar auf Ihrem Haupte möchte ich krümmen. Wir haben zuviel miteinander erlebt, zwischen uns besteht ein gewisses Etwas ... aber ich denke, Mackellar, ich will zu Mrs. Henry gehen – ich denke, ich will zu Mrs. Henry gehen", sagte er und schritt ziemlich aufrecht aus dem Zimmer, während ich von Reue übermannt zurückblieb.

Bald darauf flog die Tür auf, die Lady stürzte mit brennenden Augen herein und rief: „Was soll das alles? Was haben Sie meinem Gemahl angetan? Werden Sie nie Ihre Stellung in diesem Hause begreifen? Werden Sie nie aufhören, sich in alle möglichen Dinge einzumischen?"

„Gnädige Frau", sagte ich, „seit ich in diesem Hause bin, habe ich viele harte Worte entgegengenommen. Zeitweise waren sie mein tägliches Brot, und ich schluckte sie alle hinunter. Was den heutigen Tag anbetrifft, so mögen Sie mich schelten, so viel Sie wollen: nie werden Sie Worte finden, die meinen Mißgriff scharf genug kennzeichnen. Und doch meinte ich es gut."

Ich erzählte ihr alles ohne Beschönigung, wie ich es hier beschrieben habe, und als sie mich angehört hatte, wurde sie nachdenklich, und ich konnte bemerken, daß ihre Erregung gegen mich nachließ. „Ja", sagte sie, „Sie haben es gut gemeint, ich hatte selbst schon den Gedanken gefaßt, oder vielmehr, ich wäre beinahe derselben Versuchung unterlegen, und das läßt mich Ihnen verzeihen. Aber, guter Gott, können Sie nicht verstehen, daß er nicht mehr ertragen kann? Er kann nicht mehr ertragen!" rief sie aus. „Der Bogen ist bis zum Äußersten gespannt. Was geht uns die Zukunft an, wenn er nur ein paar gute Tage erlebt?"

„Amen", sagte ich, „ich werde mich nicht mehr einmischen und bin glücklich genug, daß Sie meine gute Absicht anerkennen."

„Ja", sagte die Lady, „aber wenn ich es recht überlege, hat Ihr Mut Sie im Stich gelassen, wie ich annehme, denn was Sie gesagt haben, haben Sie sehr grausam gesagt." Sie hielt eine Weile inne, blickte mich an, lächelte plötzlich ein wenig und sagte ein sonderbares Wort: „Wissen Sie, was Sie sind, Mr. Mackellar? Sie sind eine alte Jungfer!"

Nichts von Bedeutung ereignete sich in der Familie weiterhin, bis zur Rückkehr jenes unglückseligen Menschen, des Junkers. Aber ich muß hier einen zweiten Auszug geben aus den Memoiren des Chevalier Burke, der, an sich schon interessant, für meine Absichten aber von größter Wichtigkeit ist. Es ist der einzige Einblick in die Reisen des Junkers in Indien, und die erste Erwähnung von Secundra Daß. Eine Tatsache, so wird man feststellen, erhellt hier sehr deutlich, die uns viel Unheil und Kummer erspart hätte, wenn wir sie zwanzig Jahre früher gewußt hätten: daß Secundra Daß Englisch sprach.

Siebentes Kapitel

Abenteuer des Chevalier Burke in Indien (Auszug aus seinen Memoiren)

Hier war ich also auf den Straßen jener Stadt, an deren Namen ich mich nicht erinnern kann, während ich ihre Lage so wenig kannte, daß ich nicht wußte, ob ich mich nach Süden oder nach Norden wenden sollte. Der Alarm war so plötzlich geschlagen worden, daß ich ohne Schuhe und Strümpfe fortgerannt war. Mein Hut war mir im Handgemenge vom Kopf gestoßen worden, meine Ausrüstung war in Händen der Engländer, niemand war bei mir außer einem Sepoy, ich hatte keine Waffe außer meinem Schwert, und keinen verteufelten Heller in der Tasche. Kurzum, ich war wie einer jener Kerle, mit denen uns Mr. Galland in seinen eleganten Geschichten bekannt macht. Diese Leute begegnen immer wieder, wie man sich entsinnen wird, den außerordentlichsten Abenteuern, und ich selbst sollte ein so erstaunliches erleben, daß ich es beim besten Willen heute noch nicht erklären kann.

Der Sepoy war ein durchaus ehrlicher Mensch. Er hatte viele Jahre unter der französischen Fahne gedient und hätte sich für jeden der tapferen Landsleute von Mr. Lally in Stücke hauen lassen. Es ist derselbe Bursche, sein Name ist mir völlig entfallen, von dem ich bereits ein überraschendes Beispiel von Seelengröße erzählt habe: er fand Mr. de Fessac und mich auf den Verteidigungswällen, vollständig betrunken, und deckte uns mit Stroh zu, als der Kommandant vorbei kam. Ich besprach also die Lage vollkommen freimütig mit ihm. Es war eine schwierige Frage, was zu tun sei, aber schließlich faßten wir den Entschluß, über eine Gartenmauer zu klettern, wo wir gewiß im Schatten der Bäume schlafen konnten und vielleicht Gelegenheit hatten, ein Paar Pantoffeln und einen Turban zu finden. In jenem Teil der Stadt hatten wir nur die Qual der Wahl, denn das ganze Viertel bestand aus eingezäunten Gärten, und die Gassen, die dazwischen lagen, waren zu dieser Nachtstunde einsam. Der Sepoy stieg auf meinen Rücken, und bald waren wir in einem großen eingeschlossenen Raum voller Bäume. Der Platz war naß vom Tau, der in jenem Lande besonders für Weiße außerordentlich ungesund ist; aber meine Müdigkeit war so groß, daß ich bereits halb eingeschlafen war, als der Sepoy mich zur Besinnung zurückrief.

Am äußersten Ende des Gartens war plötzlich ein helles Licht aufgeflammt, und es brannte stetig zwischen den Zweigen. Das war eine Tatsache, die an solchem Ort und zu solcher Stunde höchst außergewöhnlich war, und in unserer Lage mußten wir vorsichtig zu Werke gehen. Der Sepoy wurde auf Kundschaft geschickt und kehrte bald mit der Nachricht zurück, daß wir großes Pech hatten, denn das Haus gehörte einem weißen Mann, der aller Wahrscheinlichkeit nach Engländer war.

„Meiner Treu", sagte ich, „wenn dort ein weißer Mann ist, will ich ihn mir ansehen, denn, Gott sei gelobt, es gibt davon mehr Sorten als eine!"

Der Sepoy führte mich also an einen Platz, wo ich gut auf das Haus hinuntersehen konnte. Es war von einer breiten Veranda umgeben, eine Lampe, sehr gut zurechtgemacht, stand auf dem Boden, und an jeder Seite der Lampe saß ein Mann, nach orientalischer Sitte mit gekreuzten Beinen. Beide waren wie Eingeborene ganz in Musselin eingehüllt, und doch war der eine nicht nur ein Meister, sondern auch ein Mann, der mir und dem Leser wohlbekannt war: es war tatsächlich eben jener Junker von Ballantrae, von dessen Tapferkeit und Genie ich so oft sprechen mußte. Gerüchtweise hatte ich gehört, daß er nach Indien gefahren war, obgleich ich ihn nie getroffen hatte und wenig von seinem Leben wußte. Kaum hatte ich ihn erkannt und wußte mich in den Händen eines so alten Kameraden, als ich meine Leiden für beendet hielt. Ich trat ohne Scheu in das volle Licht des Mondes, der außerordentlich stark schien, rief Ballantrae beim Namen und unterrichtete ihn mit wenigen Worten über meine mißliche Lage. Er wandte sich um, keineswegs überrascht, blickte mir gerade ins Gesicht, während ich sprach, und als ich geendet hatte, redete er seinen Begleiter in dem barbarischen Eingeborenendialekt an. Die zweite Person, von äußerst zarter Erscheinung, mit Beinen wie Spazierstöcke und Fingern wie der Griff einer Tabakspfeife, Anm. Mr. Mackellars: Offenbar Secundra Daß. E. Mc. erhob sich nun.

„Der Sahib", sagte er, „verstehen nicht englische Sprache. Ich verstehen selbst, und ich sehen, Sie machen eine kleine Fehler – oh! was mag geschehen sehr oft. Aber der Sahib wäre glücklich zu wissen, wie Sie kommen in ein Garten."

„Ballantrae!" rief ich, „besitzen Sie die verfluchte Unverschämtheit, mich von Angesicht zu Angesicht zu verleugnen?"

Ballantrae bewegte keinen Muskel, er starrte mich an wie ein Götzenbild in einer Pagode.

„Der Sahib verstehen nicht englische Sprache“, sagte der Eingeborene verschlagen wie zuvor. „Der Sahib wäre glücklich zu wissen, wie Sie kommen in ein Garten.“

„Oh! Der Teufel hole ihn!“ rief ich. „Er wäre froh zu wissen, wie ich in den Garten komme? Nun, lieber Mann, habt die Liebenswürdigkeit, dem Sahib mit besten Empfehlungen zu erzählen, daß wir zwei Soldaten sind, die er nie gesehen und von denen er nie gehört hat. Aber der Sepoy ist ein verteufelter Kerl, und auch ich bin ein verteufelter Kerl. Und wenn wir nicht ein gutes Fleischgericht, einen Turban, Pantoffeln und Kleingeld im Wert eines Goldstückes zu unserer Verfügung erhalten, verdammt, mein Junge, dann werden wir die Hand anlegen an einen Garten, in dem Unheil geschehen wird.“

Sie führten die Komödie so weit, daß sie sich inzwischen hindustanisch unterhielten, und dann sagte der Hindu mit demselben Lächeln, aber auch mit einem Seufzer, als wenn er es satt hätte, alles zu wiederholen: „Der Sahib wäre glücklich zu wissen, wie Sie kommen in ein Garten.“

„Ist das die Art?“ rief ich und legte die Hand an den Schwertknauf, indem ich den Sepoy aufforderte, vom Leder zu ziehen.

Ballantraes Hindu, immer noch lächelnd, zog eine Pistole aus dem Busen, und obgleich Ballantrae selbst keinen Muskel bewegte, wußte ich sehr genau, daß er auf alles gefaßt sei.

„Der Sahib denken, Ihr besser fortgehen!“ sagte der Hindu.

Nun, um aufrichtig zu sein, so dachte ich das auch, denn das Krachen einer Pistole würde uns beide an den Galgen gebracht haben, so wahr Gott lebt.

„Sagt dem Sahib, daß ich ihn nicht als Gentleman betrachte“, sagte ich und wandte mich mit einem Zeichen der Verachtung ab.

Ich war noch nicht drei Schritte gegangen, als die Stimme des Hindus mich zurückrief. „Der Sahib wäre froh zu wissen, ob Sie sein ein verfluchter gemeiner Irländer“, sagte er, und bei diesen Worten lächelte Ballantrae und verbeugte sich sehr tief.

„Was soll das heißen?“ fragte ich.

„Der Sahib sagt, Sie sollen fragen Ihren Freund Mackellar“, erwiderte der Hindu, „der Sahib sagt, Sie sein quitt.“

„Sagt dem Sahib, ich werde ihm auf der schottischen Geige aufspielen, wenn wir uns das nächste Mal begegnen!" schrie ich.

Die beiden lächelten immer noch, als ich sie verließ.

An meinem eigenen Benehmen kann man sicher auch herumnörgeln, denn wenn ein Mensch, sei er noch so tapfer, der Nachwelt einen Bericht über seine Taten gibt, muß er fast immer darauf gefaßt sein, das Schicksal Cäsars und Alexanders zu teilen und einige Verleumdungen mit in den Kauf zu nehmen. Aber das kann man Francis Burke nicht vorwerfen: er hat niemals einen Freund im Stich gelassen ...

(Hier folgt ein Abschnitt, den der Chevalier Burke sorgfältig unleserlich gemacht hat, bevor er mir das Manuskript sandte. Ohne Zweifel handelt es sich um eine sehr verständliche Beschwerde über eine Indiskretion, die ich nach seiner Ansicht begangen haben soll, obgleich ich mich nicht daran erinnere. Vielleicht war Mr. Henry weniger vorsichtig, oder es wäre auch möglich, daß der Junker Gelegenheit fand, meine Korrespondenz zu durchblättern, wobei er den Brief von Troyes gelesen haben mag. Aus Rache nahm er dann die grausame Verspottung Mr. Burkes in seiner äußersten Not vor. Der Junker war trotz seiner Verderbtheit nicht ohne natürliche Gefühle der Zuneigung. Ich glaube, er war Mr. Burke anfangs aufrichtig verbunden, aber der Gedanke an Verrat trocknete rasch die Quellen seiner an sich schon geringfügigen Freundschaft aus, und seine verabscheuungswürdige Natur kam nackt zum Durchbruch. E. Mck.)

Achtes Kapitel

Der Feind im Hause

Es ist eine sonderbare Sache, daß ich in Verlegenheit bin wegen eines Datums – das Datum eines Ereignisses sogar, durch das meine ganze Lebensweise umgestoßen wurde, und das uns alle in ferne Länder sandte. Aber es ist eine Tatsache, daß ich aus allen meinen Gewohnheiten herausgerissen wurde, meine Tagebücher schlecht geordnet vorfinde und ein oder zwei Wochen lang die Tage nicht eingetragen sehe, wodurch alles den Anschein gewinnt, als ob der Schreiber nahezu in Verzweiflung war. Es war jedenfalls Ende März oder Anfang April 1764. Ich hatte fest geschlafen und wachte auf mit einem Vorgefühl kommenden Unglücks. Es war so stark, daß ich in Hemd und Hosen die Treppen hinuntereilte, und meine Hand – ich entsinne mich dessen – zitterte auf dem Geländer. Es war ein kalter, sonniger Morgen mit starkem, weißem Frost. Die Drosseln sangen außergewöhnlich süß und laut rings um das Haus von Durrisdeer, und in allen Räumen war das Geräusch des Meeres. Als ich zur Tür der Halle kam, machte mich ein anderer Laut stillstehen – es waren menschliche Stimmen. Ich trat näher und stand da wie ein Mensch, der traumbefangen ist. Hier war ohne Zweifel eine menschliche Stimme in meines eigenen Herrn Hause, und ich kannte sie nicht. Ohne Zweifel eine menschliche Stimme, und zwar in meiner Heimat, und doch verstand ich, so sehr ich lauschte, nicht eine Silbe. Eine alte Sage von einer Fee oder vielleicht nur einer umherstreifenden Fremden kam mir ins Gedächtnis, die vor einigen Generationen in das Dorf meiner Väter kam und ungefähr eine Woche dort blieb. Ihre Sprache war für die Zuhörer völlig unverständlich, und sie ging wieder fort, wie sie gekommen war, im Schatten der Nacht, ohne auch nur ihren Namen zurückzulassen. Ich spürte einige Furcht, aber noch mehr Neugier, öffnete die Hallentür und trat ein.

Die Reste des Abendessens standen auf dem Tisch, die Läden waren noch geschlossen, obgleich der Tag durch die Spalten schaute, und der große Raum war nur durch eine einzige Kerze und einige kleine Flammen des Kamins erhellt. Dicht am Feuer saßen zwei Männer. Den einen, der in einen Mantel gehüllt war und Stiefel trug, erkannte ich sofort: es war der Vogel des Unheils, der zurückgekehrt war. Von dem anderen, der dicht bei der glühenden Asche saß und sich wie eine Mumie zu einem Bündel zusammengewickelt hatte, konnte ich nur feststellen, daß er ein Fremdling war, mit einer dunkleren Haut als der irgendeines Europäers, sehr zart gebaut, mit besonders hoher Stirn und einem verschleierten Auge. Mehrere Bündel und ein kleiner Koffer lagen auf dem Boden, und wenn man nach der Geringfügigkeit des Gepäcks und dem Zustand der Schuhe des Junkers, die von einem skrupellosen Landschuster roh zusammengeflickt waren, urteilen sollte, so hatte die Sünde sich nicht gelohnt.

Bei meinem Eintreten stand er auf, unsere Augen trafen sich, und ich weiß nicht, warum es geschah, aber mein Mut erhob sich wie eine Lerche an einem Maienmorgen.

„Aha!“ rief ich. „Sie sind es?“ und die Unbefangenheit meiner eigenen Stimme gefiel mir.

„Ja, ich bin es tatsächlich, würdiger Mackellar“, erwiderte der Junker.

„Diesmal haben Sie den schwarzen Teufel sichtbar im Nacken“, erwiderte ich.

„Meinen Sie Secundra Daß?“ fragte der Junker. „Gestatten Sie, daß ich vorstelle. Er ist ein eingeborener Edelmann aus Indien!“

„Hm!“ sagte ich. „Ich liebe weder Sie noch Ihre Freunde sehr, Mr. Bally, aber ich werde etwas Tageslicht hereinlassen und Sie mir ansehen.“ Und während ich das sagte, öffnete ich die Läden des Ostfensters. Im Licht des Morgens konnte ich feststellen, daß der Mann sich verändert hatte. Später, als wir alle zusammensaßen, war ich noch mehr überrascht, wie wenig die Zeit ihn mitgenommen hatte, aber der erste Eindruck war ein anderer.

„Sie werden alt“, sagte ich.

Ein Schatten fiel über sein Gesicht. „Wenn Sie sich selbst sehen könnten“, antwortete er, „würden Sie das nicht erwähnen.“

„Pah!“ entgegnete ich. „Für mich bedeutet das Alter nichts. Ich glaube, ich bin immer alt gewesen, und ich bin jetzt, Gott sei Dank, richtiger erkannt und mehr geachtet. Nicht jeder kann das von sich sagen, Mr. Bally! Die Linien auf Ihrer Stirn deuten auf Unglück, Ihr Leben beginnt sich wie ein Gefängnis um Sie zu schließen, der Tod wird bald an Ihre Tür klopfen, und ich sehe nicht, aus welcher Quelle Sie Trost schöpfen könnten.“

Hier wandte sich der Junker auf hindustanisch an Secundra Daß, woraus ich entnahm – und ich will offen gestehen, mit einem hohen Grad der Befriedigung –, daß meine Bemerkungen ihn ärgerten. Während der ganzen Zeit waren meine Gedanken, wie man sich vorstellen kann, mit anderen Dingen beschäftigt, auch, als ich meinen Feind schmähte, und zwar besonders damit, wie ich meinen Herrn heimlich und rasch unterrichten könnte. Darauf verwandte ich nun mein ganzes Nachdenken während der Atempause, die mir gegeben wurde. Aber plötzlich, als ich meine Augen wandte, bemerkte ich, daß der Lord selbst in der Türöffnung stand, und zwar allem Anschein nach gänzlich gefaßt. Er war meinem Blick kaum begegnet, als er über die Schwelle trat. Der Junker hörte ihn kommen und ging ihm seinerseits entgegen. In einem Abstand von ungefähr vier Fuß hielten die Brüder inne und wechselten ruhige Blicke. Dann lächelte der Lord, verbeugte sich leicht und wandte sich jäh ab.

„Mackellar“, sagte er, „wir müssen Frühstück für diese Reisenden besorgen.“

Offenbar war der Junker ein wenig verwirrt, aber er gewann um so rascher die Unverschämtheit seiner Sprache und seines Benehmens zurück. „Ich bin hungrig wie ein Geier“, sagte er, „besorge etwas Gutes, Henry.“

Der Lord wandte sich ihm mit demselben starren Lächeln wieder zu. „Lord Durrisdeer“, sagte er.

„Oho! Nicht im Kreis der Familie“, erwiderte der Junker.

„Jedermann in diesem Hause redet mich mit meinem richtigen Titel an“, sagte der Lord. „Wenn du eine Ausnahme machen willst, gebe ich dir zu bedenken, welchen Eindruck es auf Fremde machen wird, und ob man es nicht als Ausfluß ohnmächtiger Eifersucht auslegen wird.“

Ich hätte vor Freude in die Hände klatschen mögen, um so mehr, als der Lord ihm keine Zeit zur Antwort ließ, sondern sofort die Halle verließ, indem er mich durch ein Zeichen aufforderte ihm zu folgen.

„Kommen Sie rasch“, sagte er, „wir haben Ungeziefer aus dem Hause zu entfernen.“ Und er eilte mit so raschen Schritten durch die Gänge, daß ich ihm kaum folgen konnte. Er ging direkt zur Tür John Pauls, öffnete sie ohne anzuklopfen und trat ein. John lag anscheinend in tiefem Schlummer, aber der Lord gab nicht erst vor, ihn wecken zu müssen.

„John Paul“, sagte er, indem er so ruhig wie je zuvor sprach, „du hast meinem Vater lange gedient, sonst würde ich dich wie einen Hund aus dem Hause jagen. Wenn du in einer halben Stunde verschwunden bist, sollst du auch weiterhin deinen Lohn in Edinburgh erhalten. Treibst du dich aber hier oder in St. Bride herum, alter Mann, alter Diener und was sonst noch, so werde ich einen Weg finden, der dich überraschen wird, um dich wegen deiner Treulosigkeit zu brandmarken. Mach dich davon! Die Tür, durch die du sie hereingelassen hast, soll dir zur Abreise dienen. Ich will nicht, daß mein Sohn noch einmal dein Gesicht sieht.“

„Ich freue mich, daß Sie alles so ruhig nehmen“, sagte ich, als wir wieder allein waren.

„Ruhig!“ rief er und legte meine Hand plötzlich auf sein Herz, das wie ein Schmiedehammer gegen die Rippen schlug.

Bei dieser Feststellung wurde ich mit Verwunderung und Furcht erfüllt. Keine Natur konnte eine so heftige Beanspruchung vertragen, am wenigsten die seine, die schon in Mitleidenschaft gezogen war, und ich beschloß in meinem Geist, daß der entsetzliche Zustand aufhören müsse.

„Ich glaube, es wäre gut, wenn ich der Lady Nachricht gäbe“, sagte ich. Er hätte ja eigentlich selbst gehen sollen, aber ich rechnete nicht ohne Grund mit seiner Gleichgültigkeit.

„Nun gut“, sagte er, „tun Sie das. Ich werde rasch Frühstück bestellen, wir müssen alle bei Tisch erscheinen, selbst Alexander. Alle sollen den Eindruck der Unbefangenheit erwecken.“

Ich lief zum Zimmer der Lady und eröffnete ihr die Tatsachen ohne grausame Vorbereitungen.

„Ich war lange darauf gefaßt“, erwiderte sie. „Wir müssen heute noch unser Gepäck vorbereiten und heimlich in der Nacht abreisen. Dem Himmel sei Dank, daß wir eine zweite Heimat besitzen! Das erste Schiff, das abfährt, soll uns nach New York tragen.“

„Und was soll aus ihm werden?“ fragte ich.

„Wir überlassen ihm Durrisdeer“, rief sie aus, „wenn es ihm Spaß macht, kann er hier hausen.“

„Das nicht, wenn Sie gestatten“, entgegnete ich. „Wir wollen einen Hund auf seine Fersen setzen, der zufassen kann. Bett und Verpflegung und ein Reitpferd soll er bekommen, wenn er sich gut benimmt, aber die Schlüssel werden in den Händen eines gewissen Mackellar bleiben, wenn Sie das für richtig halten, gnädige Frau. Er wird alles gut betreuen, darauf können Sie sich verlassen.“

„Mr. Mackellar“, rief sie aus, „ich danke Ihnen für diesen Gedanken. Alles soll in Ihren Händen bleiben. Wenn wir in ein wildes Land gehen müssen, beauftrage ich Sie, Rache für uns zu nehmen. Senden Sie Macconochie nach St. Bride, damit er heimlich Pferde bestellt und einen Rechtsanwalt herbittet. Der Lord muß Ihnen das Verfügungsrecht übertragen.“

In diesem Augenblick erschien der Lord in der Tür, und wir eröffneten ihm unseren Plan.

„Ich will nichts davon hören!“ rief er aus. „Er würde glauben, daß wir uns fürchten. Ich werde in meinem eigenen Hause bleiben, so wahr es Gott gefällt, bis ich sterbe. Kein Mensch in der ganzen Welt kann mich vertreiben. Ein für allemal, hier bin ich, und hier bleibe ich, trotz aller Teufel der Hölle!“ Ich kann keine Vorstellung geben von der Heftigkeit seiner Worte, aber wir standen beide entgeistert da, besonders ich, der früher Zeuge seiner Selbstbeherrschung gewesen war.

Die Lady sah mich so flehend an, daß es mir zu Herzen ging und mir meine fünf Sinne wiedergab. Ich machte ihr heimlich ein Zeichen, daß sie gehen möge, und als der Lord und ich allein waren und er in der einen Ecke des Zimmers halb wahnsinnig hin und her rannte, ging ich auf ihn zu und legte ihm meine Hand fest auf die Schulter.

„Mein Lord", sagte ich, „ich muß wieder einmal derjenige sein, der Ihnen offen die Meinung sagt, und wenn es das letztemal ist, um so besser, denn ich bin dieser Rolle überdrüssig."

„Nichts kann meinen Entschluß ändern", antwortete er, „Gott verhüte, daß ich mich weigern sollte, Sie anzuhören, aber nichts wird meinen Entschluß ändern." Er sagte das mit fester Stimme, aber ohne Anzeichen seiner früheren Heftigkeit, so daß ich bereits wieder Hoffnung hatte.

„Nun gut", erwiderte ich, „mich hindert nichts, meine Worte zu verschwenden." Ich deutete auf einen Stuhl, und er setzte sich und sah mich an. „Ich erinnere mich an eine Zeit, da die gnädige Frau Sie stark vernachlässigte", begann ich.

„Ich habe nie darüber geredet, während das geschah", erwiderte der Lord und wurde hochrot, „und jetzt hat sich alles geändert."

„Wissen Sie inwieweit?" fuhr ich fort. „Wissen Sie, inwieweit sich alles geändert hat? Die Dinge haben sich gewandt, mein Lord! Heute fleht die Lady Sie an um ein gutes Wort, um einen Blick, und, ach, leider vergeblich. Wissen Sie, mit wem sie ihre Tage zubringt, während Sie auf dem Gut umherwandern? Mein Lord, sie ist glücklich, ihre Stunden mit einem gewissen trockenen, alten Rentmeister namens Efraim Mackellar zubringen zu können, und ich glaube, Sie sind imstande sich zu erinnern, was das heißt, denn wenn ich mich nicht sehr täusche, waren Sie selbst einst gezwungen, mit dieser Gesellschaft vorliebzunehmen."

„Mackellar!" rief der Lord aus und stand auf. „Oh, mein Gott, Mackellar!"

„Weder der Name Mackellar noch der Name Gottes kann die Wahrheit vertuschen", sagte ich, „ich erzähle Ihnen Tatsachen. Und wenn Sie jetzt, der Sie so viel litten, dasselbe Leiden einer Frau zufügen, ist das dann christlich? Aber Sie sind von Ihrem neuen Freunde so eingenommen, daß die alten alle vergessen sind. Alle sind sie aus Ihrem Gedächtnis ausgelöscht. Und doch standen sie Ihnen in den schwärzesten Stunden bei, die Lady nicht zuletzt. Und beschäftigt die Lady jemals Ihren Geist? Überlegten Sie sich jemals, was wir in jener Nacht durchmachten, welch treues Weib sie Ihnen von dieser Zeit an gewesen ist und in welcher Lage sie sich heute befindet? Niemals! Sie setzen Ihren Stolz darin, hierzubleiben und ihm standzuhalten, aber sie muß mit Ihnen hierbleiben. Oh, der Stolz meines Lords, das ist die wichtigste Sache! Und doch ist sie eine Frau, und Sie sind ein großer starker Mann! Sie ist das Weib, das Sie zu beschützen schworen, und was mehr ist, die Mutter Ihres einzigen Sohnes!"

„Sie sprechen bittere Worte, Mackellar", sagte er, „aber Gott weiß, ich fürchte, Sie sprechen die Wahrheit. Ich habe mich meines Glückes nicht würdig gezeigt. Holen Sie die Lady zurück."

Die Lady wartete in der Nähe, um das Ergebnis der Unterredung zu erfahren. Als ich sie hereinbrachte, nahm der Lord ihre und meine Hand und legte sie zusammen auf seine Brust. „Ich habe in meinem Leben zwei Freunde besessen", sagte er. „Aller Trost, der mir je wurde, kam von euch beiden. Wenn ihr beiden einer Meinung seid, müßte ich ein undankbarer Halunke –" Er schloß seinen Mund plötzlich und sah uns mit nassen Augen an. „Tut mit mir, was euch beliebt", sagte er, „nur denkt nicht –" Wieder hielt er inne. „Tut mit mir, was euch beliebt, Gott weiß, ich liebe und verehre euch."

Er ließ unsere Hände los, drehte uns den Rücken, ging zum Fenster und schaute hinaus. Aber die Lady eilte hinter ihm her, rief seinen Namen aus und warf sich laut aufschluchzend an seinen Hals.

Ich ging hinaus, schloß die Tür hinter mir, stand da und dankte Gott aus der Tiefe meines Herzens.

An der Frühstückstafel trafen wir alle zusammen gemäß dem Plan des Lords. Der Junker hatte inzwischen seine geflickten Stiefel abgelegt und sich für die Tafel zurechtgemacht. Secundra Daß war nicht mehr in Lumpen gehüllt, sondern trug einen anständigen und einfachen schwarzen Anzug, der ihm sonderbar schlecht stand. Das Paar hielt sich bei dem großen Fenster auf und blickte hinaus, als die Familie eintraf. Die beiden wandten sich um, und der schwarze Mann, wie sie ihn bereits im Hause nannten, verbeugte sich beinahe bis zu den Knien, während der Junker wie einer aus der Familie vorwärts eilte. Die Lady hielt ihn auf, indem sie am anderen Ende der Halle einen tiefen Knicks machte und ihre Kinder hinter sich ließ. Der Lord stand etwas vor ihr, so daß die drei Sprößlinge von Durrisdeer sich von Angesicht zu Angesicht gegenüberstanden. Die Hand der Zeit war bei allen deutlich sichtbar, ich glaubte in ihren veränderten Zügen ein *memento mori* zu lesen, und was mich noch mehr erregte, war, daß der schlechte Mensch seine Jahre am vorteilhaftesten trug. Die Lady hatte sich völlig in eine Matrone verwandelt, eine Frau, die zu einer grossen Anzahl von Kindern und Angehörigen als Dame des Hauses gepaßt hätte. Der Lord hatte von seiner Kraft viel eingebüßt, er stolperte, schritt vorwärts, als wolle er laufen und habe von Mr. Alexander wieder gehen gelernt. Sein Gesicht hatte sich verlängert, es schien etwas schmaler zu sein als früher und trug bisweilen ein höchst sonderbares Lächeln, das in meinen Augen halb bitter und halb pathetisch war. Der Junker jedoch hielt sich immer noch sehr gut, wenn vielleicht auch künstlich. Seine Stirn trug in der Mitte herrische Linien, sein Mund hatte befehlshaberische Züge. Er besaß die ganze Würde und etwas von dem Glanz Satans aus dem „Verlorenen Paradies". Ich mußte den Mann bewundernd anschauen und war überrascht, daß ich ihn mit so wenig Furcht betrachtete.

Als wir jedoch bei Tisch saßen, schien es mir, als ob seine Autorität ganz geschwunden sei und ihm alle Zähne gezogen seien. Wir hatten ihn gekannt als Zauberer, der die Elemente beherrschte, und nun saß er hier, verwandelt in einen gewöhnlichen Gentleman, der wie seine Nachbarn an der Frühstückstafel plauderte. Denn der Vater war jetzt tot und der Lord mit der Lady versöhnt: in wessen Ohr sollte er nun seine Verleumdungen träufeln? Es kam über mich wie eine Art Vision, daß ich die Schlauheit dieses Mannes weit überschätzt habe. Noch besaß er seine Bosheit, er war falsch wie immer, aber hier saß er nun ohnmächtig da. Noch immer war er wie eine Viper, aber heute verspritzte er sein Gift vergeblich. Doch zwei weitere Überlegungen kamen mir in den Sinn, während wir an der Tafel saßen: erstens, daß er niedergeschlagen, ja, ich möchte fast sagen, traurig war, seine Gemeinheit wirkungslos zu finden, und zweitens, daß der Lord vielleicht recht hatte und wir einen Fehler begingen, vor dem geschlagenen Feind zu fliehen. Aber das hämmernde Herz meines armen Herrn tauchte vor mir auf, und ich wußte, daß wir Feiglinge sein mußten, um sein Leben zu retten.

Als das Mahl vorüber war, folgte mir der Junker auf mein Zimmer, nahm einen Stuhl, den ich nie angeboten hätte, und fragte mich, was mit ihm geschehen werde.

„Nun, Mr. Bally", sagte ich, „das Haus wird Ihnen noch für eine Weile offen stehen."

„Für eine Weile?“ erwiderte er. „Ich weiß nicht, ob ich Sie richtig verstehe.“

„Es ist klar genug“, sagte ich, „wir nehmen Sie auf, um unseren Ruf zu wahren. Sobald Sie sich öffentlich durch irgendeine Untat unmöglich gemacht haben, werden wir Sie wieder fortschicken.“

„Sie sind ein unverschämter Flegel geworden“, rief der Junker und wandte mir drohend die Stirn zu.

„Ich bin in eine gute Schule gegangen“, erwiderte ich, „Sie werden schon begriffen haben, daß mit dem Tode des alten Lords Ihre Macht völlig vernichtet wurde. Ich fürchte Sie nicht mehr, Mr. Bally, ich glaube sogar – Gott verzeihe mir –, daß Ihre Gesellschaft mir ein gewisses Vergnügen bereitet.“

Er brach in schallendes Gelächter aus, das sichtlich geschauspielert erschien.

„Ich bin mit leeren Taschen gekommen“, sagte er nach einer Weile.

„Ich glaube nicht, daß Geld für Sie bereit ist“, entgegnete ich, „ich möchte Ihnen raten, nicht damit zu rechnen.“

„Über diesen Punkt habe ich einiges zu bemerken“, gab er zurück.

„Wirklich?“ sagte ich. „Ich kann mir nicht vorstellen, was es ist.“

„Oh! Sie tun so, als ob Sie Ihrer Sache sicher wären“, sagte der Junker, „aber ich habe noch einen Trumpf: Ihre Leute fürchten einen Skandal, und ich habe Freude daran.“

„Verzeihung, Mr. Bally“, sagte ich, „wir fürchten keineswegs einen Skandal, der sich gegen Sie richtet.“

Er lachte wieder. „Sie haben gelernt zu antworten“, sagte er. „Aber reden ist sehr leicht, und manchmal täuscht es über Tatsachen hinweg. Ich warne Sie aufrichtig, Sie werden feststellen, daß ich Gift bin für dies Haus. Sie täten besser, mir Geld auszuzahlen, um mich loszuwerden.“ Mit diesen Worten schwenkte er seine Hand gegen mich und verließ das Zimmer.

Etwas später kam der Lord mit dem Anwalt, Mr. Carlyle, eine Flasche alter Wein wurde gebracht, und wir tranken alle ein Glas, bevor wir uns an die Geschäfte machten. Die notwendigen Dokumente wurden aufgesetzt und unterzeichnet, und die schottischen Besitztümer Mr. Carlyle und mir in Verwaltung gegeben.

„Da ist ein Punkt, Mr. Carlyle“, sagte der Lord, als diese Geschäfte erledigt waren, „den ich Sie richtig aufzufassen bitte. Die plötzliche Abreise, die mit der Rückkehr meines Bruders zusammenfällt, wird sicher viel besprochen werden. Ich möchte Sie bitten, jede Verbindung zwischen diesen beiden Ereignissen abzustreiten.“

„Ich will mir das angelegen sein lassen, mein Lord“, antwortete Mr. Carlyle. „Der Junk – Mr. Bally begleitet Sie also nicht?“

„Diesen Punkt muß ich jetzt besprechen“, sagte der Lord. „Mr. Bally bleibt auf Durrisdeer unter der Obhut von Mr. Mackellar, und ich wünsche nicht, daß er auch nur unseren zukünftigen Aufenthalt erfährt.“

„Das öffentliche Gerede aber –“, begann der Anwalt.

„Nun, Mr. Carlyle, es ist ein Geheimnis, das zwischen uns bleiben muß“, unterbrach ihn der Lord. „Nur Sie und Mackellar sollen über meine Reise unterrichtet werden.“

„Und Mr. Bally bleibt hier? Nun gut“, sagte Mr. Carlyle, „die Vollmachten, die Sie zurücklassen –“, er brach ab. „Mr. Mackellar, wir haben ziemlich schwere Pflichten zu erfüllen.“

„Ohne Zweifel“, erwiderte ich.

„Ohne Zweifel“, sagte er. „Mr. Bally soll nichts zu sagen haben?“

„Er soll nichts zu sagen haben“, sagte der Lord, „und wird hoffentlich auch keinen Einfluß haben. Mr. Bally ist kein guter Ratgeber.“

„Ich begreife“, sagte der Anwalt. „Nebenbei, besitzt Mr. Bally Vermögen?“

„Soviel ich weiß, nichts“, erwiderte der Lord. „Ich bewillige ihm Unterhalt, Feuer und Licht in diesem Hause.“

„Und Taschengeld? Wenn ich die Verantwortung teilen soll, werden Sie verstehen, wie wünschenswert es ist, wenn ich Ihre Ansichten genau kenne“, sagte der Anwalt.

„Wie steht es also mit einem Taschengeld?“

„Ein Taschengeld wird nicht gezahlt“, sagte der Lord. „Ich wünsche, daß Mr. Bally sehr zurückgezogen lebt, wir sind nicht immer mit seinem Benehmen zufrieden gewesen.“

„Und in Geldangelegenheiten“, fügte ich hinzu, „hat er sich als ehrloser und schlechter Sachwalter bewiesen. Werfen Sie ein Auge auf jene Liste, Mr. Carlyle, wo ich die verschiedenen Summen zusammengetragen habe, die der Mensch in den letzten fünfzehn oder zwanzig Jahren unserm Vermögen entzogen hat. Die Gesamtsumme ist erschreckend.“

Mr. Carlyle tat, als ob er pfeifen wollte. „Davon hatte ich keine Ahnung“, sagte er. „Entschuldigen Sie nochmals, mein Lord, wenn ich Sie zu drängen schien, aber es ist wirklich wünschenswert, daß ich Ihre Absichten voll erkenne. Mr. Mackellar könnte sterben, und ich allein würde dann die Verantwortung haben. Würden Sie es nicht vorziehen, mein Lord, wenn Mr. Bally – hm – das Land verließe?“

Der Lord schaute Mr. Carlyle an. „Warum fragen Sie das?“ sagte er.

„Ich nehme an, mein Lord, daß Mr. Bally für seine Familie keine Annehmlichkeit bedeutet“, sagte der Anwalt lächelnd.

Das Gesicht des Lords war plötzlich zugeknöpft. „Ich wollte, er führe zum Teufel!“ rief er und schenkte sich mit zitternder Hand ein Glas Wein ein, das zur Hälfte auf seine Brust spritzte. Dies war das zweitemal, daß seine Erregung ihn fortriß, mitten in einer sonst ruhigen und klugen Unterredung. Mr. Carlyle war überrascht und beobachtete den Lord von jetzt an mit heimlicher Neugier. Mir aber gab es die Gewißheit wieder, daß wir die Gesundheit und den Verstand des Lords schützten, wenn wir unsere Entschlüsse ausführten.

Abgesehen von diesem Ausbruch wurde das Gespräch glücklich zu Ende geführt. Ohne Zweifel würde Mr. Carlyle nach und nach einiges verlauten lassen, wie Rechtsanwälte es zu tun pflegen. Auf diese Weise würde, wie wir überzeugt sein konnten, in der Umgebung allmählich eine bessere Stimmung uns gegenüber sich breitmachen, und das Benehmen jenes Menschen selbst würde ohne Zweifel vollenden, was wir begonnen hatten. Noch bevor er Abschied nahm, bewies uns der Anwalt, daß die Wahrheit draußen bereits etwas aufdämmerte.

„Ich sollte Ihnen vielleicht erklären, mein Lord“, sagte er nach einer Weile, als er den Hut schon in der Hand hatte, „daß ich von den Maßnahmen gegenüber Mr. Bally nicht völlig überrascht wurde. Etwas über seinen Charakter sickerte durch, als er zuletzt in Durrisdeer war. Man sprach über eine gewisse Frau in St. Bride, gegen die Sie sich außerordentlich anständig, Mr. Bally aber ziemlich grausam benahm. Dann war es auch die Teilung des Erblehns, über die viel geredet wurde. Kurzum, es war kein Mangel an Gesprächsstoff, für und wider, und manche unserer Bierbankpolitiker vertraten heftig ihre verschiedenen Ansichten. Ich selbst hielt mich zurück, wie es meinem Amt geziemt, aber Mr. Mackellars Aufstellung hier hat mir die Augen endgültig geöffnet. Ich glaube nicht, Mr. Mackellar, daß Sie und ich die Zügel schleifen lassen werden."

Der Rest dieses bedeutungsvollen Tages verlief glücklich. Es war unsere Absicht, den Feind im Auge zu behalten, und ich teilte mich mit den anderen in die Aufgabe, ihn zu bewachen. Ich glaube, seine Stimmung hob sich, als er bemerkte, wie aufmerksam wir waren, während ich andererseits fühlte, wie die meinige deutlich schlechter wurde. Was mich am meisten beunruhigte, war die einzigartige Schläue des Menschen, in unsere Angelegenheiten einzudringen. Der Leser hat vielleicht nach einem Sturz vom Pferde die Hand des Masseurs kennengelernt, der alle Muskeln einzeln befühlt und prüft und dann herzhaft die verletzte Stelle in Angriff nimmt. So war es mit des Junkers Zunge, die äußerst gewitzt zu fragen verstand, und mit seinen Augen, die äußerst scharf beobachteten. Ich glaubte nichts gesagt und doch alles verraten zu haben. Bevor ich es recht begriff, sprach der Mensch mir sein Beileid aus über die Vernachlässigung, die der Lord der Lady und mir angedeihen ließ und über die schädliche Nachsicht gegenüber seinem Sohn. Auf diesen letzten Punkt kam er immer wieder zurück, wie ich zu meinem Entsetzen bemerkte. Der Knabe war vor seinem Onkel etwas zurückgewichen; ich vermutete stark, daß der Vater töricht genug gewesen war, ihm das auf die Seele zu binden, was nicht sehr klug war. Und wenn ich den Mann vor mir ansah, immer noch schön, ein gewandter Sprecher, der unendlich viele Abenteuer zu erzählen hatte, wußte ich, daß er bestimmt in der Lage sei, die Phantasie eines Knaben zu fesseln. John Paul hatte erst am Morgen das Haus verlassen. Es war nicht anzunehmen, daß er über sein Lieblingsthema geschwiegen hatte, so daß Mr. Alexander in der Lage der Dido war und vor Neugier brannte, und hier war nun der Junker wie ein teuflischer Äneas, voll von Erzählungen, die für ein jugendliches Ohr die schönsten in der Welt sind: über Schlachten, Schiffsunfälle, Flucht vor dem Feinde, die Wälder des Westens und, seit der letzten Reise, die alten Städte Indiens. Wie schlau solche Lockspeisen verwandt und welch ein Königreich nach und nach im Herzen eines Knaben durch sie errichtet werden konnte, war mir sofort klar. Solange der Mensch in diesem Hause war, gab es kein Mittel, das stark genug war, die beiden auseinander zu halten, denn wenn es schwierig ist, Schlangen zu zähmen, so ist es nicht sehr schwer, ein kleines Menschenkind, das noch nicht lange Zeit Hosen trägt, zu entzücken. Ich erinnerte mich an einen alten Seemann, der in einem einsamen Hause wohnte jenseits der Figgate Whins – ich glaube, er nannte es Porto Bello –, zu dem die Knaben am Sonnabend von Leith aus herbeiströmten, und dem sie zu Füßen saßen, um seinen gewaltigen Erzählungen zu lauschen. Die jungen Leute scharten sich um ihn wie Krähen um einen Kadaver, was ich oft bemerkte, wenn ich als junger Student während meiner eigenen nachdenklicheren Feiertagserholung vorüberging. Viele der Knaben gingen ohne Zweifel hin trotz ausdrücklichen Verbots, viele fürchteten und haßten den alten Kerl sogar, den sie zu ihrem Helden machten, und ich habe gesehen, wie sie vor ihm flohen, wenn er angeheitert, und ihn steinigten, wenn er betrunken war. Und doch kamen sie jeden Sonnabend wieder! Um wieviel leichter würde ein Knabe wie Mr. Alexander unter den Einfluß eines gut aussehenden und glänzend erzählenden Gentleman-Abenteurers geraten, der die Lust verspürte, ihn für sich zu gewinnen. Und wuchs der Einfluß, wie leicht konnte er ihn zum Verderben des Kindes benutzen!

Ich bezweifle, ob unser Feind den Namen Alexander dreimal ausgesprochen hatte, bevor ich begriff, was ihm im Geiste vorschwebte – seine ganze Gedankenrichtung und die Erinnerung an die Vergangenheit stand mir plötzlich vor Augen –, und ich möchte sagen, daß ich zurückschreckte, als wenn ich auf einer Landstraße plötzlich einem breiten Graben begegnete. Mr. Alexander: das war der wunde Punkt, das war die Eva in unserem fragwürdigen Paradies, und die Schlange war bereits zischend in der Nähe.

Ich kann versichern, daß ich nunmehr um so energischer alle Vorbereitungen traf, meine letzten Bedenken waren verschwunden, die Gefahr jeder Zögerung stand vor mir geschrieben in riesigen Buchstaben. Es will mir vorkommen, als ob ich von diesem Augenblick an nicht mehr gesessen oder Atem geschöpft hätte. Bald war ich auf meinem Posten beim Junker und seinem Inder, bald in der Dachstube beim Kofferpacken. Dann wieder sandte ich Macconochie durch ein Seitentor hinaus über den Waldweg, um ein Gepäckstück zum Treffpunkt zu tragen, und darauf beriet ich mich von neuem in einigen heimlichen Worten mit der Lady. Das war in Wirklichkeit unser Leben in Durrisdeer an jenem Tage, aber nach außen hin schien alles ganz geordnet, wie bei einer Familie auf dem heimatlichen Erbsitz, und wenn der Junker irgendeine Verwirrung bemerkt haben mag, so mußte er sie zurückführen auf die Überraschung durch seine unvorhergesehene Ankunft und auf die Furcht, die er gewohnt war einzuflößen.

Das Abendessen ging glimpflich vorüber, kalte Begrüßungen wurden ausgetauscht, und dann verzog sich die Gesellschaft auf ihre verschiedenen Schlafzimmer. Ich blieb bis zuletzt beim Junker. Wir hatten ihn neben dem Inder im Nordflügel einquartiert, weil er am weitesten entfernt lag und durch Türen von dem Haupthaus abgetrennt werden konnte. Ich beobachtete, daß er ein liebenswürdiger Freund oder ein guter Herr (wie er immer gewesen sein mag) gegenüber seinem Secundra Daß war. Er war auf seine Bequemlichkeit bedacht, schürte das Feuer mit eigener Hand, da der Inder sich über die Kälte beklagte, fragte nach dem Reis, von dem der Fremdling lebte, sprach freundlich mit ihm auf hindustanisch, während ich mit der Kerze in der Hand dabeistand und so tat, als sei ich von Müdigkeit übermannt. Schließlich bemerkte der Junker die Anzeichen meiner Mißmutigkeit und sagte: „Ich sehe, daß Sie Ihre alten Gewohnheiten beibehalten haben: früh zu Bett und früh wieder hoch. Gähnt Euch von dannen!“

Sobald ich auf meinem Zimmer war, machte ich die gewohnheitsmäßige Bewegung des Auskleidens, um die Zeit richtig abzuschätzen, und als sie verstrichen war, legte ich mein Feuerzeug zurecht und blies die Kerze aus. Ungefähr eine Stunde später machte ich wieder Licht, zog meine Filzschuhe an, die ich am Krankenbett meines Lords getragen hatte, und schlich ins Haus, um die Reisenden zusammenzurufen. Alle waren angekleidet und warteten: der Lord, die Lady, Miß Katharine, Mr. Alexander und die Zofe der Lady, Christie. Ich beobachtete die Wirkung heimlichen Tuns selbst bei diesen ganz unschuldigen Personen, die nacheinander mit wachsbleichen Gesichtern im Türrahmen erschienen. Wir schlüpften durch den Seitenausgang in die stockfinstere Nacht hinaus, die kaum durch einen oder zwei Sterne erhellt war, so daß wir zuerst stolperten und taumelten und in das Buschwerk fielen. Einige hundert Meter den Waldpfad hinauf wartete Macconochie mit einer großen Laterne, so daß der Rest des Weges uns ziemlich leicht wurde; aber trotzdem schwiegen alle, als ob sie schuldig seien. Ein Stück oberhalb der Abtei mündete der Weg in die Hauptstraße, und ungefähr eine Viertelmeile weiter sahen wir bei dem Ort, der Eagles genannt wird, wo die Sümpfe beginnen, die Lichter zweier Wagen leuchten an der Wegseite. Beim Abschied wurden nur wenige Worte gewechselt, und diese betrafen geschäftliche Angelegenheiten. Wir reichten uns nun schweigend die Hände, wandten unsere Gesichter ab, und alles war vorüber, die Pferde setzten sich in Trab, das Laternenlicht hüpfte wie ein Irrlicht über das aufgebrochene Moorland und verschwand hinter Stony Brae. Macconochie und ich waren mit unserer Laterne allein auf der Straße. Wir wollten warten, bis die Kutsche bei Cartmore wieder auftauchte. Es schien uns, als ob sie auf dem Gipfel anhielten, ein letztes Mal zurückblickten und unsere Laterne sahen, die von dem Trennungsort noch nicht weit entfernt war, denn sie nahmen ein Wagenlicht und hoben und senkten es dreimal wie zum Abschiedsgruß. Und dann waren sie wirklich fort, sie hatten zum letzten Male das freundliche Dach von Durrisdeer gesehen und richteten nun ihre Blicke auf ein barbarisches Land. Ich wußte früher nichts von der gewaltigen Wölbung der Nacht, in der wir beiden armen dienenden Menschen – der eine alt und der andere ältlich – zum ersten Male verlassen dastanden. Nie zuvor habe ich meine Abhängigkeit von der Haltung anderer Menschen so sehr empfunden. Das Gefühl der Verlassenheit brannte wie Feuer in meinen Eingeweiden. Es schien mir, als ob wir, die wir zu Hause zurückblieben, in Wirklichkeit die Verbannten seien, und als ob Durrisdeer und Solwayside und alles, was mir das Land heimatlich, seine Luft süß und seine Sprache angenehm machte, von mir geflohen und jenseits des Meeres mit meinen alten Herrschaften weilte.

Den Rest der Nacht verbrachte ich, indem ich auf der sandigen Landstraße auf und ab lief und über Zukunft und Vergangenheit nachdachte. Meine Gedanken, die zunächst sehnsüchtig bei denen weilten, die soeben fortgezogen waren, wurden mannhafter, als ich bedachte, was mir zu tun übrigblieb. Der Tag kam herauf über die Berggipfel des Landes, die Hähne begannen zu krähen und der Rauch aufzusteigen von den Hütten im braunen Schoß des Moores, bevor ich meine Schritte heimwärts lenkte und den Weg hinunterschritt, dorthin, wo das Dach von Durrisdeer in der Morgendämmerung an der See heraufschimmerte.

Zur üblichen Stunde ließ ich den Junker wecken und erwartete ihn ruhigen Gemütes in der Halle. Er blickte umher in dem leeren Raum und auf die drei Gedecke.

„Wir sind eine kleine Gesellschaft“, sagte er, „wie kommt das?“

„Das ist die Gesellschaft, an die wir uns gewöhnen müssen“, erwiderte ich.

Er sah mich plötzlich scharf an. „Was bedeutet alles das?“ fragte er.

„Sie und ich und unser Freund Mr. Daß sind von jetzt an unter uns“, entgegnete ich. „Der Lord, die Lady und die Kinder sind auf Reisen gegangen.“

„Auf mein Wort!“ rief er, „ist das möglich? Ich habe also wirklich Ihre Volsker in Corioli aufgeschreckt! Aber das ist kein Grund, das Frühstück kalt werden zu lassen. Setzen Sie sich bitte, Mr. Mackellar" – indem er sprach, nahm er die Spitze der Tafel ein, die ich mir selbst zugedacht hatte–, „und während wir essen, können Sie mir die Einzelheiten dieser Flucht erzählen."

Ich konnte beobachten, daß er erregter war, als seine Reden verrieten, und ich beschloß, es ihm an Kälte gleichzutun. „Ich wollte Sie soeben bitten, den Vorsitz an der Tafel zu übernehmen", sagte ich, „denn obgleich ich jetzt in die Lage versetzt bin, Ihr Gastgeber zu sein, könnte ich doch nie vergessen, daß Sie schließlich einmal ein Mitglied der Familie waren."

Eine Weile spielte er die Rolle des Hausherrn, gab Befehle an Macconochie, der sie mit böser Miene entgegennahm, und bemühte sich besonders um Secundra. „Und wohin hat sich meine liebe Familie zurückgezogen?" fragte er lässig.

„Ja, Mr. Bally, das ist eine andere Sache", sagte ich, „ich habe keine Anweisung, Ihnen das Ziel der Reise mitzuteilen."

„Auch mir nicht?" fragte er.

„Niemand", sagte ich.

„Das ist weniger verletzend", sagte der Junker, „ *c'est de bon ton*: mein Bruder bessert seine Sitten, je länger er lebt, und was ist mit mir, teurer Mr. Mackellar?"

„Sie werden Wohnung und Verpflegung erhalten, Mr. Bally", antwortete ich. „Es ist mir gestattet, Ihnen den Weinkeller freizugeben, der sehr gut gefüllt ist. Sie haben sich nur gut mit mir zu stellen, was nicht sehr schwer ist, dann werden Sie weder Wein noch Reitpferd entbehren."

Er fand einen Vorwand, um Macconochie aus dem Zimmer zu entfernen.

„Und wie steht es mit Geld?" erkundigte er sich. „Muß ich mich mit meinem lieben Freund Mackellar auch gut stellen, um Taschengeld zu erhalten? Das bedeutet eine angenehme „Rückkehr in die Knabenzeit."

„Bewilligt wurde nichts", sagte ich, „aber ich werde es auf meine eigene Kappe nehmen, Sie in bescheidenen Grenzen zu versorgen."

„In bescheidenen Grenzen?" wiederholte er. „Und Sie wollen es auf Ihre eigene Kappe nehmen?" Er richtete sich auf und blickte über die lange Reihe der Porträts in der Halle. „Im Namen meiner Vorfahren, ich danke Ihnen", sagte er, und dann wurde er wieder ironisch: „Aber Secundra Daß muß doch sicherlich auch ein Taschengeld erhalten?“ fragte er. „Es ist unmöglich, daß man das vergessen habe.“

„Ich werde es mir merken und um Anweisungen bitten, wenn ich schreibe“, entgegnete ich.

In plötzlich veränderter Haltung lehnte er sich vor und stützte einen Ellbogen auf den Tisch: „Halten Sie das alles für sehr klug?“

„Ich führe Befehle aus, Mr. Bally“, sagte ich.

„Außerordentlich bescheiden“, sagte der Junker, „aber vielleicht nicht gleichermaßen klug. Sie sagten mir gestern, meine Macht sei mit dem Tode meines Vaters zusammengebrochen. Wie kommt es denn, daß ein hoher Adliger unter dem Schutz der Nacht aus einem Hause flieht, in dem seine Väter mehrere Belagerungen ausgehalten haben? Daß er seine Adresse verschweigt, was Seine Majestät den König und auch die ganze Öffentlichkeit angeht? Und daß er mich im Besitz der Ländereien zurückläßt, unter dem väterlichen Schutz seines unschätzbaren Mackellar? Das sieht mir aus nach sehr beträchtlicher und echter Furcht.“

Ich wollte ihn mit irgendeiner nicht sehr glaubwürdigen Abwehrrede unterbrechen, aber er wies mich mit einer Handbewegung zur Ruhe und fuhr fort zu sprechen:

„Ich sage, daß es nach Furcht schmeckt, aber ich will weitergehen, denn ich glaube, daß die Furcht begründet ist. Ich kam in dies Haus mit einigem Zögern; angesichts der Umstände meiner letzten Abreise konnte mich nur zwingende Notwendigkeit zur Rückkehr bewegen. Geld aber muß ich bekommen. Sie werden es mir nicht gutwillig geben, aber ich habe die Macht, es von Ihnen zu ertrotzen. Innerhalb einer Woche werde ich, ohne Durrisdeer zu verlassen, herausfinden, wohin diese Narren geflohen sind. Ich werde folgen, und wenn ich meine Beute erreicht habe, will ich einen Keil in die Familie treiben, der sie von neuem zersplittert. Dann werde ich sehen, ob Lord Durrisdeer“, er sagte das mit unglaublicher Verachtung und Wut, „meine Abreise erkaufen wird, und Sie werden sehen, wie ich mich dann entscheide: für Geldgewinn oder für Rache!“

Ich war entsetzt, den Mann so offen sprechen zu hören. In Wahrheit war er außer sich vor Ärger über die erfolgreiche Flucht des Lords, fühlte sich selbst als genasführt und war deshalb nicht in der Stimmung, seine Zunge zu beherrschen.

„Halten Sie das für durchaus klug?“ sagte ich, indem ich seine eigenen Worte brauchte.

„Zwanzig Jahre habe ich mit meiner armseligen Klugheit gelebt“, antwortete er mit einem Lächeln, das in seiner Eitelkeit fast töricht aussah.

„Um schließlich als Bettler zu enden“, erwiderte ich, „wenn das Wort Bettler genügend bezeichnend ist.“

„Ich bitte Sie zu beachten, Mr. Mackellar“, schrie er plötzlich herrisch und hitzig, was ich nur bewundern konnte, „daß ich peinlich höflich bin. Ahmen Sie mir darin nach, dann werden wir uns besser verstehen!“

Während dieser ganzen Unterredung empfand ich es als unbequem, von Secundra Daß beobachtet zu werden. Niemand von uns hatte seit dem ersten Wort auch nur einen Bissen gegessen. Unsere Augen brannten ineinander, sie durchbohrten des anderen Gesicht, ja man kann sagen, sein Herz, und die des Inders beunruhigten mich durch ihr wechselndes Aufleuchten, als ob er unser Gespräch verstände. Aber ich verwarf das als Einbildung und sagte mir von neuem, daß er Englisch nicht verstehe und nur aus dem Ernst der beiden Stimmen und der gelegentlichen zornigen Erregung des Junkers schließen könne, daß sich etwas wichtiges zutrage.

Ungefähr drei Wochen lang lebten wir auf diese Weise zusammen auf Haus Durrisdeer: der Anfang jener höchst sonderbaren Periode meines Lebens, die ich meine Vertrautheit mit dem Junker nennen muß. Zunächst war er ziemlich schwankend in seinem Benehmen, bald höflich, bald grob wie in früheren Tagen, und in beiden Fällen kam ich ihm auf halbem Wege entgegen. Der Vorsehung sei Dank, daß ich mich gegenüber diesem Menschen nicht mehr zusammenzunehmen brauchte, und ich habe mich nie vor Stirnfalten gefürchtet, sondern nur vor gezogenen Schwertern. Auf diese Weise empfand ich ein gewisses Vergnügen bei solchen Ausbrüchen der Unhöflichkeit und war in meinen Erwiderungen nicht immer geistlos. Schließlich – es war beim Abendessen – fand ich einen launigen Ausdruck, der ihn völlig überwältigte. Er lachte wieder und wieder und rief aus: „Wer hätte vermuten können, daß dies alte Weib unter ihren Röcken so viel Witz verborgen hielt?“

„Es ist kein Witz, Mr. Bally“, sagte ich, „es ist trockener schottischer Humor, und zwar der trockenste, den es gibt.“ Und wirklich habe ich niemals im geringsten vorgegeben, daß ich ein witziger Mensch sei.

Seit dieser Stunde war er nie wieder grob zu mir, wir verkehrten nun gewissermaßen liebenswürdig miteinander. Am humorvollsten war es, wenn er mich um ein Pferd, eine Flasche Wein oder etwas Geld bat. Dann näherte er sich mir wie ein Schuljunge, und ich tat so, als ob ich sein Vater sei. Wir waren beide unendlich fröhlich dabei, und ich mußte glauben, daß er mich jetzt höher schätzte, was meiner Eitelkeit, dieser armseligen Mencheneigenschaft, schmeichelte. Vielleicht unbewußt verfiel er nicht nur in einen familiären, sondern sogar freundschaftlichen Ton, und ich fand das bei einem Menschen, der mich solange verabscheut hatte, um so verfänglicher. Er ging wenig nach draußen, und lehnte manchmal sogar Einladungen ab. „Nein", pflegte er zu sagen, „was gehen mich diese dickköpfigen Bauernschädel an? Ich will zu Hause bleiben, Mackellar, wir wollen friedlich zusammen eine Flasche trinken und uns angenehm unterhalten". Und wirklich wären die Mahlzeiten auf Durrisdeer wegen unserer glänzenden Wechselreden für jedermann eine Freude gewesen. Er gab oft seiner Verwunderung Ausdruck über seine frühere Gleichgültigkeit mir gegenüber. „Aber sehen Sie", pflegte er hinzuzufügen, „wir gehörten feindlichen Parteien an. Auch heute ist es so, aber darüber wollen wir nicht reden. Ich würde schlechter von Ihnen denken, wenn Sie Ihrem Herrn gegenüber nicht korrekt wären." Man muß bedenken, daß er mir völlig unfähig erschien zur Anstiftung irgendeines Unheils, und daß es eine große Schmeichelei bedeutete, wenn schließlich nach langen Jahren dem Charakter und der Begabung eines Menschen späte Gerechtigkeit widerfährt. Aber ich will mich nicht entschuldigen. Ich bin zu tadeln, ich ließ mich von ihm umgarnen, kurzum, der Wachthund war nahe daran einzuschlafen, als er plötzlich aufgeschreckt wurde.

Ich muß bemerken, daß der Inder ständig im Hause auf und ab wanderte. Er sprach niemals außer in seiner eigenen Mundart und mit dem Junker, ging lautlos umher und tauchte stets auf, wenn man ihn am wenigsten erwartete, in tiefen Gedanken verloren, aus denen er auffuhr, wenn man kam, um einen mit seiner kriechenden Verbeugung zu verhöhnen. Er schien so ruhig, so gebrechlich und so eingesponnen in seine eignen Phantasien, daß ich ihn kaum noch beachtete oder sogar bemitleidete, als harmlosen Verbannten seines Heimatlandes. Und doch lauschte diese Kreatur überall umher, und zweifelsohne wurde dem Junker durch seine Verschlagenheit und meine Sicherheit unser Geheimnis verraten.

Es war in einer stürmischen Nacht, nach dem Abendessen, als wir in fröhlicherer Laune als sonst zusammengesessen hatten, da wurde mir der Hieb versetzt.

„Alles dies ist sehr nett", sagte der Junker, „aber wir täten besser daran, unsere Bündel zu schnüren."

„Warum?" rief ich aus. „Wollen Sie abreisen?"

„Wir werden alle morgen früh abreisen", sagte er, „zunächst nach dem Hafen von Glasgow und von dort zur Provinz New York."

Ich glaube, daß ich laut aufstöhnte.

„Ja", fuhr er fort, „ich habe mich gebrüstet; ich sagte eine Woche, aber es hat mich ungefähr zwanzig Tage gekostet. Nun gut, ich werde die Zeit wieder einholen und um so rascher reisen."

„Haben Sie Geld für die Überfahrt?" fragte ich.

„Teurer und schlauer Mensch, ich habe es", antwortete er. „Wenn es Ihnen beliebt, mögen Sie mich wegen meiner Falschheit anklagen, aber während ich einzelne Schillinge von meinem Väterchen herauspreßte, besaß ich ein eigenes Vermögen, das ich mir für schlimme Tage beiseitegelegt hatte. Sie werden Ihre eigene Überfahrt bezahlen müssen, wenn Sie uns auf unserem Flankenmarsch begleiten wollen. Ich besitze genug für Secundra und mich, aber nicht mehr. Genug, um gefährlich, nicht genug, um großherzig zu sein. Auf dem Wagen ist jedoch ein Außensitz, den ich Ihnen gegen geringe Entschädigung überlassen werde, so daß die ganze Menagerie zusammen fortziehen kann: der Haushund, der Affe und der Tiger."

„Ich gehe mit Ihnen", sagte ich.

„Ich rechne damit", antwortete der Junker. „Sie haben mich betrogen gesehen, und ich möchte, daß Sie mich auch siegreich sehen. Um das zu erreichen, will ich es riskieren, Sie in diesem stürmischen Wetter wie einen Schwamm zu durchnässen."

„Und schließlich", fügte ich hinzu, „wissen Sie sehr genau, daß Sie mich nicht loswerden können."

„Nicht leicht", sagte er, „Sie haben mit Ihrem ausgezeichneten Menschenverstand den Finger auf den entscheidenden Punkt gelegt. Ich kämpfe nie gegen das Unvermeidliche."

„Ich nehme an, daß es zwecklos ist, auf Sie einzureden“, sagte ich.

„Vollkommen, glauben Sie mir“, erwiderte er.

„Und doch, wenn Sie mir Zeit ließen, könnte ich schreiben –“, begann ich.

„Und wie würde die Antwort Lord Durrisdeers ausfallen?“ fragte er.

„Allerdings“, gestand ich, „das ist die Schwierigkeit.“

„Jedenfalls ist es viel wirkungsvoller, wenn ich selbst gehe!“ sagte er. „Aber alles dies ist nur Zeitverschwendung, um sieben Uhr morgen früh wird der Wagen vor der Tür sein. Denn ich reise ab, von der Tür ab, Mackellar, ich wate nicht durch Wälder und besteige nicht meinen Wagen auf offener Straße – etwa bei Eagles.“

Mein Entschluß war jetzt gefaßt. „Können Sie mir eine Viertelstunde in St. Bride genehmigen?“ fragte ich. „Ich habe mit Carlyle eine kleine notwendige geschäftliche Angelegenheit zu erledigen.“

„Eine Stunde, wenn Sie es wünschen“, sagte er. „Ich will nicht leugnen, daß das Geld für Ihren Wagensitz wichtig für mich ist, und Sie könnten mit Reitpferden natürlich schneller nach Glasgow gelangen.“

„Nun“, sagte ich, „ich hätte nie geglaubt, das liebe, alte Schottland verlassen zu müssen.“

„Ich werde Sie aufheitern“, erwiderte er.

„Für einen von uns wird es eine böse Fahrt sein“, sagte ich, „und ich denke: für Sie. Etwas redet in meinem Herzen, und so viel empfinde ich deutlich, daß diese Reise unter schlimmen Vorzeichen begonnen wird.“

„Wenn Sie sich auf Prophezeiungen verlegen“, antwortete er, „so richten Sie sich doch selbst danach.“

Ein heftiger Windstoß kam herauf von der offenen Solwaybucht, und der Regen klatschte gegen die großen Fenster.

„Wißt Ihr, was das bedeutet, Kerlchen?“ sagte er in breitem schottischem Dialekt. „Ein gewisser Mackelar wird furchtbar seekrank werden!“

Als ich auf meinem Zimmer war, saß ich dort in qualvoller Erregung und lauschte auf das Getöse des Sturmes, der mit voller Kraft gegen diesen Flügel des Hauses anraste. Ich war niedergedrückt und mutlos, der Wind stöhnte unheimlich in den Turmzinnen, die Mauern des Hauses erzitterten, der Schlaf floh meine Augen. Ich saß bei der Kerze, blickte die schwarzen Fensterscheiben an, durch die der Sturm ständig hereinzubrechen schien, und auf der leeren Fläche sah ich die kommenden Ereignisse auftauchen, daß mir die Haare zu Berge standen. Ich sah das Kind verdorben, das Haus zerrüttet, meinen Herrn tot oder schlimmer als tot, meine Herrin in Verlassenheit gestürzt: alles das sah ich in leuchtenden Farben vor mir in der Finsternis, und das Heulen des Sturmes schien meine Energielosigkeit zu verspotten.

Neuntes Kapitel

Mr. Mackellars Reise mit dem Junker

Der Wagen kam in stark nässendem Nebel zur Tür. Wir nahmen schweigend Abschied, das Haus Durrisdeer stand geschlossen da mit tropfenden Läden und Fenstern wie ein Ort, der der Trauer geweiht ist. Ich sah, wie der Junker seinen Kopf herausstreckte und zu den nassen Wänden und schimmernden Dächern zurückblickte, bis sie plötzlich vom Nebel aufgesogen wurden. Ich glaube, daß eine natürliche Traurigkeit diesen Menschen bei der Abreise überfiel – oder war es eine Vorahnung des Endes? Als wir schließlich den langen Abhang von Durrisdeer aus hinanstiegen und Seite an Seite auf der feuchten Erde gingen, begann er zuerst zu pfeifen und dann das traurigste aller Volkslieder zu singen, die „Irrfahrten Willies", ein Lied, bei dem die Leute in den Wirtschaften weinen. Die Worte, die er benutzte, habe ich sonst nie gehört. Ich habe auch keine Abschrift davon erhalten können, aber einige, die zu unserer Abreise sehr gut paßten, haften in meinem Gedächtnis. Ein Vers begann:

„Ach, damals war Heimat noch Heimat, Liebster,
Und freundliche Gesichter ringsum.
Damals war Heimat noch Heimat, Liebster,
Und Glück für unser Kind."

Und er endete ungefähr so:

„Wenn jetzt der Tag graut über dem braunen Moor,
Steht das Haus einsam und der Herd kalt.
Laß es stehen, denn die Freunde sind fort,
Die guten Herzen, die treuen Herzen, deren Liebe uns galt."

Ich kann die Güte dieser Verse nicht beurteilen, sie wurden aufgesogen von der Melancholie der Luft und mir von einem Meistersinger im geeigneten Augenblick vorgesungen oder vielmehr vorgesummt. Er blickte mir ins Gesicht, als er geendet hatte, und sah, daß meine Augen feucht waren.

„Ach, Mackellar“, sagte er, „denken Sie, daß ich nie Reue empfinde?“

„Ich glaube nicht, daß Sie ein so schlechter Mensch sein könnten“, sagte ich, „wenn Sie nicht alle Anlagen dazu hätten, ein guter zu sein.“

„Nein, nicht alle“, antwortete er, „nicht alle. Sie befinden sich in einem Irrtum. Die Krankheit des Nichtwollens, mein Evangelist!“

Aber mir schien, daß er seufzte, als er wieder in den Wagen stieg.

Den ganzen Tag fuhren wir in demselben Wetter, der Nebel drang von allen Seiten auf uns ein, der Himmel weinte unaufhörlich auf mein Haupt. Der Weg führte über Moorhügel, wo kein Laut zu hören war als das Schreien der Birkhühner in der feuchten Heide und das Rauschen der angeschwollenen Bäche. Manchmal versank ich in Schlummer, aber verfiel sofort in widerliche und schreckliche Träume, aus denen ich angstverstört erwachte. Manchmal, wenn der Pfad steil war und die Räder sich langsam drehten, konnte ich die Stimmen im Wageninnern hören, die in jenem tropischen Dialekt redeten, der mir ebenso unverständlich war wie das Geschrei der Vögel. Bisweilen, bei größeren Hügeln, stieg der Junker aus und ging neben mir, meistens ohne zu sprechen. Und während der ganzen Zeit hatte ich schlafend oder wachend die gleiche finstere Vorahnung kommenden Unglücks. Dieselben Bilder stiegen wieder vor mir auf, nur daß sie jetzt in den Nebel der Hügellandschaft gemalt waren. Das eine stand, wie ich mich erinnere, vor mir in den Farben echter Illusion. Es zeigte mir den Lord, wie er in einem kleinen Zimmer am Tisch saß, er hob langsam seinen Kopf, den er vorher in die Hände vergraben hatte, und wandte mir ein Gesicht zu, aus dem alle Hoffnung entflohen war. Ich sah dies Bild zuerst auf den schwarzen Fensterscheiben während meiner letzten Nacht auf Durrisdeer, und es verfolgte mich und kehrte immer wieder zurück während der ersten Hälfte der Reise. Es war jedoch nicht die Vision eines Irrsinnigen, denn ich habe ein hohes Alter erreicht, ohne an Verstand einzubüßen; auch war es nicht, wie ich damals versucht war zu vermuten, eine himmlische Warnung vor der Zukunft. Alle Arten von Unglück fließen uns zu, aber nicht dies, und ich sah manchen tieftraurigen Anblick, aber diesen nicht.

Es wurde beschlossen, die ganze Nacht durchzureisen, und es war sonderbar, daß meine Stimmung sich etwas hob, als die Dämmerung hereingebrochen war. Die hellen Lampen, die in den Nebel eindrangen zu den dampfenden Pferden und dem zügelführenden Postkutscher, boten mir vielleicht einen Anblick, der im Grunde freundlicher war als das, was der Tag gezeigt hatte. Vielleicht war mein Geist auch der Melancholie überdrüssig. Jedenfalls verbrachte ich einige wache Stunden, nicht ohne Befriedigung meiner Gedanken, wenn mein Körper auch feucht und niedergedrückt war, und schließlich verfiel ich in einen natürlichen und traumlosen Schlummer. Aber auch im tiefsten Schlaf muß ich an der Arbeit gewesen sein, und diese Arbeit muß immerhin einigermaßen vernünftig gewesen sein. Denn plötzlich war ich ganz wach und überraschte mich bei dem Ruf:

„Damals war Heimat noch Heimat, Liebster,
Und Glück für unser Kind!"

Und ich war überrascht, die Strophe unserer Lage angemessen zu finden und bezeichnend für die furchtbaren Pläne, die der Junker mit seiner augenblicklichen Reise verfolgte.

Wir waren damals dicht bei der Stadt Glasgow, wo wir bald zusammen in einem Wirtshaus frühstückten, und wo wir, wie der Teufel es wollte, ein Schiff vorfanden, das gerade absegeln sollte. Wir nahmen Kabinenplätze und trugen unser Gepäck zwei Tage später an Bord. Der Name des Schiffes war „Unvergleichliche", es war sehr alt und sehr glücklich benannt. Wie wir von allen Seiten hörten, sollte es seine letzte Reise machen, die Leute am Kai schüttelten den Kopf, und viele fremde Menschen auf der Straße warnten mich wiederholt, es sei faul wie ein Käse und außerdem zu schwer beladen, es müsse unbedingt kentern, wenn wir in einen Sturm gerieten. Daher waren wir die einzigen Passagiere, der Kapitän namens McMurtrie war ein schweigsamer, verschlossener Mann, die Mannschaft bestand aus unwissenden, rauhen Seeleuten, aus allen Windrichtungen herbeigeholt, und der Junker und ich waren deshalb nur aufeinander angewiesen.

Die „Unvergleichliche" hatte auf dem Clyde günstigen Wind, und ungefähr eine Woche erfreuten wir uns herrlichen Wetters und guten Fortschritts. Ich selbst war zu meinem Erstaunen ein geborener Seemann, wenigstens insofern, als ich nie seekrank war, doch empfand ich nicht die sonstige Frische meiner

Gesundheit. War es nun die Bewegung des Schiffes zwischen den Wellen, die Unterbringung, das Salzfleisch oder alles zusammen: ich litt unter starker Niedergeschlagenheit und qualvoller Mutlosigkeit. Vielleicht trug auch meine Aufgabe dazu bei, aber ich glaube, daß die Krankheit, wie sie auch immer heißen mochte, in der Hauptsache durch meine Umgebung verursacht wurde, und wenn das Schiff nicht die Schuld trug, dann bestimmt der Junker. Haß und Furcht sind schlimme Genossen, aber, zu meiner Schande sei es gestanden, auch an anderen Orten habe ich sie erlebt, bin mit ihnen schlafen gegangen und mit ihnen aufgestanden, habe mit ihnen gegessen und getrunken, und doch war ich nie zuvor oder hernach so durch und durch seelisch und körperlich vergiftet wie an Bord der „Unvergleichlichen". Ich muß offen bekennen, daß mein Feind mir ein gutes Beispiel gab durch sein Benehmen; selbst an den schlimmsten Tagen entfaltete er eine höchst duldsame Liebenswürdigkeit, unterhielt sich mit mir, solange ich wollte, und wenn ich seine Höflichkeiten zurückwies, streckte er sich auf Deck aus, um zu lesen. Das Buch, das er an Bord mit sich führte, war die berühmte „Clarissa" von Richardson, und neben anderen Gefälligkeiten las er mir laut Stellen daraus vor. Kein berufsmäßiger Sprecher hätte die pathetischen Abschnitte des Werkes mit größerer Wirksamkeit wiedergeben können. Ich meinerseits antwortete mit Stellen aus der Bibel, die meine ganze Bibliothek darstellte, und zwar erst neuerdings, da ich meine religiösen Pflichten, wie ich bedauerlicherweise zugeben muß, immer und bis auf diesen Tag höchlichst vernachlässigte. Er empfand die Bedeutung des Buches als Feinschmecker, der er war, und manchmal nahm er es mir aus der Hand, wandte die Seiten um wie einer, der genau Bescheid weiß, und las mir mit seiner Betonung weit schönere Stellen vor als die von mir zitierten. Aber es war sonderbar, wie wenig er das Gelesene auf sich selbst anwandte. Alles zog über seinem Haupte hin wie ein Sommergewitter: Lovelace und Clarissa, die Berichte von Davids Edelmut, seine Bußpsalmen, die großen Fragen des Buches Hiob, die großartige Poesie Jesaias' – alles das war für ihn nur eine Quelle der Unterhaltung, wie etwa das Kratzen auf einer Geige in einer Dorfkneipe. Diese äußerliche Empfindsamkeit und innere Unberührtheit brachte mich gegen ihn auf, sie schien übereinzustimmen mit der groben Unverschämtheit, die, wie ich wußte, unter der Glätte seiner feinen Manieren verborgen war, und manchmal mußte ich meinen Ekel hinunterwürgen, als ob er mißgestaltet wäre, und ich zog mich von ihm zurück, als ob er teilweise durchsichtig wäre. Ich erlebte Augenblicke, wo ich dachte, er sei aus Pappe, und wenn man die Hülle der guten Haltung zerrisse, fände man nur Leerheit inwendig. Dieser Abscheu, der nicht nur, wie ich glaube, auf

Phantasie beruhte, vergrößerte meine Abneigung gegen seine Gesellschaft, ich fühlte ein Erschauern in mir, wenn er sich näherte, manchmal hatte ich Lust, laut aufzuschreien, und an manchen Tagen hätte ich ihn schlagen mögen, wie ich vermute. Diese Gemütsverfassung wurde zweifellos verstärkt durch das Gefühl der Scham, weil ich während der letzten Tage auf Durrisdeer eine gewisse Zuneigung zu dem Manne gefaßt hatte, und wenn mir damals jemand eingeredet hätte, diese Neigung werde zurückkehren, hätte ich ihm ins Gesicht gelacht. Es ist möglich, daß er von diesem Fieber meiner Abneigung nichts merkte, aber ich glaube, er war doch zu schlau, und er hatte sich wahrscheinlich in seinem langen nichtstuerischen Leben an Gesellschaft so sehr gewöhnt, daß er nun gezwungen war, meinen unversteckten Widerwillen hinzunehmen und zu ertragen. Schließlich liebte er sicher auch den Klang seiner eigenen Stimme, wie er alle seine körperlichen und geistigen Eigenschaften liebte, eine Torheit, die fast notwendigerweise mit der Verderbtheit verknüpft ist. Ich beobachtete, wie er sich zu langen Gesprächen mit dem Kapitän verstand, wenn ich schweigsam blieb, obgleich der Schiffer offen seine Langeweile kund tat, mißmutig mit Händen und Füßen strampelte und nur mit einem Grunzen antwortete.

Nach der ersten Woche auf offener See gerieten wir in widrige Winde und schweres Wetter. Die See ging hoch. Die „Unvergleichliche“ rollte unglaublich, da sie altmodisch und schlecht geladen war, so daß der Kapitän für seine Masten und ich für mein Leben zitterte. Wir machten keine Fortschritte, unerträgliche Übellaunigkeit herrschte auf dem Schiff, Mannschaft, Steuerleute und Kapitän fluchten gegeneinander den ganzen Tag. Ein freches Wort von einer Seite und ein Schlag von der anderen war ein tägliches Ereignis. Es gab Augenblicke, wo die gesamte Besatzung den Dienst verweigerte, und wir vom Hinterschiff wurden zweimal bewaffnet aus Furcht vor Meuterei. Es war das erstemal in meinem Leben, daß ich Waffen trug.

Inmitten dieser bösen Stimmung kam ein Orkan auf, so daß alle fürchteten, das Schiff müsse untergehen. Ich wurde in die Kabine eingeschlossen vom Mittag des einen Tages bis zum Abend des nächsten, der Junker wurde auf Deck festgebunden; Secundra hatte irgendein Rauschmittel verschluckt und lag bewußtlos da, so daß ich diese Stunden in ununterbrochener Einsamkeit zubrachte. Zunächst war ich vor Schrecken bewegungslos und fast unfähig nachzudenken, mein Geist war wie eingefroren. Dann erlebte ich einen Strahl der Hoffnung. Wenn die „Unvergleichliche“ kenterte, würde sie jenes Geschöpf mit sich in die Tiefe des Meeres hinabreißen, das wir alle fürchteten und haßten.

Der Junker von Ballantrae wäre nicht mehr, die Fische würden zwischen seinen Rippen spielen, seine Pläne würden zunichte, seine harmlosen Feinde Frieden haben. Es war zuerst, wie ich sagte, nur ein Strahl der Hoffnung, aber bald wurde heller Sonnenschein daraus. Der Gedanke an den Tod dieses Menschen, an seinen Abschied von dieser Welt, die er für so viele verbitterte, nahm Besitz von meiner Seele. Ich umarmte diesen Gedanken, ich fand ihn süß von Geschmack. Ich stellte mir das letzte Niedertauchen des Schiffes vor, die See brach von allen Seiten in die Kabine, ein kurzer Todeskampf in der Einsamkeit, eingeschlossen wie ich war, ich zählte mir alle Schrecken auf, ich hätte beinahe gesagt mit Genugtuung, ich fühlte, daß ich alles das und noch mehr ertragen könne, wenn die „Unvergleichliche" den Feind des Hauses meines armen Herrn mit sich hinunterrisse und in demselben Abgrund begrübe.

Gegen Mittag des zweiten Tages wurde das Heulen des Sturmes schwächer, das Schiff lag nicht mehr so gefährlich schief, und es wurde mir klar, daß wir den Höhepunkt des Orkans hinter uns hatten. Möge Gott mir verzeihen, aber ich war äußerst enttäuscht. In der Selbstsucht des verderblichen und alles übertrumpfenden Haßgefühls vergaß ich ganz die unschuldige Besatzung und dachte nur an mich und meinen Feind. Was mich betraf, so war ich schon alt; ich war niemals jung gewesen, die Freuden der Welt sagten mir nicht zu, ich besaß wenig Liebhabereien, es kam nicht darauf an, ob ich jetzt hier im Atlantischen Ozean ertrank oder in ein paar Jahren vielleicht nicht weniger schrecklich in einem verlassenen Krankenbett langsam verschied. Ich fiel auf meine Knie nieder, hielt mich an dem Schrank fest, um nicht quer durch die Kabine geschleudert zu werden, erhob inmitten des Getöses des langsam abnehmenden Unwetters meine Stimme und betete gotteslästerlich um meinen eigenen Tod. „O Gott!" rief ich aus. „Es wäre männlicher, wenn ich aufstünde und dies Geschöpf niederschlüge, aber Du hast mich zu einem Feigling gemacht vom Schoß meiner Mutter an. O Herr, Du schufest mich so, Du kennst meine Schwäche, Du weißt, daß das Antlitz des Todes mich erzittern macht. Aber siehe hier Deinen Diener bereit, aller menschlichen Schwäche ledig. Laß mich mein Leben für dieses Geschöpf opfern, nimm uns beide, Herr, nimm uns beide und erbarme Dich der Unschuldigen!"

In solchen Worten, aber noch unehrerbietiger und mit noch heißeren Beschwörungen, fuhr ich fort meine Seele auszuströmen. Gott erhörte mich nicht, ich muß annehmen aus Barmherzigkeit, und ich war noch in der Todesangst meines Flehens befangen, als jemand die Luke abdeckte und das

Licht des Sonnenunterganges in die Kabine fließen ließ. Ich sprang beschämt auf die Füße und war so überrascht, daß ich taumelte und Schmerzen empfand, als ob ich auf der Folterbank gelegen hätte. Secundra Daß, der sich von der Wirkung des Betäubungsmittels erholt hatte, stand nicht weit von mir in einer Ecke und starrte mich mit wilden Augen an, und von oben her dankte mir der Kapitän durch die Luke für mein Gebet:

„Sie haben das Schiff gerettet, Mr. Mackellar", sagte er, „keine Seemannskunst hätte es durch den Sturm führen können, wir mögen wohl sagen: wenn der Herr die Stadt nicht behütet, wachen die Wächter umsonst!"

Ich war beschämt über den Irrtum des Kapitäns und beschämt auch durch die Überraschung und Furcht, mit der der Inder mich zunächst betrachtete, um mich dann mit heuchlerischen Gefälligkeiten zu überschütten. Ich weiß heute, daß er alles gehört und die besondere Natur meiner Gebete verstanden haben muß. Selbstverständlich machte er seinem Herrn sofort Mitteilung davon, und wenn ich heute mit genauer Kenntnis der Tatsachen zurückblicke, kann ich verstehen, warum mich das sonderbare und gewissermaßen zustimmende Lächeln des Junkers so sehr überraschte. Auch begreife ich nun ein Wort, das er in jener Nacht während unserer Unterhaltung gebrauchte, wie ich mich erinnere. Er streckte die Hand aus, lächelte und sagte: „Ach, Mackellar, nicht jeder ist ein so großer Feigling, wie er glaubt, und auch nicht ein so guter Christ." Er wußte nicht, wie wahr er redete! Denn in der Tat, die Gedanken, die mir bei der Heftigkeit des Sturmes gekommen waren, hielten meine Sinne gefangen, und die Worte, die mir in der Inbrunst des Gebetes ungewollt über die Lippen gekommen waren, dröhnten in meinen Ohren nach, und ich muß ehrlich erzählen, welch schändliche Folgen sie hatten, denn ich könnte die Heuchelei nicht ertragen, wenn ich die Sünden der anderen beschriebe und meine eigenen verschwiege.

Der Wind flaute ab, aber die See wurde noch schwerer. Die ganze Nacht rollte die „Unvergleichliche" äußerst heftig, und auch der nächste Tag und der übernächste brach an, ohne Änderung zu bringen. Es war kaum möglich, die Kabine zu durchqueren, alterfahrene Seeleute wurden auf Deck niedergerissen, und einer verletzte sich grausam durch den Anprall. Alle Planken des alten Schiffes kreischten laut, und die große Glocke an der Ankerwinde ertönte unaufhörlich und klagend. Eines Tages saßen der Junker und ich allein auf der Kante des Achterdecks. Rund um das Achterdeck waren hohe Holzverschalungen, die das Schiff seeuntüchtig machten. Wo sie sich dem

Abschluß dieses Decks näherten, verliefen sie in eine feine, altmodische, geschnitzte Leiste, um sich später der Schutzwehr des Mittelschiffes zu nähern. Durch diese Anordnung, die mehr dem Zierat als praktischen Zwecken diente, entstand eine Lücke im Schutz gegen die See, und zwar gerade am Rande des erhöhten Achterdecks, wo dieser Schutz in manchen Augenblicken am notwendigsten gewesen wäre. Dort nun saßen wir, unsere Füße hingen herunter, der Junker hockte zwischen mir und dem Schiffsrand, und ich hielt mich mit beiden Händen am Rahmen des Kajütenfensters fest. Es war mir klar, daß wir in einer gefährlichen Lage waren, um so mehr, als ich ständig einen Gradmesser für die Schwingungen des Schiffes in der Person des Junkers vor mir hatte, dessen Gestalt in der Lücke der Schutzwehr gegen die Sonne aufragte. Bald war sein Kopf hoch oben, während sein Schatten jenseits des Schiffes nach draußen fiel, bald versank er anscheinend bis unter meine Füße, und der Meeresspiegel stand hoch über ihm wie die Decke eines Zimmers. Ich betrachtete alles das wie verzaubert. Man sagt, daß Vögel so Schlangen anstarren. Außerdem war mein Geist durch die erstaunliche Mannigfaltigkeit der Geräusche verwirrt, denn wir hatten jetzt alle Segel aufgezogen in der vergeblichen Hoffnung, das Schiff vor die Wellen zu bringen, und es erdröhnte in allen Fugen wie eine Fabrik. Wir unterhielten uns zunächst über die Meuterei, von der wir bedroht gewesen waren, und dann sprachen wir über das Problem des Mordes, das den Junker so stark fesselte, daß er nicht widerstehen konnte: er mußte mir eine Geschichte erzählen und gleichzeitig beweisen, wie klug und wie schlecht er sei. Er tat das stets mit großer Pose und schauspielerischen Bewegungen und gewöhnlich mit gutem Erfolg. Aber diese Geschichte, mit lauter Stimme inmitten eines so gewaltigen Aufruhrs vorgetragen durch einen Erzähler, der bald vom Himmel herunter auf mich niederblickte, bald unter die Sohlen meiner Füße versank – diese ganz besondere Erzählung packte mich in außergewöhnlicher Weise.

„Mein Freund der Graf“, so begann er seine Geschichte, „hatte einen gewissen deutschen Baron, der fremd war in Rom, zum Feinde. Ganz gleich, welches der Grund für die Feindseligkeit des Grafen war, auf alle Fälle hatte er den festen Entschluß gefaßt, sich zu rächen, und zwar ohne Gefahr für sich selbst, so daß er seine Feindseligkeit sogar vor dem Baron verbarg. Das ist in der Tat der vornehmste Grundsatz der Rache, denn verratener Haß ist machtloser Haß. Der Graf war neugierig und wissensdurstig, er hatte etwas von einem Künstler; wenn er etwas unternahm, mußte es stets mit größter Genauigkeit berechnet werden, nicht nur auf den Erfolg hin, sondern auch in allen Einzelheiten und

Möglichkeiten, sonst hielt er es für verfehlt. Eines Tages ritt er zufällig spazieren in den äußeren Vororten, als er zu einem wenig benutzten Wege kam, der in das Moor führt, das sich um Rom herum ausbreitet. Auf der einen Seite lag ein altes römisches Grabmal, auf der anderen Seite ein verlassenes Haus in einem Garten mit immergrünen Bäumen. Der Weg führte ihn bald zu einem Ruinenfeld, in dessen Mitte er an einem Hügelabhang eine offene Tür sah, und nicht weit davon entfernt eine verkümmerte Pinie, nicht größer als eine Johannisbeerstaude.

Der Ort war einsam und sehr abgelegen, eine Stimme im Herzen sagte dem Grafen, daß hier günstige Gelegenheiten für ihn wären. Er band sein Pferd an den Pinienstamm, nahm Zunder und Stahl in die Hand, um Licht machen zu können, und drang in den Felsen ein. Die Tür führte in einen Gang aus altem römischem Mauerwerk, der sich bald verzweigte. Der Graf ging nach rechts und verfolgte den Gang, indem er im Dunkeln vorwärts tastete, bis er durch eine Art Gitter aufgehalten wurde, das ihm ungefähr bis zum Ellbogen reichte und quer über den Gang verlief. Er tastete mit dem Fuß nach vorn und spürte eine Kante von glatten Steinen, und dahinter einen leeren Raum. Seine Neugier erwachte, er sammelte einige trockene Zweige, die auf dem Boden lagen, und machte Feuer. Vor ihm lag ein tiefer Brunnen, den ein Bauer in der Nachbarschaft ohne Zweifel einst für die Bewässerung seiner Felder benutzt und der auch das Gitter errichtet hatte. Lange Zeit stand der Graf an das Gitter gelehnt und schaute in den Abgrund. Es war ein römischer Bau und wie alles, was diese Nation anfaßte, gleichsam für die Ewigkeit bestimmt. Die Seitenwände waren steil und die Fugen ausgefüllt, so daß für einen Menschen, der hineinstürzte, keine Rettung möglich war. Der Graf dachte nach: eine starke Verlockung, sagte er sich, führte mich an diesen Platz. Wozu? Was habe ich dadurch gewonnen? Warum sollte ich in diesen Brunnen schauen? Plötzlich gab das Gitter unter seinem Gewicht nach, und um Haaresbreite wäre er in den Abgrund gestürzt. Er sprang zurück, um sich zu retten, und trat dabei den letzten Rest des Feuers aus, so daß er kein Licht mehr hatte, sondern nur in quälendem Rauch eingehüllt stand. Wurde ich hierhergesandt, um zu sterben? fragte er sich und zitterte vom Kopf bis zu den Füßen. Aber dann durchzuckte ihn ein Gedanke. Er kroch auf Händen und Knien zum Rande des Abgrundes zurück und tastete über sich in die Luft. Das Gitter war an zwei Pfeilern befestigt gewesen und nur von dem einen losgebrochen, so daß es noch an dem zweiten hing. Der Graf setzte es in seine alte Lage zurück, so daß der Platz Verderben bedeutete für den ersten Menschen, der hierher kam. Dann taumelte er wie ein kranker Mensch aus dem unterirdischen Gang heraus.

Als er am nächsten Tage mit dem Baron auf dem Korso ritt, spielte er absichtlich starke Benommenheit. Der Baron fragte nach der Ursache, und der Graf, der das gewollt hatte, gab nach einigem Zögern zu, daß ihm seine Laune durch einen ungewöhnlichen Traum verdorben worden sei. Er hatte berechnet, daß eine solche Erzählung auf den Baron wirken würde, der ein abergläubischer Mensch war und tat, als ob er den Aberglauben verachte. Einiges Hin und Her folgte, und dann warnte der Graf seinen Freund, als ob er plötzlich von den Tatsachen übermannt wäre, und sagte, er habe von ihm geträumt. Sie wissen genug von der menschlichen Natur, mein herrlicher Mackellar, um eins zu begreifen: der Baron ruhte nicht, bis er den Traum erfahren hatte. Der Graf, der seiner Sache sicher war und wußte, daß der andere nicht ablassen werde, hielt ihn hin, bis seine Neugier in hellen Flammen stand, und ließ sich schließlich nach scheinbarem Zögern überreden, alles zu erzählen. Ich warne Sie, sprach er, es wird Übles daraus entstehen, etwas in mir sagt mir das. Da es aber für Sie und auch für mich keine Ruhe gibt, bevor ich alles gesagt habe, so komme alle Schuld auf Ihr Haupt! Dies ist der Traum: Ich sah Sie reiten, ich weiß nicht wo, aber ich glaube, es war in der Nähe von Rom, denn auf der einen Seite von Ihnen war ein altes Grabmal und auf der anderen ein Garten mit immergrünen Bäumen. Ich glaube, daß ich Ihnen immer wieder in wahrer Todesangst des Schreckens zurief, zurückzukommen. Ob Sie mich hörten, weiß ich nicht, jedenfalls ritten Sie hartnäckig vorwärts. Der Weg führte Sie zu einem einsamen Ort zwischen Ruinen, wo eine Tür in einem Hügelabhang war, und dicht bei der Tür stand eine verkrüppelte Pinie. Hier stiegen Sie ab, ich rief Ihnen wieder zu, sich vorzusehen, Sie banden Ihr Pferd an den Pinienstamm und traten entschlossen durch die Tür ein. Drinnen war es dunkel, aber in meinem Traum konnte ich Sie immer noch sehen und beschwor Sie, stehenzubleiben. Sie tasteten sich mit der rechten Hand an der Wand entlang, bogen in einen Seitengang zur Rechten und gelangten zu einer kleinen Erweiterung, wo ein Brunnen mit einem Gitter war. Jetzt – ich weiß nicht warum – wuchs meine Angst um Sie tausendfältig an, ich schrie, es sei noch Zeit, und flehte Sie an, den Raum sofort zu verlassen. Das waren die Worte, die ich im Traum ausstieß, und es schien mir damals, sie hätten eine ganz bestimmte Bedeutung, aber heute im wachen Zustand gebe ich zu, daß ich nicht weiß, was sie besagten. Sie gaben auf alle meine Warnungen nichts, sondern lehnten sich an das Gitter und blickten starr in das Wasser hinab. Und dann erhielten Sie eine Offenbarung, aber ich glaube, ich verstand nicht, um was es sich handelte, doch das Entsetzen darüber riß mich aus dem Schlaf, und ich erwachte zitternd und weinend. Und nun, fuhr der Graf fort, danke ich Ihnen von Herzen für Ihre Hartnäckigkeit. Der Traum lag wie eine Last auf mir, aber jetzt, da ich ihn in einfachen Worten und bei Tageslicht erzählt habe, scheint er mir keine große Bedeutung zu besitzen. – Ich weiß es nicht, antwortete der Baron, in manchen Einzelheiten ist er sonderbar. Eine Offenbarung, sagten Sie? Ach, es ist ein alberner Traum, eine Geschichte, die unsere Freunde erheitern wird. – Ich bin nicht ganz so sicher, ich fühle einige Beklemmung. Wir wollen ihn lieber vergessen. – Nun gut, sagte der Baron. Und tatsächlich sprach man nicht weiter von dem Traum. Einige Tage später schlug der Graf einen Ritt in die Felder vor, dem der Baron, da sie täglich bessere Freunde geworden waren, sehr rasch zustimmte. Auf dem Rückwege nach Rom bog der Graf unmerkbar in einen besonderen Weg ein. Plötzlich hielt er sein Pferd an, schlug die Hände vor die Augen und schrie laut auf. Dann zeigte er sein Gesicht wieder, das nun ganz weiß war, denn er war ein vollendeter Schauspieler, und starrte den Baron an. Was quält Sie? rief der Baron aus, was fehlt Ihnen? – Nichts, antwortete der Graf, es ist nichts, ein Anfall, ich weiß nicht was. Lassen Sie uns nach Rom zurückeilen. – Aber inzwischen hatte der Baron sich umgeblickt und sah an der linken Seite des Weges, als sie sich Rom zuwandten, einen staubigen Seitenpfad mit einem Grabmal auf der einen Seite und einem Garten von immergrünen Bäumen auf der anderen. – Ja, sagte er mit veränderter Stimme, wir wollen so rasch wie möglich nach Rom zurückeilen, ich fürchte, Ihre Gesundheit ist nicht in Ordnung. – Ja, um Gottes willen! rief der Graf schaudernd, zurück nach Rom, und lassen Sie mich zu Bett gehen. – Auf dem Rückwege sprachen sie kaum ein Wort, und der Graf, der eigentlich in eine Gesellschaft gehen mußte, legte sich zu Bett und ließ sagen, er habe einen Anfall von Fieber. Am nächsten Tage fand man das Pferd des Barons an die Pinie angebunden, von ihm selbst aber hörte man nichts mehr von dieser Stunde an. – Und nun, war das Mord?“ fragte der Junker und brach scharf ab.

„Sind Sie sicher, daß er ein Graf war?“ fragte ich.

„Ich bin des Titels nicht ganz sicher“, sagte er, „aber er war ein Edelmann von Familie, und der Herr behüte Sie, Mackellar, vor einem so verschlagenen Feinde.“

Diese letzten Worte sprach er zu mir hinunter, lächelnd, von hoch oben, bei den nächsten war er unter meinen Füßen. Ich fuhr fort, seine Bewegungen mit kindischer Hartnäckigkeit zu verfolgen, sie machten mich schwindlig und wie von Sinnen, und ich sprach wie im Traum.

„Er haßte den Baron mit einem großen Haß?“ fragte ich.

„Sein Magen drehte sich um, wenn der Mann sich ihm näherte“, antwortete der Junker.

„Ich habe gleiches empfunden“, sagte ich.

„Wirklich?“ rief der Junker aus. „Das ist eine Überraschung! Ich möchte wissen – schmeichle ich mir nur, oder bin ich wirklich die Ursache dieser Magenrevolten?“

Er war durchaus imstande, eine anmutige Haltung einzunehmen, auch wenn niemand ihn sah außer mir, und besonders, wenn Gefahr drohte. Er saß jetzt mit übereinandergeschlagenen Knien, die Arme auf der Brust gekreuzt, und machte die Schwingungen des Schiffes mit ausgezeichneter Balance mit, obgleich das Gewicht einer Feder ihn hätte über Bord stürzen können. In diesem Augenblick hatte ich plötzlich die Vision von meinem Lord, der an einem Tisch saß und den Kopf in die Hände legte, nur waren seine Züge, als er sie mir zeigte, voll von schweren Vorwürfen. Die Worte meines eigenen Gebetes – es wäre männlicher, wenn ich dies Geschöpf niederschlüge – schossen mir gleichzeitig durchs Gehirn. Ich sammelte meine ganze Energie, und als das Schiff sich niedersenkte gegen meinen Feind, stieß ich schnell mit dem Fuß nach ihm. Es stand geschrieben, daß ich die Schuld dieses Anschlages tragen sollte, ohne Vorteil davon zu haben. Ob durch meine Unsicherheit oder durch seine unglaubliche Gewandtheit: er wich dem Stoß aus, sprang auf die Füße und hielt sich sofort an einem Balken fest.

Ich weiß nicht, wieviel Zeit verstrich: ich lag, wo ich war, auf dem Deck, überwältigt von Entsetzen, Gewissensbissen und Schande, er stand, seine Hand am Balken, angelehnt gegen die Schutzwehr und blickte mich mit eigenartig gemischtem Gesichtsausdruck an. Schließlich redete er.

„Mackellar“, sagte er, „ich mache Ihnen keine Vorwürfe, sondern biete Ihnen einen Pakt an. Ich denke, daß Sie Ihrerseits nicht den Wunsch haben, diese Tat in die Öffentlichkeit dringen zu lassen. Ich meinerseits gestehe frei, daß ich keine Lust habe, in ständiger Furcht vor der Ermordung durch einen Mann zu leben, mit dem ich zusammen esse. Versprechen Sie mir – aber nein“, unterbrach er sich, „Sie sind noch nicht im ruhigen Besitz Ihrer Vernunft, Sie könnten glauben, ich hätte das Versprechen in der Verwirrung aus Ihnen herausgepreßt und möchte nicht, daß eine Hintertür offen bleibt für nachträgliche Bedenken –

jene Unehrlichkeit eines ganz Gewissenhaften. Nehmen Sie sich Zeit zum Überlegen."

Damit lief er wie ein Wiesel über das glatte Deck und verschwand in der Kabine. Ungefähr eine halbe Stunde später kehrte er zurück, während ich noch so dalag, wie er mich verlassen hatte.

„Nun", sagte er, „wollen Sie mir jetzt als Christ und treuer Diener meines Bruders Ihr Wort geben, daß ich Ihre Anschläge nicht mehr zu fürchten habe?"

„Ich gebe es Ihnen", antwortete ich.

„Ich verlange Ihre Hand darauf", sagte er.

„Sie haben das Recht, Bedingungen zu stellen", erwiderte ich, und wir schüttelten uns die Hände.

Er setzte sich sofort wieder auf denselben Platz und nahm dieselbe gefährliche Haltung wieder ein.

„Lassen Sie das!" rief ich und verdeckte meine Augen, „ich kann es nicht ertragen, Sie in dieser Haltung zu sehen. Die geringste Unregelmäßigkeit des Seeganges könnte Sie über Bord spülen."

„Sie sind höchst widerspruchsvoll", antwortete er lächelnd, aber er tat, um was ich ihn bat. „Alles in allem, Mackellar, möchte ich Sie wissen lassen, daß Sie vierzig Fuß in meiner Achtung gestiegen sind. Sie glauben, daß ich keinen Preis aussetzen kann für Treue? Warum denn, glauben Sie, schleppe ich Secundra Daß mit mir rund um die Welt? Weil er morgen für mich sterben oder morden würde, und ich liebe ihn deshalb. Sie mögen mich für verrückt halten, aber ich schätze Sie höher seit Ihrer Tat heute nachmittag. Ich glaubte, Sie seien im Zauberbann der Zehn Gebote, aber nein – Gott verdamme meine Seele!" rief er, „die alte Jungfer hat doch Blut in den Adern! Was an der Tatsache nichts ändert", fuhr er lächelnd fort, „daß Sie gut taten, mir Ihr Versprechen zu geben, denn ich glaube nicht, daß Sie sich in Ihrem neuen Beruf auszeichnen würden."

„Ich glaube", sagte ich, „ich sollte Sie und Gott um Verzeihung bitten für meine Sünde. Auf alle Fälle habe ich mein Wort gegeben und werde es getreulich halten. Aber wenn ich an diejenigen denke, die Sie verfolgen –", ich hielt inne.

„Leben ist ein sonderbares Ding", sagte er, „und die Menschheit ein sonderbares Volk. Sie glauben, daß Sie meinen Bruder lieben. Ich versichere Sie, es ist nur Gewohnheit. Prüfen Sie Ihr Gedächtnis: als Sie zuerst nach Durrisdeer kamen, hielten Sie ihn, wie Sie feststellen werden, für einen langweiligen, gewöhnlichen jungen Mann. Auch heute ist er noch langweilig und gewöhnlich, wenn auch nicht mehr jung. Wären Sie mir statt ihm begegnet, würden Sie heute ebenso bewußt auf meiner Seite stehen."

„Ich würde Sie nie gewöhnlich nennen, Mr. Bally", entgegnete ich, „aber jetzt beweisen Sie, daß Sie langweilig sind. Sie haben soeben bewiesen, daß Sie meinem Wort vertrauen. Das ist ein anderer Ausdruck für Gewissen – und dasselbe Gewissen treibt mich instinktiv von Ihnen fort, wie das Auge zurückschreckt vor grellem Licht."

„Aha!" sagte er, „aber ich meine das anders. Ich meine, wenn Sie mich in früher Jugend getroffen hätten. Sie müssen bedenken, daß ich nicht immer so war wie heute, und daß ich nie so geworden wäre, wenn ich einen Freund Ihrer Art gefunden hätte."

„Halt, Mr. Bally", erwiderte ich, „Sie hätten meiner nur gespottet, Sie hätten nie zehn höfliche Worte verschwendet an einen solchen Plattfuß."

Aber er war nun so recht im Zuge sich zu rechtfertigen und langweilte mich damit während der ganzen übrigen Reise. Ohne Zweifel hatte es ihm früher Vergnügen bereitet, sich selbst so schwarz wie möglich zu malen, er hatte sich mit seiner Schlechtigkeit gebrüstet und sie wie ein Wappenschild vor sich hergetragen. Auch jetzt war er nicht so unlogisch, irgend etwas aus seinen früheren Bekenntnissen abzustreiten. „Aber nun, da ich weiß, daß Sie ein menschliches Wesen sind", pflegte er zu sagen, „darf ich mich bemühen, mich Ihnen verständlich zu machen. Ich versichere Sie, auch ich bin Mensch und habe Tugenden wie meine Mitmenschen." Ich sage, er langweilte mich, denn ich wußte ihm nur immer das eine Wort zu antworten und mag wohl zwanzigmal gesagt haben: „Geben Sie Ihren jetzigen Plan auf und kehren Sie mit mir nach Durrisdeer zurück, dann will ich Ihnen glauben."

Daraufhin pflegte er sein Haupt zu schütteln. „Ach, Mackellar, Sie könnten tausend Jahre leben, ohne meine Natur zu begreifen", pflegte er zu entgegnen. „Diese Schlacht hat nun einmal begonnen, die Stunde des Überlegens ist ein für allemal vorbei, die Stunde der Barmherzigkeit noch nicht gekommen. Es fing an zwischen uns, als wir die Münze hochwarfen in der Halle von Durrisdeer, vor nunmehr zwanzig Jahren. Wir hatten unsere Erfolge und Mißerfolge, aber keiner von uns träumte je davon nachzugeben, und was mich betrifft, so gilt es Leben und Ehre, wenn ich den Handschuh hingeworfen habe."

„Einen Pfifferling für Ihre Ehre!" war meine Antwort. „Und verzeihen Sie, diese kriegerischen Vergleiche sind etwas zu überschwenglich für die ganze Angelegenheit. Sie streben nach etwas schmutzigem Geld, das ist die Wurzel Ihrer Begierden. Und welches sind Ihre Mittel? Sie stürzen eine Familie in Sorge und Kummer, die Ihnen nie etwas zuleide tat, Sie wollen, wenn Sie können, Ihren eigenen Neffen verderben und das Herz Ihres eigenen Bruders zerreißen! Ein Wegelagerer, der ein altes Mütterchen in wollenem Umschlagetuch mit einem dreckigen Knüppel tötet, und zwar für ein Schillingstück und eine Prise Schnupftabak – das ist der Krieger, von dem Sie sprechen."

Wenn ich ihn auf diese oder ähnliche Art angriff, lächelte er und seufzte wie ein mißverstandener Mensch. Einst, so erinnere ich mich, verteidigte er sich etwas weitläufiger und brachte einige sonderbare Sophistereien vor, die wert sind wiederholt zu werden, weil sie seinen Charakter beleuchten.

„Sie gleichen ganz einem Zivilisten, der da glaubt, Krieg bestehe aus Trommeln und Fahnen", sagte er. „Krieg, wie die Alten sehr weise sagten, ist die *ultima ratio*. Wenn wir unseren Vorteil rücksichtslos verfolgen, dann führen wir Krieg. Ach, Mackellar, Sie müssen ein Teufel von Soldat sein im Verwaltungszimmer von Durrisdeer, wenn die Pächter Ihnen nicht elend Unrecht tun sollen!"

„Mir liegt nichts daran, was Krieg ist oder nicht ist", entgegnete ich, „aber Sie langweilen mich durch Ihre Versuche, meine Hochachtung zu gewinnen. Ihr Bruder ist ein guter Mensch, und Sie sind ein schlechter – nichts mehr und nichts weniger."

„Wäre ich Alexander gewesen –", begann er.

„So betrügen wir uns alle selbst", rief ich aus. „Wäre ich der heilige Paulus gewesen, so hätte sich nichts geändert, ich hätte mein Leben genau so verpfuscht wie das gegenwärtige."

„Ich sage Ihnen", schrie er, ohne auf meine Unterbrechung zu achten, „wäre ich der elendeste kleine Häuptling im schottischen Hochland, wäre ich der geringste König nackter Neger afrikanischer Wüsten, meine Leute hätten mich angebetet. Ich ein schlechter Mensch? Ach, ich war zu einem Tyrannen bestimmt! Fragen Sie Secundra Daß, er wird Ihnen erzählen, daß ich ihn wie einen Sohn behandle. Verknüpfen Sie Ihr Schicksal morgen mit mir, werden Sie mein Sklave, mein Anhängsel, eine Sache, der ich befehlen kann, wie ich der Kraft meiner eigenen Glieder und meinem Geist befehle – dann werden Sie die Schattenseiten nicht mehr sehen, die ich in meinem Zorn der Welt zukehre. Ich muß alles haben oder nichts. Aber wenn mir alles gegeben wird, reiche ich es mit Wucherzinsen zurück. Ich habe eine königliche Natur, das ist mein Verderben!"

„Bisher war es nur das Verderben der anderen", bemerkte ich, „was mit Königlichkeit wenig zu tun hat."

„Geschwätz!" rief er aus. „Auch jetzt noch, sage ich Ihnen, würde ich jene Familie schonen, für die Sie sich so sehr einsetzen. Ja, auch jetzt noch, morgen, würde ich sie ihrem kleinlichen Glück überlassen und in jene Wälder von Halsabschneidern und Taschenspielern verschwinden, die wir die Welt nennen. Morgen würde ich es tun!" sagte er. „Nur – nur –"

„Nur was?" fragte ich.

„Nur müßten sie mich mit gebeugten Knien anflehen. Ich glaube, in aller Öffentlichkeit sogar!" fügte er lächelnd hinzu. „Wirklich, Mackellar, vielleicht gibt es keine Halle, die groß genug wäre, um meiner Absicht zu genügen, Vergeltung zu erlangen."

„Eitelkeit der Eitelkeiten!" moralisierte ich. „Wenn man bedenkt, daß dieser große Wille zum Bösen durch ein Gefühl beschwichtigt werden könnte, das dem eines kleinen Mädchens gleicht, das sich vor dem Spiegel schmückt!"

„Oh, es gibt zweierlei Worte für dieselbe Sache: ein Wort, das übertreibt, ein anderes Wort, das bespöttelt. Sie können mich nicht mit Worten bekämpfen!" entgegnete er. „Sie sagten neulich, daß ich mich auf Ihr Gewissen verlasse. Wenn ich spotten wollte, könnte ich sagen, daß ich auf Ihre Eitelkeit baue. Sie erheben Anspruch darauf, ein *homme de parole* zu sein, ich, keine Niederlage einzugestehen. Nennen Sie es Eitelkeit, nennen Sie es Seelengröße – was bedeutet der Ausdruck? Aber erkennen Sie in jedem von uns ein gemeinsames Streben: wir beide leben für eine Idee!"

Aus so vielen vertraulichen Gesprächen und so großer Nachsicht auf beiden Seiten kann man ersehen, daß wir jetzt ausgezeichnet zusammen lebten. Das war nun wieder eine Tatsache, und diesmal viel ernster als zuvor. Abgesehen von den Debatten, wie ich sie wiederzugeben versuchte, herrschte zwischen uns nicht nur Höflichkeit, sondern sogar Liebenswürdigkeit, wie ich versucht bin zu sagen. Als ich krank wurde, wie es kurz nach dem großen Sturm geschah, saß er an meinem Lager und unterhielt mich mit seinen Gesprächen. Er reichte mir ausgezeichnete Hilfsmittel, die ich vertrauensvoll annahm.

Er selbst sprach sich über diesen Umstand aus. „Sehen Sie“, sagte er, „Sie beginnen, mich besser zu verstehen. Noch kurze Zeit vorher würden Sie auf diesem einsamen Schiff, wo keiner außer mir auch nur eine oberflächliche Kenntnis der Wissenschaften besitzt – würden Sie bestimmt geglaubt haben, ich wolle Ihnen ans Leben. Und bedenken Sie: erst seit Sie dem meinen nachgestellt haben, bringe ich Ihnen Achtung entgegen. Und nun sagen Sie mir, das sei Engherzigkeit.“ Ich fand wenig zu erwidern. Was mich selbst betraf, so hielt ich ihn für wohlwollend mir gegenüber. Vielleicht ließ ich mich von Heuchelei täuschen, aber ich glaubte, und glaube es noch, daß er mir mit wirklicher Freundlichkeit gegenüberstand. Eine eigenartige und traurige Tatsache: sobald dieser Wechsel eintrat, nahm mein Widerwille ab, und die furchtbaren Visionen von meinem Herrn verschwanden völlig. Vielleicht lag Wahrheit in dem letzten prahlerischen Wort, das er mir gegenüber am 2. Juni äußerte, als unsere lange Reise endlich beinahe beendet war und wir in einer Windstille vor der Einfahrt des großen Hafens von New York lagen, in atemraubender Hitze, die bald darauf und überraschend von einem Wolkenbruch abgelöst wurde. Ich stand auf dem Achterdeck und blickte hinüber zu den nahen grünen Küsten, wo ab und zu dünner Rauch aufstieg aus der kleinen Stadt, unserem Ziel. Obgleich ich auch damals noch überlegte, wie ich dem Feind der Familie, die ich liebte, einen Vorsprung abgewinnen könnte, spürte ich doch eine gewisse Beklemmung, als er sich mir näherte und die Hand ausstreckte.

„Ich muß Ihnen jetzt Lebewohl sagen,“ begann er, „und zwar für immer. Denn jetzt gehen Sie zu meinen Feinden, wo alle Ihre früheren Vorurteile wieder aufleben werden. Es mißlang mir nie, jemand zu fesseln, wenn ich wollte. Und selbst Sie, guter Freund – um Sie noch einmal so zu nennen –, selbst Sie haben jetzt ein ganz anderes Bild von mir in Ihrer Vorstellung, das Sie nie völlig vergessen werden. Die Reise hat nicht lange genug gedauert, sonst hätte ich es Ihnen noch tiefer eingeprägt. Aber jetzt ist alles zu Ende, und wir sind wieder im Kriege. Beurteilen Sie nach diesem kleinen Zwischenspiel, wie gefährlich ich bin, und sagen Sie jenen Narren“ – er wies mit dem Finger auf die Stadt–, „sie sollen es sich zwei- und dreimal überlegen, bevor sie mich zum Äußersten treiben.“

Zehntes Kapitel

Begebenheiten in New York

Ich habe bereits berichtet, daß ich entschlossen war, dem Junker einen Vorsprung abzugewinnen, und das wurde auf sehr leichte Weise mit Hilfe des Kapitäns Mac Murtrie erreicht: ein Boot wurde auf der einen Seite des Schiffes teilweise beladen und dann der Junker an Bord gebracht, während ein kleineres Boot auf der anderen Seite herabgelassen wurde, das mich allein trug. Nicht schwieriger war es, die Richtung zum Hause meines Lords zu finden, wohin ich schnellstens lief. Es lag am Rande des Ortes, ein recht ansehnliches Landhaus in einem schönen Garten mit einer außergewöhnlich großen Scheune und Vieh und Pferdeställen, alles dicht beieinander. Hier ging der Lord spazieren, als ich ankam, es war sein Hauptaufenthalt, und sein Geist war jetzt ganz mit landwirtschaftlichen Angelegenheiten beschäftigt. Atemlos stürzte ich auf ihn zu und überbrachte ihm meine Nachricht, die ihm durchaus nicht neu war, da in der Zwischenzeit mehrere Schiffe an der „Unvergleichlichen" vorübergesegelt waren.

„Wir haben Sie schon längst erwartet", sagte der Lord, „ja, in den letzten Tagen glaubten wir, Sie kämen überhaupt nicht mehr. Ich bin glücklich, Ihre Hand wieder zu halten, Mackellar, ich fürchtete, Sie lägen schon auf dem Grunde des Meeres."

„Ach, mein Lord, wollte Gott, es wäre so!" rief ich aus, „dann stünden die Dinge besser für uns."

„Durchaus nicht", sagte er grimmig, „ich könnte mir nichts Besseres wünschen. Eine große Rechnung ist zu bezahlen, und jetzt kann ich endlich damit beginnen."

Ich warnte ihn vor allzu großer Sicherheit.

„Oho!" antwortete er, „hier ist nicht Durrisdeer, und ich habe meine Vorkehrungen getroffen. Sein Ruf eilt ihm voraus, ich habe dafür gesorgt, daß man meinen Bruder willkommen heißt. Das Glück stand wirklich auf meiner Seite, denn ich habe hier einen Kaufmann gefunden aus Albany, der ihn nach 1745 kennenlernte und ihn dringend des Mordes verdächtigt. Es handelt sich um einen Mann namens Chew, ebenfalls aus Albany. Hier wird niemand überrascht sein, wenn ich ihm die Tür weise, man wird nicht dulden, daß er meine Kinder anspricht oder auch nur meine Frau begrüßt. Ich selbst werde meinem Bruder so weit entgegenkommen, daß er mit mir reden darf, sonst würde ich meine Freude einbüßen", sagte der Lord, indem er sich die Hände rieb.

Gleich darauf besann er sich und sandte Leute aus, die mit Handschreiben forteilten, um die wichtigsten Persönlichkeiten der Provinz herbeizurufen. Ich erinnere mich nicht, welchen Vorwand er benutzte, jedenfalls hatte er Erfolg, und als unser alter Feind auf der Bildfläche erschien, fand er den Lord vor dem Hause unter einigen schattigen Bäumen auf und ab spazierend, den Gouverneur zur Rechten und verschiedene angesehene Bürger zur Linken. Die Lady, die auf der Veranda saß, stand mit sehr bedrückter Miene auf und führte ihre Kinder ins Haus.

Der Junker, gut angezogen und einen eleganten Degen an der Seite, verbeugte sich in vornehmer Art vor der Gesellschaft und nickte dem Lord vertraulich zu. Der Lord erwiderte den Gruß nicht, sondern blickte seinen Bruder mit gerunzelten Brauen an.

„Nun, mein Herr", sagte er schließlich, „welch übler Wind bringt Sie gerade hierher von allen Plätzen der Welt, wohin zu unser aller Mißfallen Ihr schlechter Ruf Ihnen schon vorausgeeilt ist?"

„Sie geruhen sehr höflich zu sein, mein Lord!" rief der Junker mit schönem Anlauf.

„Es beliebt mir sehr deutlich zu sein", erwiderte der Lord, „weil es notwendig ist, daß Sie Ihre Lage völlig begreifen. Zu Hause, wo Sie so wenig bekannt waren, war es noch möglich, den Schein zu wahren. Das wäre in dieser Gegend vollkommen vergeblich, und ich habe Ihnen zu eröffnen, daß ich entschlossen bin, Sie von mir abzuschütteln. Sie haben mich bereits nahezu ruiniert, wie Sie meinen Vater zuvor ruinierten, dessen Herz Sie brachen. Ihre Verbrechen sind nach dem Gesetz nicht zu ahnden, aber mein Freund, der Gouverneur, hat meiner Familie Schutz zugesagt. Hüten Sie sich, mein Herr!" rief der Lord aus und drohte ihm mit dem Handstock, „wenn man beobachtet, daß Sie zu irgendeinem Mitglied meines Hauses ein einziges Wort sprechen, wird das Gesetz es Sie büßen lassen."

„Aha!" sagte der Junker gedehnt, „das ist also der Vorteil eines fremden Landes! Diese Herren sind, wie ich sehe, mit unserer Geschichte nicht vertraut. Sie wissen nicht, daß ich Lord Durrisdeer bin, sie wissen nicht, daß Sie mein jüngerer Bruder sind, der meinen Platz einnimmt auf Grund eines beeidigten Familienkontraktes, sie wissen nicht – denn sonst würden sie mit Ihnen nicht auf vertrautem Fuße stehen –, daß jeder Acker Landes hier mir gehört, bei Gott dem Allmächtigen, und daß Sie mir jeden Pfennig Geld nur vorenthalten als Dieb, als Betrüger und als treuloser Bruder!“

„General Clitton“, rief ich aus, „hören Sie nicht auf diese Lügen. Ich bin der Verwalter des Erbgutes, es ist kein Körnchen Wahrheit in diesen Worten. Dieser Mensch ist ein verachtungswürdiger Rebell, der sich in einen bezahlten Spion verwandelte: das ist seine Geschichte in zwei Worten.“

Auf solche Weise verriet ich in der Hitze des Gefechtes seine Schande.

„Bursche“, sagte der Gouverneur und wandte dem Junker streng sein Gesicht zu, „ich weiß mehr von Ihnen, als Ihnen lieb ist. Uns sind manche Gerüchte über Ihre Abenteuer in diesen Provinzen bekannt, und Sie tun gut daran, mich nicht zu veranlassen, sie zu verfolgen. Da ist das Verschwinden von Jakob Chew mit allen seinen Waren, da ist Ihre sonderbare Landung von irgendwoher an diesen Küsten mit viel Geld und Edelsteinen, als Sie aufgenommen wurden von einem bermudischen Schiff, das aus Albany stammte. Glauben Sie mir, wenn ich diese Angelegenheiten ruhen lasse, so geschieht es aus Mitleid für Ihre Familie und aus Hochachtung für meinen geschätzten Freund, Lord Durrisdeer.“

Ein Beifallsgemurmel der Leute aus der Provinz folgte.

„Ich hätte bedenken sollen, welche Wirkung ein Titel in solch einem Nest wie diesem auslöst“, sagte der Junker weiß wie Schnee, „ganz gleich, wie ungerecht er erworben wurde. Es bleibt mir also nichts übrig, als vor der Tür des Lords zu sterben, wo meine Leiche eine liebliche Zierde sein wird.“

„Schluß mit diesen Torheiten!“ rief der Lord aus. „Du weißt sehr wohl, daß ich es nicht so meine, und daß ich nur mich selbst vor Verleumdungen und mein Haus vor deinen Angriffen sichern will. Ich biete dir die Wahl: entweder bezahle ich dir die Heimreise auf dem nächsten Schiff, damit du vielleicht deine Regierungsgeschäfte fortsetzen kannst, obgleich ich, weiß Gott, dich lieber als Raubritter sähe! Oder, wenn du das nicht willst, bleibe hier und sei mir willkommen! Ich habe die Summe festgestellt, mit der man in New York Leib und Seele zusammenhalten kann. Ich werde dir diesen Betrag wöchentlich auszahlen lassen, und wenn du dein Einkommen mit deiner Hände Arbeit nicht erhöhen kannst, so wird es höchste Zeit, daß du es lernst. Bedingung ist, daß du mit keinem Mitglied meiner Familie sprichst, außer mit mir“, fügte er hinzu.

Ich glaube nicht, daß ich jemals einen bleicheren Mann sah als den Junker, aber er stand aufrecht, und sein Mund blieb fest.

„Man hat mir hier höchst ungerechtfertigte Beleidigungen entgegengeschleudert", sagte er, „die ich bestimmt nicht durch Flucht erwidern werde. Gib mir dein Almosen, ich nehme es ohne Schamgefühl an, denn das Geld gehört mir bereits wie das Hemd an deinem Leibe, und ich werde hierbleiben, bis diese Herren mich besser verstehen werden. Schon jetzt müssen sie den Pferdefuß erblicken, denn bei aller vorgetäuschten Sorge um die Ehre deiner Familie gefällt es dir, sie in meiner Person zu verletzen."

„Das ist alles schön gesagt", antwortete der Lord, „aber sei versichert, daß es für uns, die wir dich seit langem kennen, nichts bedeutet. Du wählst den Ausweg, der dir die meisten Möglichkeiten zu bieten scheint. Trage alles mit Stillschweigen, wenn du kannst, das wird dir auf die Dauer mehr Nutzen bringen, wie du mir glauben kannst, als jeder Beweis der Undankbarkeit."

„Oh, Dankbarkeit, mein Lord!" rief der Junker mit starker Betonung, indem er den Zeigefinger hoch aufreckte. „Seien Sie beruhigt, Sie werden sie nicht entbehren. Es bleibt mir jetzt noch die Pflicht, diese Herren zu begrüßen, die wir mit unseren Familienangelegenheiten belästigt haben."

Und er verbeugte sich vor jedem nacheinander, rückte seinen Degen zurecht und wandte sich ab. Alle waren erstaunt über sein Benehmen, und ich nicht weniger über das des Lords.

Wir gelangen nun zu einem anderen Abschnitt dieses Familienzwistes. Der Junker war keineswegs so hilflos, wie der Lord vermutete, denn er hatte einen treuen Diener zur Seite, der ein ausgezeichneter Künstler in allen Goldschmiedearbeiten war. Mit der Rente des Lords, die nicht so schäbig war, wie er sie beschrieben hatte, konnte das Paar sein Leben fristen, und alle Einnahmen von Secundra Daß konnten beiseitegelegt werden für irgendein zukünftiges Unternehmen. Daß das geschah, bezweifle ich nicht. Höchstwahrscheinlich war es der Plan des Junkers, eine hinreichende Summe zusammenzubringen, um dann den Schatz zu heben, den er vor langer Zeit in den Bergen vergraben hatte, und hätte er sich damit begnügt, wäre er ohne Zweifel glücklicher beraten gewesen. Aber unglückseligerweise ließ er seinem Zorn die Zügel schießen, zu seinem und unser aller Nachteil. Die öffentliche Brandmarkung bei seiner Ankunft– ich staune oft, daß er sie überleben konnte – saß ihm in den Knochen. Er war in der Stimmung eines Mannes, um ein altes

Sprichwort zu gebrauchen, der sich die Nase abschneidet, um sein Gesicht zu ärgern, und er mußte sich öffentlich lächerlich machen in der Hoffnung, daß etwas von seiner Schande auf den Lord abfärbte.

In einem Armenviertel der Stadt mietete er ein einsames kleines Blockhaus, das von einigen Akazien überschattet war. Vorn hatte es eine fensterartige Öffnung, ähnlich wie eine Hundehütte, aber ungefähr in Tischhöhe über dem Erdboden, wo der arme Mann, der es gebaut hatte, früher einige Waren ausgestellt hatte. Dies Schaufenster reizte die Phantasie des Junkers und veranlaßte ihn wahrscheinlich zu seinem Plan. Offenbar hatte er sich an Bord des Piratenschiffes einige Fertigkeit mit der Nähnadel angeeignet, jedenfalls genug, um vor der Öffentlichkeit den Schneider spielen zu können. Und das genügte ihm, um seine Rache zu kühlen. Ein Schild wurde über das Schaufenster gehängt, und es trug ungefähr folgenden Wortlaut:

James Durie
Früher Junker von Ballantrae
Flickschneider

Secundra Daß
Verarmter indischer Edelmann
Feine Goldarbeiten

Unter dem Schild saß nun drinnen mein Gentleman, wenn er einen Auftrag hatte, wie ein Schneider und nähte eifrig. Ich sage, wenn er einen Auftrag hatte, denn die Kunden, die herbeikamen, gingen meistens zu Secundra, und des Junkers Arbeit glich mehr der von Penelope. Er hätte durch diese Beschäftigung niemals Butter und Brot verdienen können, aber es genügte ihm, daß der Name Durie auf dem Schild in den Schmutz gezogen wurde und der einstige Erbe jener stolzen Familie mit untergeschlagenen Beinen dasaß, ein Vorwurf für die Gemeinheit seines Bruders. Und sein Vorhaben glückte ihm insofern, als in der Stadt ein Gerede entstand und sich eine Partei bildete, die dem Lord höchst feindlich gesinnt war. Andererseits setzte die enge Beziehung zum Gouverneur den Lord manchen Angriffen aus. Die Lady, die in der Kolonie niemals gern gesehen war, mußte unangenehme Anspielungen hinnehmen. Bei einer Damengesellschaft durfte sie das Wort Handarbeit fast nicht erwähnen, was doch sonst der natürlichste Gesprächsstoff gewesen wäre, und ich sah sie manchmal mit hochrotem Gesicht zurückkehren und hörte sie sagen, sie werde das Haus nicht wieder verlassen.

Inzwischen wohnte der Lord auf seinem hübschen Landsitz und war ganz mit bäuerlichen Arbeiten beschäftigt, beliebt bei seinen Freunden, ohne der anderen zu achten oder sie auch nur zu sehen. Er nahm an Gewicht zu, hatte eine gesunde, blühende Gesichtsfarbe, und selbst die Hitze schien ihm wohlzutun. Die Lady dankte trotz der kleinen Unannehmlichkeiten täglich dem Himmel, daß ihr Vater ihr ein solches Paradies hinterlassen hatte. Sie hatte von ihrem Fenster aus zugeschaut, wie der Junker gedemütigt wurde, und von diesem Augenblick an schien sie sich sicher zu fühlen. Ich selbst war nicht so ruhig, und im Laufe der Zeit glaubte ich zu bemerken, daß im Benehmen des Lords etwas nicht ganz in Ordnung sei. Er war glücklich, ohne Zweifel, aber die Ursache dieses Glückes lag verborgen. Selbst im Schoße seiner Familie brütete er mit offenbarem Entzücken über verschwiegenen Gedanken, und schließlich kam mir der Verdacht, der für uns beide recht unwürdig war, daß er irgendwo in der Stadt eine Geliebte besaß. Allerdings ging er wenig aus, und sein Tag war sehr stark ausgefüllt. Es gab nur eine einzige Stunde, und zwar ziemlich früh am Morgen, während Mr. Alexander über den Schulbüchern saß, deren Anwendung ich nicht kannte. Man muß nicht vergessen, wenn man mein Tun entschuldigen will, daß ich immer fürchtete, der Lord sei nicht ganz richtig bei Verstand, und da unser Feind so still in derselben Stadt mit uns saß, tat ich wohl daran, auf der Hut zu sein. Dementsprechend änderte ich unter einem Vorwand die Stunde, in der ich Mr. Alexander die Anfangsgründe des Schreibens und Rechnens beibrachte, und machte mich statt dessen daran, den Wegen des Lords nachzuspüren.

Jeden Morgen, bei schönem und schlechtem Wetter, nahm er seinen Handstock mit dem Goldknauf, setzte den Hut in den Nacken – eine alte Gewohnheit, die für mich auf ein überhitztes Gehirn deutete – und begab sich auf eine bestimmte Wanderung. Zunächst ging der Weg zwischen schönen Bäumen am Rande eines Friedhofs vorbei, wo er, wenn das Wetter schön war, eine Zeitlang in Gedanken verweilte. Dann wandte sich der Pfad dem Wasser zu und lief entlang der Hafenfront an des Junkers Hütte vorbei. Wenn er sich diesem zweiten Abschnitt seines Spazierganges näherte, verlangsamte Lord Durrisdeer seine Schritte, als genieße er Luft und Landschaft. Vor der Hütte, halbwegs zwischen dieser und dem Wasser, blieb er eine Zeitlang stehen und lehnte sich auf seinen Stock. Es war die Stunde, da der Junker drinnen auf dem Tisch saß und seine Nadel führte. So starrten diese beiden Brüder mit harten Gesichtern einander an, und dann setzte sich der Lord lächelnd wieder in Bewegung.

Nur zweimal mußte ich das undankbare Amt eines Spions versehen. Dann war ich aufgeklärt über den Zweck der Wanderungen des Lords und die geheime Ursache seines Entzückens. Das also war seine Geliebte: es war der Haß und nicht die Liebe, der ihm gesunde Farben verlieh. Manche Moralisten hätten bei dieser Entdeckung erleichtert aufgeatmet, aber ich gestehe, daß ich entsetzt war. Ich fand das Verhältnis dieser beiden Brüder nicht nur jämmerlich an sich, sondern sah auch Möglichkeiten großen, zukünftigen Unheils. Ich machte es mir zur Gewohnheit, soweit meine Beschäftigung es mir erlaubte, einen kürzeren Weg einzuschlagen und stillschweigend dem Zusammentreffen beizuwohnen. Als ich eines Tages etwas zu spät kam, nachdem ich eine Woche verhindert gewesen war, stellte ich zu meinem Erstaunen eine neue Entwicklung fest. Ich mußte bemerken, daß vor dem Haus des Junkers eine Bank stand, wo Kunden sich niedersetzen konnten, um mit dem Ladenbesitzer zu plaudern. Hier nun fand ich den Lord sitzen, mit dem Handstock spielend, wie er vergnügt auf die Bucht hinausblickte. Nicht drei Fuß von ihm entfernt saß nähend der Junker. Keiner sprach, noch warf der Lord in dieser neuen Situation auch nur einen Blick auf seinen Feind. Er kostete die Nähe vermutlich noch inniger aus durch das bloße Beisammensein und schlürfte den Trunk des Hasses zweifelsohne in vollen Zügen.

Kaum war er aufgestanden, als ich mich ihm offen näherte.

„Mein Lord, mein Lord“, sagte ich, „das ist nicht die Art sich zu benehmen.“

„Ich werde fett dabei“, erwiderte er, und nicht nur diese Worte, die sonderbar genug waren, sondern der ganze Charakter seines Gsichtsausdruckes stießen mich ab.

„Ich warne Sie, mein Lord, vor dieser Hingabe an niedrige Gefühle“, sagte ich. „Ich weiß nicht, ob sie für die Seele oder für den Verstand gefährlicher sind, aber sie werden beide töten.“

„Sie können das nicht verstehen“, sagte er, „Sie haben niemals solche Berge von Bitterkeit auf ihrem Herzen getragen.“

„Und wenn sonst nichts geschieht“, fügte ich hinzu, „werden Sie den Mann bestimmt zum Äußersten treiben.“

„Im Gegenteil, ich werde seinen Mut brechen“, sagte der Lord.

Jeden Morgen, ungefähr eine Woche lang, nahm der Lord den gleichen Platz auf der Bank ein. Es war ein angenehmer Platz, unter den grünen Akazien, mit der Aussicht auf die Bucht und die Schiffe, wo von fern her der Gesang der arbeitenden Seeleute ertönte. Hier saßen die beiden ohne zu sprechen und ohne äußere Bewegung, es sei denn, daß der Junker nähte oder einen Faden abbiß, denn immer noch tat er so, als ob er fleißig wäre. Und hier machte ich es mir zur Pflicht, mich zu ihnen zu gesellen, indem ich mich über mich selbst und meinen Begleiter wunderte. Wenn einer der Freunde des Lords vorüberging, pflegte er ihn heiter anzurufen und zu sagen, er sitze hier, um seinem Bruder gute Lehren zu erteilen, der jetzt zu seiner Freude sehr fleißig geworden sei. Und selbst das ertrug der Junker mit ruhiger Haltung. Was in seiner Seele vorging, weiß nur Gott oder vielleicht der Teufel.

Ganz plötzlich an einem stillen Tage der Jahreszeit, die man dort den Indianersommer nennt, als die Wälder in Gold, Rosa und Purpur getaucht waren, legte der Junker seine Nadel nieder und brach in schallende Heiterkeit aus. Ich glaube, er mußte sich lange schweigend vorbereitet haben, denn der Ton war ziemlich natürlich. Da er aber plötzlich das völlige Schweigen brach, und zwar unter Verhältnissen, die dem Humor so feindlich waren, schallte es verhängnisvoll in meinen Ohren.

„Henry“, sagte er, „ich habe wirklich einmal einen falschen Schritt unternommen, und du hast so viel Verstand besessen, Vorteil daraus zu ziehen. Die Komödie des Flickschneiders ist heute zu Ende, und ich gestehe anerkennend, daß du gewonnen hast. Das Blut macht sich geltend, und du verstehst es zweifelsohne meisterlich, dich unbeliebt zu machen.“

Der Lord sprach kein Wort, es war, als ob der Junker das Schweigen nicht unterbrochen hätte.

„Komm“, fuhr der Junker fort, „sei nicht launisch, das paßt nicht zu deinem Benehmen. Du kannst es dir jetzt erlauben, glaube es mir, ein wenig liebenswürdig zu sein, denn ich muß nicht nur diese Niederlage hinnehmen. Ich hatte die Absicht, dies Spiel solange zu treiben, bis ich Geld genug für einen bestimmten Plan gesammelt hätte, und ich bekenne offenherzig, daß ich nicht mehr den Mut dazu besitze. Du wünschst naturgemäß, daß ich aus dieser Stadt verschwinde, und ich bin auf anderem Wege zu derselben Ansicht gelangt. Ich habe dir einen Vorschlag zu machen oder, wenn der Herr Lord es vorzieht, dich um eine Gunst zu bitten.“

„Bitte darum“, sagte der Lord.

„Du hast vielleicht gehört, daß ich einst in diesem Lande einen großen Schatz besaß“, fuhr der Junker fort, „es ist eine Tatsache, ob du davon unterrichtet bist oder nicht. Ich war gezwungen, ihn an einem bestimmten Ort zu vergraben, den ich unschwer wiederfinden kann. Mein Ehrgeiz ist es nun, den Schatz zu heben, und da er mir gehört, wirst du ihn mir nicht mißgönnen.“

„Geh und hole ihn“, sagte der Lord, „ich widerspreche nicht.“

„Ja“, antwortete der Junker, „aber um das tun zu können, brauche ich Leute und Transportmöglichkeiten. Und der Weg ist lang und beschwerlich, das Land mit wilden Indianerstämmen überschwemmt. Strecke mir nur so viel vor, wie unbedingt nötig ist, entweder als Abfindungssumme für mein Taschengeld oder, wenn du es vorziehst, als Darlehen, das ich nach meiner Rückkehr zurückzahlen werde. Und dann sollst du mich zum letztenmal gesehen haben, wenn du willst.“

Der Lord starrte ihm fest in die Augen, auf seinem Gesicht war ein hartes Lächeln, aber er sagte nichts.

„Henry“, sagte der Junker mit furchtbarer Ruhe, indem er sich etwas zurückneigte, „Henry, ich hatte die Ehre, dich anzureden.“

„Wir wollen nach Hause gehen“, sagte der Lord zu mir und zupfte an seinem Ärmel. Und dann erhob er sich, reckte sich, setzte seinen Hut zurecht und begann, ohne eine Silbe zu antworten, ruhig am Strande entlang zu gehen.

Ich zögerte eine Weile zwischen den beiden Brüdern, so ernst schien mir die Krise, die wir erreicht hatten. Aber der Junker nahm seine Beschäftigung wieder auf, er senkte die Augen, und seine Hand war scheinbar so ruhig wie zuvor. Da entschloß ich mich, dem Lord zu folgen.

„Sind Sie wahnsinnig?“ rief ich aus, sobald ich ihn erreicht hatte. „Wollen Sie ein so annehmbares Angebot zurückweisen?“

„Ist es möglich, daß Sie ihm immer noch Glauben schenken?“ fragte der Lord fast spöttisch.

„Ich wünsche ihn fort aus dieser Stadt!“ rief ich aus. „Ich wünsche ihn irgendwo und irgendwie, nur nicht hier.“

„Ich habe gesprochen“, erwiderte der Lord, „und auch Sie haben gesprochen. Dabei soll es bleiben.“

Aber ich war entschlossen, den Junker fortzubringen. Der Anblick, wie er geduldig zu seiner Näharbeit zurückkehrte, war mehr, als meine Phantasie verarbeiten konnte. Nimmermehr konnte ein Mensch eine solche Fülle von Beleidigungen ertragen, und am wenigsten der Junker. Für mich roch die Luft nach Blut. Und ich schwor, daß ich alles tun wolle, solange noch ein Schimmer von Hoffnung war, ein Verbrechen zu verhüten. Ich ging deshalb am gleichen Tage noch zu dem Lord in sein Arbeitszimmer, wo er mit einigen lächerlichen Dingen beschäftigt war.

„Mein Lord", sagte ich, „ich habe eine günstige Anlage für mein kleines Vermögen entdeckt. Aber unglückseligerweise sind meine Ersparnisse in Schottland. Es wird einige Zeit dauern, sie abzuheben, und die Sache drängt. Würden Sie, mein Lord, bereit sein, mir die Summe zu bevorschussen gegen eine Quittung?"

Er sah mich mit prüfenden Augen an. „Ich habe mich nie um Ihre Privatangelegenheit gekümmert, Mackellar", sagte er, „über die Summe Ihrer Kaution hinaus besitzen Sie wahrscheinlich keinen Pfennig, soviel ich weiß."

„Ich bin lange in Ihren Diensten und habe nie eine Lüge ausgesprochen noch Sie um eine Gefälligkeit für mich gebeten", sagte ich, „bis heute."

„Eine Gefälligkeit für den Junker", entgegnete er ruhig. „Halten Sie mich für einen Narren, Mackellar? Begreifen Sie ein für allemal, ich behandle diese Bestie auf meine eigene Weise, Furcht und Mitleid sollen mich nicht rühren, und bevor ich mich irreführen lasse, bedarf es eines gerisseneren Mannes als Sie. Ich verlange Dienstleistungen, treue Dienstleistungen, Sie sollen mich nicht hinter meinem Rücken betrügen und mir mein eigenes Geld stehlen, um mich zu bekämpfen."

„Mein Lord", erwiderte ich, „das sind unverzeihliche Ausdrücke."

„Denken Sie doch einmal nach, Mackellar", erwiderte er, „dann werden Sie einsehen, daß ich recht habe. Ihre eigene Hinterhältigkeit ist unverzeihlich. Wenn Sie können, leugnen Sie, daß Sie die Absicht hatten, dies Geld zu benutzen, um meine Befehle zu umgehen. Dann will ich Sie um Verzeihung bitten. Wenn Sie es nicht können, müssen Sie den Mut haben, Ihre Handlungsweise so bezeichnet zu sehen, wie es ihr zukommt."

„Wenn Sie glauben, daß ich eine andere Absicht hatte als die, Sie zu schützen", begann ich.

„Oh! Mein alter Freund", sagte er, „Sie wissen sehr gut, was ich denke. Hier ist meine Hand von ganzem Herzen. Aber Geld – keinen Heller!"

Da ich auf diese Weise besiegt worden war, ging ich sofort auf mein Zimmer, schrieb einen Brief, lief damit zum Hafen, denn ich wußte, daß ein Schiff gerade absegeln sollte, und kam kurz vor Dunkelwerden an der Tür des Junkers an. Ich trat ohne anzuklopfen ein und fand ihn mit dem Inder bei einem einfachen Mahl von Maismehl und etwas Milch am Tisch sitzen. Das Haus war sauber und ärmlich, nur ein paar Bücher auf einem Bord schmückten es, und in einer Ecke stand Secundras kleine Bank.

„Mr. Bally", sagte ich, „ich besitze ungefähr fünfhundert Pfund in Schottland, die Ersparnisse eines harten Daseins. Mit jenem Schiff dort geht ein Brief ab, der diese Summe frei macht. Haben Sie Geduld, bis das Schiff zurückkehrt, dann gehört sie Ihnen unter denselben Bedingungen, die Sie heute morgen dem Lord anboten."

Er stand vom Tisch auf, trat vor, faßte mich an den Schultern und sah mir lächelnd ins Gesicht.

„Und doch lieben Sie das Geld sehr!" sagte er. „Und doch lieben Sie das Geld mehr als alles andere, ausgenommen meinen Bruder!"

„Ich fürchte das Alter und die Armut", erwiderte ich, „das ist eine andere Sache."

„Ich will nicht über Worte streiten, nennen Sie es so", antwortete er. „Ach! Mackellar, Mackellar, wenn alles das geschähe aus Liebe zu mir, wie glücklich wäre ich, Ihr Angebot annehmen zu können!"

„Und doch", erwiderte ich eifrig, „ich sage es zu meiner Schande, ich kann Sie nicht ohne Mitleid an diesem ärmlichen Ort sehen. Es ist nicht mein einziger und nicht mein erster Gedanke, und doch ist es wahr! Ich wäre froh, Sie befreit zu sehen. Ich biete Ihnen das Geld nicht aus Liebe an, weit davon entfernt, aber doch, wofür Gott mein Zeuge ist, und worüber ich mich selbst wundere, ohne jede Feindschaft."

„Ach!" sagte er und hielt meine Schulter, die er nun leise schüttelte, immer noch fest. „Sie halten mehr von mir, als Sie selbst wissen. Und worüber ich mich selbst wundere", fügte er hinzu, indem er meine Worte wiederholte und, wie ich glaube, meinen Tonfall nachahmte, „Sie sind ein Ehrenmann, und darum schone ich Sie."

„Mich schonen?" rief ich aus.

„Ich schone Sie“, wiederholte er, indem er mich losließ und sich abwandte. Dann sagte er, wieder zu mir gekehrt: „Sie wissen nicht, was ich mit dem Gelde tun wollte, Mackellar! Glauben Sie, daß ich meine Niederlage wirklich einstecke? Merken Sie sich: mein Leben war eine Reihe unverdienter Mißerfolge. Jener Narr, Prinz Charlie, verursachte das Mißlingen eines vielversprechenden Unternehmens: das war mein erstes Unglück. In Paris hatte ich meinen Fuß wiederum hoch oben auf der Leiter: damals war es ein Zufall, ein Brief kam in falsche Hände, und ich stand von neuem dem Nichts gegenüber. Noch ein drittes Mal bot sich mir eine Möglichkeit zum Aufstieg, in Indien schuf ich mir mit unendlicher Geduld eine Stellung, und dann kam Clive, mein Radscha wurde zugrunde gerichtet, und ich entfloh wie ein zweiter Äneas aus der allgemeinen Verwirrung mit Secundra Daß auf dem Rücken. Dreimal hatte ich meinen Fuß auf der höchsten Leiterstufe, und ich bin noch nicht dreiundvierzig Jahre alt. Ich kenne die Welt, wie wenige Menschen sie kennen, wenn sie reif sind zum Sterben: das Hofleben und das Lager, den Osten und den Westen, ich weiß, wohin ich gehen muß, ich sehe tausend Möglichkeiten. Ich bin jetzt in der Fülle meiner Kraft, gesund und von grenzenlosem Ehrgeiz. Nun, auf alles das verzichte ich, es liegt mir nichts daran zu sterben und daß die Welt nichts wieder von mir hört. Nur an einer Sache liegt mir noch, und die will ich erreichen! Sehen Sie sich vor, damit Sie nicht, wenn das Dach einstürzt, auch unter den Trümmern begraben werden.“

Als ich das Haus verließ, ohne jede Hoffnung auf die Möglichkeit einer Vermittlung, bemerkte ich eine gewisse Bewegung am Kai, und als ich meine Augen aufhob, sah ich ein großes Schiff, das soeben vor Anker gegangen war. Es ist sonderbar, daß ich so gleichgültig hinübersehen konnte, denn dies Schiff brachte den Brüdern von Durrisdeer den Tod. Nach all den verzweifelten Episoden dieses Kampfes, den Beleidigungen, den Interessengegensätzen, dem brüderlichen Zweikampf im Gehölz sollte es einem armen Teufel im Zeitungsviertel der Londoner Grubstreet, der für sein tägliches Brot Zeilen zusammenschmierte, und dem es gleich war, was er schrieb, vorbehalten bleiben, einen Zauberspruch über eine Entfernung von viertausend Seemeilen hinüberzuschleudern und diese beiden Brüder in wilde und eisige Wüsten zu senden, wo sie starben. Aber solche Gedanken waren meiner Seele fremd, und während die Leute aus der Provinz um mich herum aufgeregt redeten wegen der ungewöhnlichen Belebung ihres Hafens, schritt ich durch ihre Mitte nach Hause, ganz versunken in die Erinnerung an meinen Besuch und die Reden des Junkers.

Am selben Abend wurde ein kleines Paket Flugschriften von dem Schiff zu uns gebracht. Am nächsten Tage hatte der Lord eine Verabredung mit dem Gouverneur, irgendeine Vergnügung zu besuchen. Die Zeit war ungefähr gekommen, und ich ließ ihn einen Augenblick allein in seinem Zimmer, während er die Flugschriften durchblätterte. Als ich zurückkam, war sein Kopf auf den Tisch gefallen, und seine Arme lagen über den zerknüllten Papieren.

„Mein Lord, mein Lord!“ rief ich und lief auf ihn zu, denn ich fürchtete, er habe einen Anfall erlitten.

Er sprang auf wie eine Drahtpuppe, seine Züge waren wutentstellt, so daß ich ihn in fremder Umgebung kaum erkannt hätte. Seine Hand erhob sich plötzlich über den Kopf, als wolle er mich niederschlagen. „Lassen Sie mich allein!“ kreischte er, und ich floh, so rasch meine zitternden Beine mich tragen wollten, zur Lady. Auch sie verlor keine Zeit, aber als wir ankamen, hatte er die Tür von innen verschlossen und schrie uns von der anderen Seite aus zu, ihn in Ruhe zu lassen. Wir sahen einander ins Gesicht, ganz bleich, und jeder glaubte, daß die Krankheit zum Durchbruch gelangt sei.

„Ich werde dem Gouverneur schreiben und ihn entschuldigen“, sagte sie, „wir müssen uns unsere einflußreichen Freunde erhalten.“ Aber als sie die Feder ergriff, flog sie ihr aus der Hand. „Ich kann nicht schreiben“, sagte sie, „können Sie es?“

„Ich werde einen Entwurf machen, gnädige Frau“, erwiderte ich.

Sie sah mir über die Schulter, während ich schrieb. „Das genügt“, sagte sie, als ich fertig war. „Gott sei Dank, Mackellar, daß ich mich auf Sie verlassen kann! Aber was mag es nur sein, was mag es nur sein?“

Bei mir dachte ich, daß eine Erklärung unmöglich und auch nicht nötig sei. Meine Befürchtung ging dahin, daß der Irrsinn des Mannes nun einfach zum Durchbruch gekommen sei, wie die lange schwelenden Flammen eines Vulkans, aber aus reinem Mitleid mit der Lady durfte ich es nicht aussprechen.

„Es ist wichtiger, über unsere eigenen Maßnahmen nachzudenken“, sagte ich. „Sollen wir ihn allein lassen?“

„Ich wage ihn nicht zu stören“, entgegnete sie. „Die Natur muß es am besten wissen, vielleicht schreit die Natur danach, daß er allein ist, denn wir tasten im Dunkeln. O ja, ich würde ihn sich selbst überlassen.“

„Ich werde also diesen Brief fortschicken, gnädige Frau, und dann hierher zurückkommen, um Ihnen Gesellschaft zu leisten“, sagte ich.

„Bitte, tun Sie das“, rief die Lady aus.

Den ganzen Nachmittag saßen wir fast immer stillschweigend beieinander und beobachteten die Tür des Lords. Meine Seele beschäftigte sich mit der Szene, die wir vorhin erlebt hatten, und ihrer höchst sonderbaren Ähnlichkeit mit meiner Vision. Ich muß hierüber ein Wort sagen, denn das Gerücht davon hat sich mit vielen Übertreibungen weit verbreitet, und ich habe es sogar im Druck gelesen, wobei mein eigener Name als Zeuge für alle Einzelheiten genannt wurde. So viel stimmte überein: hier war der Lord in einem Zimmer, den Kopf auf dem Tisch, und als er sein Gesicht hob, hatte es einen Ausdruck, der mich bis in die Seele hinein erschütterte. Aber der Raum war ein anderer, die Haltung des Lords am Tisch durchaus nicht die gleiche, und als er sein Gesicht zeigte, hatte es den Ausdruck qualvoller Wut, nicht den jammervoller Verzweiflung, den es stets, mit einer Ausnahme, die ich bereits erwähnt habe, in der Vision zeigte. So ist nun die ganze Wahrheit endlich offenbar, und wenn auch die Unterschiede groß waren, so war doch die Übereinstimmung stark genug, um mich mit Unbehagen zu erfüllen. Den ganzen Nachmittag saß ich da, wie ich schon sagte, und dachte für mich selbst darüber nach, denn die Lady hatte ihre eigenen Sorgen, und es wäre mir nicht in den Sinn gekommen, sie mit meinen Phantasien zu belästigen. Ungefähr zur Hälfte der Zeit unseres Wartens kam ihr der kluge Gedanke, Mr. Alexander holen zu lassen und ihm aufzutragen, an seines Vaters Tür zu klopfen. Der Lord schickte den Jungen fort, aber ohne die geringste Heftigkeit in Bewegung oder Ausdruck, so daß ich die Hoffnung in mir aufleben fühlte, der Anfall sei vorüber.

Als die Nacht schließlich hereinbrach und ich eine Lampe anzündete, die zurechtgemacht dastand, öffnete sich die Tür, und der Lord stand auf der Schwelle. Das Licht war nicht stark genug, um seine Züge erkennen zu lassen. Als er sprach, schien mir seine Stimme etwas verändert, aber doch durchaus ruhig.

„Mackellar“, sagte er, „bringen Sie diesen Brief eigenhändig an seinen Bestimmungsort. Er ist durchaus privat. Überzeugen Sie sich, daß die Person allein ist, wenn Sie ihn überreichen.“

„Henry“, sagte die Lady, „du bist doch nicht krank?“

„Nein, nein“, sagte er unwillig, „ich bin beschäftigt. Durchaus nicht, ich bin nur beschäftigt. Es ist sonderbar, daß ein Mann krank sein soll, wenn er Geschäfte zu erledigen hat! Schicke mir mein Abendessen mit einem Korb Wein aufs Zimmer, ich erwarte den Besuch eines Freundes. Sonst will ich nicht gestört werden.“

Und damit schloß er sich wieder ein.

Der Brief war an einen gewissen Kapitän Harris in einer Kneipe am Hafen gerichtet. Ich kannte Harris vom Hörensagen als gefährlichen Abenteurer, der in dringendem Verdacht stand, früher Pirat gewesen zu sein; augenblicklich betrieb er das rauhe Gewerbe eines Indianerhändlers. Was der Lord ihm zu sagen haben mochte, oder er dem Lord, ging über mein Fassungsvermögen. Auch begriff ich nicht, wie der Lord von ihm gehört haben konnte, wenn nicht durch einen schimpflichen Prozeß, aus dem der Mann vor einiger Zeit glücklich entkommen war. Ich erledigte den Botengang also sehr unwillig, und das wenige, was ich von dem Kapitän sah, erfüllte mich mit Abscheu. Ich fand ihn in einer übelriechenden Kammer, wie er bei einer flackernden Kerze und einer leeren Flasche dasaß. Er verfügte noch über einen Rest militärischer Haltung, oder vielleicht war es auch nur eine Vorspiegelung, denn seine Benehmen war pöbelhaft.

„Sagen Sie dem Lord mit meiner Empfehlung, daß ich Seine Gnaden innerhalb einer halben Stunde aufsuchen werde“, sagte er, als er den Brief gelesen hatte, und dann besaß er die Niedrigkeit, auf die leere Flasche zu zeigen und mir vorzuschlagen, ihm Schnaps zu kaufen.

Obwohl ich mit größter Eile zurückkehrte, folgte der Kapitän mir auf den Fersen und blieb bis spät in die Nacht hinein. Der Hahn krähte zum zweitenmal, als ich von meinem Kammerfenster beobachtete, wie der Lord ihm zum Tor leuchtete. Beide waren vom Alkohol stark mitgenommen und lehnten sich manchmal gegeneinander, um sich etwas zuzuflüstern. Doch am nächsten Morgen war der Lord schon in aller Frühe unterwegs mit hundert Pfund Sterling in der Tasche. Ich wußte, daß er ohne sie zurückkommen werde, war aber ganz sicher, daß sie nicht den Weg zum Junker finden würden, denn ich lauerte den ganzen Morgen in der Nähe des Blockhauses. Es war das letztemal, daß Lord Durrisdeer die Grenzen seines eigenen Besitzes überschritt, bevor wir New York verließen. Er wandelte durch die Ställe oder saß und sprach mit seiner Familie, fast ganz wie früher, aber die Stadt sah ihn nicht wieder, und seine täglichen

Besuche bei dem Junker schienen vergessen. Auch Harris erschien nicht wieder, jedenfalls nicht vor dem Abschied.

Ich war nun sehr bedrückt angesichts der Geheimnisse, die uns umwoben. Es war offenbar, daß der Lord etwas sehr Ernstes vorhatte, wenn es auch nur aus der Änderung seiner Gewohnheiten geschlossen werden konnte, aber was es war, worauf es zurückging, und warum wir jetzt Haus und Garten hüten mußten, vermochte ich nicht zu erraten. Es war klar, ja sogar sicher, daß die Flugschriften etwas mit dieser völligen Änderung seiner Lebensweise zu tun hatten. Ich las sie alle, soweit ich sie finden konnte, aber sie waren alle durchaus nichtssagend und von der gewöhnlichen Art der Parteialbernheiten. Selbst für einen Mann der hohen Politik konnte ich nichts besonders Beleidigendes erblicken, und der Lord war Fragen der Öffentlichkeit gegenüber ziemlich gleichgültig. Die Wahrheit ist, daß die Flugschrift, die die Wurzel alles Übels war, während der ganzen Zeit auf der Brust des Lords lag. Dort draußen inmitten der nordischen Wildnis fand ich sie schließlich, nachdem er tot war: an solchem Ort und unter so entsetzlichen Umständen mußte ich zum erstenmal diese albernen, lügenhaften Worte eines Whighetzapostels lesen, der sich gegen jede Nachsicht Jakobiten gegenüber aussprach: „Noch ein anderer berüchtigter Rebell, der M–r von B–e, soll seinen Titel wiedererhalten“, so hieß es in dieser Schrift. „Diese Schiebung wird seit langer Zeit vorbereitet, da er in Schottland und Frankreich einige nichtswürdige Dienste leistete. Sein Bruder, L–d D–r, ist bekannt dafür, daß er keinen besseren Charakter besitzt, und der Erbe, der jetzt übergangen werden soll, wurde nach den verabscheuungswürdigsten Grundsätzen erzogen. Wie ein altes Sprichwort sagt: es ist gehupft wie gesprungen! Aber die Begünstigung bei einer solchen Wiedereinsetzung in alte Rechte ist zu auffällig, als daß sie mit Stillschweigen übergangen werden dürfte.“ Ein Mann bei vollem Verstande würde einem so lächerlichen Geschwätz keinerlei Bedeutung beigemessen haben. Daß die Regierung einen derartigen Plan haben könnte, war für jeden vernünftigen Menschen undenkbar, außer für den Narren vielleicht, der es niederschrieb. Und der Lord, der nie geistreich war, besaß sonst einen bemerkenswert gesunden Menschenverstand. Daß er solchem Gefasel Glauben schenkte und das Flugblatt am Busen und die Worte im Herzen trug, ist der klarste Beweis für seinen Irrsinn. Ohne Zweifel beschleunigte die bloße Erwähnung Mr. Alexanders und die Drohung, die gegen die Titelnachfolge des Kindes ausgestoßen wurde, die Entwicklung der Dinge. Es sei denn, daß mein Herr schon seit langer Zeit wirklich wahnsinnig und wir zu abgestumpft und zu sehr an ihn gewöhnt waren, um den Grad seiner Krankheit erkennen zu können.

Ungefähr eine Woche nach Ankunft der Flugblätter war ich spätabends am Hafen und wandte mich dann der Hütte des Junkers zu, wie ich es oft zu tun pflegte. Die Tür öffnete sich, eine Flut von Licht fiel auf die Gasse, und ich sah einen Mann, der mit freundlichen Worten Abschied nahm. Ich vermag nicht zu sagen, wie heftig ich erschüttert wurde, als ich den Abenteurer Harris erkannte. Ich mußte die Schlußfolgerung ziehen, daß die Hand des Lords ihn hierher geführt hatte, und setzte meinen Weg in sehr ernsten und bedrückenden Gedanken fort.

Es war schon spät, als ich zu Hause ankam, und dort war der Lord dabei, seinen Koffer für eine Reise zu packen.

„Warum kommen Sie so spät?“ rief er aus. „Wir reisen morgen nach Albany ab, Sie und ich zusammen, und es ist höchste Zeit, daß Sie sich vorbereiten.“

„Nach Albany, mein Lord?“ rief ich aus. „Und wozu in aller Welt?“

„Szenenwechsel“, sagte er.

Und die Lady, die geweint zu haben schien, gab mir ein Zeichen, daß ich ohne Widerspruch gehorchen solle. Etwas später, als wir Gelegenheit zu einigen vertraulichen Worten fanden, sagte sie mir, er habe plötzlich die Absicht kundgetan abzureisen, und zwar nach einem Besuch von Kapitän Harris. Ihre Bemühungen, ihn von der Reise zurückzuhalten oder eine nähere Erklärung über sein Vorhaben aus ihm herauszulocken, sei gleichermaßen erfolglos gewesen.

Elftes Kapitel

Die Irrfahrten in der Wildnis

Wir machten eine angenehme Reise den Hudson hinauf, einen schönen Fluß, das Wetter war herrlich, die Hügel lagen einzigartig im bunten Schmuck der Herbstfarben vor uns. In Albany wohnten wir in einem Wirtshaus, und ich war nicht blind und der Lord nicht schlau genug, daß ich seine Absicht nicht bemerkt hätte, mich gefangenzuhalten. Die Arbeiten, die er mir auftrug, waren nicht so eilig, daß wir sie ohne die nötigen Unterlagen im Zimmer eines

Wirtshauses erledigen mußten. Auch waren sie nicht so wichtig, daß ich vier oder fünf Abschriften von demselben Dokument hätte aufsetzen müssen. Scheinbar fügte ich mich, aber heimlich traf ich meine eigenen Maßnahmen und bekam alle wichtigen Nachrichten aus der Stadt durch die Höflichkeit des Wirtes zugetragen. Schließlich kam mir auf diese Weise eine Tatsache zur Kenntnis, die ich, wie ich sagen möchte, erwartet hatte. Kapitän Harris war, wie man mir mitteilte, mit „Mr. Mountain, dem Händler", in einem Boot den Fluß hinaufgefahren. Ich fürchtete fast das beobachtende Auge des Wirtes, so stark empfand ich, daß mein Herr in diese Angelegenheit verwickelt sei. Doch ich beherrschte mich und sagte nur, daß ich den Kapitän oberflächlich kenne, aber Mr. Mountain nicht, und ich fragte, wer sonst noch mitgefahren sei. Der Wirt wußte es nicht. Mr. Mountain war an Land gegangen, um einige notwendige Einkäufe vorzunehmen, er war kaufend, trinkend und schwätzend durch die Stadt gezogen, und es habe den Anschein gehabt, als werde die Gruppe Abenteuer erleben, denn er habe von großen Dingen gesprochen, die er unternehmen wolle, wenn er zurückgekehrt sei. Sonst war nichts bekannt, denn außer ihm war keiner an Land gekommen, und es schien, als ob sie es eilig hätten, einen bestimmten Ort zu erreichen, bevor der Schneefall einsetzte.

Tatsächlich fielen am nächsten Tage sogar in Albany einige Flocken, aber das Wetter ging bald vorüber und war nur eine Warnung vor dem, was wir zu erwarten hatten. Ich machte mir damals wenig daraus, da ich von diesen rauhen Gegenden nicht viel wußte. Der Rückblick ist ganz anderer Art, und manchmal überlege ich mir, ob die furchtbaren Ereignisse, die ich jetzt erzählen muß, nicht teilweise zurückzuführen sind auf den finsteren Himmel und die stürmischen Winde, denen wir ausgesetzt waren, und auf die Todesangst, die wir in der Kälte erduldeten.

Als das Schiff abgefahren war, glaubte ich zunächst, wir würden die Stadt verlassen. Aber nichts Derartiges geschah. Der Lord blieb in Albany, wo er offensichtlich nichts zu tun hatte, und hielt mich ebenfalls zurück, fern von meinen Pflichten, indem er mir Scheinaufträge gab. In dieser Beziehung erwarte ich Vorwürfe und verdiene sie vielleicht. Ich war nicht dumm genug, um mir nicht eigene Gedanken zu machen. Ich konnte nicht sehen, wie der Junker sich den Händen von Harris anvertraute, ohne eine geheime Verschwörung zu ahnen. Harris ging der Ruf eines Halunken voraus, und er war heimlich von dem Lord bestochen worden. Der Händler Mountain gehörte, wie ich erfuhr, zu derselben Sippschaft. Das Gerücht, sie seien hinausgezogen, um zusammengeraubte Schätze zu heben, reichte an sich schon hin, um allerlei faules Spiel zu vermuten, und der Charakter des Landes, in das sie vordrangen, verhieß Straflosigkeit für Bluttaten. Ja, es ist wahr, ich hatte alle diese Gedanken und Befürchtungen und erriet das Geschick des Junkers. Aber man bedenke, daß ich derselbe Mann war, der einst versuchte, ihn von der Schutzwehr des Schiffes auf hoher See hinunterzustürzen, derselbe Mann, der kurz zuvor in sündhafter Weise und ganz ernsthaft Gott einen Handel anbot und ihm antrug, mein Spießgeselle zu werden! Wahr ist es allerdings auch, daß ich sehr viel milder geworden war gegen unseren Feind. Aber das faßte ich immer als Schwäche des Fleisches und sogar als Schuld auf, während meine Seele stark blieb und ihm stets entgegenarbeitete. Wahr ist es ferner auch, daß es etwas anderes ist, Schuld und Gefahr eines verbrecherischen Anschlags auf die eigenen Schultern zu nehmen, als untätig zuzusehen, wie der Lord sich selbst in Gefahr brachte und sich besudelte. Doch eben das war der Grund meiner Untätigkeit. Denn wenn ich mich in die Dinge einmischte, würde es mir vielleicht mißlingen, den Junker zu retten, auf alle Fälle aber mußte ich den Lord ins Gerede bringen.

So also tat ich nichts, und mit denselben Gründen muß ich auch heute noch mein Verhalten rechtfertigen. Wir lebten inzwischen in Albany, aber obgleich wir ganz allein an einem fremden Ort weilten, verkehrten wir wenig miteinander und führten nur die üblichen kurzen Gespräche. Der Lord hatte verschiedene Einführungsschreiben an angesehene Leute in der Stadt und ihrer Nachbarschaft mitgenommen. Andere Einwohner hatte er früher in New York kennengelernt, so daß er viel unterwegs war und, wie ich bedauerlicherweise sagen muß, ziemlich ausschweifend lebte. Ich war oft schon im Bett, schlief aber nie, wenn er zurückkehrte, und kaum eine Nacht verging, wo er nicht sichtlich unter dem Einfluß des Alkohols stand. Tagsüber legte er mir noch immer endlose Schreibarbeiten auf und zeigte sich höchst erfinderisch, sie immer wieder zu erneuern wie das Gewebe Penelopes. Ich weigerte mich nie, wie ich schon sagte, denn ich wurde dafür bezahlt, seine Aufträge auszuführen, aber ich bemühte mich auch nicht, mein Licht unter den Scheffel zu stellen, und lächelte ihm manchmal ins Gesicht.

„Ich glaube, ich bin der Teufel, und Sie sind Michael Scott“, sagte ich ihm eines Tages, „ich habe den Tweed überbrückt und die Eildons gespalten, und jetzt setzen Sie mich auf den nackten Sand.“

Er schaute mich mit blitzenden Augen an und sah wieder fort, während seine Kinnladen sich bewegten, ohne daß er ein Wort sprach.

„Nun gut, mein Lord", sagte ich, „Ihr Wille ist mein Vergnügen. Ich werde diese Arbeit zum viertenmal machen, aber ich möchte Sie bitten, mir morgen eine andere Aufgabe zu stellen, denn bei meiner Ehre, ich habe diese hier satt."

„Sie wissen nicht, was Sie sagen", erwiderte der Lord, setzte seinen Hut auf und wandte mir den Rücken. „Es ist sonderbar, daß es Ihnen Vergnügen bereitet, mich zu ärgern. Ein Freund – aber das ist eine andere Sache. Es ist sonderbar. Ich bin ein Mann, der sein Leben lang Unglück gehabt hat, und noch immer bin ich von Ränken umgeben. Überall stellt man mir Fallen", schrie er. „Die ganze Welt ist gegen mich verschworen!"

„Ich würde nicht solch gottlosen Unsinn reden, wenn ich Sie wäre", sagte ich, „aber ich will Ihnen sagen, was ich tun würde: ich würde meinen Kopf in kaltes Wasser stecken, denn Sie waren gestern nacht schwerer geladen, als Sie es vertragen können."

„Glauben Sie das wirklich?" sagte er im Tonfall höchsten Interesses. „Würde das gut für mich sein? Ich habe es nie versucht."

„Ich entsinne mich der Tage, da Sie es nicht nötig hatten, und ich wünschte, mein Lord, sie kehrten wieder", antwortete ich. „Aber die reine Wahrheit ist, daß Sie Unheil treffen wird, wenn Sie fortfahren zu trinken."

„Es scheint, als ob ich Alkohol nicht mehr so gut wie früher vertragen kann", entgegnete der Lord, „ich bekomme leicht zuviel, Mackellar, aber ich werde mich besser vorsehen."

„Darum möchte ich Sie bitten", erwiderte ich. „Sie sollten daran denken, daß Sie der Vater Mr. Alexanders sind. Sorgen Sie dafür, daß das Kind seinen Namen mit Stolz tragen kann."

„Ja, ja", sagte er, „Sie sind ein sehr vernünftiger Mensch, Mackellar, und stehen seit langer Zeit in meinen Diensten, aber ich denke, wenn Sie mir nicht mehr zu sagen haben, will ich gehen. Haben Sie mir noch etwas zu sagen?" fragte er mit jener hitzigen und kindischen Aufgeregtheit, die ihn jetzt so oft befiel.

„Nein, mein Lord, ich habe nichts mehr zu sagen", antwortete ich ziemlich trocken.

„Dann werde ich also gehen", sagte der Lord und stand da und blickte mich an, indem er mit dem Hut spielte, den er wieder abgenommen hatte. „Sie wollen wohl nichts besorgt haben? Nein? Ich habe mich mit Sir William Johnson verabredet, aber ich werde mich vorsehen."

Er schwieg eine Weile und sagte dann lächelnd: „Erinnern Sie sich an einen Ort, Mackellar – etwas unterhalb Eagles –, wo der Bach sehr tief zwischen einem Gehölz von Ebereschen rinnt? Als Knabe war ich dort, wie ich mich entsinne – o Gott, es kommt über mich wie ein altes Lied! – ich angelte und machte einen guten Fang. Ach, wie glücklich war ich damals. Es wundert mich, Mackellar, warum ich jetzt nie mehr glücklich bin!"

„Mein Lord", sagte ich, „wenn Sie mäßiger tränken, hätten Sie bessere Aussichten darauf. Es ist ein altes Sprichwort, daß die Flasche eine schlechte Trösterin ist."

„Ohne Zweifel", erwiderte er, „ohne Zweifel. Nun, ich denke, ich muß gehen."

„Guten Morgen, mein Lord", sagte ich.

„Guten Morgen, guten Morgen", sagte er und ging schließlich aus dem Zimmer.

Ich führe das als Beispiel an dafür, wie der Lord sich morgens meistens benahm, und ich muß meinen Herrn sehr schlecht beschrieben haben, wenn der Leser nicht bemerkt, daß es stark mit ihm bergab ging. Den Mann so fallen zu sehen, zu wissen, daß er von seinen Kumpanen als armer, verwirrter Trottel willkommen geheißen wurde, wenn er überhaupt willkommen war, nur aus Rücksicht auf seinen Titel, und dann sich seiner Fähigkeiten und seines Mutes zu erinnern, den er allen Zufällen des Glückes entgegensetzte: war das nicht zum Verzweifeln und eine starke Demütigung?

Er wurde immer ausschweifender im Trinken. Ich will nur eine Szene kurz vor dem Ende anführen, die bis heute lebhaft in meinem Gedächtnis haftet und die mich damals fast mit Entsetzen erfüllte.

Ich war im Bett und lag wach, als ich ihn stolpernd und singend die Treppe heraufkommen hörte. Der Lord war unmusikalisch, sein Bruder besaß alle Gaben der Familie, so daß, wenn ich singen sage, man darunter ein hohes, eintöniges Gewimmer verstehen muß, das in Wirklichkeit weder Rede noch Gesang war. Etwas Ähnliches kann man von den Lippen der Kinder hören, bevor sie gelernt haben sich zu schämen, und es hörte sich deshalb aus dem Munde eines ältlichen Herrn recht sonderbar an. Er öffnete die Tür mit polternder Vorsicht, blickte hinein, hielt die Hand vor die Kerze, glaubte mich im Schlaf, trat ein, setzte das Licht auf den Tisch und nahm den Hut ab. Ich sah ihn sehr deutlich, ein lebhaftes Fieber der Erregung schien in seinen Adern zu brennen, er stand da, lächelte und schmunzelte die Kerze an. Dann hob er den Arm, schnappte mit den Fingern und begann sich auszuziehen. Während er das tat, vergaß er meine Gegenwart wieder und begann von neuem zu singen, und jetzt verstand ich die Worte. Es waren die eines alten Liedes von den „Zwei Corbies", die er endlos wiederholte:

„Sein Gerippe, bleich verstreut,
Werde Stürmen ew'ge Beut'!"

Ich habe gesagt, daß er keine musikalische Begabung hatte. Die Töne, die er hervorbrachte, besaßen keine faßlichen Zusammenhänge und neigten etwas gegen Moll. Sie erregten in grober Weise das Gefühl, lehnten sich an die Worte an und verrieten die Empfindungen des Jüngers mit barbarischer Deutlichkeit. Zuerst sang er im Zeitmaß und in der Art eines Trinkliedes, dann ließ diese üble Lustigkeit nach, er verweilte mit mehr Gefühl bei den einzelnen Noten und versank schließlich in ein weinerliches Pathos, das ich kaum ertragen konnte. Allmählich nahm die anfängliche Raschheit seiner Bewegungen ab, und als er bis auf die Hosen ausgezogen war, ließ er sich nieder auf das Bett und begann zu wimmern. Ich kenne nichts Würdeloseres als die Tränen der Trunkenheit, und so wandte ich dem armseligen Anblick ungeduldig den Rücken.

Aber er war, wie ich annehme, den schlüpfrigen Abhang der Selbstbemitleidung hinabgetorkelt, wo es für einen Menschen, der alten Sorgen nachhinkt und soeben viel getrunken hat, kein Aufhalten mehr gibt. Seine Tränen flossen ohne Hemmung, und da saß nun dieser Mann dreiviertel nackt in der kalten Luft des Zimmers. Ich schwankte fortgesetzt zwischen Grausamkeit und sentimentaler Weichheit, bald richtete ich mich im Bett auf, um einzugreifen, bald redete ich mir ein, ich müsse gleichgültig sein und so tun, als schlafe ich, bis mich plötzlich das alte Wort *quantum mutatus ab illo* aufrüttelte. Ich erinnerte mich der früheren Klugheit, Standhaftigkeit und Geduld des Lords, ich wurde von Mitleid fast leidenschaftlich übermannt, nicht für meinen Herrn, sondern für alle Menschenkinder.

Dann sprang ich aus dem Bett, eilte zu ihm und legte ihm die Hand auf die nackte Schulter, die kalt wie Stein war. Er nahm das Gesicht aus den Händen, es war geschwollen und von Tränen naß wie das eines Kindes, und bei diesem Anblick erwachte mein Widerwille teilweise von neuem.

„Sie sollten sich schämen!" rief ich, „das ist ein kindisches Benehmen. Ich könnte auch heulen, wenn ich meinen Bauch mit Wein gefüllt hätte, aber ich ging nüchtern zu Bett wie ein Mann. Kommen Sie, legen Sie sich schlafen und sparen Sie sich diese jammervolle Vorstellung."

„Ach, Mackellar", sagte er, „mein Herz tut weh!"

„Weh?" rief ich. „Das hat seinen guten Grund, denke ich. Was waren das für Worte, die Sie sangen, als Sie hereinkamen? Zeigen Sie Mitleid gegen andere, dann läßt sich auch über Mitleid Ihnen gegenüber reden. Sie können so und so sein, aber ich will mit Halbheiten nichts zu tun haben. Wollen Sie schlagen, dann schlagen Sie, aber wollen Sie blöken, dann blöken Sie!"

„Nur weiter!" schrie er plötzlich, „das ist es: schlagen! Sie haben recht! Mensch, ich habe das alles viel zu lange ertragen. Aber als sie Hand anlegten an das Kind, als das Kind bedroht wurde" – seine momentane Kraft schwand, und er begann zu wimmern –, „mein Kind, mein Alexander!" Und nun fing er wieder an zu weinen.

Ich ergriff ihn bei der Schulter und schüttelte ihn. „Alexander!" rief ich. „Denken Sie denn überhaupt an ihn? Sie nicht! Blicken Sie sich ins Gesicht wie ein tapferer Mann, dann werden Sie feststellen, daß Sie sich nur selbst betrügen. Weib, Freund und Kind, alle sind gleicherweise vergessen, Sie sind nur noch ein Bündel Selbstsucht!"

„Mackellar", sagte er und besaß auf wunderbare Weise plötzlich wieder sein altes Benehmen und Aussehen, „Sie mögen von mir sagen, was Sie wollen, aber eines war ich nie – ich war nie selbstsüchtig."

„Ich werde Ihnen die Augen öffnen, damit Sie sich richtig sehen", sagte ich. „Wie lange sind wir nun hier? Und wie oft haben Sie an Ihre Familie geschrieben? Ich glaube, Sie sind zum erstenmal von ihr getrennt: haben Sie überhaupt schon geschrieben? Wissen Sie, ob sie tot oder lebendig sind?"

Ich hatte ihn sichtlich getroffen, seine bessere Natur erwachte, er weinte nicht mehr, er dankte mir reumütig, ging zu Bett und schlief bald fest ein. Am nächsten Morgen setzte er sich sofort nieder und begann einen Brief an die Lady, einen sehr zärtlichen Brief sogar, der allerdings nie beendet wurde. Tatsächlich wurde die Beziehung zu New York nur durch mich aufrechterhalten, und man wird begreifen, daß ich keine dankenswerte Aufgabe hatte. Was ich der Lady erzählen sollte, mit welchen Worten, und wie weit ich aufrichtig und rückhaltlos schreiben durfte, das waren Überlegungen, die mir oft den Schlaf raubten.

Während dieser ganzen Zeit wartete der Lord offenbar mit wachsender Ungeduld auf Nachricht von seinem Mitverschworenen. Man darf vermuten, daß Harris höchste Eile zugesagt hatte, die Zeit war bereits verstrichen, da man eine Nachricht erwarten durfte, und die Ungewißheit war ein schlechter Trost für einen Mann, dessen Verstand mitgenommen war. Die Phantasie des Lords schweifte in der Zwischenzeit fast immer in der Wildnis umher und folgte jener Gruppe von Menschen, deren Taten ihn so sehr beschäftigten. Er malte sich ständig ihre Lagerstätten und ihren Weitermarsch aus, die Art der Landschaft, die Vollbringung der furchtbaren Tat in tausend verschiedenen Möglichkeiten und jenes Schauspiel, da die Gebeine des Junkers verstreut im Winde lagen. Diese geheimen und verbrecherischen Überlegungen konnte ich stets erraten aus den Gesprächen des Mannes, die wie etwa Kaninchen aus ihrem Bau herauslugten. Und es konnte nicht wundernehmen, daß der Ort, bei dem er in seiner Phantasie weilte, ihn körperlich anzog.

*

Es ist allgemein bekannt, welchen Vorwand er benutzte. Sir William Johnson hatte in jenen Gegenden eine diplomatische Aufgabe zu erledigen, und der Lord und ich leisteten ihm dabei aus Neugier, wie behauptet wurde, Gesellschaft. Sir William war gut ausgerüstet und mit allem versehen. Jäger brachten uns Wildbret, in den Strömen wurden täglich für uns Fische gefangen, und der Brandy floß wie Wasser. Bei Tage zogen wir weiter, und nachts kampierten wir nach militärischer Art, Wachen wurden aufgezogen und abgelöst, jeder hatte bestimmte Pflichten zu erfüllen, und Sir William war die treibende Kraft in allem. Manche dieser Dinge hätten mich sonst gefesselt, aber zu unserem Unglück war das Wetter außerordentlich rauh, die Tage waren anfangs heiter, aber die Nächte von Anfang an frostig. Ein qualvoll scharfer Wind blies fast die ganze Zeit, so daß wir mit blauen Fingern in unserem Schiff saßen und unsere Kleider nachts, wenn wir die Gesichter am Feuer rösteten, im Rücken wie aus Papier zu sein schienen. Entsetzliche Einsamkeit umgab uns, das Land war völlig entvölkert, kein Rauch von Feuern stieg auf, und außer einem einzigen Händlerboot am zweiten Tage begegneten wir keinem Reisenden. Es war allerdings spät im Jahre, aber diese Verlassenheit der Wasserstraßen machte sogar auf Sir William Eindruck, und ich hörte ihn mehr als einmal seine Besorgnis zum Ausdruck bringen. „Ich fürchte, daß ich zu spät komme, sie müssen das Kriegsbeil schon ausgegraben haben“, sagte er, und die Zukunft bewies, wie recht er gehabt hatte.

Niemals könnte ich die Finsternis meiner Seele während dieser Reise beschreiben. Ich gehöre nicht zu denjenigen, die das Ungewöhnliche lieben. Den Winter herannahen zu sehen und auf offenem Felde so weit entfernt von irgendeinem Hause zu sein, bedrückte mich wie ein Alp. Alles schien mir wie verhängnisvoller Trotz gegen den Willen Gottes, und dies Gefühl, das mich, wie ich weiß, zum Feigling stempelt, wurde bedeutend verstärkt durch die Kenntnis, die ich persönlich vom Zweck unserer Reise hatte. Außerdem war ich durch meine Pflichten gegenüber Sir William belastet, den ich unterhalten sollte, denn der Lord war völlig in einen Zustand versunken, der an „*pervigilium*“ grenzte, er beobachtete die Wälder mit aufgerissenen Augen, schlief überhaupt kaum noch und sprach manchmal keine zwanzig Worte im Laufe eines Tages. Was er sagte, hatte einen gewissen Zusammenhang, aber es bezog sich fast immer auf die Menschengruppe, nach der er wie irrsinnig ausschaute. Oft pflegte er Sir William zu erzählen, und immer in einem Ton, als handle es sich um eine Neuigkeit, daß er „einen Bruder irgendwo in den Wäldern“ habe, er möge doch die Wachen anweisen, „nach ihm Ausschau zu halten“. – „Ich erwarte dringend Nachrichten über meinen Bruder“, pflegte er zu sagen. Manchmal, wenn wir unterwegs waren, bildete er sich ein, weit draußen auf dem Meere ein Kanu zu erblicken oder ein Lager am Ufer, und dann zeigte er eine peinliche Aufregung. Es war unmöglich, daß diese Sonderbarkeiten Sir William nicht auffallen mußten, und schließlich nahm er mich beiseite und deutete an, alles das sei ihm unangenehm. Ich legte die Finger an die Stirn und schüttelte den Kopf, sehr froh, gewissermaßen auf alle Fälle einen Zeugen zu haben.

„Aber wenn es so steht“, rief Sir William aus, „ist es denn da klug, ihn frei umhergehen zu lassen?“

„Leute, die ihn gut kennen“, antwortete ich, „sind davon überzeugt, daß man ihn bei gutem Humor halten muß.“

„Nun, nun“, erwiderte Sir William, „das ist nicht meine Angelegenheit, aber wenn ich es vorher gewußt hätte, wären Sie nicht hier.“

Wir waren ungefähr eine Woche ohne Zwischenfälle in diese Wildnis vorgedrungen, als wir eines nachts an einem Platz unser Lager aufschlugen, wo der Fluß zwischen hohen, waldbestandenen Bergen dahinrann. Die Feuer waren in der Nähe des Ufers auf einem ebenen Platz angezündet worden, und wir aßen zu Abend und legten uns dann in der gewöhnlichen Art schlafen. Der Zufall wollte, daß die Nacht mörderisch kalt war, der Frost packte und quälte mich durch die Decken hindurch, so daß mich die Schmerzen wach hielten. Ich war vor Tagesanbruch wieder auf den Beinen und hockte am Feuer oder rannte am Flußufer auf und ab, um die Gliederschmerzen zu vertreiben. Schließlich brach der Tag herein über den bereiften Wäldern und Bergen, die Schläfer wälzten sich hin und her in ihren Decken, und das Wasser des Stromes rauschte lärmend dahin zwischen Eisschollen. Ich stand da und blickte umher, eingepackt in einen steifen Mantel von Ochsenfell, und der Atem stieg wie Rauch aus meinen brennenden Nasenlöchern auf, als ich plötzlich einen eigenartigen, hellen Schrei von den Rändern des Waldes ertönen hörte. Die Wachen antworteten, die Schläfer sprangen hoch, einer wies in die Richtung, die anderen folgten mit den Augen, und dort, am Rande des Waldes, sahen wir zwischen zwei Bäumen die Gestalt eines Mannes, der seine Hände wie in Ekstase hochreckte. Im nächsten Augenblick rannte er vorwärts, fiel zur Seite des Lagers auf die Knie und brach in Tränen aus.

Es war John Mountain, der Händler, der den entsetzlichsten Gefahren entronnen war, und sein erstes Wort, als er die Sprache wiedergewann, war die Frage, ob wir Secundra Daß gesehen hätten.

„Wen gesehen?“ rief Sir William aus.

„Nein“, sagte ich, „wir haben ihn nicht gesehen. Warum?“

„Nicht?“ fragte Mountain. „Dann habe ich doch recht gehabt!“ Dabei schlug er sich mit der Hand vor die Stirn. „Aber was hält ihn zurück?“ rief er, „was hält den Mann zurück bei den Leichen? Dahinter steckt ein verfluchtes Geheimnis.“

Seine Worte erregten unsere Neugier aufs höchste, aber ich werde mich verständlicher machen können, wenn ich die Ereignisse in ihrer wirklichen Reihenfolge berichte. Es folgt hier eine Erzählung, die ich aus drei Quellen zusammengefügt habe, die allerdings nicht in allen Punkten übereinstimmen:

Erstens: ein schriftlicher Bericht von Mountain, in dem alles Verbrecherische vertuscht ist;

zweitens: zwei Unterredungen mit Secundra Daß; und

drittens: zahlreiche Unterredungen mit Mountain selbst, in denen er sich erfreulicherweise ganz offen aussprach, denn in Wahrheit hielt er mich für einen Mitverschworenen.

Der Trupp, der unter dem Befehl von Kapitän Harris und dem Junker den Fluß hinaufzog, zählte im ganzen neun Personen, unter denen, abgesehen von Secundra Daß, keiner war, der nicht den Galgen verdient hätte. Von Harris abwärts bis zum letzten waren die Reisenden in der Kolonie berüchtigt als verzweifelte, blutdürstige Halunken. Einige waren übel beleumdete Seeräuber, die meisten Rumhausierer, alle Radaubrüder und Trinker. Sie paßten also gut zusammen und machten sich ohne Gewissensbisse auf den Weg, um jenen gemeinen und mörderischen Plan durchzuführen. Ich kann nicht behaupten, daß viel Disziplin unter den Leuten herrschte oder ein anerkannter Führer vorhanden war, aber Harris und vier andere: Mountain selbst, zwei Schotten – Pinkerton und Hastie – und ein Mann namens Hicks, ein betrunkener Schuster, steckten die Köpfe zusammen und einigten sich über die Richtung. Äußerlich waren sie ziemlich gut ausgerüstet, und der Junker im besonderen nahm ein Zelt mit sich, um einige Abgeschlossenheit und etwas Schutz zu genießen.

Selbst diese kleinste Vergünstigung brachte die Leute gegen ihn auf, aber er war an und für sich in einer so schiefen und fast lächerlichen Lage, daß Befehlshaberei und freundliches Benehmen sowieso nicht am Platze waren. In aller Augen, Secundra Daß ausgenommen, war er ein gewöhnlicher Dummkopf und ein gezeichnetes Opfertier, das unwissend dem Tode entgegenging, aber er selbst mußte sich für den Anführer und Leiter der Expedition halten. Wohl oder übel mußte er sich dementsprechend benehmen, doch wenn er Autorität oder Herablassung auch nur in den geringsten Dingen zeigte, lachten sich die Betrüger ins Fäustchen. Ich war so sehr daran gewöhnt, ihn in hoheitsvoller Kommandohaltung zu sehen, daß ich qualvoll überrascht war und beinahe rot geworden wäre, als ich seine wirkliche Rolle begriff. Wann er den ersten Verdacht schöpfte, kann man nicht wissen, aber es dauerte lange, und der Trupp war schon außerhalb des Bereiches menschlicher Hilfe, bevor er zur vollen Erkenntnis der Wahrheit erwachte.

Das kam so: Harris und einige andere hatten sich in die Wälder zurückgezogen zur Beratung, als sie durch ein Rascheln im Laub aufgeschreckt wurden. Sie waren alle an indianische Kriegführung gewöhnt, und Mountain hatte nicht nur mit den Wilden gelebt und gejagt, sondern auch mit ihnen zusammen gekämpft und sich einige Achtung erworben. Er war imstande, ohne Geräusch in den Wäldern zu wandern und eine Spur wie ein Hund zu verfolgen. Deshalb wurde er auf diesen plötzlichen Alarm hin von den anderen beauftragt, in das Dickicht einzudringen, um die Ursache des Geräusches auszukundschaften. Er war bald davon überzeugt, daß in nächster Nachbarschaft ein Mensch war, der sich vorsichtig, aber ohne Erfahrung zwischen den Blättern und Zweigen bewegte, und als er nach kurzer Zeit an einen Platz gelangte, wo er Umschau halten konnte, bemerkte er Secundra Daß, der rasch von dannen kroch und dabei oft rückwärts blickte. Er wußte nicht, ob er lachen oder weinen sollte, und seine Gefährten waren sich ebensowenig darüber einig, als er zurückkehrte und ihnen Bericht erstattete. Ein Überfall durch Indianer war nicht sehr wahrscheinlich, aber da Secundra Daß bemüht war, sie auszuspionieren, war es höchst wahrscheinlich, daß er Englisch verstand, und wenn er Englisch verstand, war es sicher, daß der Junker ihren ganzen Plan kannte. Die Lage war einigermaßen sonderlich. Wenn Secundra Daß seine englischen Kenntnisse verbarg, so war andererseits Harris in verschiedenen Dialekten Indiens bewandert, und da seine Taten in jenem Teil der Welt mehr als anrüchig waren, hatte er es für richtig befunden, diesen Umstand bisher zu verschweigen. Jede Partei besaß also Spioniermöglichkeiten. Die Verschwörer kehrten zum Lager zurück, sobald ihnen diese Tatsache bekanntgegeben war, und Harris kroch zum Zelt, als er vernahm, daß der Hindu wieder einmal mit dem Junker allein war. Die andern saßen mit ihren Pfeifen am Feuer und warteten ungeduldig auf den Bericht. Als Harris schließlich kam, war sein Gesicht sehr finster. Er hatte genug gehört, um seine schlimmsten Befürchtungen bestätigt zu finden. Secundra Daß sprach sehr gut Englisch, er hatte sich mehrere Tage lauschend umhergetrieben, der Junker war über die Verschwörung in jeder Beziehung unterrichtet, und die beiden hatten beschlossen, am nächsten Morgen an einer geeigneten Stelle den Trupp zu verlassen und auf gut Glück in die Wälder vorzudringen. Sie zogen die Gefahr der Hungersnot und die Angriffe wilder Tiere und wilder Menschen dem Leben inmitten der Verrätergruppe vor.

Was war also zu tun? Einige waren dafür, den Junker auf der Stelle zu töten, aber Harris versicherte sie, daß ein solches Verbrechen ihnen keinen Vorteil bringe, da das Geheimnis des Schatzes dann mit ihm begraben werde. Andere waren dafür, daß man das ganze Unternehmen sofort aufgebe und nach New York fahre, aber der Anreiz, den der Schatz bot, und der Gedanke an den langen Weg, den man schon zurückgelegt hatte, stimmte die Mehrzahl gegen den Vorschlag. Ich glaube, sie waren meistens dumme Kerle. Harris besaß allerdings einige Fertigkeit, Mountain war kein Narr, Hastie war ein gebildeter Mensch, aber selbst diese hatten offenbar im Leben Schiffbruch erlitten, und die übrigen waren der Abschaum kolonialer Verderbtheit. Der Entschluß, den sie schließlich faßten, war das Ergebnis von Habgier und Hoffnung auf Gewinn, weniger das vernünftiger Überlegung. Sie wollten abwarten, wachsam sein und den Junker beobachten, dabei stillschweigen und seinem Argwohn keine neue Nahrung bieten, wobei man sich, soviel ich feststellen kann, ganz darauf verließ, daß das Opfer ebenso habgierig, hoffnungsfroh und unvernünftig war und schließlich Leben und Besitz verlieren werde.

Zweimal im Laufe des nächsten Tages mußten Secundra und der Junker annehmen, es sei ihnen gelungen zu entwischen, aber zweimal wurden sie wieder umzingelt. Der Junker verriet, obgleich er beim zweiten Male etwas blaß wurde, kein Zeichen von Enttäuschung, er entschuldigte sich wegen der Torheit, mit der er sich verlaufen habe, dankte den Leuten, die ihn einholten, für ihre Dienstleistung und schloß sich dem Zuge wieder an, indem er seine gewöhnliche Höflichkeit und Heiterkeit in Miene und Benehmen zur Schau trug. Aber es ist kein Zweifel, daß er Unrat gewittert hatte, denn von nun an flüsterten er und Secundra sich einander nur noch ins Ohr, und Harris lauschte und fror vor dem Zelt vergebens. Am selben Abend wurde angekündigt, daß sie die Boote verlassen und zu Fuß weiter vordringen müßten, ein Umstand, der die Aussichten auf Flucht stark verminderte, da er die allgemeine Verwirrung, die sonst bei den Stromschnellen zu entstehen pflegte, aufhob.

Und nun begann zwischen den beiden Parteien ein schweigender Kampf, auf der einen Seite ums Leben, auf der anderen um Reichtümer. Man befand sich jetzt in der Nähe des Teiles der Einöde, wo der Junker selbst die Rolle des Führers übernehmen mußte, und indem Harris und seine Leute dies zum Vorwand nahmen, um ihn zu überlisten, saßen sie jede Nacht mit ihm beim Feuer und versuchten ihm irgendeine Andeutung zu entlocken. Er wußte genau, daß es seinen Tod bedeutete, wenn er sein Geheimnis verriet. Andererseits durfte er die Antwort auf ihre Fragen nicht verweigern und mußte sich den Anschein geben, ihnen nach besten Kräften helfen zu wollen, da er sonst sein Mißtrauen offenbart hätte. Und doch versicherte mich Mountain, daß die Stirn des Mannes nie gerunzelt war. Er saß inmitten dieser Verbrecher, und sein Leben hing an einem Faden, während er dasaß wie ein ruhiger und humorvoller Hausvater am eigenen Kamin. Auf alles hatte er eine Antwort, und zwar sehr oft eine witzige Antwort, er ging über Drohungen hinweg und beachtete Beleidigungen nicht, er plauderte, lachte und lauschte auf die unbefangenste Art. Kurzum, er benahm sich so, daß jeder Verdacht entwaffnet und sogar die Überzeugung von seinem

Mitwissen erschüttert wurde. Mountain bekannte mir, daß sie beinahe die Aussagen ihres Anführers in Frage gezogen hätten und zur Annahme neigten, daß ihr Opfer noch nichts von ihren Plänen wußte, wenn nicht die Tatsache bestanden hätte, daß er allen Fragen fortgesetzt, wenn auch sehr klug, auswich und, was noch mehr bewies, wiederholt versucht hätte zu entkommen. Über den letzten Fluchtversuch, der die Dinge auf die Spitze trieb, will ich nun berichten. Zunächst muß ich sagen, daß die Stimmung bei den Spießgesellen von Harris immer schlechter wurde, Höflichkeit wurde kaum noch gespielt, und der Junker und Secundra waren, was sehr bezeichnend ist, unter irgendeinem Vorwande ihrer Waffen beraubt worden. Das bedrohte Paar hielt jedoch den Schein der Freundschaft immer noch geschickt aufrecht, Secundra verbeugte sich nach allen Seiten, der Junker lächelte allen zu, und in der letzten Nacht des Waffenstillstandes war er sogar so weit gegangen, Lieder in dieser Gesellschaft vorzutragen. Auch hatte man beobachtet, daß er außergewöhnlich herzhaft gegessen und viel getrunken hatte, ohne Zweifel absichtlich.

Jedenfalls kam er um drei Uhr in der Frühe aus dem Zelt heraus, und man hörte, wie er nach Art eines Mannes, der zuviel genossen hat, stöhnte und fluchte. Eine Zeitlang bemühte sich Secundra in aller Öffentlichkeit um seinen Herrn, dem schließlich besser wurde und der nun hinter dem Zelt auf dem eisigen Boden in Schlaf verfiel, während der Inder ins Zelt zurückging. Etwas später wurde die Wache gewechselt. Man machte den neuen Posten auf den Junker aufmerksam, der in ein Büffelfell eingerollt dalag, und er hielt ihn nun, wie er erklärte, unausgesetzt im Auge. Als der Morgen anbrach, erhob sich plötzlich ein Windstoß und hob die eine Ecke des Büffelfelles auf, und durch diesen Anprall wurde der Hut des Junkers in die Luft gewirbelt und fiel einige Meter entfernt zu Boden. Der Wachtposten empfand es als sonderbar, daß der Schläfer nicht erwachte; er ging näher, und im nächsten Augenblick unterrichtete ein schriller Schrei das Lager, daß der Gefangene entwischt sei. Er hatte seinen Inder zurückgelassen, der während der ersten Aufregung beinah sein Leben eingebüßt hätte und jedenfalls unmenschlich mißhandelt wurde. Aber Secundra beharrte inmitten aller Drohungen und Grausamkeiten mit außerordentlicher Treue dabei, daß er die Pläne seines Herrn nicht kenne, was tatsächlich richtig sein mochte, und daß er von der Art und Weise der Flucht nichts wisse, was offenbar nicht stimmte. Den Verschwörern blieb also nichts übrig, als sich vollständig auf die Gerissenheit von Mountain zu verlassen. Die Nacht war kalt gewesen, der Boden war hart gefroren, und als die Sonne aufging, setzte sofort starkes Tauwetter ein. Mountain war stolz darauf, daß nur wenige Menschen die Spur hätten verfolgen können und noch weniger, selbst unter den eingeborenen Indianern, sie gefunden hätten.

Der Junker hatte also einen großen Vorsprung, bevor die Verfolger Witterung bekamen, und er mußte mit überraschender Energie gewandert sein, da er an Fußtouren nicht gewöhnt war und es beinahe Mittag wurde, bevor Mountain ihn erspähte. In diesem Augenblick war der Händler allein, alle seine Kameraden folgten ihm auf sein eigenes Verlangen in mehreren hundert Metern Abstand. Er wußte, daß der Junker unbewaffnet war, sein Herz war erregt von der Anstrengung und Jagdfreude, und als er seine Beute so nahe, so hilflos und offenbar so ermüdet vor sich sah, beschloß er ehrgeizig, die Gefangennahme mit eigener Hand allein vorzunehmen. Die nächsten Schritte führten ihn zum Rande einer kleinen Lichtung, wo auf der anderen Seite der Junker mit verschränkten Armen, den Rücken gegen einen großen Stein gelehnt, saß. Möglicherweise verursachte Mountain irgendein Geräusch, jedenfalls erhob der Junker den Kopf und blickte scharf zu dem Waldteil hinüber, wo der Verfolger lag. „Ich war nicht sicher, ob er mich sehen konnte“, sagte Mountain, „aber er blickte in meine Richtung wie ein zu allem entschlossener Mann, und mein ganzer Mut floß aus mir heraus wie Rum aus einer Flasche.“ Und als der Junker bald darauf wegblickte und die Betrachtungen wieder aufzunehmen schien, in die er vor dem Kommen des Händlers versunken gewesen war, schlich Mountain vorsichtig zurück, um Hilfe bei seinen Spießgesellen zu suchen.

Und nun beginnen die Überraschungen, denn der Spion hatte die andern gerade von seiner Entdeckung unterrichtet, und sie machten ihre Waffen fertig, um den Flüchtling zu überfallen, als der Mann selbst in ihrer Mitte erschien und offen und ruhig, die Hände auf dem Rücken, einherspazierte.

„Hallo, Leute!“ sagte er, als er sie sah. „Das ist ein glückliches Zusammentreffen, laßt uns zum Lager zurückgehen.“

Mountain hatte den andern gegenüber sein eigenes Erschrecken und den einschüchternden Blick des Junkers zum Waldrand hin nicht erwähnt, so daß für sie die Rückkehr als freiwillig erschien. Trotzdem erhob sich Stimmengewirr, Flüche ertönten, Fäuste wurden geschüttelt und Gewehrläufe auf den Junker gerichtet.

„Laßt uns zum Lager zurückkehren“, sagte der Junker, „ich habe eine Erklärung abzugeben, aber alle müssen dabei sein. Und inzwischen nehmt die

Waffen weg, es könnte sich leicht ein Schuß lösen und alle eure Hoffnungen auf den Schatz vernichten. Ich würde", sagte er lächelnd, „die Gans mit den goldenen Eiern nicht töten."

Der Reiz seiner geistigen Überlegenheit triumphierte wieder, und der Trupp machte sich in nicht gerade musterhafter Ordnung auf den Heimweg. Der Junker fand unterwegs Gelegenheit, ein oder zwei Worte mit Mountain heimlich zu wechseln.

„Sie sind ein kluger und kühner Bursche", sagte er, „aber ich weiß nicht, ob Sie sich selbst Gerechtigkeit widerfahren lassen. Ich möchte Sie bitten zu überlegen, ob Sie nicht besser daran täten und sicherer wären, wenn Sie mir Ihre Dienste leisteten als einem so gemeinen Halunken wie Mr. Harris. Denken Sie darüber nach", schloß er und gab dem Mann einen freundschaftlichen Schlag auf die Schulter, „aber übereilen Sie sich nicht. Tot oder lebendig, mit mir ist schlecht Kirschen essen."

Als sie zum Lager zurückkehrten, rannten Harris und Pinkerton, die Secundra bewacht hatten, wie tollwütig auf den Junker zu und waren außerordentlich erstaunt, als die andern sie aufforderten, zurückzubleiben und anzuhören, was der Gentleman ihnen zu sagen habe. Der Junker war ihrem Ansturm nicht gewichen, aber andererseits verriet er auch durch nichts die geringste Befriedigung darüber, daß er offenbar bei den Leuten Boden gewonnen hatte.

„Wir wollen nichts übereilen", sagte er, „laßt uns erst essen und dann öffentlich verhandeln."

Sie bereiteten also hastig eine Mahlzeit, und sobald sie gegessen hatten, begann der Junker, auf einen Ellbogen gestützt, seine Ansprache. Er redete lange und wandte sich an alle einzelnen, ausgenommen Harris, wobei er für jeden, Harris wieder ausgenommen, irgendeine besondere Schmeichelei fand. Er nannte sie „tapfere, ehrliche Haudegen", sagte, er habe noch nie lustigere Kameraden gehabt, die ihre Arbeit besser getan und Mühen heiterer ertragen hätten.

„Nun denn", sagte er, „jemand könnte fragen, warum beim Teufel sind Sie dann weggelaufen? Aber das wäre kaum einer Antwort wert, weil ihr es alle ziemlich genau wißt. Aber ihr wißt es eben nur ziemlich genau, und das ist der Punkt, den ich euch gleich erklären will, und ihr müßt aufpassen, wenn ich dazu komme. Ein Verräter ist unter uns, ein doppelter Verräter, ich werde euch seinen Namen nennen, bevor ich schließe, und das möge euch jetzt genügen. Aber nun könnte ein anderer Gentleman mich fragen: ›Warum zum Teufel sind Sie denn zurückgekommen?‹ Nun, bevor ich diese Frage beantworte, habe ich selbst eine zu stellen. Kann dieser Lump hier, dieser Harris, Hindustanisch sprechen?“ Während er das ausrief, erhob er sich auf ein Knie und zeigte dem Mann mit unbeschreiblich drohender Geste ins Gesicht. Als man seine Frage bejahend beantwortet hatte, sagte er: „Aha! Dann sind alle meine Verdachtsgründe gerechtfertigt, und ich tat wohl daran zurückzukehren. Nun, Leute, sollt ihr zum erstenmal die Wahrheit hören!“

Daraufhin begann er eine lange Geschichte und erzählte außerordentlich geschickt, daß er Harris schon seit langem beargwöhnt habe, und daß seine Befürchtungen sich als begründet herausgestellt hätten. Harris müsse das, was zwischen Secundra und ihm gesprochen worden sei, falsch wiedergegeben haben. Bei dieser Wendung machte er mit ausgezeichnetem Erfolg einen kühnen Ausfall.

„Wahrscheinlich“, sagte er, „glaubt ihr, daß Harris mit euch teilen wird, ihr glaubt, daß ihr selbst dafür sorgen könnt. Ein so elender Halunke kann euch nicht betrügen, denkt ihr natürlich. Aber seht euch vor! Diese Halbidioten besitzen eine besondere Schlauheit, wie das Stinktier seinen Geruch, und es wird euch überraschen, daß Harris bereits für sich gesorgt hat. Ja, der Schatz ist für ihn nur Nebensache. Wenn ihr ihn nicht findet, müßt ihr verrecken, aber er wurde schon vorher bezahlt: mein Bruder hat ihn bestochen, damit er mich vernichtet. Seht ihn an, wenn ihr noch Zweifel habt, seht ihn an, diesen ertappten Dieb, wie er grinst und würgt!“

Dann, nachdem er auf diese Weise einen günstigen Eindruck gemacht hatte, erklärte er, warum er geflohen sei und es für richtiger gehalten habe zurückzukehren, wozu er sich entschlossen habe, um den Kameraden die Wahrheit vorzutragen und mit ihnen zusammen sein Glück von neuem zu versuchen. Er sei überzeugt, sie würden Harris nunmehr sofort absetzen und einen anderen Führer wählen.

„Das ist die volle Wahrheit“, sagte er, „und ich vertraue mich vollständig euren Händen an, mit einer Ausnahme. Wer ist diese Ausnahme? Dort sitzt er“, rief er und zeigte wieder auf Harris, „ein Mann, der den Tod verdient! Waffen und Bedingungen sind mir gleich, stellt mich ihm gegenüber, und wenn ihr mir nichts gebt als einen Stock, werde ich ihn in fünf Minuten in einen Haufen Dreck verwandeln, in dem sich die Hunde wälzen sollen.“

Es war tiefe Nacht, als er zu sprechen aufhörte. Sie hatten fast vollkommen schweigend gelauscht, aber das schwache Licht des Feuers ermöglichte es niemand zu beurteilen, wie weit der Nachbar überredet oder überzeugt sei. Der Junker hatte sich an den hellsten Platz gesetzt und hielt sein Gesicht stets im Feuerschein, um im Augenkreis aller Leute zu sein: offenbar aus scharfer Berechnung. Das Schweigen dauerte noch eine Weile an, und dann begannen alle lebhaft miteinander zu reden, während der Junker sich niederlegte, die Hände unter dem Kopf verschränkt und das eine Knie über das andere geworfen wie jemand, den das Ergebnis nichts angeht. Und hier möchte ich sagen, daß dieser tollkühne Mensch sich zu weit vorwagte und seiner Sache schadete. Jedenfalls wandte sich die Stimmung nach einigem Hinundherüberlegen endgültig gegen ihn. Möglicherweise hatte er gehofft die Affäre vom Piratenschiff zu wiederholen und selbst zum Führer ernannt zu werden, wenn die Bedingungen auch hart gewesen wären. Die Dinge gingen so weit, daß Mountain tatsächlich einen solchen Vorschlag machte, aber der Felsen, gegen den er anrannte, war Hastie. Dieser Bursche war nicht beliebt, denn er war mißmutig und faul, häßlich und hinterhältig, aber er hatte eine Zeitlang Theologie studiert im Edinburgher Kolleg, bevor schlechte Führung seine Aussichten vernichtet hatten, und jetzt erinnerte er sich dessen, was er gelernt hatte, und wandte es an. Er war noch nicht weit gekommen, als der Junker sich scheinbar sorglos auf die Seite legte, was nach Mountains Ansicht geschah, um den Beginn der Verzweiflung im Ausdruck seines Gesichtes zu verbergen. Hastie bezeichnete das meiste dessen, was sie gehört hätten, als nicht zur Sache gehörig. Sie wünschten nichts als den Schatz! Was über Harris vorgetragen sei, könne wahr sein, und sie würden es zu gegebener Zeit in Betracht ziehen. Aber was habe das mit dem Schatz zu tun? Sie hätten viele Worte gehört, aber die Wahrheit sei, daß Mr. Durie verflucht ängstlich und deshalb mehrere Male geflohen sei. Hier sei er nun wieder da, ganz gleich, ob man ihn gefangen habe oder ob er freiwillig zurückgekehrt sei: die Hauptsache sei, endlich die Sache zu Ende zu führen. Was die Absetzung und Neuwahl eines Führers beträfe, so hoffe er, sie seien alle freie Leute und könnten ihre Geschäfte selbst erledigen. Das sei nur Sand, den man ihnen in die Augen streuen wolle, und dasselbe gelte von dem Vorschlag, mit Harris zu kämpfen.

„Er soll mit niemand in diesem Lager kämpfen, das kann ich ihm sagen“, fuhr Hastie fort. „Wir hatten Mühe genug, ihm seine Waffen zu nehmen, und wir wären große Narren, wenn wir sie ihm zurückgäben. Falls der Gentleman aber

Ablenkung sucht, so kann ich ihm mehr bieten, als ihm vielleicht lieb ist. Ich habe nicht die Absicht, den Rest meines Lebens in diesen Bergen zu verbringen, schon jetzt dauert es mir zu lange, und ich schlage vor, daß er uns sofort sagen soll, wo der Schatz liegt, widrigenfalls er sofort erschossen wird. Und hier", sagte er und zog seine Waffe, „hier ist die Pistole, die ich gebrauchen werde."

„Kommen Sie, ich nenne Sie einen Mann!" rief der Junker, richtete sich auf und sah den Sprecher mit bewundernder Miene an.

„Ich habe Sie nicht gefragt, wie Sie mich nennen mögen", erwiderte Hastie, „was wählen Sie?"

„Das ist eine eigene Frage", sagte der Junker. „In der Not frißt der Teufel Fliegen. Tatsache ist, daß wir ganz in der Nähe des Platzes sind, und ich werde ihn euch morgen zeigen."

Damit erhob er sich, als ob alles erledigt sei, und zwar ganz in seinem Sinne erledigt, und ging zu seinem Zelt, wohin Secundra schon vorher geeilt war.

An diese letzten Drehungen und Wendungen meines alten Feindes kann ich nur mit Bewunderung denken. Selbst das Mitleid schleicht sich kaum in mein Gefühl ein: so tapfer ertrug dieser Mann sein Mißgeschick, so kühn leistete er Widerstand. Selbst in dieser Stunde, als er wußte, daß er vollkommen verloren sei, und als er begriff, daß er nichts erreicht hatte als einen Wechsel der Feinde, und daß er Harris gestürzt hatte, um Hastie an seine Stelle zu setzen, selbst jetzt war kein Zeichen der Schwäche in seiner Haltung wahrzunehmen. Er zog sich ruhig, mit sicherem und liebenswürdigem Ausdruck, in sein Zelt zurück, als wolle er nach dem Theater ein Nachtessen mit den Schauspielern einnehmen, obgleich er damals schon, wie ich vermute, entschlossen war, die unglaublichen Gefahren eines allerletzten Ausweges auf sich zu nehmen. Drinnen allerdings mochte seine Seele zittern, wenn man sie hätte sehen können.

Schon frühzeitig während der Nacht verbreitete sich im Lager das Gerücht, er sei krank, und gleich am nächsten Morgen rief er Hastie an sein Lager und fragte sehr besorgt, ob er Kenntnisse in der Medizin besitze. Tatsächlich war das eine Liebhaberei dieses mißratenen Theologiestudenten, und er hatte sich eifrig mit dieser Wissenschaft befaßt. Hastie untersuchte ihn, und da er gleichzeitig geschmeichelt, unwissend und höchst mißtrauisch war, konnte er nicht feststellen, ob der Mann wirklich krank sei oder simuliere. So ging er wieder zu seinen Spießgesellen zurück und verkündete, da ihm das auf alle Fälle am meisten Ansehen eintragen mußte, daß der Kranke wahrscheinlich sterben müsse.

„Trotzdem“, fügte er fluchend hinzu, „und wenn er auf dem Wege platzt, soll er uns heute morgen zu dem Schatz führen.“

Aber im Lager waren mehrere, darunter auch Mountain, die diese Brutalität empörte. Sie hätten ohne das geringste Gefühl des Mitleids zugesehen, wenn der Junker erschossen worden wäre, sie hätten ihn auch selbst erschossen, aber sie schienen beeinflußt zu sein von seinem tapferen Kampf und seiner Niederlage in der Nacht zuvor. Vielleicht waren sie auch bereits gegen den neuen Führer etwas aufgebracht, jedenfalls erklärten sie jetzt, daß der Mann, wenn er wirklich krank sei, einen Tag Ruhe haben solle, trotz Hasties Drohungen.

Am nächsten Morgen ging es ihm anscheinend noch schlechter, und selbst Hastie begann ein menschliches Rühren zu zeigen: so leicht erregt selbst der Vorwand ärztlicher Behandlung Sympathie. Am dritten Tage rief der Junker Mountain und Hastie ins Zelt, sagte ihnen, er müsse sterben, gab ihnen alle Einzelheiten an über die Lage des Schatzes und flehte sie an, sogleich mit der Suche zu beginnen, damit sie feststellen könnten, ob er sie hinters Licht führe, und damit er, wenn sie zunächst noch erfolglos wären, Irrtümer aufklären könne.

Hier nun erhob sich eine Schwierigkeit, mit der er ohne Zweifel gerechnet hatte. Keiner dieser Leute traute dem anderen, keiner war bereit zurückzubleiben. Andererseits war es immerhin möglich, daß die Krankheit nur vorgespiegelt war, obgleich der Junker außerordentlich schwach schien, kaum noch flüsterte, wenn er sprach, und fast die ganze Zeit bewußtlos dalag. Wenn nun alle auf die Schatzsuche auszogen, konnte es sein, daß sie einer Ente nachjagten und bei ihrer Rückkehr den Gefangenen nicht mehr vorfanden. Sie beschlossen daher, sich nichtstuerisch in der Nähe des Lagers herumzutreiben und gaben vor, sie hätten Mitgefühl. Sicherlich waren manche von ihnen auch wirklich gerührt, wenn auch nicht tief, von der natürlichen Gefahr, in der der Mann schwebte, dem sie feige nach dem Leben trachteten – so gemischt sind unsere Empfindungen. Nachmittags wurde Hastie zur Lagerstatt gerufen, um Gebete zu sprechen, was er, so unglaublich es klingt, salbungsvoll tat. Ungefähr um acht Uhr abends zeigte das Wehklagen Secundras an, daß alles vorüber sei, und vor zehn Uhr war der Inder schon dabei, das Grab auszuschaufeln beim Lichte einer Fackel, die er in den Boden gesteckt hatte. Bei Sonnenaufgang am nächsten Tage wurde der Junker begraben, und alle Leute wohnten der Beerdigung in guter Haltung bei. Der Körper wurde in die Erde gelegt, eingehüllt in einen Pelz, nur das Gesicht frei; es war von wächserner Blässe, und die Nasenlöcher waren nach irgendeinem orientalischen Brauch von Secundra verstopft worden. Kaum war das Grab zugeworfen, als das Wehklagen des Inders alle Herzen von neuem bewegte, und es scheint, als ob diese Horde von Mördern ihm nicht nur keine Vorwürfe machten wegen seines Schreiens, obgleich es niederdrückend und in solcher Umgebung gefährlich war für ihre eigene Sicherheit, sondern in rauher, aber freundlicher Weise ihn zu trösten versuchten.

Wenn nun auch die menschliche Natur selbst bei den Schlechtesten gelegentlich weich wird, so ist sie doch vor allen Dingen habgierig, und bald wandten sie sich von dem Leidtragenden ab und ihrem eigenen Ziele zu. Da das Versteck des Schatzes in der Nähe sein sollte, wenn es auch noch nicht entdeckt war, so beschloß man, das Lager nicht aufzulösen, und der Tag verstrich in ergebnislosem Absuchen der Wälder, während Secundra auf dem Grab seines Herrn lag. In jener Nacht wurden keine Wachen ausgesetzt, sondern alle lagen zusammen rund um das Feuer, die Köpfe nach außen, gleich den Speichen eines Rades, wie es Sitte ist in diesen Urwäldern. Der Morgen fand sie in derselben Lage, nur Pinkerton, der zur Rechten Mountains lag, zwischen ihm und Hastie, war in den Stunden der Finsternis auf geheimnisvolle Weise ermordet worden. Er lag noch da in seinem Mantel, aber oben bot er das entsetzliche und grauenhafte Schauspiel eines skalpierten Kopfes. Die Leute waren an jenem Morgen bleich wie eine Schar Gespenster, denn die Schrecken des Indianerkrieges oder besser gesagt des Indianermordes waren ihnen wohlbekannt. Aber sie führten die Hauptschuld darauf zurück, daß sie keine Wache ausgesetzt hatten, und da die Nachbarschaft des Schatzes sie besessen machte, entschlossen sie sich zu bleiben, wo sie waren. Pinkerton wurde ganz in der Nähe des Junkers begraben, die Überlebenden verbrachten den Tag wieder mit Suchen und kehrten in einer Stimmung zurück, die zwischen Angst und Hoffnung schwankte. Einerseits waren sie sicher, daß sie bald finden würden, was sie suchten, und andererseits kam die Angst vor den Indianern mit Einbruch der Dunkelheit wieder über sie. Mountain übernahm die erste Wache, er erklärte, daß er weder geschlafen noch sich niedergesetzt, sondern sorgfältig und aufmerksam achtgegeben habe. Ohne jeden Argwohn ging er zum Feuer, um seinen Nachfolger zu wecken, als er an den Sternen sah, daß seine Zeit verstrichen sei. Dieser Mann – es war der Schuhmacher Hicks – schlief auf der dem Winde abgewandten Seite des Feuers, etwas weiter weg von Mountain als die andern und an einem Platz, der durch den wallenden Rauch verdunkelt war. Mountain trat heran und faßte ihn an der Schulter. Sofort war seine Hand mit klebriger Feuchtigkeit beschmiert, und da der Wind in diesem Augenblick sich drehte und der Feuerschein auf den Schläfer fiel, zeigte es sich, daß er wie Pinkerton tot und skalpiert war.

Es war klar, daß sie in die Hände eines jener unvergleichlich tollkühnen Indianer gefallen waren, die manchmal tagelang Reisenden folgen und trotz ermüdender Tagesmärsche und ruheloser Nächte den Weitermarsch mitmachen, um an jedem Lagerplatz einen Skalp zu erobern. Bei dieser Entdeckung verfielen die Schatzsucher, die bereits zu einem elenden halben Dutzend zusammengeschmolzen waren, der Verzweiflung, rafften einige notwendige Sachen zusammen, ließen ihre ganze übrige Habe im Stich und flohen in die Wälder. Das Feuer ließen sie brennen und ihren toten Kameraden unbeerdigt. Den ganzen Tag brachen sie die Flucht nicht ab, sie aßen unterwegs und lebten von der Hand in den Mund. Da sie einzuschlafen fürchteten, setzten sie auch in den Stunden der Dunkelheit ihre Wanderung auf gut Glück fort. Aber die Grenzen menschlicher Widerstandsfähigkeit sind bald erreicht. Als sie schließlich Rast machten, schliefen sie bald tief ein, und als sie aufwachten, mußten sie feststellen, daß ihnen der Feind noch auf den Fersen sei: Tod und Verstümmelung hatten von neuem ihre Zahl gelichtet.

Inzwischen hatten sie den Kopf verloren, sie konnten den Weg in der Wildnis nicht mehr finden, und ihre Vorräte gingen allmählich zu Ende. Es wäre überflüssig, diese Erzählung, die schon allzu lang geworden ist, durch den Bericht über die entsetzlichen Dinge, die sie erlebten, noch zu verlängern. Es mag genügen zu sagen, daß, als schließlich eine Nacht ungestört verflossen war und sie die Hoffnung hegen konnten, der Mörder habe die Verfolgung endlich aufgegeben, Mountain und Secundra allein übriggeblieben waren. Der Händler war fest davon überzeugt, daß der unsichtbare Feind ein Krieger seiner eigenen Bekanntschaft war, und daß er deshalb verschont blieb. Secundra wurde nach seiner Ansicht nicht getötet, weil man den Inder für irrsinnig halten mußte, und zwar aus folgenden Gründen: erstens weil Secundra mit einer Hacke auf dem Rücken vorwärts wankte, während die Schrecken der Flucht alle anderen veranlaßt hatte, selbst Nahrungsmittel und Waffen fortzuwerfen; und zweitens, weil er in den letzten Tagen mit großer Erregtheit und raschen Worten fortwährend in seiner eigenen Sprache zu sich selbst redete. Aber er war vernünftig genug, als er englisch zu sprechen begann.

„Ihr denken, er gegangen ist ganz fort?“ fragte er, als sie in Sicherheit und wie gesegnet erwachten.

„Ich hoffe es zu Gott, ich glaube es, ich wage es zu glauben“, hatte Mountain in abgebrochenen Sätzen erwidert, wie er mir diese Szene beschrieb.

Und wirklich war er so verwirrt, daß er kaum wußte, bevor er uns am nächsten Morgen traf, ob er geträumt habe, oder ob es Tatsache sei, daß Secundra sich daraufhin umgewandt habe und, ohne ein Wort zu sprechen, den Fußtapfen zurück gefolgt sei – das Gesicht gegen die winterliche und öde Einsamkeit gerichtet, einen Pfad entlang, dessen Meilensteine verstümmelte Leichname waren.

Zwölftes Kapitel

Die Irrfahrten in der Wildnis (Fortsetzung)

Die Erzählung Mountains, wie sie Sir William Johnson und meinem Lord vorgetragen wurde, war natürlich ohne alle Einzelheiten über den früheren Abschnitt der Expedition, die als ereignislos dargestellt wurde, bis zur Erkrankung des Junkers. Aber der letzte Teil wurde so stark aufgetragen, der Sprecher sichtbar so von seinen Erinnerungen gepackt, daß bei dem lebhaften persönlichen Interesse eines jeden Zuhörers alle in dieselbe Erregung gerieten. Mountains Bericht veränderte nicht nur für Lord Durrisdeer die ganze Welt, sondern bestimmte auch wesentlich die Pläne von Sir William Johnson.

Diese Pläne muß ich nach meiner Ansicht dem Leser ausführlich darlegen. In Albany waren Gerüchte von fragwürdiger Bedeutung eingetroffen, man hatte die Nachricht verbreitet, daß Feindseligkeiten ausbrechen würden, und der Indianerdiplomat war daraufhin in die Wildnis geeilt, ungeachtet des drohenden Winters, um das Unheil im Keime zu ersticken. Hier an den Grenzen merkte er, daß er zu spät kam, und der Mann, der im allgemeinen nicht kühner als klug war, stand vor einer schwierigen Entscheidung. Sein Verhältnis zu den bemalten Kriegern kann man mit dem des Lord-Präsidenten Culloden zu den Führern unserer Hochländerregimenter im Jahre 1745 vergleichen. Man kann sagen, daß er für diese Leute die einzige Stimme der Vernunft war, und nur sein Einfluß vermochte Frieden und Mäßigung herbeizuführen, falls sie überhaupt noch herbeizuführen waren. Wenn er also umkehrte, war das Land den entsetzlichen Tragödien indianischer Kriegsführung ausgeliefert: die Häuser wurden in Brand gesetzt, die Reisenden abgeschnitten, und die Bewohner der Wälder sammelten ihre entsetzliche Beute, menschliche Skalps. Andererseits kann man leicht verstehen, daß seine Seele zurückschreckte vor dem Äußersten, nämlich weiter vorzurücken, einen so kleinen Trupp Menschen in der Wildnis aufs Spiel zu setzen und Worte des Friedens kriegführenden Wilden vorzutragen, die mit Freuden wieder den Kriegspfad beschritten hatten.

„Ich bin zu spät gekommen", sagte er mehr als einmal und verfiel in tiefes Nachdenken, den Kopf in die Hände gestützt und mit den Füßen den Boden stampfend.

Schließlich erhob er das Haupt und blickte uns an, das heißt den Lord, Mountain und mich, die wir rund um ein kleines Feuer saßen, das wir, um allein zu sein, in einer Ecke des Lagers angezündet hatten.

„Mein Lord, um ganz offen Ihnen gegenüber zu sein, ich befinde mich in einem Zwiespalt", sagte er. „Ich halte es für sehr nützlich, wenn ich weiterziehe, aber für durchaus unangebracht, das Vergnügen Ihrer Gesellschaft noch länger zu genießen. Wir sind hier ja in der Nähe des Wassers, und nach Süden zu wandern ist nicht sehr gefährlich. Wollen Sie und Mr. Mackellar nicht Leute für ein einzelnes Boot nehmen und nach Albany zurückkehren?"

Der Lord hatte Mountains Erzählung zugehört, indem er ihn die ganze Zeit mit qualvoll scharfen Blicken beobachtete, und als der Bericht vorüber war, saß er da wie im Traum. In seinem Blick lag etwas Drohendes, etwas, was meinen Augen nicht ganz menschlich schien, sein Gesicht war mager, finster und gealtert, der Mund schmerzverzogen, die Zähne ständig entblößt, der Augapfel schwamm über den Lidern in einem blutdurchfurchten Weiß. Ich konnte ihn nur mit bebender Erregung ansehen, die sehr häufig mit dem stärksten Mitgefühl für die Erkrankung eines Menschen verbunden ist, der uns lieb ist. Die andern waren, wie ich feststellen mußte, kaum noch imstande, seine Nähe zu ertragen. Sir William vermied seine Gesellschaft, Mountain wandte den Blick ab, zögerte und hielt inne in seinem Bericht, wenn er das Auge des Lords traf. Bei der Anrede Sir Williams schien der Lord jedoch die Gewalt über sich zurückzugewinnen.

„Nach Albany?" sagte er mit beherrschter Stimme.

„Jedenfalls nicht weit davon“, erwiderte Sir William. „Näherbei sind Sie nicht in Sicherheit.“

„Ich möchte sehr ungern zurückkehren“, sagte der Lord. „Ich fürchte mich nicht – vor Indianern“, fügte er mit Nachdruck hinzu.

„Ich möchte das auch sagen können“, entgegnete Sir William lächelnd, „und ich bin gewiß der einzige, der es sagen dürfte. Sie müssen jedoch die Verantwortung in Betracht ziehen, die ich trage, und bedenken, daß die Reise jetzt sehr gefährlich geworden ist und Ihr Ziel, wenn Sie eines hatten, völlig erreicht ist angesichts der traurigen Familiennachricht, die Sie erhielten. Es wäre kaum zu rechtfertigen, wenn ich duldete, daß Sie noch weiter vorrückten, und ich würde mich Vorwürfen aussetzen, wenn etwas Bedauerliches sich ereignete.“

Der Lord wandte sich an Mountain. „Woran gab er vor zu sterben?“ fragte er.

„Ich glaube nicht, daß ich Euer Hochwohlgeboren verstehe“, sagte der Händler und unterbrach das Verbinden einiger furchtbarer Frostwunden wie ein Mensch, der sehr überrascht ist.

Einen Augenblick schien der Lord schweigen zu wollen, aber dann sagte er etwas ärgerlich: „Ich frage Sie, woran er starb. Das ist sicher eine bestimmte Frage.“

„Ach, ich weiß es nicht“, sagte Mountain, „selbst Hastie wußte es nicht, er schien auf natürliche Weise zu erkranken und dann dahinzusterben.“

„Das ist es, sehen Sie!“ antwortete der Lord und wandte sich an Sir William.

„Sie sprechen zu tief für mich, mein Lord“, entgegnete Sir William.

„Nun“, sagte der Lord, „es handelt sich um die Titelnachfolge. Der Titel meines Sohnes kann in Frage gestellt sein, und da der Mann angeblich an einer Krankheit gestorben ist, von der niemand etwas Sicheres aussagen kann, wird viel Argwohn entstehen.“

„Aber, Gott verdamm' mich, der Mann ist doch beerdigt!“ rief Sir William aus.

„Das glaube ich nicht“, entgegnete der Lord, qualvoll zitternd, „das glaube ich nicht!“ schrie er noch einmal und sprang hoch. „Sah er tot aus?“ fragte er Mountain.

„Ob er tot aussah?“ wiederholte der Händler. „Er sah bleich aus. Was soll mit ihm sein? Ich sage Ihnen doch, daß ich die Erdschollen auf ihn geworfen habe.“

Der Lord ergriff Sir William mit gekrümmter Hand am Rock. „Dieser Mann trägt den Namen meines Bruders“, sagte er, „aber Sie müssen wissen, daß er nie normal war.“

„Normal?“ fragte Sir William, „was soll das heißen?“

„Er ist nicht von dieser Welt“, flüsterte der Lord, „er nicht und der schwarze Teufel nicht, der ihm dient. Ich habe mein Schwert durch seine Eingeweide gestoßen“, schrie er, „ich habe gespürt, wie der Griff gegen sein Brustbein rieb, das heiße Blut spritzte mir ins Gesicht, immer wieder, immer wieder!“ wiederholte er mit einer unbeschreibbaren Geste. „Aber deshalb war er doch nicht tot!“ Er seufzte laut, als er das sagte. „Warum soll ich annehmen, daß er jetzt tot ist? Nein, nicht bevor ich ihn verwesen sehe!“ schloß er.

Sir William blickte mich mit langgezogenem Gesicht an, Mountain vergaß seine Wunden und starrte mit offenem Munde auf den Lord.

„Mein Lord“, sagte ich, „ich wollte, Sie kämen zur Vernunft!“ Aber meine Kehle war so trocken und mein eigener Verstand so verwirrt, daß ich nichts weiter hervorbrachte.

„Nein“, sagte der Lord, „es ist nicht anzunehmen, daß er mich begreift. Mackellar versteht mich, er weiß alles und war dabei, als er früher einmal begraben wurde. Es ist mein treuer Diener, Sir William, dieser Mensch Mackellar, er begrub ihn mit seinen eigenen Händen – er und mein Vater – beim Licht zweier silberner Leuchter. Der andere Mensch ist ein ihm verwandter Geist, er brachte ihn mit sich aus Koromandel. Ich hätte Ihnen das schon längst erzählt, Sir William, aber es sind Familienangelegenheiten.“ Diese letzten Bemerkungen machte er in einer Art tieftrauriger Selbstbeherrschung, und die Zeit der Verwirrung schien vorüber zu sein. „Sie können sich selbst die Frage vorlegen, was alles das bedeutet“, fuhr er fort, „mein Bruder wird krank, stirbt und wird begraben, wie man erzählt, und alles scheint sehr klar zu sein. Aber warum lief der Diener zurück? Ich denke, Sie müssen selbst zugeben, daß dieser Punkt aufgeklärt werden muß.“

„Ich stehe Ihnen in einer halben Minute zu Diensten, mein Lord“, sagte Sir William und erhob sich. „Mr. Mackellar, gestatten Sie mir ein Wort“, und er führte mich aus dem Lager, der Boden krachte unter unsern Schritten, die Bäume standen bereift vom Frost da und streiften uns wie in jener Nacht im Gehölz. „Das ist tatsächlich eine Hundstagsverrücktheit!“ sagte Sir William, als wir außer Hörweite gelangt waren.

„Gewiß“, erwiderte ich, „der Mann ist verrückt, das ist nach meiner Ansicht klar.“

„Soll ich ihn festnehmen und fesseln?“ fragte Sir William. „Ich werde es tun auf Ihre Verantwortung hin. Wenn das alles Phantasien sind, sollte es sicher geschehen.“

Ich sah zu Boden und blickte zurück zum Lager mit den hellen Feuern und den Leuten, die uns beobachteten, und ringsumher waren die Wälder und Berge. In eine Richtung vermochte ich jedoch nicht zu sehen, in das Gesicht Sir Williams.

„Sir William“, sagte ich schließlich, „ich halte den Lord für wahnsinnig, und zwar schon seit langer Zeit. Aber es gibt Grade des Wahnsinns, und ob er gefangengesetzt werden sollte, darüber, Sir William, habe ich kein Urteil“, fügte ich hinzu.

„Überlassen Sie mir das“, sagte er. „Ich wünsche die Tatsachen zu wissen. War in allen diesen Reden ein Körnchen Wahrheit? Zögern Sie mit der Antwort?“ fragte er. „Soll ich glauben, daß Sie jenen Menschen früher schon einmal begruben?“

„Wir haben ihn nicht begraben“, sagte ich, und dann faßte ich endlich Mut. „Sir William“, sagte ich, „wenn ich Ihnen nicht eine lange Geschichte erzähle, die eine edle Familie und auch mich im besonderen betrifft, kann ich Ihnen diese Dinge nicht klarmachen. Sagen Sie ein Wort, und ich werde es tun, ob es recht ist oder nicht. Jedenfalls will ich so viel sagen, daß der Lord nicht so verrückt ist, wie es den Anschein hat. Es ist eine sonderbare Sache, und Sie sind unglücklicherweise gegen das Ende zu hineingeraten.“

„Ich wünsche nicht in Ihre Geheimnisse einzudringen“, entgegnete Sir William, „aber ich will aufrichtig sein, auch wenn ich unhöflich erscheine, und Ihnen bekennen, daß ich an der gegenwärtigen Gesellschaft wenig Freude empfinde.“

„Ich kann Ihnen durchaus keinen Vorwurf daraus machen“, antwortete ich.

„Ich habe Sie nicht um Ihre Zustimmung oder Ihre Ablehnung ersucht, mein Herr“, entgegnete Sir William. „Ich wünsche Sie ganz einfach loszuwerden, und zu diesem Zweck stelle ich Ihnen ein Boot und eine Besatzung zur Verfügung.“

„Das ist ein faires Angebot“, sagte ich nachdenklich. „Aber Sie müssen mir gestatten, daß ich ein Wort der Erwiderung spreche. Wir sind naturgemäß sehr begierig, die volle Wahrheit auszukundschaften, ich selbst und, das ist verständlich, besonders der Lord. Die Rückkehr des Inders zum Grab ist uns ein Rätsel."

„Das ist auch meine Meinung", unterbrach mich Sir William, „und ich schlage vor, daß ich der Sache auf den Grund gehe, da ich ja doch in diese Richtung ziehe. Ob der Mann wie ein Hund auf seines Herrn Grab gestorben ist oder nicht – jedenfalls ist sein Leben in großer Gefahr, und ich bin bereit ihn zu retten, wenn ich es vermag. Gegen seinen Ruf ist nichts einzuwenden?"

„Nichts, Sir William", entgegnete ich.

„Und der andere?" fuhr er fort. „Ich habe natürlich die Worte des Lords gehört, aber ich muß aus der Treue jenes Dieners schließen, daß er manche edle Eigenschaft besitzt."

„Sie dürfen mich nicht danach fragen!" rief ich aus. „Auch die Hölle mag edle Flammen haben, ich kenne ihn seit langen Jahren und habe ihn stets gehaßt, stets bewundert und stets sklavisch gefürchtet."

„Es scheint mir, als ob ich wieder in Ihre Geheimnisse eindringe", sagte Sir William, „aber glauben Sie mir, das ist nicht meine Absicht. Genug, ich werde das Grab besichtigen und, wenn möglich, den Inder retten. Können Sie unter diesen Bedingungen Ihren Herrn veranlassen, nach Albany zurückzukehren?"

„Sir William", erwiderte ich, „ich will Ihnen sagen, wie es ist. Sie sehen den Lord in unvorteilhaften Verhältnissen, es mag Ihnen sogar sonderbar erscheinen, daß ich ihn liebe, aber ich liebe ihn, und nicht ich allein. Wenn er nach Albany zurück soll, so kann es nur durch Gewalt geschehen, und er wird dabei seinen Verstand und vielleicht sein Leben verlieren. Das ist meine feste Überzeugung, aber ich bin in Ihrer Hand und bereit zu gehorchen, wenn Sie die Verantwortung tragen wollen und mir Befehle erteilen."

„Ich wünsche nicht die Spur einer Verantwortung zu übernehmen, mein einziges Bestreben ist, das zu vermeiden", rief Sir William aus. „Sie bestehen darauf, die Reise fortzusetzen. Sei es also! Ich wasche meine Hände in Unschuld."

Mit diesen Worten wandte er sich um und gab den Befehl, das Lager abzubrechen, und der Lord, der in der Nähe herumgelungert hatte, eilte sofort zu mir.

„Was soll geschehen?" fragte er.

„Sie sollen Ihren Willen haben“, antwortete ich, „Sie sollen das Grab sehen.“

*

Die Lage des Grabes des Junkers war unserem Führer leicht zu bezeichnen. Es lag an einem der weithin sichtbaren Punkte der Wildnis, in der Nähe einer Höhenkette, die durch ihre Formen und ihre große Steilheit auffällig war, bei der Quelle vieler reißender Bäche, die in den Champlainsee fließen, einen Inlandsee. Es war deshalb möglich, auf direktem Wege dorthin zu gelangen, ohne den blutbedeckten Pfad der Flüchtlinge zu verfolgen. In ungefähr sechzehn Stunden konnte der Weg zurückgelegt werden, zu dem sie bei ihren wirren Wanderungen mehr als sechzig gebraucht hatten. Unsere Boote ließen wir mit einer Wache am Fluß zurück, und es war wahrscheinlich, daß wir sie bei unserer Rückkehr eingefroren vorfinden würden. Die geringfügige Ausrüstung, mit der wir aufbrachen, schloß nicht nur eine Unmenge Pelze ein zum Schutz gegen die Kälte, sondern auch viele Schneeschuhe, die das Fortkommen ermöglichen sollten, wenn der unvermeidliche Schnee gefallen war. Der Aufbruch geschah unter den größten Vorsichtsmaßregeln, der Marsch ging in soldatischer Disziplin vor sich, das Nachtlager wurde sorgfältig gewählt und bewacht, und Überlegungen dieser Art waren es, die uns am zweiten Tage nur einige hundert Meter von unserem Ziel entfernt aufhielten. Die Nacht war bereits nahe, der Ort, an dem wir uns befanden, für ein Lager, das so vielen Menschen dienen sollte, vorzüglich geeignet, und Sir William beschloß deshalb plötzlich, den Vormarsch zu unterbrechen.

Vor uns lag die hohe Bergkette, der wir den ganzen Tag unentwegt näher gerückt waren. Seit dem ersten Lichtstrahl in der Frühe waren ihre silbernen Gipfel das Ziel unseres Vormarsches gewesen, wir waren durch einen mit dichtem Unterholz bestandenen ebenen Wald marschiert, den reißende Ströme durchquerten. Überall lagen gewaltige Felsblöcke. Die Gipfel waren, wie ich bereits sagte, silbern, denn in den Höhenlagen fiel nachts schon Schnee, während in den Wäldern und im Tal Frost herrschte. Den ganzen Tag war der Himmel behangen mit finsteren Nebeln, in denen die Sonne wie ein Schillingstück schwamm und schimmerte, den ganzen Tag blies der Wind bitter kalt gegen unsere linke Seite, und das Atmen war schwer. Gegen Ende des Nachmittags flaute der Wind jedoch ab, die Wolken erhielten keinen Zuzug und zerstreuten oder verflüchtigten sich. Die Sonne ging in unserem Rücken mit winterlicher Pracht unter, und das weiße Gewand der Berge lag in sterbendem Glanz.

Es war bereits dunkel, als wir unser Abendessen einnahmen; wir aßen schweigend, und das Mahl war kaum vorüber, als der Lord sich vom Feuer entfernte und zum Rande des Lagers ging, wohin ich ihm rasch folgte. Das Lager war auf einer Erhöhung aufgeschlagen, von der man einen zugefrorenen See überblicken konnte, der in seiner größten Ausdehnung eine Meile breit sein mochte. Ringsumher lag der Wald mit seinen Höhen und Tälern, darüber erhoben sich die weißen Berge, und noch höher schwamm der Mond am hellen Himmel. Kein Luftzug rührte sich, kein Zweig knackte, und die Geräusche unseres Lagers wurden von der großen Stille erdrückt und aufgesogen. Nachdem nun die Sonne und der Wind beide geschwunden waren, schien es fast warm zu sein wie in einer Julinacht: eine eigenartige Illusion der Sinne, da Erde, Luft und Wasser von schärfstem Frost erfüllt waren.

Der Lord, oder was ich noch immer mit diesem geliebten Namen bezeichnete, stand da, den Ellenbogen in der einen Hand, das Kinn in der anderen, und starrte regungslos auf die Wipfel des Waldes. Meine Augen folgten derselben Richtung und ruhten fast wohlgefällig auf den gefrorenen Formen der Pinien, die auf mondbeschienenen Hügeln ragten oder in den Schatten kleiner Täler versanken. Ganz in der Nähe, so sagte ich mir, war das Grab unseres Feindes, der nun dahin gegangen war, wo die Verworfenen niemand mehr wehe tun, die Erde gehäuft auf seinen einst so lebendigen Gliedern. Ich mußte ihn fast für glücklich halten, da er jetzt irdischer Sorge und Mühe entronnen war, dieser täglichen Geistesqual und diesen Wassern des Schicksals, das wir täglich unter vielen Gefahren zu durchschwimmen haben, um Schande oder Tod zu ernten. Ich konnte mir nicht verhehlen, daß es gut sei, die lange Reise beendet zu haben, und dann wandte sich mein Geist dem Lord zu. War der Lord nicht auch tot? War er nicht ein verwundeter Soldat, der vergebens nach Ablösung Ausschau hält und sich wie ein Spottbild in der Kampffront herumtreibt? Ich dachte daran, welch liebenswürdiger Mensch er gewesen war, klug, mit bescheidenem Stolz, ein allzu pflichtgetreuer Sohn, ein allzu liebender Gatte, der leiden und schweigen konnte, und dessen Hand ich zu drücken liebte. Plötzlich stieg in meiner Kehle das Mitleid in einem Seufzer auf, ich hätte bei den Erinnerungen laut aufweinen können, da ich ihn nun so vor mir sah, und während ich im hellen Mondschein dicht neben ihm stand, betete ich inständig, er möge erlöst werden, oder ich möge die Kraft gewinnen, in dieser Liebe zu beharren.

„O Gott", sagte ich bei mir, „er war der gütigste Mann gegen mich und gegen sich selbst, und nun schaudere ich vor ihm. Er tat kein Unrecht, jedenfalls nicht, bevor die Sorgen ihn niederschmetterten. Wir schaudern vor seinen Wunden, die ehrenvoll sind. O Gott, decke sie zu, ach, nimm ihn hinweg, bevor wir ihn hassen!“

Ich war in meinem Herzen noch bewegt, als plötzlich ein Geräusch die Nacht durchdrang. Es war nicht sehr laut und nicht sehr nahe, aber da es aus einer so tiefen und langen Stille hervorbrach, alarmierte es das Lager wie ein Trompetenstoß. Bevor ich zur Besinnung kam, stand Sir William neben mir, und hinter ihm drängte sich die Mehrzahl seiner Leute, die alle aufmerksam horchten. Mir schien, als ich über die Schulter zurückblickte, daß auf ihren Stirnen eine Blässe lag, die nicht vom Mondlicht kam, und die Strahlen des Mondes wurden von den Augen der einen wie sprühende Funken widergespiegelt, während unter den Brauen der anderen tiefe Schatten lagen, je nachdem sie die Köpfe hoben oder senkten, um zu lauschen, was der Gruppe eine sonderbare und angsterfüllende Erregung verlieh. Der Lord stand ganz vorn, ein wenig vorgebeugt, die Hand erhoben, als ob er Stille gebieten wolle, wie in Stein verwandelt. Die Geräusche brachen nicht ab, in überstürzter Folge klangen sie herüber.

Plötzlich redete Mountain mit heftigem, gebrochenem Flüstern wie ein Mensch, der von einem Druck erlöst wird. „Jetzt habe ich es“, sagte er, und als wir uns alle zu ihm wandten, um ihm zuzuhören, fügte er hinzu: „Der Inder muß das Versteck gewußt haben. Er ist es, er gräbt den Schatz aus.“

„Natürlich, so ist es!“ rief Sir William. „Wir sind Esel, daß wir das nicht längst vermutet haben.“

„Allerdings“, fuhr Mountain fort, „ist das Geräusch sehr nahe bei unserem alten Lager, und ich kann nicht begreifen, wie er vor uns dort sein kann, wenn der Mensch nicht Flügel hat!“

„Habsucht und Angst haben Flügel“, bemerkte Sir William, „Aber dieser Kerl hat uns aufgeschreckt, und ich möchte ihm gern seinen Gruß zurückgeben. Was denken Sie, meine Herren, wollen wir eine Mondscheinjagd veranstalten?“

Man entschloß sich dazu, und es wurde alles vorbereitet, um Secundra bei der Arbeit zu umzingeln. Einige der Indianer Sir Williams eilten voraus, und nachdem wir eine starke Wache beim Hauptquartier zurückgelassen hatten, zogen wir auf dem unebenen Boden des Waldes von dannen. Die gefrorene Erde krachte unter unseren Füßen, und das Eis zersplitterte manchmal mit lautem Getöse. Über unseren Häupten war die Finsternis der Pinienwälder und streifenweise der Glanz des Mondes. Unser Weg führte abwärts in einen Talkessel, und während wir hinunterstiegen, wurden die Geräusche geringer und starben fast ab. An dem anderen Abhang war das Land offener, nur wenige Pinien standen verstreut da, und zwischen ihnen lagen mehrere große Felsblöcke, die im Mondschein schwarze Schatten warfen. Hier erreichten uns die Geräusche wieder deutlicher, wir konnten jetzt das Klingen von Eisen hören und genauer abschätzen, mit welch wütender Hast der Grabende sein Handwerkszeug benutzte. Als wir uns der Höhe näherten, flatterten ein oder zwei Vögel hoch und strichen dunkel im Mondlicht dahin. Im nächsten Augenblick blickten wir durch einen Vorhang von Zweigen auf ein höchst eigenartiges Bild.

Eine schmale Hochfläche, überdacht von den weißen Bergen und näherbei von Wäldern eingerahmt, lag im hellen Mondlicht entblößt vor unseren Augen. Allerlei einfache Sachen, die den Reichtum der Waldwanderer ausmachen, lagen hier und da auf dem Boden wild zerstreut. Ungefähr in der Mitte stand ein Zelt, von Reif versilbert, die Tür offen, und dahinter schwarz das Innere. Auf der einen Seite dieser kleinen Bühne lagen, wie es schien, die zerfetzten Überreste eines Menschen. Ohne Zweifel hatten wir den Ort erreicht, wo das Lager von Harris gewesen war. Dort lagen die Sachen, die in der Panik der Flucht zurückgelassen waren, in jenem Zelt hauchte der Junker seinen Lebensatem aus, und der gefrorene Leichnam vor uns war der Körper des trunksüchtigen Schuhmachers. Es ist immer aufregend, den Ort eines tragischen Ereignisses zu betreten, aber auch das Gemüt der Leichtsinnigsten mußte erregt werden durch den Anblick dieses Lagers, das wir nach so vielen Tagen wiederfanden, und zwar völlig unverändert, in der Einsamkeit der Wildnis. Doch das war es nicht, was uns in Steinsäulen verwandelte, sondern der Anblick Secundras, den wir zwar halb erwartet hatten, der jedoch nun knietief im Grabe seines verstorbenen Herrn stand. Er hatte fast alle seine Kleider abgeworfen, seine dünnen Arme und Schultern glänzten in Schweiß gebadet im Mondlicht, sein Gesicht war in ängstlicher Erwartung verzerrt, seine Schläge auf die Graberde tönten wie schwere Seufzer, und hinter ihm wiederholte und verzerrte sein Schatten die hastigen Bewegungen dieses Menschen, der sich von dem gefrorenen Boden eigenartig mißgestaltet und tiefschwarz abhob. Einige Nachtvögel flatterten hoch aus dem Gestrüpp, als wir uns näherten, und ließen sich dann nieder, aber Secundra, versunken in seine Arbeit, hörte und bemerkte uns nicht.

Ich hörte Mountain Sir William zuflüstern: „Großer Gott, es ist das Grab! Er gräbt ihn aus!“ Wir hatten es alle vermutet, und doch entsetzte es mich, als ich es in Worten ausgedrückt hörte. Sir William stürzte wütend nach vorn.

„Du verfluchter hündischer Grabschänder!“ schrie er. „Was soll das bedeuten?“

Secundra flog in die Höhe, ein feiner hastiger Schrei entschlüpfte seiner Kehle, das Werkzeug fiel ihm aus den Händen, und er starrte den Sprecher einen Augenblick an. Im nächsten Augenblick floh er pfeilschnell den Wäldern auf der anderen Seite zu, aber gleich darauf warf er in einem verzweifelten Entschluß die Hände hoch und lief sofort zu uns zurück.

„Gut, Ihr kommen, Ihr helfen ...“, sagte er. Aber inzwischen war der Lord neben Sir William getreten, der Mond schien voll in sein Gesicht, und die Worte waren noch auf Secundras Lippen, als er den Erzfeind seines Herrn sah und erkannte. „Er!“ kreischte er, rang die Hände und krümmte sich.

„Kommt, kommt!“ sagte Sir William. „Niemand wird Euch etwas zuleide tun, wenn Ihr unschuldig seid, und wenn Ihr schuldig seid, könnt Ihr uns doch nicht entfliehen. Sprecht, was tut Ihr hier unter den Gräbern der Gestorbenen und den Überresten der noch nicht Beerdigten?“

„Ihr nicht Mörder?“ fragte Secundra. „Ihr ehrlicher Mann? Ihr mich retten?“

„Ich werde Euch retten, wenn Ihr unschuldig seid“, entgegnete Sir William, „ich habe es gesagt und sehe keinen Grund, warum Ihr daran zweifeln solltet.“

„Hier alle Mörder!“ schrie Secundra. „Darum! Er töten – Mörder“, er zeigte auf Mountain, „dort zwei bezahlen Mörder“, er wies auf den Lord und mich, „alle Verbrecher und Mörder! Oh! Ich euch sehen alle baumeln an Strick. Jetzt ich gehen retten den Sahib, er euch sehen baumeln an Strick. Der Sahib“, fuhr er fort und zeigte auf das Grab, „er nicht tot. Er begraben, er nicht tot.“

Der Lord stieß einen kleinen Schrei aus, näherte sich dem Grabe, stand da und starrte hinein.

„Begraben und nicht tot?“ rief Sir William aus. „Was ist das für ein Unsinn!“

„Seht, der Sahib“, sagte Secundra, „der Sahib und ich allein mit Mördern, alles versuchen zu entfliehen, nicht Ausweg. Dann versuchen dies Mittel: dies Mittel gut in warmes Klima, gutes Mittel in Indien, hier verdammt kalter Ort, wer kann wissen? Ich Euch bitten, viel Eile nötig, Ihr helfen, Ihr Feuer machen, helfen reiben!“

„Wovon spricht dies Geschöpf?“ rief Sir William. „Mein Verstand geht mit mir durch.“

„Ich Euch sagen, ich ihn begraben lebendig“, sagte Secundra, „ich ihn lehren seine Zunge verschlingen. Jetzt rasch, rasch, ihn ausgraben, dann er nicht viel schlimm! Ihr machen ein Feuer!“

Sir William wandte sich dem Nächststehenden zu. „Macht ein Feuer“, sagte er, „ich bin offenbar verurteilt, mich mit Verrückten herumzuschlagen.“

„Ihr guter Mann“, erwiderte Secundra, „ich jetzt den Sahib ausgraben.“

Während er redete, wandte er sich wieder dem Grabe zu und nahm seine Arbeit von neuem auf. Der Lord stand wie angewurzelt, und ich blieb an seiner Seite und fürchtete mich, ohne zu wissen wovor.

Der Frost war noch nicht tief in den Boden eingedrungen, und bald warf der Inder sein Werkzeug beiseite und begann die Erde mit den Händen herauszuscharren. Dann legte er eine Ecke des Büffelfelles frei, darauf sah ich Haar zwischen seinen Fingern, und einen Augenblick später fiel das Mondlicht auf etwas Weißes. Eine Weile lag Secundra auf den Knien und kratzte vorsichtig mit den Fingern, während sein Atem stoßweise über die Lippen strich. Als er sich seitwärts beugte, sah ich das Gesicht des Junkers völlig entblößt vor mir. Es war totenbleich, die Augen waren geschlossen, die Ohren und Nasenlöcher verstopft, die Wangen eingefallen, die Nase scharf wie bei einem Toten. Aber obgleich er viele Tage unter der Erde gelegen hatte, war die Zersetzung noch nicht eingetreten, und was uns alle seltsam berührte, seine Lippen und sein Kinn waren mit einem schwarzen Bart bedeckt.

„Mein Gott!“ rief Mountain aus. „Als wir ihn hier niederlegten, war er glatt wie ein Säugling!“

„Man sagt, daß den Toten das Haar wächst“, bemerkte Sir William, aber seine Stimme war belegt und leise.

Secundra achtete nicht auf unsere Bemerkungen, sondern warf rasch wie ein Terrier die weiche Erde heraus. Mit jedem Augenblick hob sich die Gestalt des Junkers, eingehüllt in das Büffelfell, bestimmter auf dem Grund der engen Höhlung ab. Der Mond leuchtete stark, und die Schatten der Umstehenden glitten, wenn sie näher kamen oder sich entfernten, über diese Gestalt, die aus der Erde auftauchte. Der Anblick erfüllte uns mit Entsetzen, wie wir es bisher noch nicht erlebt hatten. Ich wagte nicht, dem Lord ins Gesicht zu sehen, aber solange es dauerte, konnte ich nicht hören, daß er Atem holte, und ein wenig hinter uns brach einer der Leute – ich weiß nicht wer – in eine Art Schluchzen aus.

„Jetzt, jetzt!“ sagte Secundra. „Ihr helfen ihn herausheben!“

Ich habe keine Vorstellung von der Länge der Zeit, die verstrichen war. Es mögen drei Stunden, es mögen auch fünf gewesen sein, die der Inder sich abmühte, den Körper seines Herrn ins Leben zurückzurufen. Ich weiß nur eins: es war noch Nacht, der Mond war noch nicht untergegangen, obwohl er schon tief stand und die Hochebene jetzt mit langen Schatten umgab, als Secundra einen winzigen Schrei der Genugtuung ausstieß. Ich beugte mich rasch vor und glaubte mit eigenen Augen eine Veränderung in dem eisigen Gesicht des Wiederausgegrabenen wahrnehmen zu können. Im nächsten Augenblick sah ich seine Augenlider zittern, dann hoben sie sich völlig, und der Leichnam, der eine Woche alt war, blickte mir eine Sekunde ins Gesicht.

Diese Lebenszeichen kann ich persönlich beschwören. Andere haben mir erzählt, daß er sich offenbar anstrengte zu sprechen, daß seine Zähne unter dem Bart sichtbar wurden, und daß seine Stirn wie von Todesqual und Anstrengung zusammengezogen war. Und das mag richtig sein; ich weiß es nicht, denn ich war mit anderen Dingen beschäftigt. Als die Augen des toten Mannes sich zum erstenmal öffneten, fiel Lord Durrisdeer zu Boden, und als ich ihn aufhob, war er eine Leiche.

Der Tag brach an, und noch immer war Secundra nicht zu bewegen, seine vergeblichen Bemühungen einzustellen. Sir William ließ eine kleine Abteilung unter meinem Befehl zurück und zog mit dem ersten Morgengrauen von dannen, um seinen Auftrag zu vollführen. Noch immer rieb der Inder die Glieder des toten Körpers und hauchte ihm in den Mund. Man hätte annehmen sollen, daß so viel Mühe einen Stein lebendig machen konnte, aber mit Ausnahme des einen Augenblickes, der den Tod meines Herrn herbeiführte, hielt sich der finstere Geist des Junkers von dem verlassenen Körper fern, und gegen Mittag ließ sich auch der treue Diener schließlich überzeugen. Er nahm alles mit unerschütterlicher Ruhe hin.

„Zu kalt“, sagte er, „gutes Mittel in Indien, hier nicht gut.“

Er bat mich um etwas Essen, das er gierig verschlang, sobald es ihm gereicht war. Dann zog er sich zum Feuer zurück und nahm an meiner Seite Platz. Auf demselben Fleck streckte er sich, sobald er gegessen hatte, aus und fiel in kindlichen Schlaf, aus dem ich ihn einige Stunden später wecken mußte, damit er als einer der Leidtragenden an dem Doppelbegräbnis teilnehmen konnte. Es war immer dasselbe: er schien mit einem Schlage den Schmerz um den Verlust seines Herrn und seine Furcht vor mir und Mountain abgestreift zu haben.

Einer der Leute, die bei mir blieben, war ein gelernter Steinmetz, und bevor Sir William zurückkehrte, um uns abzuholen, hatte ich auf einem Felsblock eine Inschrift aushauen lassen, die ich hier wiedergeben will, um meine Erzählung würdig zu beschließen:

J. D.

Erbe eines schottischen Titels,
Ein Meister der Künste und ein Weltmann,
Bewundert in Europa, Asien, Amerika,
Im Kriege und im Frieden,
In den Zelten wilder Jäger und den Schlössern der
Könige,
Nachdem er viel erreicht, vollendet und erduldet hatte,
Liegt hier vergessen.

H. D.

Sein Bruder,
Nach einem Leben unverdienter Kümmernis,
Tapfer ertragen,
Starb beinahe zur selben Stunde
Und schläft in demselben Grabe
Mit seinem brüderlichen Feind.

Die Liebe seines Weibes und eines alten Dieners
Errichtete diesen Gedenkstein
Für beide.